U0114158

薛涛传

万里桥边女校书

余凤兰 著

中国文史出版社

图书在版编目（CIP）数据

薛涛传：万里桥边女校书 / 余凤兰著 . —— 北京：中国文史出版社，2022.12
（历史文化名人传记小说丛书）
ISBN 978-7-5205-3767-4

Ⅰ . ①薛… Ⅱ . ①余… Ⅲ . ①传记小说—中国—当代 Ⅳ . ① I247.5

中国版本图书馆 CIP 数据核字（2022）第 180005 号

责任编辑：　徐玉霞

出版发行：中国文史出版社

社　　　址：北京市海淀区西八里庄路 69 号院　　　　邮　　编：100142

电　　　话：010-81136606　81136602　81136603（发行部）

传　　　真：010-81136655

印　　　装：廊坊市海涛印刷有限公司

经　　　销：全国新华书店

开　　　本：16 开

印　　　张：23.75

字　　　数：350 千字

版　　　次：2023 年 4 月第 1 版

印　　　次：2023 年 4 月第 1 次印刷

定　　　价：69.00 元

目录

第一章　孔雀为谁开屏

一　蜀中才女

> 猎蕙微风远，飘弦唳一声。林梢鸣淅沥，松径夜凄清。
>
> ——薛涛《风》

唐德宗贞元元年（785年），剑南西川节度使府张灯结彩。

门前两旁，站着两列身着盔甲的士兵，门楼上旌旗猎猎，街面上车水马龙，摩肩接踵。官员们络绎不绝地进入府内，西南边地少数民族乌蛮、白蛮、党项羌等官员身着华丽的民族服饰，捧着礼品前来祝贺，其中白蛮使者带着稀世珍宝蓝孔雀前来祝贺。

蜀中豪绅、名士、清客正在厅内高谈阔论，霎时他们看见白蛮使者抬着孔雀笼进来，目光立刻被吸引了过去。孔雀笼被抬到节度府厅外的庭院里，那里是准备给伎乐和杂耍的场地。在陌生的环境里，身长四尺二的蓝孔雀似乎在不安地东张西望，它的羽毛呈翠蓝色，下背闪着紫铜色光泽。头顶有一簇直立的羽冠，尾上覆羽延伸成尾翼，达三尺以上，有百余枚，并有紫、黄、蓝、绿多种颜色构成的眼状斑纹。众人正看得入神，忽听伎乐队奏起了喜庆的乐曲，司仪朗声宣布宴会开始，并一一宣布来客名单，有童子引领客人入席。等客人都落座后，司仪用激动又兴奋的声音宣布："韦大人到！"刚才还是喧闹的大厅顿时安静下来，大家的目光不约而同地射向厅内的一个侧门，节度使韦皋在度支副使刘辟和一些僚佐的拥簇中缓步由内走出。韦皋年约四十，气宇轩昂，眉宇间流露出一股英武之气，目光中射出一种威严和力量。大厅内的将士齐声高呼"主帅好"，客人们也起身高呼"主帅好"。

韦皋频频举手示意，谦和地说："大家请坐，大家请坐。"等韦皋入座后，客人们才坐下。韦皋环视厅内，复又站起，朗声说道："本帅奉圣上之命，镇蜀西南。上托天子洪福，下赖将士用命，更感谢各部落等和平与共，我大唐百姓才安居乐业，在此本帅敬大家。"说完一饮而尽。众人纷纷站起一一饮尽，然后又各自前来敬韦皋。白蛮使者率先端着酒盅走上前来，他将酒盅举过头顶，谦卑地给韦皋敬酒，并告诉韦皋他们带有孔雀舞女为这次盛宴助兴。韦皋颔首微笑应允。使者转过身来击掌三下，六名着绿色孔雀彩衣的女子走了出来，在孔雀笼前，跳起了孔雀舞。韦皋转身向后，随从趋步上前，韦皋小声问："请洪度了吗？"

"请了，在候着呢。"

"好！"

六名女子模仿孔雀翩翩起舞，她们仿效孔雀飞出窝巢、灵敏视探、安然漫步、寻水、饮水、戏水、洗澡、抖翅、晒翅、展翅、与万物比美等，舞姿优美动作细腻，配上鼓、镲来伴奏，真是尽善尽美。大家喝彩连连，可笼中的孔雀对此却视而不见，焦灼地在笼中走来走去。曲终之后，孔雀站在那里茫然地看着众人。

孔雀女舞毕退出。

此时，司仪朗声说："韦大人为助大家雅兴，特请了蜀中小才女薛洪度，为大家抚琴献舞，吟诗作画。有请薛洪度！"

话音刚落，从屏风一侧走出一位女孩。只见她十五六岁年纪，乌黑的发髻盘在脑后，衬着一张面如凝脂的瓜子脸，弯弯的柳眉下，一双清澈的丹凤眼忽闪忽闪的，挺直的鼻梁，一张红润的樱桃小嘴微带笑意，婀娜的身材裹着一袭红衣，步态轻盈地走了出来。她径直走向离孔雀笼不远处的古琴前，先朝厅内的众人行了礼，又朝身后一位年长的乐师行礼，那乐师正襟端坐，双眼紧闭，面无表情。

一道音符划破长空，琴声如流水般荡漾开来，似有春风掠过，又似在蓝天白云下百花盛开，百草生长。笼内的孔雀抬起了头，惬意地在笼中漫步。忽然琴声像群马疾驰山道，耳边的风呼呼作响，不一会儿又似在广袤的沙漠，兵刃相见，战马嘶鸣，激烈处突然帛裂弦断，一片寂静。大厅鸦雀无声，片刻之后，只听孔雀声如洪钟带有颤音在鸣叫，众人回过神来，鼓掌直呼好曲好曲，此曲只应天上有……大厅小声喧哗，皆在赞叹刚才的演奏。

喝酒喝酒，众人互劝中又端起酒盅。舒缓的乐曲响起，只见那女子舞着两根白绸上场了，渐渐地舞动的白绸竟成了一朵炫目的白花，红红的花蕊是那样醒目。这朵花在乐声中时而含苞欲放，时而娇艳盛开，众人拿着酒盅的手忘记了放下。身后的孔雀忽然抖动着翅膀，激动地将尾屏高举展开，支撑在翘起的尾羽上，形如大扇，左右摇摆，眼状斑的羽毛灿烂闪烁。有人喊："孔雀开屏了！孔雀开屏了！"此时一幅美丽的画面展现在大家眼前：一朵鲜艳纯洁含苞欲放的花朵在春风轻拂下微微颤动，一只锦缎般美丽而珍奇无比的孔雀在这朵花的映衬下开屏。

掌声再次响起来。

一曲舞毕，那女子白净的脸上透出胭脂红。韦皋起身，说道："洪度，过来，我给大家做个介绍。"还没等到那女子走到桌前，韦皋走上前，牵着她的手似在给蜀中名人将士更是给那些使者做介绍："蜀中小才女薛涛，字洪度，年方十五，生于长安。幼时因父来蜀中任职，随父入蜀，知音律，擅诗词。来，洪度，满上一盅，敬各位来宾。"

薛涛满上酒，敬各位来宾。

众人也回敬薛涛，薛涛再敬韦皋。

白蛮使者来到韦皋桌前，双手将盅举过头顶说："韦大人，大唐洪福齐天，国泰民安，本部所敬献孔雀，旨在修好，和睦往来。今天孔雀开屏，是天意，也是我们修好的开端，今后还仰仗大唐对我部落提携。"说完一饮而尽。转身又敬薛涛："小才女，敬你一盅，为孔雀第一次开屏。小才女知音律，擅舞蹈，蓝孔雀看来与你有缘。好，我干了。"使者兴奋地一饮而尽。薛涛端起酒盅，碰了碰嘴唇，一并谢了。

看到白蛮使者抢了先，乌蛮使者有点不高兴，悻悻地端着酒盅，脸上挤出一丝笑意走向韦皋："韦大人，大唐国盛民安，主帅更是德才兼备，我敬您。"转身对薛涛说："大唐人才济济，区区一小女子就才华横溢，更不用说七尺男儿了，敬佩！敬佩！"说完也一饮而尽。接着似在对薛涛说，又似是自语："听说小才女诗文作得好，何不让我们今天一饱眼福耳福？"

众人一听，忙附和说："是呀是呀，有酒就有诗。"

"韦大人，久闻洪度诗名，听说小小年纪诗文作得好，今天让我们长长见识。"

刘辟附在韦皋耳边私语："大人，何不就此机会来个赛诗会，发现人才提拔人才？"

韦皋捋着胡须，默许点头。

刘辟忙宣布："各位，今天节度府借此良辰美景，让各位英雄好汉文人雅士一展才华，韦大人乃一代儒将，诗的题目由韦大人出，并亲自评判裁出高低胜负，各位请准备！"

司仪高声宣布："赛诗会开始！"

韦皋不是进士出身，当年却因祖荫入仕，初为建陵挽郎，后又任他职。这些年饱读诗书，闲暇之余也写诗，虽然诗文作得不是很出色，但诗文的鉴赏水平相当不错。此次从京城来益州任职，也带来一批文人学士。他早听说蜀中多才子，何况岳父在此镇蜀数年，敬重人才，蜀中的文风日渐盛起。今天借此机会他既想让他带来的幕僚和蜀中才子们好好交流，也想对京城和蜀中才子们的才华做个比较。

一听说赛诗会，宾客们议论纷纷，兴奋异常，都想借此机会展露自己的才华。

那些跟随韦皋来的京城学士颇为自负，为博取功名苦读数年，作诗已不在话下。

蜀中的才子们更是信心百倍，或许这次机会能改变他们的命运，若是能得到节度使的青睐，说不定就有了提拔重用的机会。

刘辟更想让儿子在这次赛诗会上崭露头角，以便节度使韦皋对儿子另眼相看。虽然儿子刘叔方目前只任一小官职，但他想让儿子有更大的发展。为让儿子将来成才，这些年刘辟对儿子的要求颇为严格，并为他请了几位先生授教。无奈刘叔方心不在此，无法体谅其父的苦心，他只对好酒美女感兴趣。为了应付父亲的检查，刘叔方将老师写的一些诗文熟记于心，竟也能应付父亲。这次赛诗会刘叔方心存侥幸，说不定能碰到他已经背熟的诗。刚才看到薛涛的美貌他早就失魂落魄，恨不得在诗文赛中夺魁以博得美人的欢心。

那些使者虽然不参加诗赛，但这难得的赛诗会让他们倍感兴趣。

笔墨纸砚早已准备好了，每位参赛者在掌书记那里登记姓名领取编号，卷面上不写名字，只写编号。

现在只等韦皋出题了。

众目睽睽中，韦皋走向庭院。

高大的院墙内一排排柳树在风的吹拂下轻摆柳枝，柳树下又种了一些奇花异草。虽然是夏日，可阳光不燥不热，因为安静，树上的蝉声显得更加响亮。韦皋沉思片刻转身快步走向大厅，在桌前提笔写了"风""月""蝉"。

侍者立刻将这题目挂在照壁上。

题目不难，都是日常见过的景物。正是因为太常见，以此为题的诗作太多，所以要写得出彩却是很难。

看着题目，韦皋微微一笑，说道："各位，就以'风''月''蝉'为题，评选前三名，三首连中第一名者重奖。诸位，请！"

侍者早将纸墨笔砚在桌上摆好，大家纷纷提笔，有的提笔直书，有的借磨墨之际冥思苦想，有的在窃窃私语。薛涛走到桌前，见旁边一位已经写了一首，便忍不住多看了他一眼。只见他十八九岁模样，五官棱角分明，左脸颊有一颗黑痣，看他全神贯注颇为严肃地写诗，薛涛忍不住扑哧一笑，不料惊起那青年抬起头来，看见是薛涛，很友善地笑了。薛涛有点不好意思，赶紧低下头来，略一思忖，便一口气将三首诗全写起来了。

诗稿全部收起来，按"风""月""蝉"三叠分别放在韦皋面前。

韦皋看得很仔细，进行第一轮筛选。

又反复查看，进行第二轮筛选，选出每首题诗的前十名。

终选，这次韦皋看得最仔细了，几乎是反复看了几遍，选出每首题诗的前五名。

再反复查看，按照他定下的优劣顺序排列诗作。韦皋拿起每沓最上面的一张，一共三张，说："这三首是最好的了，现在我来诵读第一首《风》：

> 猎蕙微风远，飘弦唉一声。
>
> 林梢鸣淅沥，松径夜凄清。

韦皋似乎沉浸在诗的意境中了。

一位老先生拄着拐杖颤颤巍巍地站起来，大声说："好诗！好诗！风是无形之物，这诗从嗅觉上写风，风掠过蕙草的暗香；从听觉上写风，风击折他物的声响；从视觉上写风，清晨林间风摇动树梢；从触觉上写风，夜晚松林幽径触摸到清凉的风。诗文嗅觉、听觉、视觉、触觉通感并用，全诗一个'风'字，却把风写到绝妙。真乃好诗，韦大人好眼力啊！"

刘辟忙上前搀扶着年迈者："徐老先生您别激动，坐下慢慢说，慢慢说。"

"我说完了。"被称为徐老先生的人歉意地说，他似乎为刚才的激动有些不安。

韦皋将诗递给掌书记。

掌书记响亮地宣布："《风》的获胜者，十六号——薛涛。"

大厅一片哗然，众人没想到夺魁的是刚才弹琴跳舞的小女子，他们朝薛涛看去，薛涛垂下眼帘，双颊羞怯得灿若桃花。

韦皋宣布："赏苏州产上等绸缎一匹。"

众人期待着想知道下一首诗的获胜者。

韦皋接着说："孙学士，你来诵读《月》。"

孙学士赶紧上前，接过韦皋手中的诗稿，朗声念道：

> 魄依钩样小，扇逐汉机团。
>
> 细影将圆质，人间几处看。

孙学士浑厚的嗓音在大厅回荡，四周寂静无声，众人似乎在回味这首诗。

"这诗好在不是直接从字面道出，而是借物寓意，以钩小影细代月牙，以团扇圆质代满月，想象奇特，特别是'几处看'耐人寻味。"韦皋似乎在向众人解释他选这首诗夺魁的缘故。

大家忙说好诗。

孙学士将诗递给掌书记。

接过诗稿，掌书记朗声道："《月》诗的获胜者，十六号——薛涛。"

大家面面相觑，怎么夺魁者又是她？

刘辟阴沉着脸，向儿子那边看去。刘叔方避开父亲严厉的眼神，低下了头。

听到夺魁者又是薛涛，韦皋一惊，心想：这小才女洪度果然名不虚传。

韦皋大声说："赏苏州产锦缎一匹。"

还剩下最后的一首《蝉》了，大家的心急切起来，都想知道这最后一首诗的夺魁者是谁。

孙学士接过韦皋递过来的第三首诗，念了起来：

> 露涤音清远，风吹数叶齐。
> 声声似相接，各在一枝栖。

刘辟似乎怕别人点评领了先，他想在这种场合表现自己。刘辟脸上堆满笑意说："韦大人真是好眼力啊！这诗妙就妙在能准确捕捉蝉的声态，并把蝉写活了。不知道这诗文是哪位饱学之士写的。"

孙学士已经知道是谁写的了，满脸钦佩地朝薛涛看去。

"《蝉》诗的获胜者，十六号——薛涛。"掌书记的声音更响亮了。

众人先是一愣，随即满脸惊奇，大厅里惊叹赞美声不绝。

"这小女子还真名不虚传。"

"知道吗？从小就会对诗。"

"听说她有个姑姑是宫里的贵妃娘娘，也才情过人。"

"唉，可惜薛判官早逝，若看到他女儿这么有才华该是多高兴啊。"

……

韦皋捋着胡须,心中半是惋惜半是感叹:如此才情,若是男子定要重用,可惜是个女子。

刘辟看到大厅里议论纷纷,想到还有后面的第二名第三名没有宣布,就扯起嗓子喊道:"大家安静,还有后面的名次没宣布。"

待大家安静下来,韦皋大声说:"赏薛洪度益州锦一匹外加宣纸一刀。"

薛涛赶紧上前行礼:"谢过韦大人!"并向大厅的众人行礼:"感谢各位错爱!"

三首诗的第二名获胜者是随韦皋从京城来的孙学士、东川节度使府来的郑书记、蜀中学士张员外。

第三名的三位也宣布了。

让刘辟感到欣慰的是儿子刘叔方的《蝉》得了第三名,不过只有刘叔方心中明白这首诗的作者是谁。

诗稿在大厅众人手中传阅,特别是薛涛的三首诗更是传看的热点,那洒脱的字颇有王羲之的韵味,让大家耳目一新。

这场诗赛让人兴奋和激动,一是大家终于亲眼见识了名不虚传才女的风姿风采和才情智慧,二是目睹了韦皋的亲善和蔼与开明豁达,大家觉得有这样的节度使来治理西川,百姓定能安居乐业,不再遭受战争的困苦。

薛涛坐在马车上,看着侍者赶着马车,帮她把三匹锦缎送回家,心中不免有些得意:母亲若知道她在诗赛中有三项夺魁并且得了三匹锦缎,不知道有多开心呢。

二 同在异乡为异客

见说蚕丛路,崎岖不易行。山从人面起,云傍马头生。

芳树笼秦栈,春流绕蜀城。升沉应已定,不必问君平。

——李白《送友人入蜀》

马车缓缓驶过繁华的街道，沿着濯锦江行驶。薛涛看着身边堆放的三匹锦缎和一刀宣纸，非常高兴。她掀起车帘朝外看去，此处的风景又别是一番韵味：濯锦江两岸一边是修竹连连的翠绿，一边是芳树掩映的青砖黛瓦，江中清波荡漾，把倒映在水中两岸的树木和房屋濯洗得更加清亮，宛若一幅生动的水彩画。

"到了，到了。"薛涛莺燕般的声音响起。

车夫停下马车，薛涛跳下车抱着宣纸朝家里走去，车夫连忙抱着三匹锦缎紧跟在后面。

这是临街的一栋两层楼的独立小院，楼房掩映在高大的翠绿丛中，树上几只鸟正欢快地啁啾。

"母亲，我回来了！"薛涛大声说。

门开了，一位六十多岁精神矍铄的老人开了门。

薛涛问道："舅公，我回来了。我母亲呢？"

"你母亲去浣花溪了。"老人看着薛涛身后的人搬着三匹锦缎进屋了，不解地问："这是……"

"这是节度府里的车夫，我一会儿告诉你始末。"薛涛奔向厨房倒了一碗茶水递给车夫："谢谢您，辛苦您了。"

车夫接过茶，喝了一口，放下，忙告辞。

薛涛和她舅公将车夫送出院门。

车夫走向自己的马车，忽然他看见刘叔方正站在另一辆马车边朝这里张望，车夫忙过去招呼道："刘公子也在这里啊？"

刘叔方回过神来，讪笑道："路过这里，看见你的马车，看是不是你，果然是的。我走了，再会。"说完，上车催促车夫走了。

小楼内，薛涛的舅公正在问薛涛："涛儿，这三匹锦缎是怎么回事？"

薛涛不肯告诉舅公："您猜猜，猜中了，我中午给您做菜，打酒给您喝。"

"莫不是哪家公子相中了你，送来的彩礼？"

薛涛嗔怪道："舅公，您说什么啊！"

"涛儿，又在和舅公闹呀。"院子里传来了清脆的女声。

门开了，轻盈的脚步在移动，一位端庄俏丽、面容姣好的中年女子走了进来：她柳叶眉，杏核眼，白皙的面庞略显丰满。淡绿的绸服上绣着精致的黄菊，身材苗条匀称，她就是薛涛的母亲张瑞枝。

一见这中年女子，薛涛忙迎上去："母亲，您回来啦，舅公取笑我了。"

"说说看，舅公怎么取笑你了，我帮你出气。"

薛涛的舅公正色说道："涛儿去了一趟节度府，带回三匹上好的锦缎，你问问是怎么回事。"

张瑞枝脸一沉，走向那三匹锦缎。她伸手一摸，不禁吸了口凉气。天啦，这是上等的锦缎，只见锦缎呈幽雅的珍珠光泽，手感柔和飘逸，就是全城的丝绸铺子也买不到这等锦缎，而且三匹锦缎来自三个地方的官府织坊。张瑞枝熟知各种丝绸锦缎，她小时跟着母亲学女红，跟着父亲学诗词，学王羲之的书法。后来特别擅长刺绣，她也不知道自己绣过多少件衣服，绣过多少种丝织品。薛涛的姑姑入宫后，所穿的衣服大多是张瑞枝绣的，一时间宫中都把她的绣品当作绣样。日子久了各式各样的丝锦她一摸就知道质地。现在女儿不明不白带回这三匹上好的锦缎，让她心生疑虑，声音不免严厉起来："涛儿，说说这是怎么回事。"

薛涛看见母亲的神情严肃起来，吐了一下舌头，忙说："母亲，节度府举行诗赛，我写的三首诗都夺魁了，节度使韦大人奖赏给我的，还有一刀宣纸呢。"

听薛涛说完，张瑞枝松了一口气说："女孩子家，以后少去官府，也少抛头露面为好。明天下午你去把世叔请来，晚上我炒几个菜，让你舅公和他好好喝两盅。"薛涛答应了。

第二天午饭后，薛涛换了一套白色的衣服，又从书柜里拿出两本书，这是上次去世叔杨永清家时借的两本书，已经看完也该还了。

与母亲和舅公告辞，薛涛出了门。像一只轻盈的白蝴蝶，她欢快地沿着濯锦江走去，很快她过了一座桥，然后右拐朝西走去。不多久见一小溪，几只美丽的白鹭在溪边涉水寻鱼，溪的南边，一座很有气势的祠堂立于溪的南岸，门匾上写着武侯祠。门前一棵大树，茂盛的树叶遮住了祠堂上空的一半。再走不多久，就到了百花潭，岸上不远处立着一座小巧精致的三层楼房。薛涛快跑几步，朝那房子奔去。门半掩着，薛涛喊了声世叔，却无人应答。她忙转到楼房后，看见不远处的菜园地里，有人在锄草。她大声喊道："世叔，我来了。"

被称为世叔的人回过头来，一看是薛涛，忙带着锄头走过来。

"哎呀，什么风把涛儿吹来了，是诗风吧，又作了什么好诗，快进屋说给我听。"

薛涛走上前去，接过锄头，进了屋子，又倒了碗茶递给杨永清，这才说："母亲让我请您去吃晚饭。"

"哦，有什么高兴的事？"

"不知道。不过，世叔，我昨天去了节度府参加了赛诗会，三首诗均夺魁。世叔，你的诗文那么好，你怎么没去？你要是去了，你肯定夺魁。"

"嗯，我不喜欢热闹的场合，就告病在家。你的三首诗都夺魁了，真不错，有出息。是什么诗，念给我听听？"

薛涛说她上楼去写出来，于是两人上了三楼。

看得出这栋别致的小楼是经过精心设计的，一楼是厨房、饭厅和客厅，二楼是卧室与茶室，三楼是书房。楼房的主人是杨永清。杨永清是杨绾的远房侄子，大历十二年杨绾为宰相，便委派杨永清只身一人入蜀为官，家眷留在京城，其一是磨炼磨炼他，其二是能真正掌握西南的一些真实情况。当时崔宁是西川节度使，在此一手遮天，横征暴敛，但朝廷刚处理完元载、王缙事件，又见崔宁破吐蕃有功，手握重兵坐镇西川重地，若是动他怕引起骚乱，只好隐忍不发。大历十二年七月二十日，为宰相才三个多月的杨绾去世。听到这个消息时，杨永清极度难过，他知道在地方为官的他，再回京城的希望很渺茫。大历十四年张延赏为西川节度使，杨永清和薛郧在节度府见面后，才知道是旧时相识。张延赏比崔宁宽厚仁政，杨永清和薛郧对他颇为赞赏。薛郧见杨永清孤身一人在蜀，总是邀请他来家中吃饭，两人常在一起喝酒吟诗，谈论时弊，并结为生死兄弟。杨永清想念自己的妻子儿女，看到入蜀的薛涛与他女儿一般大小，更是把薛涛当作自己的女儿看待。薛郧病重时，托付他好好照顾薛涛母女，若有可能帮她们返回长安。薛郧去世后，杨永清也履行自己的诺言，尽力照顾薛涛一家。

在三楼的书桌前，薛涛把夺魁的三首诗写出来递给杨永清。她把借的书放进书柜，又挑了几本书包好。看见杨永清还在看那三首诗，便问："世叔，你觉得我的诗写得怎样啊？"

杨永清有点心不在焉地答道："还行，但要继续努力。先别下楼，我拿几本字帖你带回去练字，自从你父亲去世后，你就很少练字了，看，你的字都退步了。"说完，杨永清起身从书柜里拿出几本王羲之的字帖递给薛涛，薛涛一并包好，放进布包。

下楼，出门，过桥，他们沿濯锦江走着，夕阳将余晖洒在江面，映衬着绿色的竹林，薛涛拾起一石块，朝江面扔去，霎时江面荡漾起波纹，刚才平静的金黄色的水面变得细碎了。

薛涛看着水面问道："世叔，你说这水像什么？"

"一江碎金满城春。"杨永清说。看着薛涛无忧无虑那么欢快，他叹了一口气，心想：张瑞枝找他去绝不是喝酒吃饭这事，定有重要的事情相商。

小楼内，张瑞枝和她的叔叔张平俨坐在桌前。壶里的茶凉了，张瑞枝起身给壶里加了热水。

"叔叔，你真的决定回长安吗？"张瑞枝问。

张平俨摸啜了一口茶，说："我今年六十二岁了，俗话说落叶归根，我也没几年好活，一直想着回家，说不定你婶婶和堂弟也一直在找我。还有薛郧的灵牌我也要带回去，人客死他乡，魂可要归家，不然就是永远的孤魂野鬼。只是留你们母女俩在这里，我不放心，可一起回去的盘缠又不够，路途遥远，天下又不太平。还记得来益州的路上遇到的那场劫难吧，现在想起来都有些害怕。所以，我想你们母女暂时留下来，我回去想想办法，再找个合适的时间接你们回去。在这里有杨永清关照你们，还有紫鹃一家也能给你们照顾，现在只能是这样了。"

听了叔叔的话，张瑞枝眼前不禁又闪现出那可怕的一幕来。当年他们一家五口离开长安时正是仲秋季节，到益州时已经是晚秋了。对这次平调，薛郧明白是受人排挤。元载伏法后，大历十二年四月，杨绾被授予宰相之职，辅佐代宗李豫改革弊政。杨绾担任宰相后，针对元载所定官俸厚外官而薄京官、随情徇私、多少不等的状况，请求代宗增加京官俸禄，每年有十五万六千余缗。地方官俸禄自节度使以下逐渐减少，力求公平。对地方兵制，杨绾也加以整顿。这样的改革让一些地方官拼命往京城挤，毕竟京城升迁的机会大于地方。为官清廉正直、不事阿谀的薛郧，很快平迁外地。王命不可违，薛郧带着妻子张瑞枝和女儿，妻子的叔叔张平俨，侍女紫鹃上路了，家里留下年迈的父母和几位家丁。薛郧离家时，几位朋友设宴为他饯行，其中他的至交杜令当即书写一首李白的《送友人入蜀》相赠："见说蚕丛路，崎岖不易行。山从人面起，云傍马头生。芳树笼秦栈，春流绕蜀城。升沉应已定，不必问君平。"当薛郧带着家人行走于蜀道时，对这首诗便有了真切的感受。过剑门时，正值下午，这剑门也叫大剑山，又叫剑阁，险峻壮观。相传为诸葛亮所修筑，是川陕间的主要通道，军事戍守要地。此处既是兵家必争之地，也是那些土匪打劫的生财之道。晋代张载在《剑铭阁》中写道："……惟蜀之门，作固作镇。是曰剑阁，壁立千仞。穷地之险，极路之峻……一人荷戟，万夫趑趄……"果然车马越接近剑门，栈道越是又高又险。山势巍峨，远看群山如一路千军万马奔腾而来；抬头望去，奇峰耸立直插云霄；低头俯视，万丈深渊及沟壑深不见底。风吹动着岩边的苍松翠柏，呼呼作响。薛郧一家在此稍事休息，忽然不远处的山道上扬起了尘土，见此情景，薛郧忙命车夫避让路边，哪知那骑着马的十来人是冲他们而来。很快蒙面的他们冲到车前，将刀一一架在薛郧一家人的脖子上，厉声喝道不许说话，不许动。劫匪们将马车里值钱的东西洗劫一空，当他们拿走张瑞枝的包袱时，张瑞枝本能地冲上前去。守着她的劫匪将刀一抽，张瑞枝感到脖子上凉凉的，劫匪扬起了刀，此时一声脆嫩的童音响起："君子爱财，取之有道，不准杀我母亲。"众匪徒都回过头来，看着一位年幼的女孩子仰起天真的脸庞，那扬起刀的劫匪放下刀走过来，拧了拧薛涛的脸蛋说："看在这个漂亮小女孩的分上，今天不开杀戒。"他手一挥，带着抢劫的物品与众土匪骑上马瞬间消失在山道上。薛郧一家人见劫匪都走了，松了一口气，忽然紫鹃指着张瑞枝的脖子说："夫人，血……血……"张瑞枝这才感觉脖子火辣辣地疼，大家一看，血已经染红了衣领，好在刀口不深，张平俨在路边找到止血草，在嘴中嚼烂，敷在张瑞枝的伤口上，血很快止住了，一家人惊魂未定地又忙着赶路。

这次路上的浩劫将薛郧带来的钱财洗劫一空，一家人在益州的生活便成了问题。从京城出发时，薛郧的一好友，见薛郧任职益州，便托薛郧带一封信给他表弟王旺生。王旺生得知薛郧一家的遭遇后，当即借钱给薛郧，并收留他们在家中居住。

回想起那次遭遇，张瑞枝仍心有余悸。

天色渐渐暗下来，张瑞枝起身出门看院外，见薛涛还没有回来，便进了厨房将米洗好。又回到桌前，闷闷地喝着茶，她和张平俨两人都没有说话。

院子里响起一重一轻的脚步声，是杨永清和薛涛进来了。

杨永清一进来看到张瑞枝紧锁眉头，那副忧郁愁闷的神情，让他有些心疼。

"家里有什么事吧？"杨永清问道，掩饰不住心中的一份痛惜。

张瑞枝站起来，勉强一笑："没什么事，就请你过来吃顿饭。"说完，倒了茶递过去，"你和我叔叔说说话吧，饭菜马上就好。"她进了厨房忙碌起来。

薛涛也进厨房帮母亲烧火洗菜，杨永清和张平俨喝茶聊天。饭菜很快端上了桌子，张瑞枝端起酒盅先敬张平俨：

"叔叔，这么多年来，您一直照顾我和涛儿，我先敬您一盅。"两人碰了碰酒盅，一饮而尽。

张平俨动情地说："瑞枝啊，自安史之乱我和儿子及他母亲失散后，就投奔了你，我把你这里当成我的家。这么多年了，他们两人音讯全无，也不知道是死是活……"

杨永清忙接过话题："老人家，别伤感了，他们一定好好地活着。"

"我也正是这么想的，说不定他们在长安等着我呢，所以我想回长安去看看。"张平俨擦着眼泪说。

一听说张平俨要回长安，杨永清也伤感起来，他也想家啊，想家中的妻子儿女，虽然每年都有家书往来，可这经年的思念不是家书能替代得了的。杨永清站起来敬张平俨，说道：

"老人家回长安，路上一定要照顾好自己。益州到长安路途遥远，山道险峻，天下又不太平，您千万要当心。我写封信给您带上，请途中几个朋友关照您，祝您一路顺风！"两人举起酒盅，一饮而尽。

薛涛静静地听着，脑子里的思绪一刻都没有停止。她也一样想回长安，回到她熟悉的庭院。她忆起小时爬到爷爷膝上，揪爷爷的胡子，想起长安街上的繁华，想起身为贵妃的姑姑抱着她亲不够的场景……现在有两年没有爷爷的音讯了，爷爷还好吗？家中庭院里那棵井梧又长高了吗？

"母亲，我们和舅公一起回长安吗？"薛涛问。

张瑞枝叹了一口气："唉，盘缠不够，等舅公先回去，我们随后再作打算。"

薛涛说："母亲，韦大人奖赏的那三匹锦缎可以换作盘缠啊。"

"也不够用的。"张瑞枝说，她转向杨永清："涛儿昨天去了节度府，赛诗会上得了三匹锦缎。一个女孩子家，抛头露面，恐有些不好。"

杨永清说："我称病没去参加酒宴，涛儿对我说过此事。听说这任节度使为人尚可，虽是带兵打仗，却也算是一代儒将，常作诗文。他得知涛儿小小年纪诗文了得，心中喜欢，也是爱才惜才。涛儿诗压众人，这三匹锦缎的奖赏也是情理之中。"

听杨永清这么一解释，张瑞枝心中的忧虑少了许多。

酒酣耳热，张平俨和杨永清二人越说越投缘，竟忘了年龄的隔阂。张平俨嘱托杨永清一定要帮忙照顾薛涛母女，杨永清让他放心，说薛郧生前与他结拜为兄弟，他一定会照顾好她们母女。

月亮升起来了，有些醉意的杨永清站起来道别："老人家什么时候走一定要告诉我，我要送您一程。"

"好、好，现在该我送你了。"张平俨扶着有些醉意的杨永清说。

薛涛和张瑞枝送杨永清出小院，杨永清回过头来，想了一会儿说："对了，你们还没有告诉紫鹃吧，过几天我去她那里买点纸，顺便给她说说。"

"好！"母女俩齐声回答。

薛涛接着说："世叔，我也要去，我好久没见到紫鹃姐了。"

杨永清："好，我们再约时间。"

张平俨说："你们回去吧，我送就行了。"

杨永清没有推辞，两人在皎洁的月光下沿着濯锦江走去。

三　浣花溪边造纸坊

> 田舍清江曲，柴门古道旁。草深迷市井，地僻懒衣裳。
>
> 榉柳枝枝弱，枇杷树树香。鸬鹚西日照，晒翅满鱼梁。
>
> ——杜甫《田舍》

温润的夜晚之后，满城氤氲着清新潮湿的空气，明媚的阳光照着满街满巷的芙蓉花。玉带般绕城而过的濯锦江，飘浮在天际黛青色的青山，在薛涛眼中是一幅美丽的淡墨山水画。此刻，薛涛坐在锦江楼靠窗的一张桌前，看濯锦江水在楼下缓缓流过。旁边一张桌子围坐一群人边喝茶边谈论诗文。

忽然，邻桌安静下来，刚才的喧闹薛涛没注意，可这寂静让她觉得奇怪。薛涛回过头来，听见一个人清了清嗓子说：

"下面请郑纲兄出上句，请大家对下句。"

被称作郑纲的人，二十四五岁，相貌儒雅。他打开折扇，踱着方步，走到薛涛的桌前，看着窗外的一江锦水，复又踱到原位，朝围坐的几个人扫了一眼，才慢慢开口说出上句。

郑纲："碧草斜阳诗意外。"

众人正冥思苦想。薛涛不禁脱口而出：

薛涛："幽篁小径锦江边。"

郑纲："竹拥楼高邀素月。"

薛涛："江流水阔觅诗情。"

郑纲："絮影空心江映月。"

薛涛："涛声入耳竹生风。"

……

薛涛莺燕般带着北方口音的脆声悦耳，她对句子的反应是如此敏捷，众人回味后，忙鼓起掌来："好句子！好句子！"

郑纲趋步上前，双手捧着茶盅道："幸会，幸会！我以茶代酒，敬你一盅。"说完，仰头喝完茶。

薛涛站起来，回敬："小女唐突冒昧，见谅见谅。"也一饮而尽。

"哟，这不是节度府赛诗会上才情过人的薛洪度吗？"有人认出了薛涛。众人忙附和：正是小才女。

于是，大家过来一一给薛涛敬茶。

不知什么时候杨永清进来了，他站在一旁听众人和薛涛说得热闹，心中赞叹薛涛小小年纪口才过人。

忽然，杨永清发现了郑纲，便走上前去，双手抱拳，惊喜地说："哎呀，郑公子，是你呀，什么风把你给吹来了。我们好久没见面了，你在眉州的这些日子，也不捎信来。你看，来了益州城，也不说一声。"

"杨判官好！我是昨晚刚到的。今天一早去节度府办完事，午饭后恰巧碰到几位文友，就相约来此坐一坐。嘀，有缘何处不相逢啊！"

杨永清和薛涛加入他们中间，品茶论诗，畅谈时弊。过了一会儿，杨永清拱手说："各位，我和薛洪度去城外浣花溪办点小事，告辞了。郑公子若不嫌弃，何不与我们一同去城外走走，看看浣花溪景？"

众人忙说："是呀，郑公子难得来一趟，去吧！有杨判官相伴，我们失陪了。"

"恭敬不如从命。"郑纲也正想出城去郊外看看。

三人出了城后，坐上小船，小船沿溪而行。

浣花溪属于岷江水系，从温江而来，水阔江深，经过苏坡桥至西郊，再直通城南的万里桥下，与濯锦江之水相连。小溪迂回曲折，波光潋滟，两岸竹林片片，起伏参差，青翠欲滴。远山逶迤缥缈，乳白色的雾霭缠绕在山腰。小溪两岸坐落着一些小小的村庄，草屋茅舍，门庭小院，高低错落，正如杜甫在《田舍》中所描述："田舍清江曲，柴门古道旁。草深迷市井，地僻懒衣裳。榉柳枝枝弱，枇杷树树香。鸬鹚西日照，晒翅满鱼梁。"浣花溪风景如画。也正是这美丽的风景，杜甫便在浣花溪岸边一株二百多年的楠树下建房安家。溪流两岸的居民多以造纸为业，因为溪流的水质好，所造之纸质地上乘，每年总有一批纸被征纳进贡朝廷。

濯锦江被称作内江，而浣花溪原被称为外江、大江、清江。只因出了一位英勇的奇女子，有了一段精彩的故事，外江才易名为浣花溪。在锦浦里附近，住着一户以打鱼为业的任姓人家，家中有一小女名任英，虽长得高高大大，却生得五官端正、眉清目秀，从小喜欢舞枪弄棒，好骑马，善射。母亲曾多次让她待在家中学女红，她却偷偷跑出去跟着舅舅习武或去山上狩猎，每当母亲数落她时，她舅舅忙辩护："女孩子学点武功，在这兵荒马乱的日子里防身也好。"于是她的母亲就听之任之。十三岁那年，她和一群伙伴们一起玩耍，忽见一遍体生疮的游方僧人跌入一条污浊的沟中，僧衣上全是污垢。游方僧人脱下沾满了污泥的袈裟，请任英替他洗净。任英全然不顾伙伴们的耻笑，她拿着僧衣在溪流中清洗，当她刚洗完僧衣，忽然有白色莲花开满水面，芬芳四溢。一时这奇事传开了，从此老百姓将这洗衣的地方叫浣花潭，或叫百花潭。

十七岁那年，任英和舅舅在山上打猎，空中飞过两只苍鹰，她射出一箭，两只鹰从空中跌落，她急忙跑向跌落苍鹰的地方，却见一中年男子手里早拿着猎物——那一箭射中的两只苍鹰。任英一看箭是自己的，忙说："这是我射中的猎物。"

"是吗？"那人不紧不慢地问，"你喊这支箭，看它答应不答应，你一个小女子有这等本事？"

"是我射下的。你看，鹰上的箭和我的箭一模一样。"她抽出一支箭递上前去。

那人接过箭看了看，将箭放进自己的箭鞘。

"你……"任英急了，指着他说，"你怎么可以这样？"

那人像逗她似的，又抽出自己的一支，说："还给你，猎物我就带回去了。"

任英想说什么，却见一仆从模样的人气喘吁吁地跑上来，见中年人手里的猎物，惊奇地说："主公，啊，好箭法，一箭双雕！"

"不是他射的，是我射的，这是我的猎物。"任英急忙争辩。

"大胆，你知道他是谁？"仆从说。

中年人忙阻止仆从，说："给点赏钱，猎物给我带回去。"

任英有些急了："我不要钱，我只要我的猎物。"

那人不顾任英说什么，走了，仆人丢下几文钱拿着猎物也跟着走了。

几天后，有人来任英家提亲，却把任英的母亲吓坏了。纵然是有一百个不愿意把自己的女儿送去给人做小妾，可敢说"不"吗？去年十月，他将剑南节度使郭英杀了，自己做了益州尹、剑南西川节度司马，这个人就是崔旰。如今他又来家提亲，如果拒绝女儿去给他做小妾，岂不是只有死路一条？益州百姓谁都不知道他究竟糟蹋了多少民女，就连他手下官员的家眷也不放过。一时间，来蜀任职的官员，若家眷稍有姿色的，都不敢带家眷赴任，这也是杨永清当初来蜀任职不带家眷的原因。当任英的母亲把崔府来提亲的消息告诉任英时，任英哭得死去活来，说嫁给那人还不如让她去死。母亲反过来劝她说这是命，为了家人能有安宁，任英只好嫁了崔旰。

新婚的夜晚，崔旰不急于揭开盖头，问任英："你就是那个给僧人洗衣服的女子？你就是那个一箭射下两只苍鹰的女子？"

任英不回答。待崔旰揭开了红盖头，她才发现崔旰就是在山上拿走自己猎物的那人。

任英不愿意住在崔府内，崔旰将杜甫旧居的一部分重新改建让她居住。

大历三年，崔旰奉诏进京入朝，留其弟崔宽守城。泸州刺史杨子琳乘机发动叛乱，率精兵数千攻入益州城，占据了城池，崔宽早不知道跑哪里去了。任英见此情景，将家财十万散尽，募集一千余名精兵敢死队，亲自率兵攻打益州城，破城击溃杨子琳，收复了益州。朝廷接报赐崔旰名崔宁，加封崔旰为冀国公，封任英为冀国夫人。因任英住在溪边，从此大家都叫这溪为浣花溪，称任英为浣花夫人。

小船仍在溪水中缓缓而行，绿藻在水面漂浮，鱼儿在水底潜游，柳丝轻轻柔柔地垂拂在岸畔的清流之中。不远处几只美丽的白鹭在溪边涉水寻鱼，见小船临近，惊奇地抬起头，然后"呼啦"全飞走了，平静的溪面上立即碧波荡漾。

见此情景，薛涛将手伸进水中，撩起一串串水珠，水珠在阳光下闪闪发亮。杨永清看着薛涛这副淘气又惹人怜爱的模样，心中叹道："唉，还是个没长大的孩子。"

郑纲呆呆地看着薛涛，少女的才气他早有耳闻，今天对句时见识了她才思敏捷，没想到今天不仅见到她，还和她同坐一船。他就这么胡思乱想着，以致杨永清喊他，他还没回过神来。

原来紫鹃的家到了。

三人登舟上岸，朝竹林掩映的房子走去。

这是一间宽敞的四合院，大丛的绿竹从墙外探进头来，竹影婆娑，洒下一院清凉，也将门前的小径衬托得益发静谧。推开院子大门，薛涛欢快地喊道："紫鹃姐姐，紫鹃姐姐！"

"哪位啊？"一位四十多岁的女子抱着约莫两岁的小胖娃娃走出来，一看是薛涛和杨永清等人，忙惊喜地说道："哎呀，贵客来了，快进屋请坐！"

薛涛见是紫鹃的婆婆出来了，客气地说："林婶好！"

杨永清也问了好，并把郑纲做了介绍。紫鹃的婆婆把三人引进客厅，然后朝左边一排房子大声喊道："紫鹃，来客人了！"

林婶抱着孩子忙着倒茶，薛涛接过孩子，在他胖嘟嘟的脸上亲了一口说："快叫亲姨，亲姨。"那孩子咯咯地笑着，奶声奶气地叫"听姨"，惹得大家都笑了。

见紫鹃还没来，林婶忙带着歉意说："他们正在作坊捣浆，可能没听见，我去叫吧。"

说着，她急忙朝左边的作坊走去。

先是一位二十多岁的美丽女子进来了，后面跟着一年轻人。那女子一看薛涛等，忙惊呼："呀，世叔，涛儿，你们来了，好想你们啊。"她朝郑纲看去，问道，"这位是……"

杨永清忙介绍："这是眉州的郑公子。郑公子，这是紫鹃。"从紫鹃身后拉过那年轻人，"这是紫鹃的丈夫林张轩。"

林张轩也忙着一一打过招呼。

薛涛手中的孩子一见紫鹃，直奔着那边喊："抱抱，抱抱。"

林婶接过孩子，说你们聊，抱着孩子朝右边她住的屋子走去。

四人坐在桌子前喝茶，闲聊。

杨永清问林张轩："令尊呢？"

"家父去山上砍竹子去了，一会儿就回来。"

"哦。"杨永清若有所思，"最近生意还好吧？"

"还行，除了官府征纳的纸外，我们的纸因质量上乘，卖得很好，这不又请了一些雇工来帮忙。"

杨永清说："那就好。"

在浣花溪两岸的造纸作坊中，林张轩家的纸张质地最好。林张轩的父亲姓张名阿全，和薛涛的舅公住在一个村子里。早年张阿全带着母亲避难，来到浣花溪替人打工，后来到林老三的造纸作坊帮工。林老三世代以造纸为业，尽管他的父亲把所有的技术都传给三个儿子，但是最小的儿子林老三肯钻研，也不知道他的哪道工序与众不同，他所造的纸在当地是最好的。林老三为人厚道善良，只有一位独生女儿巧珍，巧珍贤惠善良美丽。想到家业后继无人，林老三不禁长吁短叹。张阿全的到来让林老三心生欢喜，他看到张阿全的善良与忠厚，有心想把他招赘为婿，于是收张阿全为徒。林老三把作坊最苦最累的活给他做，可张阿全从不叫累，每天恭恭敬敬给他盛饭，泡茶，端洗脚水，分派的事情一丝不苟地完成，林老三心里别提有多高兴了。巧珍有个青梅竹马的伙伴，长大后两情相悦，那小伙子家也很中意巧珍，他们想娶了巧珍就等于学到了林老三家的制浆手艺，但一听说林老三要招赘女婿，他们就断然拒绝了这门亲事。

一日酒后，林老三将想招张阿全入赘的事给巧珍的母亲说了，巧珍的母亲把话转给女儿。想到心上人不愿入赘为婿，巧珍大哭一场后，嫁给了张阿全。待到林张轩出世，林老三把所有的技术传给张阿全，把造纸坊交给女婿，自己享受天伦之乐。张阿全将自己的母亲和岳父岳母养老送终后，全心全意钻研制纸技术，所造的纸张质量比周围的纸坊更胜一筹。

薛郧带着家眷从长安来蜀前，曾托人捎信给张阿全，让张阿全去剑门接他们一家，为早点到益州，薛郧一家提前一天动身，错过了约定时间，张阿全没有接到他们。薛郧一家在城中王旺生家居住数日后，张阿全把他们接来家中居住数月，直到薛郧领了俸薪，在城内安家。薛郧病逝后，薛涛一家没有了生活来源，经济很快拮据起来，张平俨和紫鹃便来张阿全纸坊帮忙，勉强维持着一家人的生活。后来林张轩喜欢紫鹃，两人相恋，但是这段恋情也让紫鹃觉得忐忑不安。紫鹃想她不过是薛家的一个丫鬟，比薛涛大五岁，和薛涛一起长大，薛家没把她当下人，本是让她感激不尽，怎么还敢奢想其他的呢？薛郧病逝后，她更应该尽心尽力服侍这一家人。当薛涛的母亲得知两年轻人相爱的事后，就把紫鹃像女儿一样嫁出去。出嫁时紫鹃抱着张瑞枝哭了，跪下来叫了一声母亲。嫁到林家后，她把张瑞枝当作亲生母亲一样孝顺，也常常补贴一些钱做家用。后来张平俨在城内开了小铺子，卖纸墨笔砚，勉强维持一家人的生活。

几个人正热闹地说着，张阿全带着雇工将一捆捆竹子搬回来，杨永清等出去给张阿全打招呼。一看是杨永清等来了，张阿全显得特别高兴，忙吩咐：

"张轩，去溪里打一网鱼，紫鹃，去后面园子里择菜，今天留客人在这里吃饭。"

两人忙应声而去。

杨永清说："不麻烦了，我们一会儿就回城。"

薛涛也说："是呀，是呀，表舅，我们还要回去呢。"

"你们说这话，见外了不是，还有这位眉州来的贵客，怎么也要好好招待。不会耽误你们回城，一会儿就弄好。"张阿全似乎生气了。

"那就不客气了。"杨永清答应了。

张阿全忙完了，要陪他们三人喝茶。杨永清说不如去作坊看看造纸更有趣，薛涛更是兴致勃勃，于是几人就来到纸坊。

　　纸坊很大很宽敞，制浆及之后的工艺基本是在这个作坊完成。院子里雇工正把竹子劈成片，一会儿送到房屋后面的池子里发酵。一般要发酵几个月，再拿到作坊蒸煮后打浆，用药水冲洗，去杂质漂白，用网子沥干水分。然后放在毡子上吸干水分，高温烘干水分，再做压光处理，裁成纸。每一道工序必须掌握得恰到火候，这纸张制出来后，质地才光滑细腻。张阿全家造纸的原料有竹子、树皮和藤皮，其中以竹子造的纸质量最好，往往来订购他们家以竹子为原料的纸需要提前半年。

　　杨永清来益州后所用的纸基本是他们家的，薛涛就更不用说。

　　三人饶有兴趣地在作坊里听张阿全介绍："纸张制成的全部工序为：砍、捶、捆、泡、煮、铡、浆、碾、洗、滤、透发、造、揭、晒、设色等过程。浣花溪的水造纸纸质最好，浣花溪两岸虽说纸坊很多，但是大多数纸张粗劣。我家里檀树皮做的宣纸也不错。"听了张阿全的介绍，薛涛对此兴趣大增，在一旁对每一道工序问得详详细细。

　　林张轩回来了，带回一网活蹦乱跳的鱼。紫鹃在厨房忙碌，不一会儿满满一桌菜端了上来。

　　张阿全、杨永清、郑纲、林张轩四人满上酒，薛涛、紫鹃以茶代酒，大家互相敬酒。薛涛告诉他们舅公下个月要回长安了，张阿全深深地叹了口气，众人不语。杨永清看到张阿全的伤感，忙说："我今天来是有事求你，想买些好的宣纸，托张伯父捎回京城送给亲朋旧友。"

　　"别说买，说买就见外了，我送你一些上等的宣纸。"张阿全说。

　　杨永清谢过，叹了口气说："我也想回长安。"顿了顿，接着说，"可我一个小小的官员，从崔宁到张延赏，再到现在的韦皋，就在这个位置一直没动。朝中无人，难啊。自从上次减少外官的俸禄后，许多外官更是削尖了脑袋往长安钻。"

　　大家宽慰杨永清。

　　太阳偏西了，杨永清、郑纲、薛涛告辞。

　　张阿全让林张轩用船送他们回城，并吩咐他一定要把薛涛送到家。

　　薛涛亲了亲紫鹃的儿子说："丛生，什么时候去外婆家啊，外婆很想你了。"

紫鹃说过几天不忙就回去看看。

上了船，薛涛等与岸上的人一一告别。

四　柳丝和叶卧清流

水荇斜牵绿藻浮，柳丝和叶卧清流。何时得向溪头赏，旋摘菱花旋泛舟。

——薛涛《菱荇沼》

窗外，雨淅淅沥沥地下着，夜更加静谧了。灯下，薛涛正在习字，张瑞枝上楼来给她倒了一杯热茶，说："涛儿，早点睡，明天上午还要去赵先生那里练琴呢。"

"好的，母亲，我知道，您也早点休息吧。自从舅公走后，您太辛苦了，白天操持家务，晚上还要绣花。今天下雨，天气有点凉，您就不要绣了。"薛涛看着母亲眼角细碎的鱼尾纹心疼地说。

听到薛涛的话，张瑞枝叹了口气："唉，要是你父亲在世日子就不是这样，也不知道你舅公情况怎样，不知道是否平安到达，他还没捎信来，真让人担心。"

"母亲，别着急，舅公没事的，肯定会让人捎信来。"看到愁眉不展的母亲，薛涛宽慰后连忙转移话题，"您看我这几幅字写得如何？"

"大有长进，只是你这行体似乎过于放纵了。"张瑞枝又翻看了几张，"嗯，这几张隶书写得不错。涛儿呀，你父亲曾说过，练不好隶书，也就写不好其他的字，你什么时候去吴先生那里，让他再给你指点一下。"

薛涛答应："好的，母亲。"

张瑞枝下楼去了。

收拾好笔墨纸砚，薛涛从书柜里拿出一本书，上了床。斜倚在床上，翻开书，可她怎么也看不进去，脑子里的思绪乱糟糟的。自从舅公走后，家里显得更冷清了。那三匹锦缎，一匹换作了舅公回长安路上的盘缠，也带了半匹回长安，剩下的一匹半留在家里支付日常生活的开销。舅公原来开的店子关了门，家中没有了经济来源，母亲就接了一些绣花的活，母女俩勉强维持着生活。薛涛在家里读书习字画画，隔几天去赵先生那里学琴，也去吴子儒老师那里学习书法。每天她丝毫不敢懈怠，唯有在静心做这些事的时候，她可以什么都不想。

可现在她却浮想联翩。母女俩就像漂浮在大海里的一叶扁舟，何处才是岸？回长安，对，回长安。那里才是她们真正的家，那里还有年迈的祖父祖母，还有庭院里熟悉的梧桐，还有疼爱她的姑姑……想到这些，眼泪哗哗地从薛涛脸上流了下来。为什么不是男儿身？否则她可以施展自己的抱负：博取功名，驰骋疆场，清廉为官，奉养母亲。

薛涛深深地叹了一口气，下了床，走到窗前，听雨敲打树叶发出沙沙的声响。突然，她听见母亲的咳嗽声，她拿着灯下了楼。

"母亲，怎么啦？"薛涛看见母亲捂着胸口，咳得很吃力。

"没什么，可能是受了凉，你怎么还没睡啊？"张瑞枝回答。

薛涛给母亲倒了碗热茶递过去，然后拿着母亲的绣品看了起来："母亲，您绣得真好，这花鸟都绣活了。"

"我的绣工当然好，你这辈子恐怕是赶不上我了。"张瑞枝喝了一口水说。

薛涛说："是呀，是呀，母亲人好，手又巧，我三辈子也赶不上。"

"瞧你这张嘴，谁教你这么乖巧。"张瑞枝笑着说，"今晚就在我这里睡吧。"

"好，好。"薛涛脱掉衣服，挨着张瑞枝，母女俩有一搭没一搭地说着话，很快薛涛就睡着了。

杨永清在节度府办完事后，接到从长安来的两封信。一封是张平俨写的，托他转交薛涛；一封是他的家信——他的妻子写来的。读完妻子的来信他的内心充满了喜悦，没有什么比收到亲人的来信更令他开心的了。还未走出节度府大门，他又收到郑纲从眉州带来的书信，信中邀请他和薛涛去眉州玩。

杨永清急忙朝薛涛家中走去，途中正好遇见学琴归家的薛涛，薛涛不等回家就拆开舅公的来信。张平俨在信中说他已安全回到长安，去乡下寻找儿子未果。薛涛的祖母已经去世，祖父身体尚可，他现住在薛家，帮忙管理家务。看完信，薛涛叹了一口气，一时鼻子发酸，强忍着不让泪水滴落下来，祖母的去世让她很难过。

薛涛和杨永清两人走在濯锦江边，适逢张瑞枝买菜回家，看见他们二人便问："你们叔侄俩怎么走在一起了？"

薛涛说："舅公来信了，他安全到达长安，祖母去世了。"听到婆婆去世的消息，想到她这做媳妇的没在婆婆身前尽孝道，张瑞枝的眼圈红了。

见此情景，杨永清连忙宽慰张瑞枝。

"涛儿，留你世叔在这里吃午饭。"张瑞枝擦干了眼泪说。

饭后，杨永清拿出郑纲的信给薛涛看了，两人决定趁杨永清几天后有空去眉州拜访郑纲。

眉州在益州西南，亦属剑南道。

杨永清带着薛涛一起去了眉州，郑纲出城迎接。

在城内玩了几天，郑纲带着他们去了远近闻名的孙长孺建的藏书楼，书楼藏书之多让薛涛惊讶。这天一大早，郑纲和夫人姚珍珠陪着杨永清、薛涛去郊外游玩。太阳还没有出来，远山近水带着潮湿的凉意扑面而来，薄雾氤氲在树林间，沟边野蔷薇星星点点地开出朵朵小红花，在大片大片的浓绿中，红得很淡很淡，淡得似乎有些寂寞。一身火红衣裙的薛涛和淡绿裙装的姚珍珠，给这既酣且沉的绿色，平添了许多生机。两人时而低语，时而相视一笑。

山脚，杨柳环绕着一个小池塘，池上野鸭悠闲地游来游去，池面上荇菜和水藻相互勾连，漂浮在水面，看到此景，郑纲说："比起浣花溪的风景，这里又别有一番韵味。"

杨永清触景生情："是呀，旷野之中，有如此美景，不枉此行。瞧，成群的鱼儿，或聚集在水面，吐着水泡，或藏在水草底下，倏而游走了，它们多么自由啊，什么时候我能像它们这样就好了。"

郑纲宽慰他："杨判官，以你的学识和才干，总有一天会得到朝廷重用。"

"唉，难啊。虽说节度使韦皋为人不错，可他身边的刘辟，阴险狡诈，我得时时提防。"顿了顿，杨永清又说，"时局不稳，崔宁在朝中又结党营私，我等在外位卑职低，什么时候也说不上话。"

薛涛见两人在谈论时弊，也插话道："是呀，朝中钩心斗角，地方假借征税充盈国库而暴敛，只可惜我大唐库府未得充实，大量的赋税变成了地方官员的良田宅邸、美女姬妾与珍玩。"见三人在听，又接着说，"还有，当今进士科过于偏重诗赋辞藻，却忽略经义策问，这其实是很大的弊端，尤其对治国安邦大为不利。"

三人静静地听着，半晌没人说话。

"怎么，我说得不对吗？"薛涛问大家。

郑纲说："没想到洪度有如此感慨，我等正在回味。"

洪度啊，洪度，你若身为男子，必将前途无量，真可惜了你的才气，杨永清心中叹道，小小年纪，竟能看出时弊，真是不易。

"洪度妹妹雄才韬略，胜过很多男儿，又久闻妹妹诗名，今日何不乘兴作诗呢？"久未开口的姚珍珠提议道。

"好！"三人赞同。

杨永清说："洪度，你就作一首吧，题目自议。"

薛涛朝三人微微一笑，她在池塘边来回走了几步，看着池塘的美景，开口道："我就来一首《菱荇沼》吧！"

众人凝神倾听。

薛涛朱唇轻启：

> 水荇斜牵绿藻浮，柳丝和叶卧清流。
> 何时得向溪头赏，旋摘菱花旋泛舟。

"好！好一个'柳丝和叶卧清流'，这诗让我回忆起那次我们三人在百花潭泛舟，洪度好诗情。"郑纲赞道。

姚珍珠也惊叹道："妹妹果真才思敏捷，朱唇一启，诗句滔滔而来，敬佩敬佩。"

薛涛谦逊地说："哪里哪里，是郑兄和姐姐高抬我了。世叔，你说是不是？"

杨永清拈着胡须微笑，看着薛涛："你自己觉得呢？"

"世叔不帮我。"薛涛嗔笑道。

时近中午，四人尽兴而归。

又是一年三月三，薛涛陪她的老师吴子儒去斛石山游玩。

在益州城北约十五里处，有一山名斛石山，因蜀后主刘禅，常来此学习弩马骑射，所以这山又名学射山。此后，一年四季有许多习武之人来这里拜山习射，每年的三月三就更热闹了。相传西汉时，有一名叫张伯子的道士，修道多年，一直想寻觅人间仙境，一日游历至此，见山上风景秀丽，充满仙气，山下河道弯曲，河水清澈，于是他在此筑茅屋，面水修行悟道，终于在三月三这天修成正果，骑着他的赤纹虎飞升上天成了神仙。隋开皇二年，广汉高道黎元兴，于山中创建至真观，规模宏大，有黄老君殿、三遵殿、讲堂、斋坛、房廊门宇和神像万座，成为西南地区最大的道观。自此，每当阳春时节，四邑百姓皆云集此地，谒观祈求田桑、踏青游春。更有官府组织民众，倾城出动，登山健身祈福。后来三月三登游学射山，成为益州非常盛行的风俗。

薛涛一大早就乘马车去浣花溪接吴子儒老师。吴子儒已年过花甲，原是在京城做文官，后来他的独生儿子在战争中丧生，他伤心欲绝，又因看不惯官场的争名夺利，便称病去职，带着妻子与女儿回乡归隐浣花溪。他的女儿出嫁后住在益州城内，时时回来探望他们。吴子儒写得一手好字，特别是对王羲之的字悉心研究多年，很多人见过他摹写的《兰亭序》，认为几乎可以乱真。他的字既有王羲之的风骨，又糅进了自己的笔力，有自己独特的风格。归隐后他更是痴迷于书法，当年薛郧带薛涛去他那里拜师求学时，他本决意不收，当薛郧铺开纸让薛涛书写一首诗后，吴子儒发现这孩子小小年纪，所书之字颇有卫夫人之神韵，又见薛涛灵气十足，便收为学生，确切地说他把薛涛当作自己的小女儿，悉心教诲。

马车将师徒二人送到山下。

薛涛和吴子儒走在山道上，微风吹过，山上的竹子婆娑摇曳，吴子儒对薛涛说："涛儿，卫夫人自己酿育的书风与法门，除了她习字研究外，也与她善于观察有关。你看她的书法，如插花舞女，低昂美容；又如美女登台，仙娥弄影；或如红莲映水，碧沼浮霞。王羲之初师从卫夫人，后师从多人，他学众家之长，亦糅进了自己的章法，所以能成为一代书法宗师。他不断开阔视野、广闻博取、探源明理，这点你要好好学习。游历山川，触悟山水之美，要把自然的态势糅进书法。看飞鸟骞腾之势，要学会外拓；竹子摇曳之美，要学会灵动；溪流蜿蜒之澈，要学会清秀；大山巍峨之态，要学会稳重。"

薛涛恭谦地说："老师所言极是。"

师徒两人边走边聊，边聊边观赏景色。上了道观后，在那里吃了午饭，然后下到山腰朝偏僻的北边走去，那里山道崎岖，不一会儿来到一绝壁下，绝壁上题满了字，各种体势的字在阳光下似乎正在炫耀其态式。薛涛到这里来过多次，每次来，都用心用手去摹写，每次都有新的感悟。"老师说得没错，无论是名家的字还是非名家的字，我都要学习他们的长处，从中汲取精华，也反省自己的不足。"薛涛心想。

薛涛将老师扶到绝壁下的一块石头上休息，自己摹写绝壁上的字，全然忘记已经走到了悬崖边。

吴子儒大声提醒："涛儿，当心，不要往前走了，那里危险，你看看那些字就行。"

薛涛答道："没事的，就两个字。"

话音未落，没想到脚下的石块松动了，她滑倒了。

吴子儒赶紧过来，扶起薛涛。等薛涛站起来，她发现脚崴伤了。

两人只好下山。

看到薛涛一瘸一拐地走，吴子儒心疼地说："你看你这孩子，这么不小心，让你不要过去，你不听，脚疼得厉害吧？"

"不疼，不疼。"薛涛一边说不疼，一边疼得直皱眉头，她强忍着疼痛行走，汗水顺着脸颊滚落下来。

现在轮到吴子儒扶着薛涛下山了。每走一步薛涛感到都是钻心的疼，师生二人走得很慢，山北人迹稀少，也没有轿夫过来，他们只好慢慢行走。终于走到道观处，在一家茶馆，吴子儒让薛涛坐着歇息，喝碗茶。

不一会儿，门外一位身披盔甲的人跳下马来，他拴好马，进了茶馆，说："店家，来碗茶。"

他在靠着窗户的桌子边坐了下来，摘下头盔，环顾四周，忽然他看见吴子儒，走过去惊喜地叫道："世伯，您也在这里？"

吴子儒回答："哦，是文灿贤侄啊。怎么你今天来这里习射？"

"是呀，和几个朋友相约来这里习射，他们先下山了。"柯文灿看到薛涛，忙打招呼问好："你好，薛洪度。你和世伯一起赏景啊。"

"是的。"薛涛微微一笑，她看到了柯文灿左颊上的黑痣，觉得似曾相识。

吴子儒说："我们去绝壁观字，没想到洪度不小心，把脚崴伤了。"

"你们等等，我去叫两乘轿子来。"柯文灿出门骑上马走了。

柯文灿，字宇晨。其父柯翰进士及第后一直在益州城做官，为人谨慎，胆小怕事，一生未得提升。

不一会儿，来了一顶轿子，两轿夫在门外候着。

柯文灿进了茶馆，对吴子儒说道："世伯，不好意思，我只找到一乘滑竿，您一会儿坐着下山，洪度若不嫌弃，可坐我的马下山。"

见天色不早，吴子儒说只好如此了。

三人喝完茶，起身下山。

两轿夫抬着吴子儒，竹竿有节奏的吱呀声像音乐在山林间回荡。薛涛骑在马上，柯文灿牵着马，随着下山的人一路走着。吴子儒朝后看去，看到牵着马的柯文灿和骑在马上的薛涛，这情景让他想起了自己的儿子：如果他不战死，也早已娶妻生子了，他叹了口气。

柯文灿听到吴子儒的叹息，关切地问道："世伯，怎么，不舒服吗？"

"不，不，没什么。你父亲近来身体好吧？"吴子儒岔开话题。

"谢谢世伯的关心，很好的。他在家养花种草玩鸟，偶尔读书。"柯文灿回答。

"什么时候去拜访一下你父亲，我们很久没在一起聚聚了。"吴子儒说，"看着你们长大，才发现我们都已经老了，你两个哥哥在做什么呢？"

柯文灿回答："一个在学馆教书，一个在京城做了小吏。"

"你呢，还是喜欢习武吗？"吴子儒接着说，"灿儿呀，你要多读书，想当年我和你父亲一同进私塾，一起博功名，不过他在地方做官，我去了京城。我们老了，你们年轻，男子汉大丈夫，要胸有韬略，心怀大志，既要有安邦治国之才，扶贫济世之心，更要有正人君子之风，仅有一身高强的武艺是不行的。"

柯文灿说："我一定谨记世伯的教诲。"

进了城，柯文灿安排轿夫将吴子儒送回家，他把薛涛直接送到正骨大夫那里，大夫看了薛涛崴伤的脚，说无大碍，卧床休息数日即可。

在送薛涛回家的路上，柯文灿遇见了刘叔方，刘叔方见他们俩在一起，问道："柯兄好，薛洪度怎么骑在你的马上？"他的眼睛往薛涛身上斜睨了一眼。

柯文灿回答："她的脚崴伤了，我送她回家。"

见此，刘叔方关切地问："洪度，不要紧吧，要不坐我的马车回去？"

"谢谢你，不用了，我一会儿就到了。"薛涛客气地拒绝。

"也好。"刘叔方悻悻地走了。

薛涛问柯文灿："怎么，你们认识？"

柯文灿回答："刘辟的儿子，谁不知道呢？在益州城他神气得很。我与他曾同过学堂。"

"哦。"薛涛若有所思。

"不过，听说他……"柯文灿忽然不说了。

"他怎么啦？"薛涛问，"你怎么不说了？"

"听说他诗文也作得不错。"柯文灿忙用另一句话敷衍薛涛。

忽然薛涛想起来了，她在节度府的诗文赛上见过柯文灿，忙说："我在节度府见过你。"

柯文灿说："是的，我们见过，你看我写的诗还笑过我呢。"

薛涛争辩："不是，不是。当时只是觉得你特认真，看你那专注的神情，就不自觉地笑了。"

柯文灿恍然大悟："原来如此，我以为才女笑我的诗文作得差呢。"

薛涛说："你也不差啊，你不也得了奖吗？"

柯文灿有点羞怯："才女见笑了，我还要多向你学习。"

说话间，不觉到了薛涛的家了。柯文灿搀扶着薛涛进了院子，张瑞枝见薛涛走路一瘸一瘸，问明原委，得知柯文灿的帮忙，连声道谢。柯文灿看到薛涛上楼不便，便将她背上楼，扶着她在床上躺下。柯文灿弯腰时，脖子上的玉坠滑落在薛涛的床上，他却浑然不知。

柯文灿与薛家母女告辞，出了院门，忽然他发现不远处有个人朝这边张望，待要细看时那人影一闪却不见了。

五　情寄忍冬鸳鸯草

绿英满香砌，两两鸳鸯小。但娱春日长，不管秋风早。

——薛涛《鸳鸯草》

太阳下山时，杨永清从节度府出来，到薛涛家告诉她们一个消息，他调任升迁去眉州任职。眉州城虽然比不上益州城的繁华，但这次升迁后，杨永清以后回长安的概率就大了。张瑞枝和薛涛听到这个消息，都为他高兴。

杨永清见薛涛走路一跛一瘸，忙问怎么回事。薛涛说是前日上学射山时，不小心崴伤了脚。见此情景，杨永清说他去抓些活血化瘀的中草药，薛涛说柯文灿已经给她买了药。

杨永清说："哦,柯文灿,他父亲是柯翰吧？我和他父亲在节度府共过事,也认识柯文灿，柯文灿人还不错，武功也好。"

薛涛回答："是他。"

母女俩很快做好了饭，上午紫鹃送来了一些鲜鱼，加上杨永清买的一些菜，晚餐很丰盛。

张瑞枝陪杨永清小酌。

薛涛很快吃完了饭："世叔，您和母亲慢用，我先上楼去了。"

"去吧，好好休息。常言道，伤筋动骨一百天，这几天就别到处走动，我还有事情要办，大概十天后去眉州。"杨永清关切地说。

饭厅里只剩下张瑞枝和杨永清，两人沉默不语，气氛有些尴尬。

张瑞枝将杨永清的酒盅斟满。

杨永清推辞："不能喝了，再喝我就醉了。"

依旧是沉默，二人不知道说什么。

"瑞枝，"杨永清看着张瑞枝，目光里充满了复杂的感情，"我……"

张瑞枝避开他的目光："他世叔，我敬你一杯。"

"瑞枝，我敬你，感谢你这么多年来对我的照顾。"

听到杨永清第一次没喊她薛夫人，而是亲切地喊她的名字，张瑞枝心中一热，但很快又恢复了常态："我要感谢你呢，自从涛儿的父亲去世，你一直关照我们，特别是你对涛儿，谆谆教诲，她一辈子都会记住你的恩情。"

"这是应该的。我这条命应该说还是你救的，当初我和薛兄在去南昭公干回来的路上，遭遇瘴气，我拖着病体回来，没有你的悉心照顾，我的命早没了，只是薛兄不幸英年早逝。"杨永清动情地说，眼眶里已溢满泪水。

张瑞枝说："那是你福大命大，以后你的前途也定是无量。"

"难啊，朝廷经过安史之乱后，比不得从前，小人当道，谈何容易？"杨永清顿了顿说，"自从节度使韦皋来后，薛涛去过韦府几次，每次的表现都很出色，她才情过人，颇得韦大人喜爱，但一个女孩子过多出入这种场合并不好，官场险恶，人心叵测。还有刘辟的儿子刘叔方也在和涛儿套近乎，那小子人品不端，你得让涛儿提防，能避开他就尽量避开他。"

张瑞枝也是担忧："是呀，我也为这事担心呢。每次节度府有酒宴，韦帅总邀请涛儿去，她又不能不去，而且她似乎很喜欢那种场合，说可以和大家吟诗交流，能学到很多新东西。"

杨永清问："涛儿也不小了，今年十六了吧，不知道你作何打算？"

"我们还是想找机会回长安，若涛儿在这里定了亲，恐怕一辈子就回不去了。何况在益州城哪有那么合适的人家呢？有头有脸的人家恐嫌弃我们孤儿寡母，无依无靠，又是外地人。差点的人家又怕委屈了涛儿，难啊！"张瑞枝叹了口气说。

杨永清安慰道："别着急，慢慢来。我虽然去眉州了，还会经常过来看望你们。"

张瑞枝非常感激："谢谢你的关照。"

杨永清站起来："时候不早了，我该回去了。"

他刚迈开步子，踉跄了一下，张瑞枝连忙扶住他。

杨永清抓住张瑞枝的手，放在胸前，眼睛逼视着她。张瑞枝迎着他的目光，眼睛里充满了柔情。

杨永清低下头，想亲吻她一下，张瑞枝挪开了一点，忽然恢复了冷静，叹口气说："他世叔，你该走了。"

垂下头的杨永清满脸凄然地说："那……我走了。"

张瑞枝倚着门框，看杨永清出了院门沿着濯锦江走了。月光下那孤独的身影深深刺痛了她的心，泪水不自觉地涌了出来。张瑞枝擦干泪上了楼，看见薛涛拿着一块玉佩透过灯光在细细端详。

"什么宝贝，看得这么认真？"看到薛涛专注的神情，张瑞枝问，"给我瞧瞧。"

薛涛把玉佩递过来："可能是柯文灿落下的，等我的脚伤好了，我托老师还给他。"

"嗯，行。"

张瑞枝接过玉佩看了起来。这是一块上等的和田羊脂玉，颜色洁白，细腻，滋润，微透明，宛如羊脂。她将玉佩递给薛涛说："早点还给人家，说不定他正在着急找呢。"

几天后，柯文灿来看薛涛，带来了三七、当归和肉鸽。

薛涛将柯文灿迎进书房，忙将玉佩拿出问道："柯公子，这是你落在这里的玉佩吧？"

柯文灿接过来看了看说："是我的，看来这块玉和你有缘，就送给你吧！"

"那怎么行呢？这是你的随身物件，我不能收下。"薛涛忙连忙拒绝。

柯文灿接过玉佩，重新戴在脖子上。

随后，两人在一起谈诗论文，针砭时弊，越说越投缘。

张瑞枝留柯文灿在家吃饭，柯文灿虽然嘴上推辞，心中满是喜欢。薛涛说，若推辞就见外了。

"恭敬不如从命。"柯文灿说，内心充满了喜悦。

午饭时分，张瑞枝看到两个碧玉般的人儿互相谦让，心想：若上天垂怜我们母女，有这么个女婿，我就心满意足了。两人年龄相当，还真是比较合适，柯文灿谦和懂礼，耿直善良，只是不知是否定亲……

想到这里张瑞枝问道："柯公子才貌双全，年轻有为，不知道今后作何打算。"

"承蒙伯母夸奖，本无意于仕途，但父亲想让我博功名。不想让父亲伤心，所以近些时日我在拜师读书，以便他日进京应考。"

张瑞枝说："这样最好，如今国家正需要治国安邦的人才，你有远大志向，他日一定功成名就。"

柯文灿说："谢谢伯母吉言。"

此后，每当薛涛在老师吴子儒处习字时，总能碰到柯文灿，柯文灿每次都比她到得早。两人在老师的指导下读书习字。他们也有观点不同时的激烈争论，多是柯文灿做了让步。看到两人如此刻苦用功读书习字，吴子儒看在眼里，喜在心里。柯文灿悟性高，正直憨厚善良，能成为可造之才。薛涛聪慧善辩，悟性虽更胜过柯文灿，但是心高气傲，有点狂放不羁，将来可能因这一点吃亏。若两人有缘结成连理，性格上相互取长补短，那是最好不过的了，吴子儒心想。

初夏，虽然不是很热，但窗外树上的蝉却在声嘶力竭地喊着"热呀，热呀，热呀"。在老师屋子里读书习字的薛涛和柯文灿不约而同地抬起头，相视一笑。柯文灿约薛涛出外走走，薛涛欣然同意。

两人出了门，沿着浣花溪漫步，溪边翠竹连连，柳树成排，但柳枝却一动不动。沿着溪边的浓荫走不多远，他们朝右走去，那里有一片茂密的树林。忽然柯文灿喊道："洪度，快来看，忍冬鸳鸯草。"

薛涛顺着柯文灿的手指看过去，看到一大片翠绿缠绕的灌木，长长的藤条上黄白花点缀其上，两两相对而开。

"好漂亮的鸳鸯草啊！"薛涛感叹道。

"是呀，每到冬天，鸳鸯草忍受着冬天的寒冷与风雪，相互鼓励与扶持，支撑起一片绿色，点缀着这个世界，而当春天来临时，新叶长出，老叶这才慢慢落去，正如生命的轮回。"柯文灿接着说，"看！绿色丛中这黄白两花对对而开，洪度，你说像什么？"说完，朝薛涛深情地一笑。

薛涛听后，用嗔怪的眼神看着柯文灿，把这个"皮球"给踢了回去："宇晨，你说像什么？"

"呵呵，我说像两个人，正待在一起的两个人。"柯文灿一语双关，旋即又自语，"若是我们也能这样两两相对而生该多好！"

听了柯文灿的话，又见他痴痴呆呆的样子，薛涛莞尔一笑，一双大眼睛骨碌碌一转说："宇晨，我送你一首诗吧。"

柯文灿十分高兴："好，我定当刻骨铭记。"

薛涛思索了片刻，轻声吟了出来：

绿英满香砌，两两鸳鸯小。

但娱春日长，不管秋风早。

"这首诗是什么题目？"柯文灿故意问。

薛涛卖关子："不告诉你，你自己去想吧！"

"我知道，是不是《鸳鸯草》？"柯文灿得意地一笑，并且吟诵一遍。当吟到"但娱春日长，不管秋风早"时，心中一沉，似乎明白薛涛这首诗的用意，想到这诗是送给他的，旋即央求道："洪度，一会儿回去后，还请你给我写在纸上，你的字和你的诗一样让人爱慕。"

"宇晨见笑了，"薛涛接着问，"你如此苦读，是不是准备明年进京赶考？"

沉吟片刻，柯文灿说："有这个打算，不知洪度有何指教。"

薛涛微微一笑："说指教就言重了，既然你胸怀治国大志，就该当博览群书，贯通古今，深研经国纬邦之策，千万别儿女情长。"

柯文灿点点头："洪度所言极是，我定当努力。"

两人不知不觉聊了半日，太阳已经偏西，这才恋恋不舍地回去。

后来两人在吴子儒处读书时，柯文灿有事没事就写上"鸳鸯草"三字，故意请教薛涛，他的字是否有长进。薛涛自然明白柯文灿的心事，也逗逗他，说写得不好。日复一日，在学习和相处中，两人的感情渐渐加深。

薛涛因为母亲生病，有些日子没有去老师吴子儒处，等她再去时，没有见到柯文灿，心中不免挂念着他，又不好意思问老师，心中怅然若失。

一日薛涛在老师处习字，透过窗户她见柯文灿匆匆进来，满脸焦急。

"洪度，好些时日没见你了，很想你了。"柯文灿把手搭在薛涛肩上，俯身在薛涛的秀发上吻了一下。

薛涛站起来，回过身，迎着柯文灿的目光，她看见柯文灿清瘦了许多，满脸愁容。

薛涛关切地问："宇晨，你怎么啦，怎么瘦成这个样子，生病了吗？"

"没有。"柯文灿似有满腹心事，欲言又止，忙问："家里出了什么事？""没有，别多想。洪度，老师呢？"柯文灿叹了一口气，突然把薛涛拥进怀中，紧紧地，仿佛害怕一松手，薛涛就没了似的。他在薛涛额上亲了一下。

"老师在后面菜园地里。"薛涛告诉柯文灿。

柯文灿再次亲了薛涛的脸颊，说去找老师。

薛涛感到柯文灿亲过的脸颊似乎在发烫，她看着柯文灿急急地往后面菜园里去了。

　　吴子儒在院子里与柯文灿边说边走进院子，然后两人告别。柯文灿朝屋内的薛涛望了一眼并和她挥了挥手，匆忙地离开。

　　第二天，薛涛独自一人在吴子儒处习字，吴子儒缓缓踱进屋子，走到薛涛身后，看到薛涛的字又长进不少，心中非常欣喜。他咳嗽一声，然后说道："嗯，不错，若这样练下去，说不定他日成为大家。"

　　薛涛回过头来见老师站在身后，忙起身拉过一张椅子说："老师来了，您请坐。您看我这个捺是不是写得有点轻飘？"

　　吴子儒说道："是的，下笔的时候可轻点，到这里后可将力度加大。"他做了个示范，薛涛一试，果然比以前好多了。

　　师生二人就书法中的一些问题又进行一番探讨，薛涛似乎有些心神不宁。吴子儒明白薛涛在想着昨天柯文灿的匆匆到来与离去，但是他不说，他要等薛涛自己提出来。他想若薛涛真的喜欢柯文灿，她会问及柯文灿的事，若不喜欢她会漠不关心。正当他这么想的时候，薛涛开口问道：

　　"老师，宇晨近段日子没来，昨天一来就匆匆离去，他家里是不是有什么事？"

　　吴子儒说："是啊，或许此事与你有关。"

　　薛涛瞪着眼睛惊奇地问："老师，怎么与我有关啊？"

　　吴子儒叹了口气，问薛涛："你觉得灿儿怎么样？"

　　薛涛回答："不错呀，武功好，现在又在老师您这里习文，将来可是个文武双全的人才呢。"

　　"那么，你喜欢他吗？"吴子儒紧接着问。

　　听到老师这么直接地问这个话题，薛涛有点害羞地说："老师，您怎么突然问这个？"

　　"我不是在说笑。"吴子儒喝了口茶亲切地说道，"我在和你谈正事。"

　　薛涛不解："老师，您今天怎么突然问这个话呢？"

　　吴子儒半晌没说话，薛涛急了，眼巴巴地看着老师。

　　看到如此情形，吴子儒开口了："首先你要告诉我你喜欢不喜欢他。只有回答这个后我再接着说下面的，否则就当我老糊涂了，什么也没说。"

"老师，您看您……"薛涛拖长了声音嗔怪，然后低下头羞怯地说，"老师您不是看在眼里了吗？"

听到薛涛这语气，吴子儒明白了。

"文灿的父亲准备给他定亲，女方是益州城内有名富户的女儿，听说人长得不错，为人也贤淑善良，也读过诗书。"看着薛涛在认真地听，吴子儒接着说，"是女方派人提亲的，文灿的父亲觉得还行，另外那家在益州的权势也不可小觑，与韦皋身边正当红的刘辟又沾亲带故。文灿的父亲觉得这亲事若答应，对文灿将来的前途很有帮助，而且……"

"那文灿答应了没有呢？"薛涛着急地问，打断了吴子儒的话。

此时，吴子儒心中有数了。

"灿儿喜欢另外一个女孩子，所以当他父亲一提出来这件事他就回绝了。但是父命难违，涛儿，你说这事依你怎么办？"

薛涛迟疑了一会儿说："老师，这是他们家的事情，我怎么好说？"

吴子儒缓缓地说："哦？那我只好劝灿儿答应这门亲事了，正如我那老友说的，灿儿只有把家安了，心也安了，才能更好地读书，博功名。"

薛涛反驳："那么急干吗，先博功名，再成家还不是一样？"

"呵呵！"吴子儒笑了，"急了吧，涛儿，给老师说真话，你喜欢他吗？他非常喜欢你。"

薛涛低下头小声地说："他喜欢我又没和我说。"

见此情形，吴子儒说："可他给我说了，还求我问你，他说怕你回绝，所以不敢对你说。我也不绕圈子了，你给我一个实话，若喜欢灿儿，我只好舍出这张老脸帮你牵线……"

"谢谢恩师！"薛涛脸红了。

吴子儒开心地笑了。

几天后，吴子儒在锦江楼请柯文灿的父亲柯翰喝茶。

柯翰比吴子儒先到，见老友进来，柯翰抱拳忙起身寒暄道："吴兄，近来可好？一直说去看你，你看我这身体，唉，你比我还大一岁，却精神矍铄，健步如飞，比不得你啊。犬子也让你费了不少的心，在您的悉心教诲下，长进不少呢。"

"哪里，哪里，你的身体看起来也不错啊。"吴子儒抱拳回礼道。

柯翰拿过身边的拐杖在地上磕了磕说："吴兄，你看我都用上这个了，唉！真的老了。"

摸了摸满头的白发，吴子儒也感叹道："是啊，当年学堂读书仿佛是昨日，一觉醒来，我们都老了。"

两人落了座，先是就益州城显现的一片太平而欣喜，赞叹韦皋治理有方，让一方百姓过上太平的日子，然后他们就南诏和吐蕃的问题进行一番评说。

柯翰说："南诏自从依附于吐蕃与我朝相背之后，也吃尽了吐蕃的苦头。每次只要吐蕃兴兵侵扰我朝西南边塞，必定以南诏兵作为向导和先锋，而且在待遇上南诏兵和吐蕃兵区别颇大，对百姓又征税极重，引起南诏的不满。韦皋镇蜀后，南诏来使以示修好，这对将来打败吐蕃将是大有好处。"

吴子儒回应道："是的，比起前任崔宁，韦皋确实深得人心，若是多一些这样的官员，我大唐就繁荣昌盛了，百姓也能安居乐业，少受战乱之苦。"

"今天吴兄找我来，是不是有什么事？"柯翰想到平时若是有什么事情，总是柯文灿在他们之间传递信息，今天吴子儒请他喝茶，肯定是有什么要事。

"嗯……"沉吟片刻，吴子儒问道，"灿儿今年多大了？"

柯翰答道："已满了二十。"

吴子儒又问："哦，定亲了吧？"

"还没呢，这不，丝绸店李府让人来提亲，他家二丫头看中犬子，我托人暗访了一下，觉得那姑娘还不错，知书达理，准备答应这事。何况成了家，他的野性也可收敛一些，安心读书去博功名。可给犬子一提这事，他就极力反对。我说父母之命，媒妁之言，这是天经地义的。可他还是不答应，闷在屋子里，哪里都不去，有几天不吃不喝，看着让人心疼，我也不逼他，就缓一缓吧。唉，都是他母亲给娇惯的。"柯翰叹了口气说。

吴子儒听后，微微一笑说："或许灿儿是另有隐情呢，比如……"

不等吴子儒说完，柯翰忙问："不会是常在你那里习字的薛洪度吧？"

"正是薛洪度。"既然柯翰点破了，吴子儒就说出来了。

"难怪这半年来，灿儿读书如此上心，每次去你那里开心得不得了，回来嘴边也总是挂着薛洪度的诗文怎样，字写得怎样。可是吴兄啊，他们俩那是万万不可能的，我可不敢拿身家性命开玩笑。"证实了是薛涛，柯翰有些惊恐地说。

"柯兄太言重了吧。"柯翰如此惧怕，倒令吴子儒很感意外，但仔细一想，柯翰在地方为官多年，一直小心翼翼为人处世，不像他在京城，见过大涛大浪，也就理解柯翰的惶恐了。

"坊间传言，那薛洪度如今是韦皋的大红人，正值二八妙龄，听说才华横溢，容貌出众，每每酒宴之时，节度府都要派马车接去吟诗唱和。一个女孩子家在男人堆里抛头露面，这……节度使帅，我可得罪不起啊。另外李家地方势力大，与刘辟沾亲带故，若是得罪了他们，随便找个理由，我可是吃不了兜着走。不行！不行！"柯翰连连摇头。

喝了一口茶，吴子儒说："我看是你多虑了。洪度的家庭背景你也知道，就是现如今，朝廷后宫时时有人托话过来让韦皋照顾薛判官家的孤儿寡母。再说韦皋也不像是崔宁那样的人吧。"

柯翰说："我和薛郧共过事，若他在，这门亲倒是可以结，可现在情况很复杂……人心叵测，世事难料啊。"

"难道你要灿儿像你当年一样？"吴子儒忍不住提起往事。

一听这话，柯翰满脸凄然，半晌不说话，叹了口气说："这辈子还不是过来了。"

"是呀，是过来了，可你这辈子舒心过吗？"吴子儒问道。

是的，日子是一天天过去了，可柯翰过得并不舒心。吴子儒的话勾起了柯翰痛苦的回忆。

那时他们两人一起求学，也是无话不说的好友。柯翰和一位女孩子两情相悦，相约百年。无奈家中给他另定亲事，生性懦弱的他不敢违抗父命，娶了大他三岁的女子即现在的妻子，就在他成婚的当天晚上，爱他的女子留下一首诗后，投入浣花溪中殉情而亡。当吴子儒把那女子的绝命诗和以前写给柯翰的几十首诗文交给他时，柯翰的心几乎碎了。多少年来这隐痛一直深藏在他的心中，而且越到年老越是纠缠着他，这也是他多年来很少去浣花溪的缘故。现在为儿子的婚事，吴子儒揭了他的伤疤，想到儿子那绝望的眼神，他的心猛地疼了一下。

柯翰问："吴兄，那你说怎么办？两边我都得罪不起啊。"

吴子儒说："提亲的女子那边，你就以儿子要去京城赶考为由辞掉，节度府这边我想韦皋不会是那样的人。"

"不过，我也有个条件。那就是我辞掉李家的亲事，灿儿必须博取功名，我才应允他自主婚姻。"柯翰想以此激励儿子发奋读书，博取功名。

见柯翰如此坚持，吴子儒想这两孩子的事以后就看缘分了，他也只能帮到这里。

第二章　空结同心草

一　夜宴节度府

阑边不见蘘蘘叶，砌下惟翻艳艳丛。细视欲将何物比，晓霞初叠赤城宫。

——薛涛《金灯花》

秋蝉在院子里有气无力地嘶鸣，夕阳透过斑驳的树叶洒在地上，几只母鸡悠闲地转来转去，小楼在静谧中显得有些肃穆。薛涛端坐窗前，任斜阳从窗户外射进来，她光洁的额头和白皙的脸庞显得更加生动。薛涛端着镜子，看着镜子的人，朝她努努嘴，那人也朝她努努嘴；她眨眨眼睛，她也眨眨眼睛。薛涛笑了，放下镜子。起身去拿了一张宣纸，她要照着镜中的自己画一张像，送给柯文灿。

磨好墨，薛涛摊开宣纸，正要下笔，忽然听见有马的嘶鸣。透过窗口，她看见刘叔方正从马车上下来，朝院子走来："薛洪度，薛洪度，韦主帅有请！"见张瑞枝出来了，刘叔方忙作揖道一声夫人好，告知京城来了客人，节度府晚上宴请京官，有请薛洪度。张瑞枝说薛涛身体微恙，不方便。刘叔方面露难色，说韦大人再三嘱咐一定要请到薛洪度。

"刘公子，我去。"不知道什么时候薛涛下来了，回答道。

张瑞枝生气地责备道："涛儿，你……"

刘叔方忙表白："不要紧，夫人，我一定送洪度安全回来。"

"那早点回来。"张瑞枝颇有些无奈地说。

薛涛让刘叔方稍等，说去换套衣服。一袭白衣的她出来了，宛若飘飘仙女，看得刘叔方半晌回不过神来，看到他呆呆的样子，薛涛抿嘴一笑，说道："刘公子，请！"

坐上马车，马夫一甩鞭子，车就稳稳地跑起来，刘叔方骑着马跟在车后，一脸的惬意。

节度府前，仆人们忙进忙出，满是忙碌喜庆的气氛。刘叔方下了马，让侍从将马牵走，他走到马车前，掀起帘子，欲扶薛涛，薛涛摆摆手自己跳下来，径直走向大厅。大厅窗明几净，韦皋正端着茶盅啜饮，旁边坐着一位老者，刘辟也坐在一旁，一脸的笑意。看见薛涛进来，韦皋眼睛一亮，微微颔首。薛涛先走到韦皋面前，行了礼："韦主帅好！"又走到那老者面前行了一个礼，最后走到刘辟面前，问候"刘大人好"，随后和旁边的刘叔方站在一起。韦皋见此，忙说："坐，洪度，你坐下！"见韦皋对薛涛如此客气，刘辟站起来，把薛涛带到那老者面前介绍说："李大人，这就是蜀中有名的小才女，薛洪度。洪度，这是京城来的李大人。"薛涛再次问好，随后落座。

李之训捋了捋胡须，看着薛涛片刻，微笑道："嗯，不错，有薛贵妃的神韵。"心中却不免惊叹：如此美貌的小女子，就是京城也不多见，可惜流落蜀中。若是薛判官在世，或许她们的生活又是一番情景，难怪薛贵妃一再叮嘱他一定要亲眼见见她的侄女。他将头转向韦皋说道："韦大人，这次我前来西川，薛娘娘私下让我给您捎个口信，洪度母女还望您多多关照。"

韦皋忙点头："那是自然，洪度天生丽质，聪慧异常，才情出众，是我蜀中不可多得的小才女。听说她很小就名闻京城。"

"是啊，我和她父亲薛郧交情不错，算是忘年交吧。洪度八岁那年，我们几位同人和薛判官在院中饮茶，她欢欢喜喜地爬到父亲的膝头玩耍，薛判官让她回屋去习诗，她不肯离去。我们便逗她，说不去习诗也行，你父亲说上句，你对下句，对上了就不去习诗，她边玩边说好。"

看到众人在悉心静听，李之训接着说："薛判官抬头看了看院中枝繁叶茂的梧桐树，沉吟片刻道'庭除一古桐，耸干入云中'。哪料洪度想都没想，顺嘴接道'枝迎南北鸟，叶送往来风'。众人一听，大乐，拍手称好。洪度小小的年纪，才思敏捷，一时在京城传为佳话。唉，可惜薛判官已不在人世……"李之训叹了一口气。

看到李之训如此伤感，韦皋忙接道："是啊，薛判官英年早逝，我蜀中少了一位将才，不然正当为国效力……不过让人欣慰的是，洪度通音律，擅诗赋，巾帼不让须眉。"他顿了顿，又说，"大人不辞劳苦，一路劳顿，今晚略备酒菜，也请洪度赋诗助兴，咱们一醉方休。"

刘辟忙附和："好！有洪度赋诗助兴，大人一定会开怀畅饮。"

韦皋请李子训等入席。

节度府乐伎春萍着一身淡绿绸服已站在古琴边，她的义父赵乐师正站着擦拭排箫，还有几位年轻貌美的女子，拿着笙或箜篌站在一旁。被邀请的地方名人绅士陆续进来，被仆人们领着一一在厅内落座。柯翰拄着拐杖也来了，他没料到他也被邀请。听说从京城来的李之训文韬武略，为人正直，他有心结识。李之训是吴子儒的故友，儿子柯文灿将来的前途或许要仰仗于他。柯翰早早在家准备并等候，直到黄昏时分才坐着马车前来。

大厅里，烛火通明，笙乐渐渐响起，客人们一一落座。韦皋和李之训在刘辟等人的拥簇下坐入上席。众人忙起身，说道："李大人好！韦大人好！"韦皋以手示意，大厅立刻安静下来，音乐也戛然而止。韦皋欣然举觞朗声道："今日李大人不辞劳苦从京城来我西川，本府略备薄酒为李大人接风洗尘。来，我们先敬李大人。"众人一饮而尽。

李子训显得有些心事重重。韦皋看在眼里，朝刘辟使了一个眼色，刘辟会意，端起酒盅，将酒盅用双手举过头顶："李大人一路风尘，不辞劳苦，我敬你。"

李子训端起酒盅只喝了一小口。刘辟朝身后挥挥手，于是丝竹之声响起，这是一首《女冠子》，是教坊春萍的得意之作。开门曲后，两厢各自走出一队婀娜多姿的少女，随着音乐翩翩起舞。

韦皋给李子训敬酒后，低声问道："李大人，吐蕃那边情况怎样？"

"唉，八月三十日，吐蕃尚结赞率兵大举入寇泾州、陇州、邠州、宁州，掠人马牲畜，收割庄稼，西部边境不得安宁，州县各自为守。此次皇上让我来西川，查看南诏实情。"

韦皋道："大人尽可放心，我等西南军民同仇敌忾，想他们暂时不敢妄动。"

李子训舒展了眉头："那就好！"

等蜀中一些名流给李大人敬酒之后，柯翰也前来敬酒，并提到吴子儒带来口信，说他日一定请李之训浣花溪一聚，李之训满心欢喜地应承了。看到李之训心情好了起来，韦皋才想起薛涛不在席上，忙问刘辟。

刘辟大声道："洪度有请！"

厅内顿时寂静无声，只见一袭白衣的薛涛款款走进大厅，明眉秀目间却流露出一股丈夫的英豪之气，那不同流俗的气质让众人不由得发出心中的赞叹。早有人把酒备好，送入她手中，她走到李子训面前，朗朗祝颂道："这觞酒祝李大人贵体康泰，政声远播，青史留名。"说罢一饮而尽。

韦皋看到薛涛巧言善道，不禁欣悦，赞道："好，洪度海量。"

李之训端起酒盅也一饮而尽，众人喝彩。

薛涛再倒一盅，敬韦皋道："祝韦大人身体安康，愿我蜀中政通人和，吏治清明，百姓安康！"她又一饮而尽，众人鼓掌。

侍从又给薛涛满上一盅，她环视厅内："这盅酒祝各位前辈福禄双齐，一切如意！"

众人端着酒盅尽兴而饮。

气氛热烈起来，有人建议："有酒必有诗，早闻洪度诗名，何不借此良宵赋诗一首？"众人纷纷赞同。

喝下几盅酒的薛涛，风姿绰约，仪态飘逸，面若桃花，独具一番风韵，平日庄重威严的韦皋，此刻也不能自持，流露出一种异样和微妙的情绪。刘辟看在眼里，心中掠过一阵快意，柯翰也看到韦皋的情绪变化，不动声色地坐在那里。

韦皋带着薛涛，走到厅前，那里有一盆金灯花和一盆木槿花，他指着这两盆花对薛涛说："洪度，就以这两盆花为题，赋诗两首，让我们一饱眼福耳福。"

薛涛低首行礼道："各位大人，小女子献丑了。"只见她在厅内缓步走向几桌旁，那里早放好笔墨。略思片刻，她一挥而就：

> 阑边不见蘘蘘叶，砌下惟翻艳艳丛。
> 细视欲将何物比，晓霞初叠赤城宫。

侍从将《金灯花》这首诗拿给李之训看，李之训朗声念了出来，赞叹："果然名不虚传，才思敏捷，诗文大气厚重。还有这字，笔力俊激，毫无女子之气，颇有王右军之法，细看又有卫夫人之韵，好诗、好字！另外……"

还未说完，另一首诗《木槿花》又送来了。他再次朗声念道：

> 红开露脸误文君，司旁芙蓉草绿云。
> 造化大都排比巧，衣裳色泽总薰薰。

"好！好！蜀中有如此才情的女子，世上真是少有啊！"李之训拍掌赞道。

不知道什么时候薛涛站在李之训身边了，她羞怯地一笑，说："拙诗有污大人耳目，愧不敢当，小女子再敬大人。"

看着薛涛，韦皋心中暗暗赞道，好一个锦口绣心的奇女子，真是难得。

薛涛的两首诗在众宾客间传阅，赞叹声在大厅响起。当柯翰读到薛涛的诗时，心中感叹：这个让儿子痴迷的女子果真不同凡响，只是……他不愿多想。

柯翰迟疑间，手中的诗稿已被他人拿去传阅。

李之训心情很好，众人再次敬酒，酒宴又进入一个高潮，薛涛端着酒杯给在座的一一敬酒。当敬到柯翰身边时，柯翰关切地请洪度酌量。薛涛抬头看着这似曾相识面目和善的老人，心中一阵温暖。

酒过三巡，刘辟提议让薛涛演奏，大家齐声说好。薛涛和赵乐师商量了一会儿后，她走到古琴旁，春萍让位。只见薛涛端坐古琴后，纤纤手指灵巧地一拨，优美流畅的琴音便在大厅荡漾开来，高音部慷慨激昂，低音部粗犷豪放；舒缓处如春风拂面，水波荡漾，激昂处如金戈铁马，让人如身临战场……

所有的人皆陶醉在这美妙的音乐中。

当这场宴会结束时，已经深夜，众宾客纷纷告辞。

韦皋让侍从带李之训去客房休息后，看到薛涛在帮着赵乐师收拾琴具，他走过去对薛涛说："洪度，太晚了，要不你去春萍那里歇息一晚，明早回去。"

薛涛回头盈盈一笑，婉拒道："谢谢您，我若不回去母亲会着急的。"

韦皋说："那好，我让车夫送你。"

不远处的刘叔方听到这话，连忙过来："节帅，您放心，我送薛洪度回家。"

"好！好！"韦皋听到刘叔方说送薛涛回家，很高兴。

出了节度府的大门，薛涛看见很多人陆续上了他们自己带来的马车走了。凉风一吹，薛涛觉得有点冷，忙紧了紧衣服。此时车夫已在门外等候，薛涛上了马车，没想到刘叔方也跟着上了马车。看到薛涛惊愕的表情，刘叔方忙说道："洪度，抱歉，我的马给王大人用了。"

薛涛往旁边挪了挪，刘叔方一声叹息："洪度，我就那么令你生厌吗？"

薛涛不吭声。不太大的空间坐着两人，显然有些拥挤。马车经过坑洼不平的路段，刘叔方借着颠簸故意往薛涛身上蹭。薛涛尽量避开他的身体。很快马车到了薛涛家的门前，刘叔方先跳下车，想扶薛涛下来，薛涛自己跳下马车，谢了车夫，也让刘叔方留步，刘叔方执意要送进院子。

还未进院子，刘叔方上前猛地抱住薛涛，口中喃喃说道："洪度，嫁给我吧，我会对你好的，家里逼着我相亲，逼着我成婚，我都拒绝了，我一直在等你……"

薛涛想推开刘叔方，可刘叔方越抱越紧，打着酒嗝的嘴在薛涛脸上乱啃，手伸进胸脯乱摸。薛涛一边挣扎一边说："刘公子，你喝醉了，你放开我。"

"不，我不放开你，除非你答应嫁给我。"刘叔方的动作更放肆了。

"啪"的一声响，薛涛打了刘叔方一耳光，趁着他松开手捂着脸发愣的刹那，薛涛忙推开门，进院子后转身，"哐"的一声把门紧紧拴上。

刘叔方回到家里时，已经快午夜了。他蹑手蹑脚地走过父亲刘辟的书房，看到父亲的影子投在书房的窗户上。刘叔方想溜回自己的卧室，不料听到刘辟威严的声音："进来！"

刘叔方忙四下里看看，发现周围没人，才知道是叫他的。

他走进书房，看见刘辟发怒的面孔，并厉声问道："又去青楼了？"

刘叔方战战兢兢："没，没有，我送薛洪度回家去了。"

刘辟的脸色缓和了一点："要这么长时间吗，你的脸怎么肿了？你给我跪下！"

脚一软，刘叔方就跪下了，他不知道父亲为什么这么生气。

刘辟踱到他身边，看了看他的脸："是薛洪度打的吧？打得好，我再替她打你一耳光。"刘辟果真又打了儿子一耳光，"记住，从今以后，你不要再打薛洪度的主意。"

刘叔方不解地看着父亲，他看见父亲握紧拳头，几乎是咬牙切齿地说："她将是我手中的一粒棋子。"

刘叔方还想说点什么，但看到父亲阴郁的眼神，什么都不敢说了。

"起来，你记住没有？"看到儿子站起来鸡啄米似的点头，刘辟手一挥，"不争气的东西，去睡吧！"

刘叔方走出书房，忽然又折了回来，问道："父亲，我有一事不明白，薛洪度怎么会是你手中的一粒棋子？"

"少问，以后你自然会明白。"听到父亲如此回答，刘叔方只好走了。

刘辟坐在书房，喝了一壶茶，最后心事重重地叹了口气，摇摇头走向小妾秋菊的卧室。

秋菊见刘辟进房，满心欢喜，迎上前去，不料刘辟手一挥，不耐烦地说："给我泡壶茶！"

"已经很晚了，早点歇息吧。"秋菊小心翼翼地说。

"何时才能有出头之日啊，我已经等了很久。"刘辟自言自语。

秋菊满面的茫然。

……

秋天的阳光从树叶中透过来，柯翰坐在院子里沉思，过两天吴子儒要请李之训去浣花溪叙旧，他不知道自己该不该去。按理他应该去，为儿子明春的考试他觉得应该攀附李之训，此外，在锦江楼宴请李之训也要隆重。

柯文灿立在父亲身边，他看着父亲悠闲地喝茶，却不出一声。他不明白父亲为什么把他喊来，却又不说什么。正纳闷时，柯翰开口了："灿儿，考试准备得如何了？"

见父亲问及此事，他蛮有把握地回答："父亲，我想还行吧。"

"嗯，这几日你要好好准备。你是作为生徒直接参加尚书省考试，主荐人呢，我想请李之训大人。"

柯文灿一听，十分高兴。他想了想问道："那我是考进士科还是明经科呢？还请父亲明示。"

柯翰沉吟片刻说："当然是进士科，我还指望你能光宗耀祖。天下不很太平，皇上需要大量的人才，听说皇上对这次考试很重视，你要把握这次机会。"

柯文灿答道："我不会让父亲失望的。"

柯翰迟疑了一会儿又说："还有一件事呢。"

柯文灿急切地问："什么事，父亲？"

"嗯……"柯翰似乎有点为难，欲说还止。

"父亲，什么事？"柯文灿追问了一句。

"哦，你和薛洪度的事可不可以放一放，我觉得你和她不太合适。"柯翰的脑海里又闪现韦皋看薛涛的眼神。

柯文灿急了："你答应过我的，父亲，你说我若高中就可以迎娶薛洪度。"

"此事以后再议吧。你的老师过两天可能要请李大人去浣花溪叙旧，你也过去看看，一来可以帮老师跑跑腿，再者和李大人联络一下感情，他将是你仕途的领路人。"

"谢谢父亲的教诲。"柯文灿答道，"若没有什么事，父亲，我退下了。"

柯翰关心儿子的这场考试分为进士、明经、明法、明书、明算等科考科目。以前还要考秀才科，不过在高宗即位时已废除了。秀才科最难，取士最为严格，试方略策五条：文理俱高者为上上；文高理平、理高文平者为上中；文理俱平为上下；文理粗通为中上；文劣理滞为不第。秀才科只有一个考试项目，就是"方略策"五条。其主要内容是论述圣贤治道、古今理体之类。要做好方略策，既要有精博的学识，又要有明晰的思辨；既要文采可观，又要理义精当。从高祖武德年间到高宗永徽年间，每年考中秀才科的不过一两个人。明法、明书、明算都是专门的考试，是选拔学习法令、文字、数学等方面的专门人才的科目。其中除明法出身者有可能做到高官外，明书、明算都不能高升，因此士子一般都不愿参加这几科的考试。明经好一点，但考上也做不了大官。进士这一科考诗乐曲赋，时策、国家大政方针。柯翰知道如果儿子要走仕途，也只能考进士这一科了。他指望举荐人的身份对儿子能有所帮助，若是儿子能有薛洪度那样的才情他就不用操心了。所以在考哪一科上柯翰还是很犹豫，应试者那么多，儿子能考中吗？他心里没底。

锦江楼在任何时候都是热闹的，薛涛和柯文灿喜欢在热闹中找一个清静的地方喝茶。

他们坐在靠江边的窗前，濯锦江水在窗下静静地流淌。柯文灿深情地看着薛涛，直看得薛涛的脸变得绯红。

"不认识啊？"薛涛嗔怪道，"又犯傻了。"

"呵呵。"柯文灿笑了笑，随即又愁眉苦脸。

看到他变了脸色，薛涛问道："什么事情不开心？"

"父亲要我考进士，你知道我考明经可能还有希望，考进士心里没底。"

"三十老明经，五十少进士。没事，还有几个月的时间。"

柯文灿疑惑地问："行吗？"

薛涛淡淡一笑："你行的，进士科的帖经不就是按照指定的题目创作诗、赋，或者是时务策吗？你的功底不错，加上充分发挥自己的能力，现在安邦治国需要人才，肯定在这方面去挑选人才，你只要把自己的抱负和如何安邦兴国的策略写出来，一定能高中。"

"可是，进士一千人左右也不过录取一二十人，而明经的考试简单，只考帖经和墨义。帖经一般是摘录经书的一句并遮去几个字，填充缺掉的部分；墨义是关于经书文章的问答。我已经将经书和注释都背熟，应该都能通过考试。况且明经科的录取比例则要高出进士科十倍之多。"

"男子汉大丈夫，该有远大的理想与抱负，心中有了这个目标自然能做出好文章来。"薛涛柔声地说。

柯文灿听完薛涛的话，心中升起一股豪情："是的，男子汉立于天地之间，就该顶天立地。"

薛涛伸出手，紧紧握住柯文灿的手，两人对视着，恍若偌大的锦江楼只有他们俩。

"对了，还有一件事，吴老师让我们明天和他一起陪李大人在浣花溪走走，让你早点去接李大人。可能是你父亲带你去节度府接李大人。"薛涛很快回过神来说道。

柯文灿回答："知道了。"

话音刚落，忽然不知道从什么地方冒出了一市井泼皮，走过他们的桌子时，故意撞上桌子，杯中的茶水溅湿了他的衣服，他仗着人高马大抓起茶壶将余下的茶水泼向柯文灿，随即嚷嚷要柯文灿赔他的衣服。柯文灿与他讲道理，却不料那泼皮抓住柯文灿的衣服说："不赔是吧，那就吃我的拳头。"说完一拳打向柯文灿的鼻子。

柯文灿的鼻子出血了，他开始还击。

薛涛想拉开两人，却不料被泼皮一掌推了个趔趄，说："不关你的事。"

那泼皮眼看打不过柯文灿，吹了一声口哨，不一会儿又冒出四五个泼皮，围着柯文灿拳打脚踢。喝茶的众人围上来，劝架的、喝彩的、看热闹的，一时间整个锦江楼乱哄哄的。忽然，那泼皮又一个呼哨他们全撤了。

薛涛从楼上看去，看到楼下刘叔方的身影一闪，霎时她明白了。

锦江楼的掌柜已经上了楼，和薛涛一起扶起柯文灿。

薛涛忙掏出手巾擦去柯文灿脸上的血，掌柜把柯文灿带到他的房间洗去污血。

柯文灿洗完脸上的血迹，薛涛心疼地摸了摸他肿起的脸说："灿儿，先去我家休息会，你这样子回去怎么给家人交代。"

两人下楼叫了一辆马车回到薛涛家里。

二 思君晴翠里 陌上紫花开

双栖绿池上，朝去暮飞还。更忆将雏日，同心莲叶间。

——薛涛《池上双凫》

浣花溪上，一叶轻舟缓缓前行。李之训、吴子儒、薛涛和柯文灿四人坐在舟中，任凭船家轻摇小舟沿浣花溪漂流行驶。

"多好的美景啊，吴兄还真是会寻地方，我也想像你这样找一清净的地方生活，可是人在朝中身不由己啊。"看到小舟从一个又一个的采莲舟旁经过，李之训说道。

"老朽老矣，只能身居山林郊野了此残生。李兄德才兼备，正当为国出力，着实让人钦佩。"吴子儒回道。

"哪里，哪里。不过想起朝廷之事总让人忧心忡忡。"叹了口气，李之训说道，"皇上即位后，一直试图削夺拥兵自重的地方藩镇节度使的权力。他甚至不惜使用武力，可结果如何呢？他用藩镇打藩镇，结果是引火烧身。建中三年底，卢龙节度使朱滔自称冀王、成德王武俊称赵王、淄青李讷称齐王、魏博田悦称魏王，这'四镇'以朱滔为盟主，联合对抗朝廷。"

"是啊，不久淮西节度使李希烈也自称楚帝，和这'四镇'反叛朝廷。自安史之乱后，天下一直不太平，战火不断。"吴子儒接过话题。

李之训叹道："皇上即位后是想干一番大事业，可往往在细节上出现纰漏。建中四年十月，皇上准备调往淮西前线平叛的泾原兵马途经长安时，那些泾原兵因为没有得到梦寐以求的赏赐，加上供应的饭菜又都是糙米和素菜，于是发生了哗变，拥立朱滔的兄长、曾担任泾原军统帅的朱泚为大秦帝，年号应天。这次'泾师之变'迫使皇上幸奉天，下了很大决心的削藩之战被迫终止。后来采取的怀柔政策也无法平息那些节度使的野心。前年二月朔方节度使李怀光联络朱泚反叛,皇上不得不去梁州避乱,七月才回。看来藩镇割据积瘤难割啊。"

听到这些,薛涛问道:"李大人,听说皇上疏斥宦官而亲近朝廷官员,似乎也下决心整治宦官专权的。"

"是这样。"李之训啜了一口茶继续说道,"皇上即位当年的闰五月,派宦官往淮西给节度使李希烈颁赐旌节,此宦官收受李希烈送给他的七百匹缣,两百斤黄茗,一些骏马和奴婢。皇上知道后将其杖责六十,又处以流刑。即位的当月他还将暗怀异图的宦官刘忠翼赐死,这些行动确实震慑了宦官。但现在情况有了变化,在'泾师之变'避难时,皇上所信赖的禁军将领在叛军进城时竟然不能召集到一兵一卒保卫宫室,而离开京师临行时身边最可以依靠的,竟是自己在东宫时的内侍宦官窦文场和霍仙鸣及其所率的百余名宦官保护着他。窦文场和霍仙鸣对他的忠心可依与朝廷武将的难以依靠给皇上很大的刺激。他现在非常重任宦官了,前年皇上刚回长安三个月后,就将神策军分为左右两厢,同时以窦文场和霍仙鸣为监神策军左、右厢兵马使,开了宦官分典禁军的先河。神策军现驻扎在京师四周和宫苑之内,成为比羽林军、龙武军更加重要的中央禁军和精锐机动的军队。今年,皇上将神策军左右厢扩建为左、右神策军,窦文场等宦官仍然担任监军,称为'监勾当左、右神策军'。即位之初的节俭现在也有了变化,如今皇上通过派遣宦官下去开口宣索了。"

"如此下去,内忧外患不可避免,唉!"吴子儒听后不禁感叹,"李兄这次来不仅仅是为查看州考吧。"

李之训微微一笑道:"兄台猜得不错,表面是查看州试,实际上是查看各地实情,特别是边远地区。不知道吴兄对剑南节度府治边有何看法。"

"看法谈不上,不过,自韦皋镇蜀,西南还算太平,百姓能安居乐业,比起前些年是好多了,此人还算廉洁。"吴子儒说道。

柯文灿见此,插嘴道:"听说韦大人马上要大兴土木,百姓谣传有些赋税也要增加,不知道是否属实。"

吴子儒说:"嗯,坊间市井传说不要去听,要拿事实说话,有些事情不可乱说。"

"是，谨听老师教诲。"柯文灿低下头，脸微微红了。

两位久违的故友又谈起当年京城之事，感叹万分，薛涛和柯文灿不断地为他们添茶。

午饭是船家做的，溪中现打的鱼，船上现成的青菜，上岸沽的酒，这一顿饭众人吃得非常开心，就连薛涛也放下少女的矜持陪着两位老师饮用了两大盅酒。

下午谈兴正浓的两位老师又给了薛涛和柯文灿很多教诲，以及做人与为文的道理。

船头一条鱼忽地从水中跃起，吸引着大家的注意力。

不远处，一叶采莲舟徐徐前行，落霞将金黄抹在水上，荡漾起粼粼金光。吴子儒对薛涛和柯文灿说："你俩在我处习文几载，今李大人在此，各习一首诗让大人指点指点，如何？"

李之训听到这个建议，拊掌大笑："好主意！好主意！"

柯文灿给两位老师续茶，薛涛朝河面看去，沉吟片刻说道：

> 风前一叶压荷蕖，解报新秋又得鱼。
>
> 兔走乌驰人语静，满溪红袂棹歌初。

薛涛朝吴子儒看去。

"两位老师，这首《采莲舟》让我献丑了。"薛涛说，"请二位老师指点。"

吴子儒把目光投向李之训，李之训赞道："不错，溪头小景，全诗写得很静谧，结尾跌宕。名师出高徒啊。"

"老友啊，别笑话我了，我自归隐故乡，就收了这两个弟子。两人的诗作各有千秋。宇晨，该你了。"吴子儒笑道。

柯文灿似乎也早已准备好了，听老师这么一说，马上脱口而出吟了一首诗。

玉垒浮云观浪涌，劲松频曳晚来风。

心祈拙作朱砂点，一展宏图建赫功。

柯文灿虔诚地说："请二位恩师指点！"

二人对柯文灿的诗文做了一番点评，指出虽有大丈夫的豪气，但在字词上还不够凝练。随后吴子儒提到柯文灿即将去京师应考，希望李之训能帮忙提携，拜师酒明日在锦江楼举行。

李之训答应了："后生可畏。吴兄，提携后生是你我担当的职责啊。"转而对柯文灿说："读圣贤书就是为了兴国安邦，你既胸怀治国大志，该当博览群书，贯通古今，深研经国伟邦之策。相信你不负众望，明年高中。"

听了李之训鼓励他的话，柯文灿最初的担心就显得多余了。他知道李大人肯提携他，自然是老师吴子儒的面子，看来他们两人的关系真的非同一般。

薛涛见此情形，忙端起茶杯，用手肘碰了碰柯文灿，两人一齐站起，对李之训说："晚生感谢老师的栽培，我们今天以茶代酒敬老师一杯。"

看到这碧玉般的一对人，吴子儒从心里感到高兴："这真是天造地设的一对，但愿他们各自能如愿以偿。"

第二天柯文灿的拜师宴如期在锦江楼举行，柯翰请来了韦皋。李之训给足了柯翰的面子，韦皋也说了很多客套话。当然为人圆滑的柯翰这次也是舍了大本，不惜把祖传的两套名贵的端砚拿出来，分别送给李之训和韦皋。

拜师宴结束，送走了客人后，柯文灿去约了薛涛到浣花溪边，他告诉薛涛拜师宴的经过。薛涛也满心欢喜，说道："灿儿，你现在可以放心地去赶考，李大人后天就走了，你下个月才走，这段时间在家好好读书，不要多想其他的事情。"

"怎么能不想呢？"柯文灿把薛涛拥入怀中，亲着她光洁的额头，"涛儿，你已融入我的生命，没有你，我无法想象我的生活，等着我吧……"

薛涛迎合着柯文灿发烫的嘴唇，他们紧紧相拥，柯文灿抱起薛涛，轻放在溪边碧绿的菖蒲上，两人像一团火，在浣花溪边燃烧，四周一片静悄悄，只有他们急促的呼吸和轻喘……

大片大片的菖蒲在风中轻摇。

……

薛涛闺房中，柯文灿仔细端详着一幅美女图。这是薛涛花了近一个月的时间，照着铜镜中的自己画出来的。一个月来，薛涛不知道画了多少张画像，画了撕、撕了画，最后才画出这张。此时，薛涛用针刺破中指，血很快渗了出来，她忙将血点上画像中的嘴唇，霎时这鲜红的血液让画像鲜活起来，柯文灿看到此景，忙拿起薛涛的手，将手指放在嘴中吮吸，然后轻轻吻了吻薛涛的额头，心疼地搂着她说："涛儿，我会永远记住你的这份情意。"

卷轴铺开在书桌上，一副痴娇小女儿态的薛涛拿起笔，在画像上题上一句：思君晴翠里，陌上紫花开。

待墨迹干后，她将卷轴收拢，包好，郑重地交给柯文灿："灿儿，你即将启程去京城应试，还望你大展抱负，以酬夙愿。"

柯文灿深情地看着薛涛说："谢谢吉言，但不管结果如何，你都要等着我。"

"我会的。唉，可惜我不是男儿身，否则我也可去应试，和你一样……"

"你虽不是男儿身，却有男儿志，更有男儿的胸襟。涛儿，苍天真是眷顾我啊，给你女儿身，让我此生能遇见你，若能与你结为百年秦晋，此生无悔。"

薛涛嗔怪道："你看你，怎么又儿女情长起来了？"

"洪度，不是我儿女情长，是情不由己。多少个朝朝暮暮我们一起吟诵诗章，研读经史，畅谈天下，激浊扬清；多少个日日夜夜，我被你的才学折服，美貌倾倒，日思夜想……这次京城赴考，我定当不辜负你的期望与嘱托，金榜题名，为国效力。"

"是的，这才是好男儿。对了，我还有一首诗送你。"薛涛变戏法般又拿出一张纸。

柯文灿接过薛涛递过来的诗，这是一首《池上双凫》：

> 双栖绿池上，朝去暮飞还。
> 更忆将雏日，同心莲叶间。

看完诗作，柯文灿动情地走上前去将薛涛拥入怀中深吻。

两人正情意绵绵，张瑞枝在楼下喊薛涛下来招待客人。

薛涛和柯文灿一起下楼。此时，杨永清已端坐在客厅，薛涛忙喊了声世叔，就去泡茶，柯文灿打过招呼后陪着杨永清聊天。

张瑞枝对这顿饭是很用心的。女儿和柯文灿相亲相爱，她早已看在眼里。虽然柯家没有派人来提亲，但是请柯文灿来吃这顿饭也算是认亲，所以她托人带信请杨永清前来。自从丈夫去世后，她一直把杨永清当作自己的主心骨或者说是亲人，她也请了紫鹃一家过来。在益州她只有这些亲人了。

不一会儿，紫鹃一家五口都来了，小楼里充满着喜庆的气氛。

紫鹃来后就进厨房帮张瑞枝打下手，很快一桌子丰盛的菜肴端上了饭桌。

张瑞枝让紫鹃去把窖藏的女儿红拿出来，并拿出前一天才买的高盅，很显然，这高盅的寓意是祝柯文灿高中。

薛涛一看母亲拿出了女儿红，羞得双颊粉红。紫鹃见薛涛的模样，笑着打趣道：

"妹妹，当年来益州时父亲窖藏的三坛女儿红，我出嫁时用了一坛，今日用了一坛子，还有一坛子留待妹妹出嫁时用。"

"紫鹃姐姐，你看你都说些什么。"薛涛嘴上这么说，心中却充满了甜蜜。

杨永清坐在上首，张瑞枝给各位满上酒，也给自己面前的两个高盅满上酒，有些伤感地说："可惜，涛儿的父亲没这个福气喝这个酒，我就代他吧。"

杨永清怕张瑞枝的伤感扰了这喜庆的气氛，忙岔开话题："薛兄在天之灵看到今天的情形也会很欣慰的。来，文灿，这一杯酒祝你京试高中。"

柯文灿忙起身答谢。

家宴上，张瑞枝看着薛涛和柯文灿，心中颇为欣慰。她为柯文灿夹菜劝酒，并说了一些叮嘱和祝福的话，柯文灿恭谦而有礼貌地接受并感谢。

紫鹃快言快语地说："柯公子，要是高中后尽量留在京城，我涛儿妹妹心中的愿望就是想回到京城，她儿时生活的地方。若是能如愿，该有多好啊，可惜我……"她未说完就瞟了一眼丈夫，深深地叹了一口气，坐下了。

柯文灿忙点头："一定，一定的。"

紫鹃的公公婆婆见紫鹃话里有话，忙接腔道："娟子，你在这里也很好的啊。"

"是呀，是呀，你在这里生活得很好的，瞧，一大家子人把你宠的。"张瑞枝说道。

"现在当然好啊，你们在这里，就是我的娘家，一旦你们回长安了，不是把我一个人丢在这里了吗？"紫鹃边哄着儿子边说。

当薛涛敬柯文灿酒时，她心中百感交集，离愁万千，难以尽诉，此时无声胜有声，她含情脉脉地看着柯文灿，然后一饮而尽。

家宴散后，柯文灿带着薛涛的自画像回家了。

几天后，柯文灿启程进京。

第二年春天，一到长安，柯文灿立即去拜访李之训，然后去看望仍然住在薛涛长安家中的张平俨，随即准备应试。

发榜后，柯文灿荣登进士，同科及第者十几人。

接下来的日子柯文灿在繁忙而又愉快中度过。那一日，在主司官邸，诸生参拜，主司答拜。同科及第者相互通报姓名年龄，并一同向座师谢恩，然后与很多来观的公卿们一同入席。这次仪式隆重，排场浩大。

接着，礼部在曲江举办盛大的新科进士宴。新科进士们身着鲜艳的服装，身披大红彩绸，骑着高大的骏马，由朝廷命官陪同，甲士护卫，前往曲江。一路上鼓乐振奋人心，彩旗迎风引路。所经之处万人空巷，百姓们争先恐后一睹新科进士们的风采。

张平俨也在人群中，他看见了柯文灿，拼命喊着"柯公子"，可是他的声音被淹没在喜庆的鼓声、欢乐的人群中。那一刻，张平俨老泪纵横，现在薛涛就是他的希望，他的世界，而柯文灿或许将是给薛涛带来幸福的人。忽然骑在马上的柯文灿也看见张平俨了，柯文灿朝张平俨挥手致意。

新科进士们泛舟于曲江，杏林宴上，觥筹交错，欢声笑语。畅饮美酒，品味佳肴，你酬我唱，各显才华。席间，教坊乐伎歌舞助兴。《诗经·小雅》中的"鹿鸣"诗被她们唱得委婉动听。忽然报传皇上恩宠新科进士们，皇上已经驾临曲江池边的紫云楼观看进士们的风采，并赐予很多御用水果、糕点和美酒。新科进士们当即作了许多诗文感谢皇上的洪恩。

曲江宴结束后，进士们前往慈恩寺题名，他们先各自在一张方格纸上书写自己的姓名、籍贯，推举一位字写得最好的进士将他们的姓名、籍贯和及第时间用墨笔题在塔壁上，之后会有专职石匠，将这些题名刻在大雁塔的石砖上。如果以后有人升为卿相，还要把姓名改为朱笔书写，并在题名前加个"前"字，意为前进士。这些新科进士题名时，无不洋溢着春风得意的喜悦之情。

柯文灿和同科进士们欣赏着大雁塔上其他进士的题名。他们知道考中进士，荣耀天下，这还只是取得了出身，而不能立即授官。接下来他们必须再通过吏部考试，如果合格了，才能改变平民身份，走入仕途。从及第到授官，这个过程充满艰辛，也充满变故。

几天后，在长安，柯文灿遇见了年方十六岁的白居易。

这一年，白居易从江南来到长安，带了诗文谒见大名士顾况。顾况看了看这位英俊的美少年，就拿他的名字开玩笑说"长安米贵，居大不易"。少年的白居易竟然羞得小脸通红。等到顾况翻阅他的诗文，当看到《赋得古原草送别》时，不禁拍案叫绝，顾况激动地大声念道：

> 离离原上草，一岁一枯荣。
>
> 野火烧不尽，春风吹又生。
>
> 远芳侵古道，晴翠接荒城。
>
> 又送王孙去，萋萋满别情。

特别是诗中"野火烧不尽，春风吹又生"让这位诗坛老前辈折服了，他看着白居易连连赞叹道："有才如此，居亦何难！"

已中进士的柯文灿和少年白居易成了好朋友。这天柯文灿带着白居易来到薛涛长安的家中，张平俨一看他们来了，赶忙到集市去买菜。柯文灿和白居易两人来到薛郧的书房，书橱里放满了书，白居易迫不及待地翻阅着他喜欢的书籍。此时，柯文灿却陷入了沉思，他在想薛涛小时候的模样，不知不觉来到庭院里，他看到那棵茂盛的古梧桐树了，于是打开随身带的画轴，看着薛涛的画像发起呆来，他仿佛听见了父女俩在对诗：

父："庭除一古桐。"

女："耸干入云中。"

父："枝迎南北鸟。"

女："叶送往来风。"

柯文灿叹了一口气，心想：若是吏部考试成绩出色，能留在京城就好了，可以圆涛儿回长安的梦，可是万一过不了，或者派往外地……唉，真不知道该如何是好。男儿满腹文武韬略，本应该是大展鸿鹄之志，报效国家，怎么能被这些儿女情长左右而藏私心呢？可是他怎么劝慰自己，脑子里总是浮现薛涛的举止言行。

他正要卷起卷轴，不曾想白居易早在他身边，看着画像也在发呆，一见他要合上卷轴，白居易急了："柯兄，让我看看，让我看看。啊，好美的人！这是谁啊？"

柯文灿微微一笑，索性让白居易仔细观看。白居易看到上面有"思君晴翠里，陌上紫花开"的题字。

白居易拍着手笑道："我知道了，我知道了，这一定是兄长的心上人。真美！真美！"

他边赞叹，边忍不住想去摸摸画像上的脸庞，柯文灿说："别乱动！这是薛涛，也是这房子的女主人。"

白居易惊奇地说："啊？薛涛，就是那小小年纪才思敏捷，会作诗，懂乐理的小才女？"

柯文灿满脸幸福："是她！"

白居易恍然大悟："难怪啊，难怪兄台如此。我看见你发呆，是不是想她了？"

"是！"柯文灿老实地回答。

"柯兄等吏部考试一过，便可以被派任官职，那时候，洞房花烛夜，金榜题名时，兄长两样都有了，人生之美哉，着实让人羡慕！"

"谢谢你的吉言！"柯文灿心中的焦虑稍微好了点。

白居易又缠着柯文灿，要柯文灿把画像借他一用，只用一天。柯文灿不肯，白居易软磨硬缠，答应不会损坏，柯文灿这才借给他一天。

白居易拿到画像，找到一名画师，让他摹下薛涛的像。第二天白居易将原作还给了柯文灿。

在京城的日子柯文灿感觉过得很快，同道人切磋诗艺，探讨国事，这些交流让他长了许多见识，他顺利地通过了吏部的考试。

三　锋芒毕露

虽然我位卑权轻，定当为百姓着想，不可辜负朝廷对我的恩情，对误国殃民的事也绝不姑息。

——柯文灿

韦皋重重地叹了一口气，他有几天没有见到薛涛了。

"我这是怎么啦？"他在问自己，近几天他无论做什么事都无法静下心来，眼前总是晃动着薛涛的身影。都这把年纪了，只要一想到薛涛，心中总是涌动着一种无名的悸动，他想在自己戎马生涯里何曾有过这样的儿女情长？就是当年在姜郡守家的塾馆里，与玉箫也没有这种感觉。他自我解嘲地摇了摇头。这时一杯茶递到他的书桌上，他看到一双保养得很好的纤纤玉手。

"在想什么啊，那么入神？"声音柔软而温暖。

"是你啊，芸儿，怎么还没睡？"韦皋拿过妻子的手，放在他的手心摩挲着。

"孩子们呢？"他接着问。

"都睡了，我从书房外经过，看你发呆就进来看看你。你眉头紧锁，又在为什么事伤神呢？"妻子问道。

"唉！"韦皋叹道，"边城一直被异族骚扰不断。对了，岳父的身体怎么样了？"

"花甲之人，身体说不行就不行了，我很想回长安去看看双亲，只因路途太遥远，又怕路上不太平，何况你我别离太久，才刚刚相聚，怎好放下你离开呢。"

"谢谢你！"韦皋很感动，"你早点睡吧，我还有点事要处理。"

待夫人走后，韦皋拿出刘辟白天送来的斛石苑图纸仔细斟酌。

一直以来韦皋想营建一座华丽的亭苑，下属有的建议建在濯锦江边，有的建议建在浣花溪边，而他更倾向于建在斛石山上。他看了看工匠的设计，觉得大体还行，但是有些地方还不合自己的意，他做了一些修改。

看完图纸，夜已很深了，妻子给他泡的茶也凉了。韦皋敲了敲桌子，书房外候着的书童赶忙进来续上热茶，然后出去了。

韦皋斜靠在椅子上，这寂静的夜晚让他想起了从前，如果没有岳母和妻子当年的激励，他不知道自己的人生会不会是另外一番情景。

那一年，身居高位的张延赏任河南尹，他多次宴请宾客，以期从中能选到乘龙快婿。当时，韦皋刚刚结束江夏的游历，有一天他陪同一位同窗参加张延赏的宴请。席间，很多宾客口若悬河，谈论时弊，即兴作诗，唯有韦皋一人在那里微笑倾听，偶尔加入话题说上几句。张延赏的妻子苗夫人和爱女张芸透过屏风看到了与众不同器宇轩昂的韦皋，母女二人不约而同地相中了韦皋。

苗夫人在丈夫面前提到了韦皋，张延赏马上派人去打听清楚了。韦皋字城武，京兆万年人，虽说祖辈在北周和隋朝有过功勋，但是近些年先辈并没有什么作为。韦皋尚未婚娶，还只是个秀才。得知这些情况后，张延赏坚决不同意。

苗夫人说："我应该不会看错人，这韦皋眉宇间有一股豪气，在席间他不卑不亢，深沉稳重，没有同龄人的骄躁和卖弄，他日必成大器。"苗夫人顿了顿，又说，"我也派人打探到韦皋的情况，还听说了有关他的一些奇闻。传说韦皋的母亲给他做满月时，家里摆了筵席，请了很多僧人为他祈福。有一个相貌丑陋的胡僧没有被邀请，他也上门来吃白食。不料，受到韦家下人的怠慢。酒宴结束后，韦皋的母亲让乳母抱出婴儿，让群僧祈福。那胡僧径直走上前去，对韦皋说'别来无恙吗？'还是婴儿的韦皋似乎听懂了胡僧的话，咧开嘴笑了。韦皋的母亲觉得很奇怪，就追问胡僧，胡僧告诉她，这个小孩子是诸葛武侯的转世。武侯生东汉末年，是西蜀的丞相，西蜀长久受到他的恩惠，如今他又转世降生在你家，将来他要成为蜀门的统帅，且接受蜀人的祝福。那僧人说他从前住在剑门，与这个婴儿的前世很要好，听说他降生在韦家，所以不远千里来看他。"张延赏听到夫人话，笑了："坊间市井之言你也信？都是胡扯。"

苗夫人道："我凭直觉以为他将来是大有作为的。"

见夫人如此坚持，张延赏说听听女儿的意思。他想女儿貌美，才学过人，该不会看中一个小小的秀才吧。张延赏之所以不愿意驳夫人的意思，他对夫人是敬重的。苗夫人是前朝太宰苗晋卿之女，自幼聪慧，才情过人，见过朝廷内外各类名流，有胆有识。张延赏三岁时，他的父亲去世了，但还是得到苗晋卿的垂爱，将女儿嫁给他。可现在让他同意韦皋做他的女婿，他心里是极不愿意的，他想或许妻子只是说说而已。

等到苗夫人把嫁女之事筹办得差不多的时候，张延赏才知道事情远非他想象的那样，但他还是坚持自己的观点，韦皋虽因祖荫被封为建陵挽郎，但张延赏还是认为韦皋没多大的出息。他和夫人都是宰相之后，女儿和韦皋门不当，户不对。想当年他十四五岁时依门荫例被拜为左司御率府兵曹参军，并被玄宗赐名延赏，取"赏延于世"之意。多年来勤于学问，博涉经史，虽少年入仕，但通达政务。而韦皋呢，还只是秀才，他自然是瞧不起。所以当苗夫人在他面前提起此事时，他一口回绝。

那一日，夫妻两人又谈到女儿的婚事。提到韦皋，张延赏还是不同意，苗夫人说女儿芳心已许，张延赏说女儿的婚事应该是父母之命，媒妁之言，由不得她。见丈夫反对得如此坚决，苗夫人只好使出最后的撒手锏，说乱世出英雄，以她相面看人的经验韦皋将来必做大官，这件事情她做主了。见夫人态度如此坚决，张延赏也不好说什么了。

婚礼是在张府举行的，热闹而排场。韦皋从一个游历他乡，靠朋友资助进京求官的秀才一下成为世代做官人家的女婿，在很多人的羡慕中，他有些飘飘然了。韦皋原本很清高，又不拘小节，现在不思进取，整天和他的那些同伴喝酒闲逛。这样过了两三年，依然无所作为，自然，张延赏就有怨言了，言语中很是轻慢韦皋。那些下人见主人如此，也跟着瞧不起韦皋，少不了言语冲撞。只有苗夫人和妻子张芸对他一如既往的好。

一次，当韦皋喝得醉醺醺回家的时候，恰巧被张延赏看到，韦皋打着酒嗝与岳父打了招呼。尽管张延赏当时没说什么，但是到了晚上，他把女儿叫进书房，狠狠地教训女儿对丈夫的迁就，才使他不学无术，整天喝酒闲逛。晚上又责怪夫人对女婿管教不严，几年过去了，还是无所作为。

第二天等韦皋酒醒了，张芸哭着对韦皋说："夫君啊，当初我不顾众多人的反对，在母亲的支持下嫁给你，原以为你七尺男儿，文武双全，能成就一番事业。当前国家正是需要人才的时候，你怎么可以浑浑噩噩每天混日子，让人瞧不起呢？"

此时，韦皋也是悔恨交加，他对夫人张芸发誓说不混出个人样不来见她。几天后，韦皋和张芸去见了苗夫人，韦皋感谢岳母对他的大恩，说他想出去干一番事业。苗夫人自然是很高兴，随即要去拿一些锦缎和首饰给他做盘缠。韦皋拒绝了，说张芸已经当了首饰给他准备好了盘缠，他把妻儿留在岳母家就很过意不去了。

韦皋和张芸二人去见张延赏，当张延赏听说韦皋要出去做一番事业，自然是非常赞许。在韦皋走的那天，张延赏送给韦皋的物品需要用七匹马驮载。韦皋当面不好拒绝，只好每到一个驿站，就委托驿站的人将一匹马所驮的货物送回张府，经过七个驿站，张延赏所送的物品又原封不动地送回来了。韦皋只带着妻子给的盘缠和自己的一些书走了。苗夫人见此，心中赞叹韦皋的骨气，觉得他的英雄气概不是一般人能比的，她又不好将此事说给丈夫听，怕张延赏面子上过不去，只偷偷将此事告诉了女儿。

韦皋的机会来了。

建中四年八月，叛唐的淮西节度使李希烈发兵三万，围攻襄阳。九月，德宗为解襄城之围，诏令泾原节度使等各道兵马援救襄城。十月，泾原节度使姚令言率五千士卒抵达长安。当时天寒地冻，士兵冒雨而行，又累又饿，他们多数携带着自家子弟前来，希望得到朝廷的优厚赏赐送给自己的家人。德宗下诏，命令京兆尹王翔犒赏军队，京兆尹王翔只赏赐给粗米饭和菜饼。士兵们愤怒了，他们踢翻了犒劳品，发动兵变。泾原兵与李忠臣、张光晟等拥立朱泚为主帅，攻占长安，与河北各藩镇遥相呼应。朱泚进入宣政殿，自称大秦皇帝，改元"应天"。

德宗与王贵妃、韦淑妃、太子、诸王、唐安公主等人从宫苑的北门出走，王贵妃把传国之玺系在衣服中随行，一行人仓皇逃往奉天。

朱泚亲自领兵进逼奉天，军队的声势甚为盛大。

当初朱泚离任凤翔节度使后，留下他的部将牛云光带领五百兵戍守陇州。张镒接任凤翊陇右节度使后，韦皋为营田判官，以殿中侍御史知陇州行营留事。泾原兵变发生后，张镒被朱泚的旧部凤翔兵马使李楚琳杀了，陇州刺史郝通判投李楚琳。牛云光见韦皋非常有才能，想发动兵变劫持韦皋投奔朱泚。这个消息被别将翟晔得知后密告韦皋，牛云光见走漏了风声，害怕韦皋捉拿他，带着乱兵投奔朱泚，途中碰到了朱泚的家童苏玉。朱泚称帝后，苏玉摇身一变成为中使。苏玉这次充当说客，以加封中丞来劝降韦皋。苏玉见牛云光那么害怕韦皋，取笑他："韦皋不过是一个书生，你和我一起前往陇州，如果韦皋高兴地接受任命，便是我们的人。不接受任命，你派兵杀掉他，就像抓一只没有爹娘的猪崽子一样容易！"牛云光一想，苏玉说得有道理，韦皋不就是一个白面书生吗？他便和苏玉一起转去劝降韦皋。韦皋假装答应服从，用计谋将两人杀掉。朱泚气急败坏，但还是不死心，又派中使刘海广许诺韦皋担任凤翔节度使来诱降韦皋，韦皋又将来使三人杀掉，只留下一个人回去报信。韦皋筑起坛场，与将士立盟说："李楚琳残害本部的节度使，我们应该一起讨伐他！"皇帝听说这件事后，授任韦皋为御史大夫、陇州刺史。后置奉义军，任命韦皋为节度使。韦皋感谢皇恩，派他的哥哥韦平和韦弇带兵前往奉天保护德宗，奉天城里的将士听说援兵将来，士气倍增。韦皋又派使者求援吐蕃，陇州暂时太平。平定朱泚之乱后，皇帝回长安对将士们一一奖赏。皇帝对韦皋特别予以信任，韦皋被封为左金吾卫将军，迁大将军。

韦皋以金吾大将军的身份去接任岳父张延赏的职位时，他的名字是韩翱。有人告诉张延赏说新来的节度使韩翱实际叫韦皋，苗夫人一听，就肯定是他的女婿韦皋。张延赏以为世上同名同姓的人多得是，应该不会是韦皋。等确信是女婿韦皋到任，张延赏才不得不佩服苗夫人的相面能力。不等女婿上任，他留下女儿一家，带着夫人及随从走西门进京任职。

......

深夜，打更的声音传来，打断了韦皋的回忆。如今功成名就的他，难道是迷上了薛涛这个小女子？韦皋苦笑着摇了摇头，站起来伸了个懒腰，走出书房。进了寝室，看到夫人张芸正在熟睡，他坐在床边，想伸出手摸一摸妻子依然保养得很好的面庞，却害怕惊醒了她。自己事务繁忙，脱不开身去看望岳父，但该让妻子回去看看重病中的岳父了，他想。

薛涛并不知道韦皋的心事，她整个心里装着柯文灿，她数着日子盼着柯文灿的消息。

盛夏，柯文灿由京城回到益州任职，离到任还有两天。

回到家放下行李，顾不得一路风尘的劳累，柯文灿前往薛涛家里。他没有见到薛涛，却听说薛涛在节度府，他有些不高兴，快快不乐地回了家。父亲柯翰见儿子不失自己所望，考中进士，回益州任职，非常开心。过了几天办了家宴答谢，他请了益州的社会名流，最重要的是请了韦皋和吴子儒。可吴子儒推说身体不适没有来，柯翰知道他是不愿意与官场的人在一起，借故拒绝。

柯文灿回到益州任职，薛涛高兴万分。

浣花溪边，薛涛和柯文灿在漫步，他们刚拜访完老师吴子儒。

看到大片大片的菖蒲，柯文灿站住了，他将薛涛拥入怀中，看着她的眼睛深情地说："涛儿，在京城应考前，我每天晚上都要拿出你的画像看一阵子，鼓励自己一定要考中。这样，我每天都不懈怠，终于顺利考中进士，也过了吏部的考试，所以算起来你是头等功臣。"他顿了顿，"可是我还是让你失望了，我没能留在京城，圆不了你回长安的梦……"

薛涛踮起脚，用红润的嘴唇堵住了柯文灿后面没有说完的话。两人相拥片刻，薛涛才说："文灿，只要能和你在一起，你在哪里，哪里就是我的京城。只是好男儿不要太过于沉溺于儿女情长，时势造英雄，我希望你有所作为，其实回到益州也很好的。"

柯文灿说："是啊，我真害怕被任命去了别的地方呢，我给恩师说了我想回益州，所以朝廷命职时他从中的举荐起了很大的作用。"

"现在你担任益州斛石县的县尉，你可要做一个清正廉明的好官。"薛涛说。

柯文灿沉默了一会儿，说道："虽然我位卑权轻，定当为百姓着想，不可辜负朝廷对我的恩情，对误国殃民的事也绝不姑息。只是我怕斛石县的县吏们欺我年轻，不把我放在眼中，还有一些说不清道不明的关系网。"

薛涛宽慰柯文灿："别急，有韦大人坐镇，谁能怎么了你呢？"

两人边聊边玩，直到天黑才回城。

的确，韦皋很看重柯文灿，他特地为柯文灿的上任举办了一场酒宴，酒宴上自然少不了薛涛。看到薛涛给柯文灿敬酒时含情脉脉的眼神，韦皋眼中掠过一丝不快，这些细节都被刘辟看到。

柯文灿上任后，薛涛偶尔也去斛石县探望柯文灿。

这天，柯文灿和薛涛两人在斛石山上游玩，斛石山属于斛石县管辖的范围。这山让他们回忆起相识的许多细节，看到已经建成一半的斛石苑，柯文灿叹了一口气说："涛儿，你看，曾经山清水秀的斛石山如今竟然被破坏成这样，我没想到韦大人在此营建华丽亭苑。我一上任，他就让我督办此项工程，不知道韦大人建这个斛石苑的意图是什么？"

"是啊，我也颇琢磨不透，虽说韦大人镇蜀以来，边陲安定了，老百姓渐渐富裕起来，可他修宝历寺，又重修益州大慈恩寺，还塑了普贤菩萨金身，如今又在这斛石山营建造亭苑，真是劳民伤财的事。"薛涛接着说，"这些工程将又要加重老百姓的赋税了。"

柯文灿说："是啊，我真是左右为难。"

薛涛安慰他说："车到山前必有路，你多听听县吏们的意见，能把事情办好，又能替老百姓着想那是最好的了。"

"恐怕是两难啊！"柯文灿说，"对了，涛儿，以后节度府里的一些酒宴你可以不去吗？"

薛涛说："嗯……我也想不去，可是韦大人总是派人来请，你说我能拒绝吗？何况我觉得酒宴中大家吟诗交流，也不错。韦大人在乐理和诗文上非常博学。"

见薛涛如此，柯文灿只好说："你高兴就好，但是我父亲对你经常去节度府很不开心。我怕我们的婚事得不到父母的许可，尽管他们很欣赏你的才气，但是他们不喜欢你去节度府，不喜欢你抛头露面。"

薛涛说："既然如此，我以后不去就是了。"

柯文灿高兴了，搂着薛涛郑重地对她说："涛儿，我一定会好好待你。"

两人走下山时，仿佛整个世界只有他们俩。

斛石苑依然在建设中，柯文灿带着县吏们站在斛石山上。看到曾经繁花满山、松柏苍翠、溪水泠泠的山，如今却是残树断枝、万花零落、砖石累累，柯文灿心中十分惋惜与悲愤。这浩大的工程，得耗资多少呢？柯文灿回过身来问身边的县吏："这斛石苑需要花费多少？"

主管建设的县吏赵逸民忙回答："整个斛石县全年的赋税收入只能供此工程的一半。"

柯文灿一听，吸了一口凉气。他决定把工程停下来，他要去节度府找韦皋。

一听说工程要停下来，县吏赵逸民惶恐地说："柯县尉，万万不可！既然韦主帅决定营造此苑，他肯定自有安排，你只管来看看就行了，具体的事情由我们操办。"

柯文灿生气地问："由你们去办？我不过问，那要我这个县尉做什么，韦大人不也委派我督办此工程吗？"

赵逸民忙说："县尉息怒，有些事情容我回去细细给你道来。"

柯文灿有些不开心，他骑上马走了。

县吏们见此也跟着柯文灿回到县署。主管斛石苑营建的赵逸民拿出绘制的建筑图纸给柯文灿过目，柯文灿看到整个设计还真是不错，亭台楼阁大厅回廊既具有特色，又豪华大气。合上图纸，柯文灿问是谁设计的，赵逸民说最初是工匠设计，最后是韦大人亲自修改润色定稿。最后赵逸民告诉柯文灿，真正负责这斛石苑营建的是度支副使刘辟，柯文灿要做的事就是将县里的赋税收入供给亭苑建设。

听完赵逸民的话，柯文灿盯着他一字一顿地告诉他："营建斛石苑所有的账目明细都要给我过目！"

赵逸民唯唯诺诺地答应了。

一天晚上，有位叫李大同的县吏敲开柯文灿的房门，进来后自我介绍说与柯文灿的父亲柯翰曾经是同事。当他知道柯文灿来此任县尉后非常高兴，却也有些担忧。柯文灿问他担忧什么，他说担忧柯文灿年轻，不知道官场的险恶，恐怕以后会伤害了自己，毁了自己的前途。柯文灿上任后，柯翰托人带信给李大同，让李大同一定要教导和帮衬柯文灿。柯翰在信中说太了解自己的儿子，过于直率和鲁莽，缺少心计。柯文灿听完李大同的话后，哈哈一笑说："食俸禄者若是如此，国家社稷就危险了，只考虑自己的官职和安危，不去想着怎么为国为民，这等行为可不是我辈要做的。"

见柯文灿耿直忠诚，李大同心中暗暗钦佩，却又有一份担忧，初生牛犊不怕虎，柯文灿年轻气盛，可万一有什么差错，他真不好给他父亲交代，因为柯翰委托他教导柯文灿，李大同只好说："县尉年轻有为，但是还是处处小心谨慎为好，常言道，小心驶得万年船。"

柯文灿感谢他的劝诫，说他知道怎么去做。

几天后，见到薛涛，柯文灿将李大同的劝告告诉薛涛。沉吟片刻，薛涛说："李大同的话你不得不听，为官还是要学会方圆，否则寸步难行。"

柯文灿有些生气："这是你吗？洪度，你怎么也变得世俗起来，一点也不像以前的你。"

薛涛争辩："我是在担心你的安危，别忘记了老师对你的告诫。"

这次两人发生了激烈的争吵，最后不欢而散。

……

节度府内，韦皋的夫人张芸忙着整理回京的衣物。张芸的母亲派人捎信，说张芸的父亲已病重，想见女儿一面，令她急速回京。韦皋也在准备张芸进京后该拜访官员的礼品。

准备就绪后，这一行车辆十几人上路了。韦皋亲自护送妻子过了几家驿站，最后依依不舍地告别。看见载着妻子儿女的车辆在驿道上远去，韦皋心中不禁有些伤感。

一天，韦皋宴请京官，薛涛被请。恰逢眉州一判官也来参加酒宴，他给薛涛捎来郑纲的口信，说杨永清病重。回家后，薛涛急忙告诉母亲，张瑞枝听说后，心中着急，派薛涛前去眉州看望杨永清。

郑纲的马车在城外等着薛涛，久未见面的两人倍觉亲切。薛涛见了正在生病的杨永清，看到他消瘦的身躯，薛涛心中感到一阵难过。自从父亲去世以后，她像依赖父亲一样依赖杨永清，隐约中她觉得母亲似乎比她更关心杨永清，只是母亲隐藏在心中从不显露出来。薛涛拿出母亲给杨永清缝制好的几套衣服，看到细密的针脚，想到母亲许多个夜晚在灯下熬夜的场景，这一针一线凝聚着母亲多少心血啊！

薛涛的到来让杨永清非常高兴，他对薛涛说只是伤寒，过几天就好了。薛涛白天照顾杨永清，晚上住在郑纲家中，和姚珍珠说说体己话，当然谈得最多的还是柯文灿。每当提及柯文灿，薛涛一脸的幸福，这情景常常让珍珠打趣她。

杨永清从薛涛这里了解了柯文灿的一些情况，他让薛涛带一句"切不可锋芒毕露"的话给柯文灿，当然也告诫薛涛尽量少去节度府。在他看来，韦皋城府极深，他要柯文灿和薛涛两人一定要处处小心。

在薛涛的照料下，过了十来天，杨永清病情痊愈，薛涛回到益州城，她心中惦念着柯文灿，上次两人争论后留下的不愉快早已烟消云散。

四　揽草结同心

揽草结同心，将以遗知音。春愁正断绝，春鸟复哀吟。

——薛涛《春望词》

一排醒目的红木书柜，高大而气派，里面装满了各类书籍，这是节度府里的藏书。张延赏离任时，他没有将这些书带走，一是女儿张芸喜欢读书，还有外孙们也需要读这些书，何况来接任的是自己的女婿，于是张延赏就把书留了下来。

此时，薛涛斜靠在窗前，手里拿着一本书读得聚精会神。窗外射进来的光线铺在她光洁的脸上，生动而美丽。悄悄站在门口的韦皋看得有些发呆，如此圣洁而美貌的女孩子让他浮躁的心宁静了，他这才明白这段日子来自己为什么烦躁。只要几天见不到薛涛，韦皋觉得自己失落了什么，心中空落落的。每当薛涛来节度府，哪怕是像今天这样，静静地在这里读书，他的心就觉得充实而安宁。韦皋没有打扰薛涛，他脚步轻轻地离去了。

等到韦皋再转回来的时候，他的手上多了一样东西。看到薛涛还倚在窗前读书，他咳嗽一声。薛涛一看韦皋进来了，忙打招呼："节帅，不知道您进来了。"

韦皋说道："嗯，只要你愿意，可以天天来这里读书。"

"那怎么好烦扰节帅。刚才我挑了几本书，想借回家读，读完了我再还给您。"薛涛能感觉得到韦皋对她的喜爱，便提出了借书的要求。

"你尽管拿回去读。"韦皋朝薛涛招了招手，"洪度，过来，我送一样礼物给你。"

薛涛趋步上前，韦皋拿出一个精美的盒子说道："这对玉镯是我不久前从一个吐蕃商人手中买下来的，适合女孩子戴，送给你吧！"

薛涛推辞："无功不受禄，如此贵重的礼物洪度不敢接受。"

韦皋执意要送："哎，小物件，不值几文钱，我觉得漂亮，所以就买下了。"

薛涛见推辞不过，只好接过盒子，连声道谢："谢谢！节帅送我如此贵重的礼物，真是谢谢了。"

韦皋问："最近还在练字吗？又跟赵乐师学习了什么新曲子？"

薛涛回答："字是天天练，最近没有学习新乐曲，在家读书。"

韦皋拉过一把椅子坐了下来，继续说道："洪度，过些时日宫廷里的王公公要来，若是有空，可过来一下，听说他的诗文也作得不错。"

想到答应过柯文灿以后不来节度府参加酒宴，薛涛迟疑了一下，但是刚刚接受了韦皋的礼物，又不好拒绝，只好在韦皋征询的眼神中答应了。

薛涛带着书告辞了，韦皋在书房门口看着薛涛杨柳般袅娜离去的背影，有些发呆。

回到家中的薛涛，打开韦皋送的锦缎盒子，一对羊脂般细腻温润的白玉手镯呈现在她的面前。薛涛忙喊她母亲上来，她让张瑞枝看这对玉镯。当张瑞枝得知又是韦皋送的礼物时，心中不禁担忧起来。她问薛涛韦皋提了什么要求没有，得知韦皋只是要求在宫廷王公公来的时候去节度府参加酒宴时，张瑞枝才放下心来。随后，她责怪薛涛不该随随便便进节度府，说柯文灿若是知道后肯定不高兴。假如柯文灿的父母知道薛涛常去节度府，若是不同意这门亲事，还真不好办，以后要少出去抛头露面。面对母亲的责怪，薛涛说她只是去节度府借几本书，那里很多藏书她没有读过。

"唉，"张瑞枝叹了一口气，"你就不该接受韦大人的礼物，你知道这对羊脂玉镯值多少钱吗？"

看着薛涛迷惑的神情，张瑞枝说："这对羊脂玉镯是白玉中最好的品种，产自西北的吐蕃，产量非常少，极其名贵，你怎么可以接受这么贵重的东西？你还记得我们家来益州时，被抢的那对血色玉镯吗？那血色玉镯本来就很名贵，这一对可比我们那一对要贵十倍都不止。若是宇晨知道你接受韦大人的礼物，他会怎么想？"

听了母亲的责备，薛涛颇为委屈地说她确实推辞不过才接受的。

面对母亲的话，薛涛心中也自责起来。

才不过一天，东川节度使前来拜访韦皋，节度府设宴招待。刘叔方领命来请薛涛去节度府，想到答应韦皋赴王公公来时的酒宴，这一次酒宴薛涛称病拒绝了。韦皋听到刘叔方添盐加醋的描述，很生气。当节度府的侍从拿着韦皋的亲笔信来请薛涛时，薛涛知道这次她无法推托。薛涛换上一身绿色的缎面衣服，这套衣服有母亲精心绣的荷叶和荷花。当薛涛出现时，东川来的客人们都惊呆了，薛涛宛若凌波仙子，轻盈地飘了进来。东川节度使对韦皋极力赞叹薛涛，说从来没见过这么美若天仙碧玉般的女子，节度府有此等绝色女子，乃是世上无双。他早听说西川有一女才子，诗作得出色，没想到更是一绝色美女。他这么一夸，韦皋拈着胡须坐在那里微笑，内心得到了极大的满足。

酒正酣，东川节度使举起酒盅，对薛涛说："久闻薛才女大名，今日一见，果真非尘世之人，此时若能聆听才女即兴作诗，那是三生有幸。"

"大人过奖了，小女子才学疏浅，让大人见笑了，请大人出题。"薛涛答道。

东川节度使想了想说："就以'春'为题吧。"

"好，就作《春望词》。"韦皋接着说。

薛涛低眉一笑："行，就韦大人的《春望词》吧！"

沉思片刻，此时薛涛的脑海里满是和柯文灿在浣花溪边漫步的场景，可是近一个月却没有柯文灿的消息，心中又颇有些怨恨，今天又被迫来参加这样的酒宴，心中已是百感交集，于是口中轻吟道：

> 花开不同赏，花落不同悲。
> 欲问相思处，花开花落时。

她抬起头来，透过窗棂看见有鸟飞过，接着吟诵：

揽草结同心，将以遗知音。

春愁正断绝，春鸟复哀吟。

一丝忧愁飘进她的眼中，她的声音低了下来：

风花日将老，佳期犹渺渺。

不结同心人，空结同心草。

薛涛朝韦皋看去，见他正凝神细听，她接下去道：

那堪花满枝，翻作两相思。

玉箸垂朝镜，春风知不知。

韦皋击掌欣喜地说："好！'那堪花满枝，翻作两相思。玉箸垂朝镜，春风知不知。'好一组相思曲！"

"见笑了，各位！"薛涛谦逊地说。

大家齐声喝彩。薛涛即兴作诗让东川节度使惊叹不已，以前他听到的只是传闻，今日见薛涛才思如此敏捷，算是大开眼界。

酒宴结束后，车夫送薛涛回家。韦皋和东川节度使在书房喝茶闲聊。

东川节度使问道："韦兄，以前只听说薛洪度的诗名，今日见这女子长得如此可人，天仙一般，不知是什么家庭出身。"

"她是崔宁在任时薛判官的女儿，当年薛判官在去南诏的途中，遇瘴气而亡。现在母女俩就住在益州城内。"韦皋答道。

"哦，孤儿寡母远离家乡，真是不容易。"东川节度使叹道。

韦皋说："是啊，上次中丞李大人来本府，带来了宫中的口信，让我多加关照她们母女。"

东川节度使又问："哦，和宫中谁有亲戚？莫不是薛贵妃？"

韦皋回答："正是。"

"薛贵妃如今也失势了，后宫太复杂。好了，不说这个。这薛洪度可曾许配人家？"东川节度使又问。

韦皋说："未曾听说，怎么，你……"

"哦，韦兄别误会，我是说只有像韦兄这样的英雄，才配享受如此才貌双全的女子。"东川节度使说。

"呵呵！"韦皋开心地笑了，随即说道："本府很欣赏薛洪度的才华，别无其他想法。"

"知道知道，韦兄爱民如子。"东川节度使也笑了。

一连几日，东川节度使的话在韦皋脑海中反复回响。那天韦皋回味着薛涛的《春望词》，他似乎悟到了什么。他正将薛涛的《春望词》默抄在纸上时，刘辟进来了。看到韦皋未写完的字，瞟了瞟韦皋的脸色，刘辟凑上前去，小声说："韦大人，薛洪度恐怕是名花有主了。"

"嗯？"

见韦皋不动声色，刘辟接着说："是新上任的斛石县县尉柯文灿。"

"嗯，定亲了吗？"

"没有，柯文灿的父母好像不同意，就一直搁着。他们两人倒是很亲热，常来常往。"

"知道了。你有什么事吗？"韦皋知道刘辟有事找他。

刘辟从韦皋脸上什么也看不出，薛涛和柯文灿相恋的消息，韦皋一点反应也没有，刘辟琢磨不透。

"是的，柯文灿对营造斛石苑很有抵触。本来是您安排我具体负责这事，可是他似乎想插手，而且煽动工匠和您对抗。"

"好，我知道了。"韦皋答道。

刘辟什么信息没有得到，小心翼翼地走了。

晚上，躺在床上的韦皋怎么也睡不着，东川节度使和刘辟的话在他脑海里反复迭现。薛涛的一言一行、一举一动一幕幕在眼前掠过，他无法入睡，悄悄起床，打开他书房的门，又拉开一个空着的书柜门。原来这不是书柜，而是一个暗门，穿过一个过道，他来到一间屋前，轻轻敲了三下窗户，门开了，韦皋进去，门又轻轻关上。

沉睡中韦皋做了一个梦。

已建成的斛石苑里，孔雀在开屏，薛涛穿着红色的衣服随着乐曲起舞。忽然一阵风吹来，薛涛径直往天上飞去，他急忙上前去拉，可是够不着，看着薛涛冉冉地飞升，他急得大叫："洪度！洪度！"可是薛涛越飞越高，他只好伸出双手在空中乱舞。

"主公，你怎么啦？醒醒，醒醒。"有一个女子搂着他轻柔地说。

……

仕于玄宗、肃宗、代宗、德宗四朝，官至宰相的张延赏，于贞元元年因宰相刘从一有病，被德宗从益州召回朝廷拜为中书侍郎、同中书门下平章事，协理朝政。不久，也身患重疾，李泌代张延赏为相。张延赏的病日趋严重，贞元三年，六十一岁的他于七月间逝去。德宗废朝三日，赠太保，谥号"成肃"。韦皋奏请皇上恩准后，快马回京城守孝三日，即刻又回西川。当时南诏被吐蕃控制，若吐蕃攻打大唐，必以南诏为前锋。韦皋正在采取积极措施瓦解南诏对吐蕃的依附，争取南诏臣服于大唐，他有太多的事情要做，所以不敢在京城久留。

张延赏任西川节度使时，在剑南、西川薄敛百姓，节约开支，遵守法度，府库日趋充实，百姓的生活也渐渐富裕起来。朱泚之乱时，京师陷落，德宗避难于奉天、梁等地，当时的供给也主要倚仗剑南、西川地区。韦皋镇蜀，才不到两年，就大兴土木，这让年轻的柯文灿颇为反感，虽然他身为县尉，但依然是位卑言轻。在调查斛石苑营造经费的过程中，他发现有大笔款项并没有用于建设，这蹊跷的事让他疑窦丛生。这一日，柯文灿穿着便服在街上闲逛，忽见几名官差从他身边匆忙走过，百姓避之不及的被撞倒在地。柯文灿好奇地跟着他们，不一会儿，前面一低矮的房子里传出翻箱倒柜的声音，夹杂着哭声，还有拉扯的声音："我跟你们拼了！"柯文灿看见一官差抱着一个包袱匆忙跑出屋子，后面几个官差拉扯着赶上来的老汉。一老妇也撵出屋子，不想没站稳，跌倒在地上，就势拍着地大哭起来："大白天来抢的官府强盗啊，叫人怎么活呀！"

见此情景，柯文灿大喝一声"站住"。那几名官差就站住了，一看是柯文灿，傻眼了，不知道说什么。柯文灿扶起老妇，说："我是本县的县尉，发生了什么事？请讲！"

那老妇人一听柯文灿是县尉，一把鼻涕一把泪地哭开了："大人啊，他们抢走的可是我家多少代的传家之宝啊，我们在密室里供奉多年，现在却被他们抢走了。"

抱着包袱的官差一看这阵势，忙说："大人，其实是老汉家里的赋税没有上交，度支副使刘大人曾来我县说过，若是没有上交赋税的，可用家中的奇珍异物来抵赋税，所以我们不是强抢民间百姓财物。他们抗税不交，我们只好出此下策，拿他们家的佛像来充赋税。"

"胡闹，简直是胡闹！"柯文灿大声道，"快把东西还给人家！"

官差乖乖地把抢来的佛像还给地上的老妇人。

老汉和老妇人连声叩谢。

待这几名官差走后，柯文灿问老汉："老人家，你家的赋税怎么没上交呢？"

老汉说："大人不知，两年前的十一月，节度府张延赏大人部将张朏引所部兵攻袭益州，张大人弃城奔汉州，后又收整军队带鹿头戍将叱干遂等讨伐叛军，杀掉张朏及其党羽，夺回益州。叛军一路洗劫，家中除了这三间破屋，什么都没有了，这祖传的佛像是我们出逃时带在身上才幸免遭劫。"

听了老汉的话，柯文灿的心情更加沉重，他怎么不知道两年前的那场叛乱呢，他也是亲历过的。张延赏收复益州后，减免了百姓的赋税，让百姓重建家园，深得百姓的拥护。如今韦皋接任才不到两年，虽是太平，但是百姓的元气还没恢复，可是他大兴土木，又增加赋税，难怪百姓有怨言。柯文灿决心在他管辖的县内做一些实事。他要重新核算斛石苑的经费，尽量减少开支，减轻百姓的赋税。

安慰老人后，柯文灿离开了。

几天后，柯文灿因办事回到益州城内。办完事后，他没有回家，而是去薛涛家见了薛涛。

见到柯文灿，薛涛惊喜万分，然后嗔怪他多日也不联系。柯文灿解释说刚接手公务，事情繁多，确实忙不过来。接着柯文灿谈到他查询账目，发现里面有很多问题，他核算收起的赋税比呈报的多，而且有很多大笔款项不翼而飞，他决心一查到底，看这些钱到底流向了哪儿。

薛涛听后，沉思片刻，她让柯文灿一定要小心，官场险恶，人心叵测，很多事情要做得隐秘一些。

张瑞枝见柯文灿来了，忙要出去买菜。柯文灿推辞说要带薛涛去芙蓉街吃小吃，听说那里新开了一家店子，生意不错。张瑞枝见此，也就不坚持了。

柯文灿和薛涛两人出门，前往芙蓉街。经过节度府前，见一双鬓如雪的老人和一中年妇女跪在节度府前哭哭啼啼，要求见节度府韦大人。兵士们上前驱赶，她们仍然不肯离开，兵士只好使用武力将她们拖开。柯文灿和薛涛正要走上前去阻止了那些兵士，突然，刘辟骑马与其属下的裨将来到节度府前，见此情景那裨将大声吆喝："何处刁民在府前寻滋闹事，让开！"那些兵士一听，又将两位妇人拖开。

此时，一辆华丽的马车来到节度府前，两妇人一看，挣脱兵士，冲向马车，大喊："节帅大人做主啊！"兵士一看是韦皋的马车，不敢贸然去拖两妇人，对着马车肃然站立。

韦皋命侍卫上前询问缘由："节帅大人垂问，何人为何事在此喧闹？"

不等兵士回答，中年妇女跑上前去跪在马车前喊冤。

"何事冤枉？请讲！"马车内有威严的声音传出。

一妇人上前跪在地上说："大人，民妇的丈夫两年前去边地驻守，两年间未曾回家。今年民妇年仅十三岁的儿子又被派往斛石县修建斛石苑，说是抵未交的赋税。家中田地仅是民妇去耕种，家无余粮，如今又加派捐税，民妇实在是拿不出啊，所以斗胆来请求大人开恩。"

那老年妇女也急忙趋步上前，跪在马车前，磕了三个响头才说："早闻大人功德显著，老妇还望大人开恩，减免加派的捐税。老妇有两个儿子，一个战死，一个还在边地驻守，家中只有老妇和儿媳，还有一个三岁的乳孙。家中无劳力，田地无法耕种，连吃的都不够，还望大人能减免加派的捐税。老妇不忘大人的恩德。"说完，将头在地上磕得直响。

此时，节度府前百姓越围越多。

刘辟朝属下使了个眼色，属下大声呵斥："大胆民妇，这里是府署之地，岂容你等刁民在此无理取闹。"他朝那几个兵士挥手："拖开她们！"

兵士正要上前，忽听车内韦皋怒斥："放肆！"

侍卫忙打起车帷，扶着韦皋下了马车。韦皋下车后对那几个兵士喝道："我守边将士在前方保家卫国，你们却如此对待她们的眷属，太不像话！"

韦皋躬下身子扶起老妇，也请中年妇女起来。

"如若所说的是实情，你们两家所有的赋税都免了。"韦皋对她们说，接着转向刘辟，"刘度支，对阵亡士兵的眷属，赏钱八十缗，服役的兵士家眷，赏钱五十缗。所有阵亡将士家庭的婚丧嫁娶都由节度府开支，此事你去具体操办。还有将那妇人十三岁的儿子放还。"

两妇人听此，又跪下来磕头千恩万谢。

围观的百姓听到韦皋的话，议论纷纷，连连称好。

韦皋扫视了周围，忽然看见柯文灿和薛涛站在一起，眼里掠过一丝不快，但很快恢复常态。他看着柯文灿说道："嗯，柯县尉也在此啊，我正要找你呢。"

两人一见忙躬身施礼："节帅大人好！"

"洪度也在啊。"韦皋加了一句。

薛涛忙上前，对韦皋说："我路过此地，正好见大人在此。大人体恤民情，爱民如子，对属下将士的家眷如此恩厚，我川西必定繁荣富强，国富民安。"

韦皋如此爱民，是薛涛没想到的。

"谢洪度谬赞。"韦皋刚才的一丝不快被薛涛这一番话说得高兴起来。

柯文灿随着韦皋进了节度府。

薛涛一人前往芙蓉街，颇有些无奈。刚和柯文灿见面，本以为可以在一起说说话，不想又因公事作罢。芙蓉街新开张的这家馆子新推出一种"樱桃饆饠"的食品，其实就是面粉做的饼子内将樱桃作为内馅，根据客人的口感，或者蒸着吃，或者烤着吃。薛涛吃了蒸的一笼，觉得口感很好，特别是里面的樱桃，颜色一点都没变。薛涛又要了一笼蒸的和烤的带回家让母亲也尝尝，若是柯文灿没走，也让他一饱口福。薛涛正要走时，看见春萍小心翼翼地牵着赵乐师来了，他们在一张桌子前坐下，店小二忙上前去招呼。薛涛走上前去，向赵乐师及春萍问好，把两人吃食的钱一并付了。赵乐师遇到薛涛非常高兴，问薛涛最近是否有空，他想和春萍及薛涛一起研习南诏的乐曲，薛涛答应说什么时候都行。

与春萍父女两人分手后，薛涛急忙回家。经过一家绸缎铺时，突然她看见刘叔方和他家的管家一起进了绸缎铺，接着两个汉服打扮却有着吐蕃面孔的人也匆忙进去了。绸缎铺老板走出门外朝两边看了看，随即关了店铺。大白天不做生意，却关门，薛涛想是什么事这么神秘，她转到店铺后面的窗户边，可窗户遮得太严实，她竖起耳朵，隐隐约约地听到说话的声音，却听不清楚说什么。好一会儿，却见后门吱呀一声，吓得薛涛忙避入隔壁一家绸缎铺。透过窗户，薛涛看见两个吐蕃面孔的人从后门走了。又过了一会儿，绸缎铺的老板打开店门，刘叔方和他家的管家一起出来。

带着疑虑，薛涛回到了家。她见柯文灿没有在家等她，有些失落。

五　生死两茫茫

薛涛感觉柯文灿的手微微一动，又看见他想努力地睁开双眼，他的眼皮跳动了一下，随即又不动了，薛涛继续喊他。忽然柯文灿吃力地将眼睁开一条缝，大口地喘气，想说什么却又说不出来，他的手紧紧地握着薛涛的手，然后手一松，微弱地轻叹一声，头歪向一边……

柯府书房内，柯文灿父子二人各自怀着心事，谁都没有讲话。刚才二人因一番争论闹得极不愉快。柯翰咳嗽一声，打破了僵局："灿儿，以为父官场多年的经验，那笔糊涂账你就不要查了，韦大人面前你也说了这事，他没有发表任何意见，你无法揣度他的心思，你这一查是福是祸，谁都不知。"

柯文灿回答："父亲，你是要我像你那样，可我做不到。"

唉，这文灿不知是不是跟薛涛接触多了，才变得这么桀骜不驯。若是将来他们结婚了，还不知道会是怎样的呢，柯翰心想。他知道说服不了儿子，沉默片刻，觉得还是应该说服他："灿儿，我知道，现在我无论说什么你都听不进去。我讲个故事给你听吧。"

啜饮了一口茶，柯翰问道："你可知道新近去世的前西川节度使张公延赏'赏钱可通神'之事？"

柯文灿摇了摇头。见儿子不解，柯翰接着说："当年张公即将担任度支使，他早知道有一宗大案是个冤案，每每提起这宗大案都扼腕叹息。待到他担任度支使后，召见掌管讼案、刑狱的官吏严加训诫，并且责令他们必须在十天之内审理完这宗案子。第二天他来到府衙办公，见桌案上放着一张便笺，上面写着出钱三万贯，请他不要过问这宗案子。张公看后大怒，更加督促这宗案子。第三天，又在书案上看见一张便笺，上面写着出钱五万贯。张公看后更加气愤，责令下属两日内必须审理完毕、结案。第四天，书案上依然放着一张便笺，上面写着出钱十万贯。张公看后再也不过问这宗案子了。旁人得知这件事情后，问张公为什么不继续过问这宗案子，他回答说：'钱出到十万贯，能通神啊！没有不可转回的事情。我恐怕遭到祸患，不得不接受了！'你明白这个故事的含义吗？"

见柯文灿没出声，柯翰又说："灿儿，官场险恶，要保护好自己，自己在位才能有权力为百姓做事，才能做清廉的官，减轻百姓的负担，倘若官职不保，你便什么都做不了，这方面你真要学学张公。当年他无论是做河南尹，还是在淮南，他为政简约，不扰百姓，又轻徭薄赋，大兴水利，组织百姓恢复生产，深受百姓爱戴。现任韦大人继任两年来，也为百姓做了不少的好事，至于他营建斛石苑，听刘辟说一是为阵亡将士和守边将士竖碑，二是夸耀于异族，让他们知道西川经济繁荣实力雄厚。若是这样也未尝不可，至于里面的账目，你不是说是刘辟具体负责吗？我劝你就不要过问了，做好你该做的事。"

柯文灿站起身来，为父亲茶杯里加了热水。他说通过细心访察，已经找到刘辟侵吞大量公款的一些证据，他不会就此放手，一定要查个水落石出。见柯文灿还是如此固执，柯翰告诉儿子刘辟善于逢迎邀宠，又深得韦主帅的信任，查出他的贪污恐怕是阻力重重。他劝儿子还是放下，免得带来灾祸。

柯文灿仍坚持己见，父子俩谁也说服不了谁。

第二天一早，柯文灿去薛涛家。薛涛问韦皋找柯文灿有什么事，柯文灿说就问问百姓的生活，以及营建斛石苑的进度。并说他已经向韦大人提到了账目混乱，还有大笔的款项不知道去向。韦帅让柯文灿多去工地查看实情，有什么情况再告诉他。薛涛问是否提及刘辟侵吞公款，柯文灿说他目前只是猜度，何况韦大人未发表任何意见。

在薛涛家吃完饭后，柯文灿离开益州城，两人依依不舍地告别。

节度府署内，处理完公务，韦皋拿出薛涛誊写的《春望词》，细心品味琢磨。刘辟进来，看到韦皋在看薛涛的诗，又恭维了一番。

听到刘辟的奉承，韦皋忙引开话题说：“刘度支，听说斛石苑的账目有些不清，是怎么回事？”

见韦皋问及此事，刘辟忙说：“大人，我是按照您的吩咐去做的，绝对没问题。”

“没问题就好。”韦皋沉吟片刻又问，“薛洪度和柯县尉的事……”

“回大人，我与柯翰见过面，打听过，柯翰说他不同意儿子和薛洪度的婚事。只要他不同意，柯县尉也没办法。”他顿了顿，看了看韦皋的脸色说，“不过……”

“不过什么？”韦皋急切地问。

“他们好像来往频繁，上次薛洪度拒绝主公的美意，不肯来参加酒宴，我想可能与柯文灿有很大的关系。我和我儿子是请不来她的。若不是主公亲笔写信去，她是不肯来的，现在她的架子是越来越大了，差一点让您在东川节度使前没面子。”

韦皋叹了口气说：“是啊，这薛洪度年纪轻轻，性子渐长了。”

刘辟说：“大人，主要是薛洪度的心思全放在柯文灿那里，其实您对她那么关照，那么看重她的才华，她不知感恩，反而时时拂了您的美意，真有点不知道好歹。"

韦皋哼了一声，不再说话，刘辟摸不透韦皋的心思，也不好接过话题往下说了。

接着，韦皋问了阵亡将士和在前方驻守边地将士的名册统计好没有，刘辟说已经办妥，也把各项奖赏都造册好了，他来这里就是为了请示，是不是马上把奖赏分发下去。

听到刘辟这么快就统计好，并且办好了，韦皋很高兴，说马上张榜公布。

斛石苑的营建进度已经完成了三分之二。入秋以来柯文灿去工地的次数也多了，经过明察暗访，他终于找到了这笔钱的去向，也找到了刘辟借用斛石苑的营建，巧立名目摊派赋税的事实。这天他正在县衙内办公，刘叔方不期而至，一阵寒暄之后，刘叔方直奔主题：

"柯县尉才华出众，高中后出任川西益州斛石县县尉。一上任就功劳显著，亲自督促斛石苑的营建。你我同窗数载，家父又是节度府的度支副使，我们父子二人对仁兄的功绩在节帅面前提过多次。听说柯兄在查斛石苑的账目，这斛石苑是节帅大人亲自设计，家父亲自监督，账目上不会有问题。至于具体的营建，下面办事的人难免会有一些纰漏，还望柯兄不要过于深究。"

"哼！"柯文灿冷笑一声，"小小的纰漏？那可是一大笔资金，是多少百姓的血汗钱。我还查到有人假借斛石苑的营建，巧立名目，自立名目摊派赋税，可知道私设赋税是什么罪名？"

"啊，柯县尉越说越玄乎了，家父乃是按章办事，再说你只该管好你该做的事情，何必插手其他的事？"刘叔方有点气急败坏。

"什么是我插手？斛石苑的营建是节帅指派我来督察的，查实经费账目的流向自然也是我分内的事。"柯文灿针锋相对。

"我只是说，柯兄初涉官场，还是谨慎小心为好。实话告诉你吧，斛石苑真正负责采买材料、实施营建的人，是现如今皇上身边正当红的王公公的假子王利民。我劝你还是三思，别耽搁了自己的锦绣前程。"

"我堂堂朝廷命官，不需要仰人鼻息。既受韦大人之令，督察斛石苑，我定当全力以赴。"柯文灿凛然说道。

见柯文灿如此坚持，刘叔方知道多说也没用，也就悻悻然地告辞了。

这一切都被县吏赵逸民和李大同看在眼里，两人互相对视一眼，又各怀心思走开。

吃完晚饭后，柯文灿躺在床上，脑海里怎么也理不出头绪。父亲的话、刘叔方的话缠绕着他，忽然他听到敲门声，打开房门一看是李大同来了，柯文灿请他坐下并泡上茶。

柯文灿把近日来他所查访到的情况告诉李大同，当然也把父亲劝他的意思说了。他说他现在脑子里乱糟糟的，不知道后面该怎么办。韦大人让他督察斛石苑的营建，在督察中他却查出很多问题。他已经把这些写了出来，准备呈报韦帅。

李大同展阅了状纸，若有所思，随后问道："这状纸所说的是事实？"

"都是事实。这是我近几个月明察暗访得到的，其中做设计的两个工匠给我提供了大量的证据。"

"柯县尉，我和你父亲是至交。此刻，我想以长辈的身份推心置腹地和你谈谈。我和你父亲的观点一样，你这么做若是处理不慎，弄不好就是诬告上司。还有，你查访刘度支和吐蕃有来往，这一点暂且别写上去，万一让刘度支知道，那是要惹来杀身之祸的。你可在面见韦大人时找机会告诉他。在此非常时期，这里面错综复杂的事情太多，我劝你还是放弃追查。"李大同急切地说。

听李大同这么一说，柯文灿不免忧心忡忡，沉默良久，才说："我虽然只是一个小小的县尉，但是作为朝廷命官，我要爱护百姓，效忠朝廷，对此奸邪弄权、枉法害民、私自加税之徒，我决不能为保自身而缄口其言，纵使是身罹祸患，我也绝不后悔。"

李大同说："你涉世不深，秉性骨鲠，官场险恶，但是你要注意策略，凡事要谨慎为妙。既然你决意如此，我多说也是枉然，只是你这状纸一定要亲自送达韦大人之手，不可让他人看到，切记。"

柯文灿送李大同出门，回转身来，继续修改着状纸。

十几天后，柯文灿回城。见到薛涛，柯文灿将收集到的证据给薛涛过目，薛涛也因此忧虑起来，她担心的是刘辟是韦皋目前最信任的人，这状纸递上去韦皋恐怕不信，若是落到刘辟手中，后果不堪设想。

薛涛说："要不我帮你把状纸递给韦大人？"

柯文灿大为生气："你这是侮辱我，洪度。我堂堂正正的一县尉，查证贪官污吏，这状纸怎么还要通过你递上去？"

薛涛忙安慰柯文灿："我只是说说而已，你何必动怒，只是你这状纸一定要亲自送达韦帅手中。"

叹了一口气，柯文灿说："涛儿，你以后不要去节度府，外面有一些对你不好的传言。就算是为了我，你也不要去。"

见柯文灿不高兴了，薛涛答应不去节度府。但是她心中隐隐在为柯文灿担忧，预感到有什么危险在逼近柯文灿，是什么，她一时无法得知。

三天后，柯文灿到节度府，想见韦皋。他请差役前去通报，差役说韦大人不在家。柯文灿颇为失望，正要转身，忽然见韦皋的侍从匆忙进来，那侍从给柯文灿打招呼。柯文灿说找韦帅，侍从问找韦帅有什么事。柯文灿说呈递一张状纸，那侍从说他转交给韦大人就行，免得柯文灿白跑一趟。柯文灿想了想自己带了两份，让侍从转交一份也无妨。

不曾想，这一份状纸没有交到韦皋的手上，却落到了刘辟的手中。

刘辟、刘叔方、王利民三人面对状纸默不作声，刘辟眯着眼睛，眼里露出了凶光。他喝了一口茶，将茶杯狠狠地摔在地上，茶杯碎裂。

……

杨永清调任京城，临行前来薛涛家告辞。他怀着悲喜交加复杂的心情，喜的是终于回京城了，可以侍奉父母，照顾妻子儿女，悲的是对张瑞枝的感情，或随着这次别离成为人生的遗憾。他离开眉州前将薛涛母女又托付已经升为眉州刺史的郑纲。

杨永清带着薛涛来到浣花溪边他曾住过的小楼。这栋小楼因薛涛常来收拾打扫，所以依然干净整洁。离别在即，杨永清突然对这块生活过的地方异常留恋，在这里他度过了许多孤独时光，也留下了许多人生感悟。

杨永清说:"涛儿,我要走了,没什么送给你,这栋小楼就留给你吧!"

薛涛拒绝:"世叔,这礼物太重了,我不敢接受。要不我帮你把房子卖掉?"

杨永清连连摆手:"不可,不可。这里很适合读书,涛儿,你这么聪慧,我希望你能有出息,那便是我最大的安慰了。你的诗、你的字一定不能放弃!"

薛涛说:"谨记世叔的教诲。"

两人第二天去了斛石县。

正在焦急等待韦皋回音的柯文灿,对杨永清和薛涛的到来显得非常高兴。晚上三人一同吃饭,柯文灿谈起呈递状纸的事,杨永清问他是否将状纸亲手呈递韦大人手中,柯文灿说是托侍从转交。

"我看未必到了韦大人的手中,你这是状告刘辟,倘若没到韦大人之手,而落到歹人之手,灿儿,事情就比你想象得复杂得多。"杨永清非常担忧。

柯文灿说:"我留存了一份状纸,找时间再呈递上去。"

三人就留存的状纸商讨了一会儿,除了再呈递给韦皋,别无其他良策。

薛涛说:"灿儿,要不把状纸给我,我直接交给韦大人,这样万无一失。"

柯文灿一听,忙摆手道:"不行,不行。这件事怎么能让你插手,我再去一次节度府,面呈给韦大人。"

杨永清说:"也好。"

三人交谈至夜深。

第二天一早,杨永清和薛涛离开斛石县,柯文灿送出几里地。杨永清回益州城后,去节度府拜辞韦皋,又与其他朋友告别。

薛涛母女送别杨永清,一直送过三个驿站才回城。临别前,杨永清将带着体温的玉佩取下来,送给张瑞枝。

张瑞枝默默地接过来,薛涛看到母亲眼中的泪水无声地流下来。

离去的马车在山道上渐渐成了小黑点。

母女二人回城,途中沉默不语,只有马蹄在"嘚嘚"地响着。

日子不紧不慢地流逝,薛涛一直揪着心担忧柯文灿,好在每隔几天柯文灿总能让人捎给薛涛一封信。

这天，柯文灿刚起床，打开房门，发现门口放着一封信，他弯腰拾起来。信没有封口，他抽出纸来，上面只有一行字："干将莫邪，其锋宜藏！"

柯文灿想起父亲给他讲的张延赏钱可通神之事。

看来这仕途之险恶真是他无法想象的，但这封信更激起了他的斗志，他觉得要即刻去节度府找韦皋。柯文灿骑上马刚出县署，就碰见赵逸民。赵逸民问他去哪里，柯文灿告诉他说去节度府一趟。

柯文灿没有见到韦皋，却碰见了上次那个传递状纸的侍从。柯文灿没有理会侍从的问话，而是追问上次状纸的事。侍从说交给主帅了，可能是主帅公务繁忙，还没来得及展阅。见侍从说得那么肯定，柯文灿放下心来。他请侍从再次提醒韦帅，侍从唯唯诺诺地答应了。

柯文灿去见了薛涛，并将他一早发现的那封信给薛涛看了。两人不明白这封信是何人所写，薛涛更加为柯文灿担心了，她不知道这场较量结局会是怎样。

薛涛嘱咐柯文灿："你刚上任斛石县的县尉，县署里错综复杂的关系一定要厘清，切不可鲁莽从事，凡事三思而行，要有如临深渊、如履薄冰的谨慎，这封信一定是知道内情的人给你的提醒。"

柯文灿点点头："或许是，我一定会小心的。不过好像是劝我缩手，不追查，这里面究竟有怎样的阴谋？"

"灿儿，你在明处，他们在暗处，千万当心他们射出暗箭，那时你防不胜防啊！"薛涛忧虑重重。

柯文灿将薛涛拥入怀中说："涛儿，放心！没事的。"

在薛涛家吃过午饭后，柯文灿与薛涛依依惜别。

回到县衙的柯文灿，忽然又发现桌上有一封信，信内依然是一张纸，上面写着："防小人，切记！切记！"

拿着这张纸，柯文灿忽然觉得身子发冷，这是谁在暗中提示他呢？这个人肯定知道很多内幕，虽然他并非文弱书生，但是若有人在暗中朝他放箭，他真是防不胜防。

柯文灿迷惑不解。

入秋以来，一直阴雨绵绵。柯文灿以为这样的天气，工程会停止，他问了县吏赵逸民，赵逸民告诉他，刘辟命令工匠们在冒雨干活，并且规定必须在明年学射日完工。柯文灿听了，心中很不痛快，他带着几个县吏，骑马去工地查看。

雨下得绵延不绝，这些日子来，柯文灿来工地的次数很多。工程进入关键时刻，大量的材料不断地运来，才上任几个月，所缴的赋税基本给予了斛石苑的营造。斛石县县署的开支已经节省到最低限度。他想去找原来调查的工匠，却找不到。问那两个工匠一起的同事，都说不知道他们去哪里了。柯文灿带着县吏从山上下来，山路泥泞，大家骑着马走得十分小心。忽然走在最后面的一名县吏大喊："柯县尉，闪开！"话音未落，一块石头从山上滚落下来，砸中柯文灿的马腿，马身子一歪，将柯文灿摔下来，而另几块大石头接着滚落下来，在众人目瞪口呆中，有一块石头砸中柯文灿的头部，霎时雨水和着血水淌了一地。赵逸民忙脱下身上的衣服，将柯文灿的头部包起来，又将身上的雨具盖在柯文灿的身上，众县吏忙将柯文灿抬上马。赵逸民骑上马去，扶着柯文灿，血水和着雨水源源不断地顺着马肚子流淌。赵逸民一路大声喊着柯文灿的名字，让他坚持住，大家匆忙往回赶。

在县署，柯文灿头上的血止住了，但是人却昏迷不醒。

赵逸民和李大同等县吏将柯文灿送回益州城柯府。

薛涛得知柯文灿被石头砸伤的消息，已经是第二天。

张瑞枝出门买菜，在菜市见到柯文灿家里的厨娘。见到张瑞枝，厨娘悲戚地说了柯文灿受伤的情况。张瑞枝顾不得买菜，匆忙回家，把消息告诉薛涛。听到柯文灿砸伤了并且昏迷不醒，薛涛眼前一黑，摇晃着站立不住，张瑞枝扶住薛涛。此刻，薛涛心如刀绞，她一直担心的危险终于出现了，抛下矜持，她决定去柯府。

母亲劝阻她的话她一句也没听见，她只想早点见到柯文灿。

柯翰请了益州城最好的郎中，一个又一个的郎中把脉后，摇了摇头，叹口气不语，走了。

薛涛到了柯府，被仆人领到柯文灿的床前。柯翰坐在床边，看见薛涛进来朝她点点头，别过脸去抹了抹眼泪。薛涛给柯翰行了礼，然后跪在床边，双手捧起柯文灿的手，贴在脸上，轻声喊着。可是柯文灿苍白的脸上，双目紧闭，一动也不动。

薛涛急得哭了起来："灿儿，你醒醒啊，我是涛儿，我来看你了，你睁开眼睛看看我啊……"侍女们见薛涛哭得伤心，忙上前劝阻。

一天，两天，三天，柯文灿还是昏迷不醒，薛涛每天去看他，在他身边述说着他们一起学习的往事，在浣花溪边，在老师的家中。第四天，薛涛正诉说着浣花溪边漫天的菖蒲中，他们吟诗作对，忽然柯文灿的手动了一下，薛涛感觉到了，惊喜无比，随即柯文灿又陷入昏迷之中。

第五天，天未亮，薛涛被急促的拍门声惊醒。张瑞枝开门一看是柯府的下人，那下人说柯文灿醒了，可能是想要见薛涛，张瑞枝忙喊楼上的薛涛。一听到柯文灿醒了，薛涛高兴极了，忙乱中穿好衣服，下楼后赶往柯府。

柯文灿床前，站着很多人，见薛涛来了，大家自觉地让出一条路。薛涛看见柯文灿依然是紧闭着双眼，她拿起柯文灿的手，哭道："灿儿，我来看你了，你醒醒啊！"薛涛感觉柯文灿的手微微一动，又看见他想努力地睁开双眼，他的眼皮跳动了一下，随即又不动了，薛涛继续喊他。忽然柯文灿吃力地将眼睛睁开一条缝，大口地喘气，想说什么却又说不出来，他的手紧紧地握着薛涛的手，然后手一松，微弱地轻叹一声，头歪向一边……

薛涛感觉柯文灿的手在她手中瞬间变得冰凉，随即他脸上的血色尽褪，变成寡黄。

撕心裂肺的哭声从柯府传出。

韦皋拨了一大笔安葬费给柯府，吩咐给予厚葬，又将抬石头的两名肇事者关进了大牢。

赵逸民暂代理县尉，斛石苑依然在加紧营造的进度。

第三章 入乐籍

一 含嗔含怨去赴宴

只见薛涛轻移莲步，云鬟上别着一朵白花，娇弱如春天的杨柳迎风，惨白的脸庞在黑发的映衬下，如白玉般光洁，两道黛眉，浅颦微蹙，似乎含嗔含怨。

薛涛躺在床上已经三天了，她不吃不喝，眼睛无神地盯着帐幔。张瑞枝被她的神态吓坏了，急忙去叫紫鹃来劝慰薛涛。紫鹃来后看到骨瘦形销、惨白容颜的薛涛，大吃一惊，她也不知道怎么说才好。

"涛妹妹，人去了，不能复生，你若这样他在那边也会心疼你的，你还是起来吃一点吧。"紫鹃劝道。

终于，薛涛大声地哭了出来："为什么，为什么苍天这么不公？他还这么年轻，你说这是为什么啊？姐姐！"凄凉的哭声让紫鹃的眼泪也哗哗地流。

紫鹃说："天妒英才。这些都是命啊！"

"不，不是命。他肯定是被故意陷害致死的，那么多县吏，怎么砸中的就是他？为什么担石头的绳子偏偏在那时断了？这里面肯定有阴谋。"薛涛还是那呆呆的眼神，她的语气坚决而又肯定。

柯文灿出殡那天，薛涛在紫鹃的搀扶下也去了，才不过几天工夫，薛涛仿佛换了一个人，悲怆欲绝的神情让柯府的人不忍再看第二眼。韦皋也去了，亦是静默无语。当他看到薛涛时，不禁为这个钟情女子的痴心暗自叹息。忽然他想起了薛涛的一句诗"不结同心人，空结同心草"，难道是一语成谶？

盖棺之后，韦皋肯定了柯文灿的勤勉。韦皋说他建斛石苑的初衷就是为守边的将士们竖功德碑，没想到英年的县尉，在这场意外事故中捐躯，柯县尉的名字将被刻上功德碑。

郑纲也参加了葬礼，之后去了薛涛家，他安慰薛涛母女。临走时，他悄悄留下一笔钱。

整个冬天异常寒冷，一如薛涛冰冷的心。她蜷缩在家中，散鬓如云，容颜惨淡，常常慵懒地斜倚窗前，看着窗外发呆，或者拿出柯文灿送给她的诗，却又忍不住睹物思人，泪水涟涟。

张瑞枝看到女儿这样的情形，心中痛惜不已，可是她没办法让女儿从这场悲痛中走出来。每天晚上她飞针走线忙着刺绣，这是母女俩目前生活费的来源。那天深夜，张瑞枝端着灯披衣上楼去看薛涛，却不料受了风寒，她没有去抓药吃，晚上继续熬夜赶针线活，一连串的劳累她病倒了。看见母亲为自己操劳生病，薛涛内疚万分，她想走出这种悲痛，可依然找不出任何办法。

"我一定要为你报仇，查出真正的原因，找出凶手，灿儿！"薛涛在心中发誓。

这场看似意外的灾难，一定是精心设置的，薛涛心想。

让薛涛想不到的是案情远比她想象的复杂，因为柯文灿不仅仅是得罪了刘辟。

自安史之乱后，国家陷入分崩离析，朝廷为了满足平叛的需要，下放原来属于中央的权力，藩镇势力日渐强盛，形成了既有土地拥有兵权，还有人力财税的一元化实体，至此，藩镇已经成为朝廷的心腹之患。为了对节度使起到扼制作用，从武则天开始，朝廷向各节镇派遣监军使。在朝廷有监军院或监军使院，下设监军使和监军副使。监军使直接听命于皇帝，与地方藩帅互为统属，互相制约。监军使部下有副使、小使、判官若干人，同时还拥有自己的亲卫兵。泾原兵变后德宗重用宦官，监军使在向中央推荐藩帅和节度府内的官员上，能起很大的作用。所以刘辟在宦官钱启林来西川任监军使后，极力讨好巴结，深得钱启林信任。宫中宦官王建林的假子王利民又与刘辟结为生死兄弟。对韦皋，刘辟表现出从未有过的忠心，他察言观色、随机应变，在节度府中如鱼得水。

　　凭着直觉薛涛感到柯文灿的死与刘辟有关，可是那两个肇事的人被关进大牢，薛涛见不到。等到身体稍微恢复后，薛涛就去工地打探那两人家在哪里，工地所有的人都说不知道。看来只有见到这两人才能找到线索。薛涛分析，胆小的柯翰肯定不会去追查儿子柯文灿的死因，出殡那天柯翰看了薛涛一眼，那怨恨的眼神让薛涛心中冰凉。薛涛想，他做了一辈子的小吏，总是胆小怕事，即使失去儿子恐怕只能把极大的悲愤压在心中。

　　自从张瑞枝生病后，薛涛便早早起床，益州阴湿的天气似乎让张瑞枝的病情加重。尽管抓了很多药，但是张瑞枝还是咳嗽不止，那天还咳出一丝血来，薛涛吓坏了。这天一早，薛涛去打开院门，忽然看到地上有两封信，很明显是从门缝里塞进来的。一封是柯文灿给她看过的，上面写有"干将莫邪，其锋宜藏"，另外一封是写有"防小人，切记！切记"！后面的一封她没听柯文灿说过。薛涛仔细地核对笔迹，均出自一人之手。那么这个好心提醒的人是谁呢？他一定知道很多内幕。薛涛因不能拿到柯文灿的遗物特别是官府的一些账目，不知道从何处查起。那张留存的状纸随着柯文灿生命的离去也不知所踪。坐在客厅里，薛涛脑子里思绪全乱了，她不知道这个人给这两封信的目的是什么。

　　侍候张瑞枝吃了药，也吃了饭，薛涛回到楼上读书。

　　她听到楼下有人在喊："薛洪度在吗？"

　　薛涛从窗户里探出头，看见一人站在家中的院子里。

　　"是哪一位，有什么事？"

　　那人抬起头来，说："我是节度府的差役，韦大人请你去节度府一趟，京城里的王公公来了。"

　　薛涛勉强露出一丝笑意，对差役说："还烦请您禀告节帅大人，我今天身体欠佳，母亲生病无人照料，对不起了。"

　　差役显得很着急："薛才女，你若不去，我无法交差。"

　　看到差役着急的样子，薛涛说："你就直接告诉节帅大人，我因病起不了床，总不至于把我抬去吧。"

不知道什么时候，张瑞枝起来了，她倚着门框对差役说："差官，进来喝碗茶吧。她病了，心情也不好，你别在意啊。"

差役进了屋子，嘴里嘟哝着不满。

见差役进来，张瑞枝喊道："涛儿，你下来。"

听到母亲喊她，薛涛下了楼，她扶着母亲坐下，给差役倒了一碗茶。

"涛儿，去吧，就当是散散心。"张瑞枝想减轻女儿心中的痛苦。

薛涛执拗地坚持："母亲，我说了不去。"

差役只好回去了。

韦皋听差役说薛涛拒绝来的理由，没说什么。刘辟忙附在韦皋的耳边说："韦大人，何不让薛洪度加入乐籍，这样您对她可是随叫随到。"

韦皋未置可否，过了一会儿，问："她愿意吗？"

"事在人为。"刘辟露出一丝得意。

酒宴上王公公四处张望："听说益州有一位绝色才女，诗写得好，今天怎么没来啊？"

韦皋脸上有一丝愠怒，刘辟见状忙说："公公，那小女子近日身体欠佳，正在家中养病。"

"哦，可惜了，可惜了。"王公公说，"京城里早都传开了，人说曹植七步作诗，她是眨眼就能作诗。"

"是，是的。"刘辟点头哈腰，"要不明天让她来？"

"好，好，眼见为实，耳听为虚。"王公公开心地笑了，那笑声颇有些刺耳。

进节度府之前，王公公在刘辟府中见了假子王利民，之后三人去了刘辟的内室。一排排朱漆镶金的檀木箱子整齐地放成一溜。刘辟打开一口口箱子，让王公公过目。王公公在假子的搀扶下，看见那些奇宝异石，光芒四射，看得心满意足。王公公落座后，刘辟弯下腰曲意取悦："这是几年来征集的奇珍异宝，不知是否合公公之意，或挑选一些敬献于宫中。"

王公公说："嗯，你于民间搜寻奇珍异宝，虽是奉旨行事，但是切记要谨慎从事，不可弄得怨声载道，皇上宣贡本是为国库储蓄，若是闹出事来，责任还是我们自己担当。"

"谨记公公的教诲。"刘辟心领神会。

王公公摸了摸没有胡子的下巴："就这么多，还有吗？"

"公公请移步！"这次王公公没有要人搀扶，王利民想跟着去，刘辟忙说："王兄请留步。"

王利民知趣地留在原地。

刘辟带着王公公，转过一个回廊，打开另外一扇门，一口更为精致的雕花镶金嵌玉木箱出现在眼前。刘辟打开木箱，王公公的嘴巴半天合不上，眼睛睁得圆圆的，翡翠珠宝的光辉中一双发绿的眼睛透出贪婪："刘大人做事真是干练，我回程之日将此箱宝物带回京城，刘大人如此人才他日必有高升。"

刘辟一听，得意立刻写在脸上。

王公公双手在箱子里检阅一番，回过头来问道："听说薛郧当年带着祖传的血色鸳鸯手镯来川，我一直想见识见识。"

刘辟一听，心中一惊。那对血色鸳鸯手镯确实是在他手上有好几年，但是他不敢敬献宫中，怕万一这血色鸳鸯手镯传到薛娘娘的手上，倘若娘娘追查起来，那可就糟糕了。韦皋来川后，他送给了韦皋。当年薛郧进川的时间和路线是王公公提供的，今天王公公提到那血色鸳鸯手镯，刘辟一时语塞，旋即干笑两声，说："薛家的那祖传之宝我们一直未寻到，不过，倒有一件宝贝公公定会喜欢。公公是好佛之人，有一座金佛像我定当孝敬给公公。但是要宽限二日。"

王公公一听，忙说："不急，不急，我在此要待上几天。"

两人在室中密谈许久才出来。

……

薛涛未到节度府侍酒，韦皋竟然也宽容不加任何责备，刘辟就有些琢磨不透韦皋的心思。但是王公公提到未见到薛涛的遗憾，刘辟想一定要让薛涛到节度府，弥补他没有将血色鸳鸯手镯留给王公公的缺憾。

第二天，天还未亮，刘辟早早穿上官服，前去薛涛家，他想他着一身官服去了，断定薛涛不敢违抗命令。岂料，薛涛闭门称病，只有她母亲出来婉言拒绝，刘辟心中恨恨地离开了。

刘辟刚走，春萍就来到薛涛家。她上楼去看了躺在床上的薛涛。一见春萍来了，薛涛忙起身穿好衣服。春萍问了薛涛的近况，接着拿出一些钱给薛涛，说没买什么东西，不知道买什么好，让薛涛自己去买点补品。其实春萍知道薛涛自母亲病后，家中已经没有了多少收入，母女俩过着俭朴的生活。春萍带来了节度使韦皋的问候，接着拿出韦皋写给薛涛的信：

"洪度，知你身体欠佳，不便来看你，特使春萍代我探视。若身体好点，可来府中散心。韦皋手笔。"

薛涛读完，心中感觉一阵温暖。她问春萍是不是王公公在府中，春萍说是。今天的酒宴请了监察使钱启林，还有东川节度使也来了，好像有什么大事要商议。

春萍劝薛涛："涛儿，主帅待你不薄，目前时局动乱，西川关系复杂。此次王公公代表朝廷前来，这里面有很多玄机是你我无法得知的。若能不违背韦大人的意思那是最好，还有你不是一直怀疑柯文灿的死因吗？你多在节度府走动，兴许能找到蛛丝马迹。"

听春萍这么一劝，薛涛想了想，觉得有道理。

薛涛素颜素衣，随着春萍下楼，张瑞枝看见薛涛出门，疑惑地问："涛儿，你这是去哪？"

"节度府。"

"你刚才……"

"母亲，我改变了主意。"

张瑞枝看到薛涛跟着春萍走了，她呆呆地站在院子里。

节度府的酒宴正酣，有军士报奏："薛洪度到！"

只见薛涛轻移莲步，云鬓上别着一朵白花，娇弱如春天的杨柳迎风，惨白的脸庞在黑发的映衬下，如白玉般光洁，两道黛眉，浅颦微蹙，似乎含嗔含怨。韦皋见到薛涛心中一热，看到多日不见的薛涛若弱柳临风，心中又是一阵痛惜。王公公见到薛涛，心中一惊，他看过宫中美女无数，可从没见过如此美貌的绝代佳人，她的眼睛里，她的风姿里藏着那些美女没有的凛然和内涵。

薛涛给各位请安，先以茶侍奉王公公，接着给其他人满上酒，她柳腰轻折，缓启珠喉，犹如呖呖莺声，说着祝酒词。

韦皋十分满意薛涛在酒宴上伺酒的行为，王公公开心地说一定在皇上面前为韦皋美言。

薛涛每次去节度府，韦皋总吩咐刘辟赏一些钱给薛涛，这次也不例外。

薛涛将刚拿到的钱给母亲抓药，很快那点钱用完了，薛涛母女陷入了生活的困顿。

张瑞枝的病情越来越严重，虽然一直没间断过药，但是一点也不见好转，走不了几步就气喘吁吁。薛涛看在眼里，急在心里，她不知道怎样才能让母亲的病好起来。家中的开支每天只有出项没有进项，以往母亲操持这个家，她不觉得生活的担子有多重，如今才体会母亲日夜飞针引线的艰辛。

从前家中有什么困难有杨永清主持并帮衬，他这一走，家中没有了主心骨。母亲生病，加上痛失心上人的苦痛，薛涛每天晚上在床上焦虑地辗转反侧，无法入睡，她在想如何改变家中的这种处境。

女儿的焦虑和着急，张瑞枝看在眼里，她也期盼着自己早点好起来。涛儿已失去了父亲，若是自己一病不起，离开人世，把女儿孤苦伶仃地留在世上，她就是走了也难瞑目，张瑞枝心中比薛涛更着急。

家中的钱用完了，米也没有了，薛涛准备把韦皋送给她的玉器拿去换钱。张瑞枝挡住了，她从头上取下金簪，薛涛知道这是母亲最后一件陪嫁的物件了，薛涛默默接过母亲递过来的金簪，转过身去，泪水无声地流过脸颊。

……

此刻，春萍坐在房间里发呆，她不知道如何去劝说薛涛。

刘辟刚来找过她，让她劝说薛涛加入乐籍。刘辟说，西川需要安宁，而酒宴也是另一个战场，是不流血的战场，有时候和平就在诗酒中。刘辟走后，春萍站在窗前，她的窗子对着一个过道，这个过道尽头看似一个死胡同，其实那里有一扇隐藏着的暗门，打开便是韦皋的书房，那门只能在书房里面才可以打开。

　　宽敞的院子后是一排房子，进出院子的门通向节度府的侧门，且有侍卫把守，一般人很难进入营伎院。春萍住在这排房子的最东边，房间有前后两间，宽敞明亮，红木家具。里面为卧室，外面为客厅，室内的布置简单典雅，纤尘不染。泡上一杯茶，春萍喝了一口，深深叹了口气，红颜多薄命，她心里想。

　　外人很难看出春萍究竟有多大年纪，一是她善于保养和化妆，二是她似乎看透了世态炎凉，心中静如死水，有着与年龄不相称的深沉。她本是宫中一教坊的乐女，一次逃乱中，她随着人群逃出城外，也不知道到了什么地方，寒冷与饥饿，终于经不住一场雨淋，她病了。看着逃难的人群一拨拨从身边匆匆走过，没有一个人停下来问候她，也没有一个人来搀扶她，她实在走不动了，就躺在一间破庙里，高烧说胡话，一连两天粒米未进，她昏迷过去了。不知道过了多久，她感觉有温水灌入她的嘴中，她想睁开眼睛，可眼皮太重，想喊又喊不出，想动也动不了，不多久她又陷入昏迷之中。再次醒来时，她感觉到有一双温暖的手在她脸上摸索，摸到了她的嘴唇，接着温热的稀饭一勺勺喂进了她的口中。吃完稀饭，身子变得暖和了，她的意识也渐渐恢复。

　　她听到有人说："姑娘，你是不是好一点？不要再睡了，起来，躺一会儿。"

　　接着她的背被一双有力的大手托着往后拉了一点，一只包袱垫在她的背后。

　　过了一会儿，春萍精神好多了，她睁开眼睛看到一位五十多岁的瞎子，轮廓分明的脸透着刚毅，依然可以看出年轻时的英俊和帅气，他的身边放着几样乐器。春萍轻声道谢，她知道是这个瞎子老人救了她。交谈中得知这瞎子也是从宫中出来的，他曾经是宫中教坊的乐师，姓赵，无意中看到不该看到的事，他知道肯定难逃死劫，但是他若死了，西川家中的老母就无人奉养。在自己戳瞎了双眼后，便苦苦哀求说有老母无人侍奉，这才免遭一死，责杖五十后，被赶出宫中。从此四处流浪，以琴艺讨一口饭吃。

那天赵乐师随着逃难的人群走到这里，在庙中歇息时，听到有痛苦的呻吟，他便顺着声音摸索到了生病的春萍，并留下来照顾她。

都是出自教坊，两人的关系一下子拉近了。春萍怯生生地提出，若不嫌弃她愿意做赵乐师的女儿，因为她的命也是赵乐师救的。这样两个萍水相逢的人便成为父女，一路上互相照应。每到一地方，春萍卖唱，赵乐师拉琴。兵荒马乱的日子，百姓哪有闲情去听他们卖唱呢？所以他们常常是饱一餐饥一顿，父女俩相依为命。那年，他们来到陇州军营，唱完一场后，一个喝醉的士兵调戏猥亵春萍，赵乐师上前讲理，却被暴打一顿。春萍想拉开那士兵，却不料被他抱入怀中，在身上乱摸。众士兵大笑，春萍又羞又气，不停厮打，这倒更激起那士兵的野蛮，他一把撕下春萍的上衣，春萍丰满白皙的胸部一览无余地暴露出来。霎时哄笑声口哨声混着一团，还有一些士兵也冲上来在春萍身上乱摸乱掐……忽然，一高大的士兵骑着马冲过来，一甩马鞭，抽在那些士兵身上，他跳下马来，将围在春萍身边的士兵一个个摔了出去。众士兵想一起围攻，看到他眼睛里射出凛冽的寒光，都畏惧了，一个个溜走了。

这个人就是韦皋。韦皋脱下自己的外套，给春萍披上，又掏出几缗钱让春萍去买一身衣服，转过身来又扶起赵乐师。春萍看到他骑上马朝军营跑去，也赶紧跟在后面想问恩人的名字。不料马跑得太快，春萍呆呆地看着路上扬起的尘埃。

父女俩打听多日才找到韦皋。

他们在韦皋驻军的城内住了下来，一晃又过了几年。

韦皋任西川节度使到任之前，春萍随着义父回到益州城。赵乐师带着春萍见了他年迈的母亲，看到儿子带回一个美若天仙的孙女，年迈的母亲心中十分喜欢。恰巧赵乐师与薛涛又是相距不远的邻居，这样薛涛和春萍又成了姐妹。韦皋到任后，春萍便入了乐籍，可观的俸禄让赵乐师和母亲的日子过得还算富裕。

一筹莫展的春萍出了节度府，她只能求救于父亲赵乐师了。

听完春萍的话，赵乐师沉默半晌不语。春萍着急了，问道："父亲，你说我怎么开口和涛妹妹说呢？柯文灿才逝去，我这么做……可是不去说，刘大人那里难以交差。"

"不是刘大人那里难交差，是韦大人那里难交差。"赵乐师不紧不慢地说。

虽然赵乐师眼睛瞎了，可心中是透亮透亮，他现在担心的是春萍怎么想。

"我知道。"春萍心中有一种说不出的忧伤，可她强压住这种伤痛。

"你去劝劝她吧。记住，你和涛儿不管遇到什么情况要亲如姐妹，互相帮衬。我估计，以涛儿此时的处境，说不定会同意的。"赵乐师从春萍说的"我知道"这三个字中听出了她的无奈和心痛。

春萍在街上买了一斤酒，又买了几斤肉和一些菜，来到薛涛家。

薛涛正在给母亲熬药，还没顾得上做饭。春萍到厨房把米洗好，煮好。饭熟了，菜也炒好了，她给张瑞枝盛去，然后和薛涛两人把酒分了。看着桌上的菜，杯中的酒，好半天，春萍不知道怎么开口，倒是薛涛说："春萍姐今天来，带来酒和菜，肯定有什么事吧。"

春萍支支吾吾："没，没什么，只是想和你聊聊天，心中有些闷。"

"我也是，看着母亲病成这个样子，我恨不得替她生病。"薛涛说。

春萍看了一眼薛涛，依然是惨白的脸，没有以往那种面若桃花的气色："妹妹，别这么说，前阵子你那样子，把我吓坏了，到现在你身体还没有恢复呢。"

薛涛叹了口气："春萍姐，我心中那个结不解开，我永远不甘心。"

"什么结？"春萍不解。

"哦，没什么，随口说说。春萍姐，灿儿一走，我的心像掏空了似的。"说完，薛涛的眼泪漫了出来。

一看薛涛伤心起来了，春萍忙转话题："伯母这病花了不少的钱吧？"

"是啊，家中现在都空了。"薛涛又叹了一口气，"真可惜我不是男儿身。"

"涛妹妹，你已经十七岁了，也该挑起家庭的担子，让伯母少些劳累。"春萍说。

"是啊，我和母亲最大的愿望是回长安，母亲日夜做针线活，想多积攒一些钱可以回去，可是物价飞涨，加上母亲这一场病，将那微薄的积蓄全花了，现在母亲的病情也不见好转。春萍姐，我真怕，怕我母亲会突然没了……"薛涛眼里又盈满了泪水，她喝了一口酒，发现酒异常地难以咽下。

"不会的，你母亲会好起来的。来，吃菜，多吃点！"春萍将菜夹给薛涛。

"你也吃吧！"薛涛和春萍碰了碰杯。

酒喝得差不多了，春萍和薛涛两人的脸都变成了粉红色。

两人互相看着，拉着手说："亲不亲，故乡人。"

薛涛略带醉意，伏在桌上，念念有词："都城西京，人流如织。雁塔晨钟，草堂烟雾。灞柳风雪，骊山晚照。华岳仙掌，碑林石刻。院中梧桐……什么时候可以回家呢？"

春萍微微一笑："总有回去的时候，其实益州城也不错的。"

薛涛摇摇头："太白诗云'锦城虽云乐，不如早还家'。"她把剩下的酒一口喝了，"灿儿不在了，我还留在这里做什么？"

"涛妹妹，你可以攒钱啊，攒够了就可以带着母亲回长安，我想，我想，若是你能来我这营伎院就好了。"春萍低声说。

"去你那里？我去做什么，和你一样？我不去，我要回长安。"薛涛似乎真醉了。

春萍拉过薛涛的手，她发现薛涛的手冰凉冰凉的："涛妹妹，你若是加入乐籍，那份俸禄够养活你和母亲，你母亲就不用那么操劳了。况且韦大人宽厚仁慈，这两年来你也看到了，每次宴请客人，你喝酒吟诗，大家特别喜欢你。每一次酒宴都因为有你才气氛活跃，而且和文人雅士吟诗作对，既有情趣又可以提高你的写诗水平，这是一举几得的好事啊。"

"可是我母亲是断然不会同意的。我们家是书香门第，官宦世家。我……我……我不能加入乐籍。"薛涛拒绝了。

"涛妹妹，不是什么人都可以加入乐籍的。入乐籍的人要才貌出众，机敏过人，能歌善舞，妹妹这几样全都占了，而且诗写得好，韦大人一直赞赏你呢。看得出他很欣赏你的才气。这些都不重要，重要的是你担起了家的责任，让你母亲安心养病。等你攒够了钱，你就脱乐籍，你母亲得的是富贵病，这肺上的病，以后的药是断不了的，这是一笔很大的开销。"春萍说。

听到春萍的话，薛涛脑子里乱糟糟的，理不出头绪来。

看到薛涛的矛盾心理，春萍只好说："你好好想想，我明天再来。"

目送着春萍的背影，薛涛陷入深思。

二 行走在刀尖上的欢娱

这琴声时而如松涛流泉，时而如大海风平浪静，时而激越如飞瀑，时而清脆如珠落玉盘，时而低回如呢喃细语。

韦皋心中有说不出的高兴，一旁站着的刘辟见此情景，忙凑上前去说："节帅，今天是薛才女入乐籍的第一天，可否置办一席酒宴……"

韦皋微微一笑："此事你去具体操办。"

薛涛住进了春萍腾出来的房子，观察细致的薛涛看出春萍搬走时一脸的凄凉与哀伤。她有些不明白，以为是春萍对这房子的留恋。这一排房子有十几间，都住着伎人。

春萍搬到了最西边的一间房子。

晚上，酒宴热闹非凡，春萍带着乐营歌伎在丝竹声中翩翩起舞。

酒酣耳热，韦皋站起来，声音里有着说不出的愉悦："各位，今天薛洪度加入我节度府，是我府中的幸事。薛洪度的才情是我蜀中的骄傲，借此薄酒一觞祝我川西繁荣太平。干！"

众人一片和声，跟着把酒干了。

薛涛把盏——酌酒，自己也喝了很多。

给韦皋酌酒时，韦皋小声告诉薛涛酒宴后去他书房一下。

酒宴散后，喝得面若桃花的薛涛脚步踉跄地走向韦皋的书房。

进书房门时，薛涛被门槛绊了一下，恰恰撞在开门的韦皋怀中。看着这娇艳的人儿，韦皋真的有点舍不得放开。他把薛涛扶到椅子上坐下，看着醉意的薛涛说："洪度，你能来节度府我很高兴，今后你可不受任何约束在我府中走动。你还年轻，生活中难免会遇到不愉快的事，该忘记的还是要忘记。在节度府中，你有什么难事可直接与我说。"

薛涛看着韦皋，他的眼睛里充满了慈祥与温暖。自从柯文灿走后，薛涛心中一直空空的，冷冷的，今天或许是酒的作用，她心中有了些许暖意。薛涛知道韦皋一直待她很好，可以用"宠"这个字，除了自己的美貌和才情，当然还有韦皋的为人。韦皋的儒雅与为人和善，薛涛在节度府中走动的这几年，耳闻目睹，心中便对韦皋生有一些好感。

韦皋将薛涛的神情看在眼中，他走近薛涛，伸出手摸了摸她的头："洪度，在府中，你可以做你想做的事，读书、写字或练习歌舞都行。"

薛涛满脸感激："谢谢韦大人。"

韦皋打开书房里的一口箱子，拿出一对血石鸳鸯玉镯送给薛涛。

"洪度，你加入乐籍的第一天，我没什么礼物送你，就送你一对玉镯吧。"韦皋说。

本要推辞说不收，忽然薛涛觉得这玉镯颇为眼熟，心中一惊。她装着很随意，问道："好漂亮的玉镯啊，怕是世上难见的宝物。"

韦皋随口答道："是啊，是刘度支替我买的。"

薛涛说："那我一定好好珍藏，谢谢韦大人。"

"时间不早了，你也累了一天，去休息吧。"韦皋对薛涛说。

韦皋目送薛涛走出书房，目光里有些许不舍。

自从夫人从京城回家后，韦皋就寝要早一些，他考虑到夫人因父亲的去世，伤心加劳累，身体不太好，怕夫人等他太久。

躺在床上，薛涛辗转反侧。

她起身，拿出血石玉镯仔细地看了，她不能确定这是不是她家被抢的那一对，她知道母亲是能分辨得出的。想起母亲，她心里有些难过，为入乐籍，她伤害了母亲。当她把加入乐籍的消息告诉母亲时，母亲惊呆了，半晌说不出话来，指着她说："你……你……你怎么可以做这等蠢事，我们可是书香门第官宦之家啊！你这样有辱祖先……"

薛涛静默着不出声，任凭张瑞枝摇晃着她，责骂她。最后，她说："母亲，我决定的事情，是不会改变的。"

张瑞枝气得指着她说："你，你，你去吧……永远也不要回来！我没有你这个女儿！"

张瑞枝一阵咳嗽，薛涛忙去倒了一杯水，递给她。岂料张瑞枝接过来将杯子丢出门外："你走吧，我不想看见你！"

张瑞枝进了自己的房，重重地关上门。薛涛听见母亲急促的咳嗽声。

薛涛默默收拾着衣服，走出了家门，她听见身后的母亲在房间大声哭诉。

"不能回头！"她告诫自己，一回头她就走不出自己家的院子。

站在节度府门前，她在心里默默地说道："灿儿，我一定要查出是谁向你下的毒手。母亲，我一定要让你过上衣食无忧的日子。"

夜静悄悄的，薛涛突然听见有一阵若有若无很压抑的哭声，她再仔细听，是的，是从西边房子里传出的。她起床蹑手蹑脚地朝西边走去，忽然哭声没了，四周一片寂静，一只猫嗖地从薛涛身边跑过，她吓了一跳，赶紧回到房间。

过了几日，薛涛回家，张瑞枝正在做饭，看见薛涛回来，给了她一个后背。薛涛连忙从后面抱着张瑞枝："母亲，别生气了，我这不是好好地回来看你了吗？"

张瑞枝叹了一口气："女儿大了，翅膀硬了。"

薛涛拿出那一对血石鸳鸯玉镯，递给张瑞枝："母亲，你看看这是不是我们家的玉镯？"

"正是，正是，你从哪里得到的？"张瑞枝急急地问道。

薛涛说："是节度使韦大人送给我的，他说是度支副使刘辟帮他买来的。"

"刘辟从哪里买的？这家传的宝贝当年可是被强盗抢去的啊。"张瑞枝有些不解。

"兴许是从强盗手上买的呢。"薛涛说。

"嗯。传家之宝回来了就好。韦大人凭什么送你这么贵重的礼物？"张瑞枝高兴之后警觉起来。

"他说就是因为喜欢我的诗。"薛涛说。

张瑞枝深深地叹了一口气,似乎预感到什么,心想:这都是命啊!

她不再说什么。

在家吃了午饭后,薛涛回乐伎营了。

路上,薛涛碰到一位在节度府当差的兵役,两人一同回节度府。薛涛打听节度府收监时有无命案犯人的情况。兵役说他不太了解,但是他的老乡是狱吏,详细情况可问他。薛涛去找了那狱吏,给了他一些钱后,薛涛打探抬石头砸死柯文灿的两位工人。狱吏说那两人关了几日,还没等提审,有天吃完饭后,两人突然抽搐而死,饭是家里人送的。此事因没人追查,也就不了了之。

线索断了,薛涛不知道再从哪里查找新的线索。柯文灿所写状纸的副本因放在斛石县县署,她无权清理遗物,也没有拿到副本,她只知道有一大笔款项不知去向,可具体的数据她无从得知。何况现在斛石苑已经建起来了,韦皋不久要去庆贺。

这天薛涛闲来无事,转到孔雀的住所前,那孔雀看见穿着一身红衣的薛涛,登时兴奋起来,拍打着翅膀,薛涛在孔雀笼前旋转起来,不想孔雀也展开它的尾屏,这情景恰巧被韦皋看见,韦皋走过来,静静看着这场景。

薛涛终于转累了,停下来,孔雀也收拢了它的尾屏。

韦皋说:"它在和你比美呢。"

薛涛回过头来,见是韦皋,忙说:"韦大人什么时候来的,没及时问好,见谅。"

"我看了你一会儿。"顿了顿,韦皋说,"洪度,我想和你商量一件事。"

薛涛说:"什么事,您尽管吩咐。"

"你看孔雀在狭小的笼子里生活,会不会……"韦皋后面的话没说。

薛涛接过话:"韦大人,您的意思是给孔雀另找生活的地方?"

"是。"韦皋说。

薛涛说:"若能根据孔雀的习性,开池设笼养护,那是最好的了。只是还要根据孔雀的习性来营建。"

"你认为孔雀池修在哪里好呢，洪度？"韦皋征询薛涛的意见。

薛涛想了一会儿说："给孔雀造一座房子吧，冬可取暖，夏可乘凉，采光通风要好。孔雀喜欢自由活动，所以要给它足够的户外自由活动空间，要有水有草，有大自然的景色，还要有沙滩，孔雀喜欢沙浴，不过这需要很大的一块地方……嗯，我看就修在后花园内假山的一角，那里很安静，孔雀也不会被惊扰。"

"嗯，是不错的好地方。洪度，你负责设计这孔雀池，如何？"韦皋问。

薛涛回答："感谢您对我的信任，我定当设计好。"

薛涛的外祖父是宫廷建筑设计师，参加过长安许多有名的建筑设计，当年来蜀时，张瑞枝带来许多宫廷建筑设计图纸。薛涛闲暇之时也常常翻阅学习。

花了十来天的工夫，薛涛设计出了孔雀池，交给韦皋过目，韦皋十分满意。工匠们按图营建，一个月的工夫就建好了。后花园内假山一侧，山石叠嶂，碧水长流，树木葱茏，雕栏秀亭，九曲回廊的尽头便是孔雀池。站在假山或秀亭上看，孔雀池尽收眼底。孔雀房前，一池碧水，然后是沙滩，空地上绿草如茵，旁边山青竹翠，一道雕花栏杆把这些都围起来。前门高大气派，供客人们直接进去看孔雀，侧门若打开，孔雀可走出孔雀池到后花园随意闲逛。孔雀有专门的人饲养，喜爱孔雀的薛涛也常来喂养。孔雀与薛涛熟悉了，感情日渐加深，每次薛涛来它总要拍打着翅膀，似乎在欢迎薛涛的到来。

下属州县官吏听说节度府开设了孔雀池，纷纷前来祝贺。若京城有贵客来，也必定去看孔雀，此时，韦皋总是带着薛涛前去，只要孔雀一见到薛涛到来，无论薛涛穿什么衣服在它面前轻轻旋转，孔雀一定会开屏，因此孔雀开屏成了节度府的一大奇观。

薛涛在建孔雀笼期间，有意与工匠们接触，取得了他们的信任。她向工匠们打探斛石山的工人砸死柯文灿之事，他们都说不知道。当问及那两个工人在牢房之事时，他们表现出极大的恐惧，连连摆手说不知道。看到工匠们躲闪恐惧的眼神，薛涛知道，肯定有他们不敢说出的隐情。

会是什么呢？薛涛找不到答案。

自从加入乐籍后，薛涛家中的经济状况有了很大的改善。除了不菲的俸禄，还有很多来访者所赠的锦缎财物，在府中接受的物品，薛涛都上缴节度府，若是在家中接待来访者，所收受的物品，薛涛留给了母亲，她认为这是私人交情。薛涛不再让母亲在外面接针线活，母亲的药她亲自去抓。因为休息得好，生活条件改善了，张瑞枝的身体比以前好了很多。看到母亲的气色和精神有了转变，薛涛从内心感到高兴。当初母亲的过度操劳，生活的拮据，让她觉得自己应担起家庭的生活担子，这也是她义无反顾地入乐籍的原因之一，可是查询柯文灿的死因已经找不到任何线索。有好几次她想开口问韦皋是否收到柯文灿的状纸，话到嘴边她又咽了回去。国家处于动荡之中，韦皋忙于治理边疆，事情太多，何况薛涛也不敢贸然提柯文灿之事。但是这件事情不弄清楚，她心里永远压着一块石头，让她感觉透不过气来。

韦皋在书房后又建了两间房子，这房子是专门给薛涛住的。两间房子，一间是客厅，一间是卧室，客厅的门开向营伎院内，两间房子里面装饰豪华而精致，也是韦皋亲自设计监督工匠们建造的。春萍不肯搬回原来的屋子，她说她喜欢西边的房子。营伎里所有的乐营女子都知道韦皋对薛涛的看重和喜爱，对薛涛也是多了几分恭敬。春萍对薛涛十分关照，当然，她也多了几分担心，尽管她也是听命于别人劝薛涛加入乐籍，特别是刘辟说是韦皋的意思，而韦皋也在她面前流露过这个意思。这么多年来韦皋待她不薄，有恩于她，而她呢，从来不违背韦皋的意愿，默默跟着他这么多年，不曾有一丝非分之想。她不知道把薛涛引进节度府的营伎是喜还是悲，以她对韦皋的了解，韦皋迟早会对薛涛有所行动，只是他的手段会更高明和隐蔽，所以她很识趣地退出，把多年来对韦皋的感情埋藏在心底。至于薛涛的将来，只有她自己去把握了，或许这是女人的命，春萍想。

斛石苑建造起来后，还从未举行过盛大的酒会，这是第一次酒会。

初秋，碧空如洗，一片云影缥缈的叠翠之上，托浮着豪华雅秀的斛石苑，苑内，楼台亭榭、曲径清池，宛若仙境，韦皋广邀文人才士雅集于斛石苑。酒宴中，薛涛与众雅士诗词酬唱，一袭红衣的她，带着少女的清纯像一阵春风，拂过每一张喜悦的脸。这一次聚会也是文人的盛会，韦皋请了最擅长写真的僧人画家义全，为在座的文人雅客画像。号称"山中四友"之一的符载看了画像，对义全精湛的画技赞叹不已，乘着酒兴写了《剑南西川幕府诸公写真赞（并序）》，为十三位才子作了写真赞。"大历十才子"之一卢纶的表哥、水部郎中司空曙看到符载凝视着他的画像后，提笔写到他，赶紧上前给符载磨墨，符载写的是《水部司空郎中曙字文初》：

> 凤仪朗迈，振拔氛嚣。
> 玉气凝润，鹤情超辽。
> 文烛翰苑，德成士标。
> 问望何有，羽仪中朝。

写到《殿中郑侍御纲字砺甫》时，薛涛在一旁念道：

> 中和曼溢，为祥圣代。
> 彩凤翱翔，卿云□□。
> 诚多被物，迹则用晦。
> 神宇森森，形诸粉绘。

当符载写到《左卫刘仓曹辟字太初》时，刘辟忙给他递上一杯茶，符载略一思忖写道：

> 皎皎太初，器杰文雄。
> 灵蟠出水，秋鹗乘风。
> 炉化宇宙，无所不攻。
> 他时图画，麟阁之中。

……

符载作完写真赞后，大家争相传诵。

春萍带着伎乐女子在水榭舞台上跳起了舞蹈，众位雅士喝彩连连。

薛涛独自一人来到功德碑前，她看到柯文灿的名字刻在一块碑石的最上面，另有一些戍边阵亡的将士刻在另外一块碑上。薛涛拿起旁边已备好的香烛，一一点上，作了三个揖。她盯着柯文灿的名字，眼泪漫了出来，悄悄淌过她的脸庞。

他已经在另一个世界，而她却在他生前营建的苑内，装出笑脸陪人寻欢作乐，悲凉一阵阵涌上薛涛的心头。

不知什么时候，韦皋来了。他在两块碑前各点上三炷香，作了揖，默默地站在薛涛旁边。

"韦大人……"薛涛不知道该说什么。

"去的人去了，活着的人要好好活着。"韦皋声音低沉。

"韦大人，我想问您一件事。"薛涛觉得这是个绝好的机会。

"什么事，说吧！"韦皋问。

"柯文灿生前曾递一份状纸给您，是关于斛石苑一大笔款项不知去向的事，不知道大人是否看过状纸。"薛涛接着说，"柯文灿为查清经费的开支颇费周折，其中还收到过两封匿名信。"

韦皋说："我没有接到状纸。"

"是托您的侍从呈递的。"薛涛说，"另外，我觉得那场事故似乎是人为的，两名工人后来在牢中无故而亡。"

"嗯？还有这等事？我回去查查。"韦皋说，"不过，洪度，你觉得追查这些不愉快的事情有意义吗？斛石苑已经营建起来了。"

听到韦皋这么说，薛涛心又凉了，她想若是能把杀害柯文灿的幕后黑手抓出来，她愿意用她的生命作为代价。

见薛涛迟疑着没有接话，韦皋说："洪度，走吧，那边大家还在等着你呢。我没看见你，估计你在这儿。"

薛涛随着韦皋来到曲水环绕的一座玲珑亭中，一架古琴已经摆放好了。

薛涛走上前去，端坐琴前，轻拢慢捻的纤纤十指下，顿时传出曼妙古朴带着异域情调的琴声。众人纷纷聚拢在亭前，凝神静听。这琴声时而如松涛流泉，时而如大海风平浪静，时而激越如飞瀑，时而清脆如珠落玉盘，时而低回如呢喃细语。薛涛沉醉在自己的演奏中，接着琴音一转，如隆冬之夜雨滴淅沥，清冷如刀划过众人心头，又如泣如诉低沉回缓。突然又激昂起来，如喷发的火山，积蓄着千钧之力，当最后一个音符划过，传来如锦缎撕裂的声音，琴弦断了。琴声中那种凝重与凄婉，将一份孤独和无助渲染得淋漓尽致，让心灵在顷刻间不得不与之共鸣震颤。

薛涛呆呆地坐在亭中，四周一片寂静。

忽然掌声响起来，各种赞美的声音充斥着薛涛的耳膜。

僧人画家义全早已将薛涛弹琴的各种美姿画了下来，众人相互传看，觉得义全画得栩栩如生。

此次盛会，义全画的画像和符载的十三人写真赞都镶嵌在斛石苑大厅的四壁。

很快，符载的《剑南西川幕府诸公写真赞（并序）》传入京城，传入京城的还有剑南西川节度府上有一名绝色有才气女子的名气。

一日晚上，韦皋书房内，书桌上摆放着几首诗作，这是新近从京城传过来的。

九月重阳节，皇上赐宴百官于曲江亭，皇上作了一首诗：

> 早衣对庭燎，躬化勤意诚。
> 时此万机暇，适与佳节并。
> 曲池洁寒流，芳菊舒金英。
> 乾坤爽气满，台殿秋光清。
> 朝野庆年丰，高会多欢声。
> 永怀无荒戒，良士同斯情。

皇上命中书门下文辞之士三至五十人应制，同用"清"字。奉诏评判诗文的宰相李泌难以取舍诗文优劣，干脆让众位大臣和诗，由皇帝亲自评定。结果出来后以刘太真、李纾等四人为上等，鲍防、于绍等四人为次等，殷亮等二十三人为下等。而李晟、马燧、李泌三位宰相的诗，不加考第。

韦皋和薛涛两人在书房探讨这些诗作，不觉夜已深了。

看着娇艳如花的薛涛，韦皋心中升起一股难以言说的爱意，但是他知道俘获一个女孩子的心切不可太急，何况她还未从失去柯文灿的悲痛中走出。

于是，他微微一笑："洪度，你知道吗？皇上将清河宋氏五姐妹纳入宫中，以学士相称。"

"宋氏五姊妹，是若莘、若昭姐妹吗？听说她们聪明好学，举止大方，能文善诗，才华横溢。"薛涛早听说她们的才气。

"是的。昭义节度使李抱真打探到贝州清阳人宋廷芬的五个女儿才华出众，便向朝廷举荐了五姐妹。皇上爱才，便留在宫中以礼相待。"韦皋接着说，"与五宋齐名的鲍君徽因为善诗，也常常被皇上召入宫中，参与侍臣们的交流学习。"

薛涛赞许："皇上文治天下是极好的举措，这也是我大唐文风盛行的缘故。"

韦皋想询问薛涛关于南诏之事，又一想以她这么年轻的女流之辈，恐怕也没有什么好主张。

薛涛看韦皋欲言又止，忙问："韦大人好像有什么话要说：却又有所顾虑。"

"好一个冰雪聪明的女子。"韦皋心想，他接着说，"洪度，你说说看对南诏我们该采取什么样的措施。自天宝十年，玄宗派鲜于仲统率大军六万进攻南诏，当时南诏一再求和，皇上不准，执意强攻，结果在南诏和吐蕃的两面夹击下，全军覆没。三年后，玄宗又征兵十万再度进攻南诏，再次战败，十几万唐军就这样埋骨当地。"

"是啊，多少枯骨卧黄昏。纵观南诏近来的一些举措，我认为他们是想示好。"

"不错，如果时机成熟，明年我将有一次大的军事行动。"韦皋似乎胸有成竹。

薛涛接道："哦，若是这样，那就一定要瓦解南诏和吐蕃的联合。前车之鉴，我们可要吸取教训。"

韦皋没想到薛涛对时事颇有见地，她能一眼看出事情关键的所在，心中喟叹："若是一男子定是我的一员得力干将。"

韦皋又问："哦，对了，你说的状纸和那两封信是怎么回事？"

薛涛把自己知道的事情原原本本地告诉韦皋，韦皋答应有空查查这件事。

寂静的夜晚传来更夫打更的声音，不觉已是三更了。

薛涛起身要出书房门，回房间休息。

韦皋说："等等！"

薛涛迷惑地看着韦皋，只见韦皋走近书柜，他拉开一个书柜门，里面一扇很隐秘的门拉开了，看着韦皋如同变戏法般打开门，薛涛惊愕了。门的那边便是薛涛的客厅，也就是说薛涛从书房到她的住房，不必走出书房，绕过使府，从营伎院的门进去。此时，薛涛这才明白为什么韦皋要亲自设计她住的房子。

看着发呆的薛涛，韦皋轻轻地将薛涛推进她的客厅，关上门。这边薛涛推了推门，却推不开，她站在那里继续发呆。

三　奏请女校书

王家山水画图中，意思都卢粉墨容。今日忽登虚境望，步摇冠翠一千峰。

——薛涛《斛石山书事》

在节度府，大部分的时间薛涛在文案室协助掌书记司文牍之职。

薛涛一直在四处打探是韦皋的哪个侍从接过柯文灿的状纸，那个心虚的侍从忙将此事禀报给刘辟，并说韦皋在过问此事。刘辟将王利民请来，共同商讨对策。

刘辟问王利民："所有的证据都销毁了吗？"

王利民回答："是，肇事的两工人因身体差，在狱中暴病而亡，死无对证。"

刘辟叮嘱："那就好。薛涛目前是韦皋眼中的红人，切不可掉以轻心。这个小女子聪明着呢。"

韦皋因欣赏薛涛的才华，起草了一份奏诏，奏请朝廷恩准薛涛为校书，他想既然皇上能授予宋氏五姐妹为学士，那么他奏请薛涛为女校书也未尝不可。他的这一提议遭到监军使钱启林的强烈反对，他说纵观历史从未有过女校书，何况薛涛还是乐籍女子。尽管监军使是直接代表皇帝驻扎在地方，有着不可估量的地位，但是集各种权力于一身的韦皋依然坚持自己的观点。韦皋的幕府原本是自己所设，作为节度使可直接在自己的幕府虚设官职，若是朝廷恩准，那是大喜，若不恩准，自己虚设校书官职也没有什么不妥。

韦皋将奏请薛涛为校书的事告诉薛涛，薛涛大为感激。

果然朝廷未准。韦皋只好在自己的幕府为薛涛虚设校书一职，并且以文书通报。自此，府中上下均称薛涛为薛校书。一些重要的军事议会，薛涛和掌书记一起参加，并做详细记录。每次韦皋看见薛涛整理好的议会记录，心中甚是愉悦。

近段日子，韦皋为南诏国之事苦费心机。自镇蜀以来，韦皋一直在吐蕃和南诏之间周旋。

在此之前，大历十三年，南诏国王阁罗凤去世，他的孙子异牟寻嗣位。第二年，南诏吐蕃合兵十万，分三路攻击剑南，企图夺取益州城。当时张延赏镇蜀，德宗派遣大将李晟、曲环率北方兵数千，联合当地唐兵，大破吐蕃南诏军，收复被吐蕃占去的维茂二州，追击南诏军过大渡河。吐蕃、南诏军死亡人数达八九万人。两国战败后，吐蕃既后悔又发怒，降罪于南诏，南诏国王感觉十分恐惧，双方关系开始发生变化。吐蕃改封南诏国王为日东王，取消以前结盟的"兄弟之国"地位，重新确定君臣关系。

吐蕃的贪婪和对南诏的不尊重，让南诏国有重新归附大唐的愿望。吐蕃在南诏征收重税，将南诏地势险峻的地方强占并设立兵营和哨所，强令南诏每年出兵助防。每有战争，总是让南诏兵打头阵，所以死亡也多是南诏兵。当年阁罗凤破嶲州，西泸县令郑回被俘。阁罗凤器重他有学问，赐号为蛮利，让郑回教授王室子弟读书，培养出很多弟子，在南诏威望很高，南诏王是一国的最高统治者，其下设有清平官六人以襄理政务，相当于宰相。大将军十二人，参议决定军政大事。郑回在南诏做到了清平官，很得南诏国的信任。他劝说异牟寻：大唐是礼仪之邦，若是归附大唐，利大于弊。异牟寻同意他的建议，暗中谋划，但不公开反对吐蕃。

异牟寻想归附大唐，但又慑于吐蕃的淫威。德宗贞元四年，吐蕃屡次派人到南诏去，引诱和胁迫南诏。异牟寻不敢自己派使者去大唐，便先派遣东蛮鬼主骠旁、苴梦冲、苴乌星入唐。到京城后，德宗在麟德殿设宴，款待他们，给他们很多赏赐，封骠旁为和义王、苴梦冲为怀化王、苴乌星为顺政王，并授给他们印鉴，送他们回南诏。

韦皋镇蜀后安抚西南各蛮族，给予了很多恩惠。各蛮族首领对韦皋非常信任，他们把异牟寻想归附大唐的想法，告诉了韦皋。

面对此种情形，韦皋觉得到了自己该采取行动的时候了。该如何离间吐蕃和南诏的关系呢？韦皋召集幕府一干人商议。多人发表意见后，韦皋让薛涛说说看法。薛涛提议使用离间计，接着谈了她具体的思路，众人对她刮目相看。

时机成熟了，次年二月，韦皋派遣密使写信给异牟寻，信中写道：

"……回鹘屡次请求帮助皇上一同消灭吐蕃，如果大王还不及早确定谋略，有朝一日被回鹘赶在前头，大王世代相沿的功劳与名声便白白丢弃掉了。而且，云南长期遭受吐蕃欺压的屈辱，如今若还不乘这一时机，依靠大国的力量，来报复怨仇，洗雪耻辱，后悔也来不及了。"

韦皋将给异牟寻去信的消息，又故意透露给吐蕃，吐蕃心中起疑，让南诏派大臣子弟到吐蕃作为人质，这种行为让异牟寻更为怨恨。

看来一场战争不可避免了。

是夜，月光从摇曳的树影中洒下，韦皋感到丝丝凉意。白天幕僚们和监军使的争议一直在耳边回响，这场对吐蕃的出击战争关系到能否争取到西南各部落。去年防御吐蕃的进攻取得辉煌战果，今年若是主动出击，击败吐蕃，那么南诏各部落归顺大唐指日可待，韦皋在心中谋划。

薛涛路过院子，看见韦皋独自静立于树下，她知道深谋多虑的韦皋将有大的军事行动。这几年来，她对韦皋有了一些了解，也有了一种别样的感情，父亲般的依恋还是对他才能上的钦佩，抑或是男女之间的爱恋，她无法说清楚。如果没有柯文灿占据在她心中，也许她会毫不犹豫地接受韦皋的感情，可现在她没有为柯文灿洗去血海深仇，又何谈其他呢？她总感觉柯文灿之死是有一双幕后黑手在操纵，是谁她却又无从查找。

韦皋咳嗽了一声，薛涛心中一惊，忙上前柔声说道："节帅，外面天气凉，还是进屋吧。"

韦皋回头见薛涛站在身边，心中一阵暖意。这个女子真是细腻柔情，几年来他压抑着自己的感情，很多次梦中，他把这个可人的女子揽入怀中，醒来只是一场春梦，他又何曾不想把薛涛纳为小妾呢，可是在恩重于山的贤惠的夫人那里他无法开口。薛涛若是能像春萍那样不显山露水地与他交欢于府中，该是多好。但是他知道，侍才自傲的薛涛不同于别的女子，所以韦皋一直在等，等薛涛从心里爱上他，接受他。

韦皋说："洪度，你也没睡啊，大战在即，我在想派谁带兵更合适。"

"哦。"薛涛陷入沉思。德宗贞元五年，吐蕃出兵十万来攻益州，南诏被迫从征，但是他们驻兵金沙江北，按兵观望。韦皋使计将写给异牟寻的信故意送给吐蕃，让吐蕃对南诏的疑虑加深，吐蕃于是派兵两万屯会川，阻击南诏。异牟寻一怒之下，带兵而归，双方关系彻底破灭，大唐击败了吐蕃的进攻。

想到这里，薛涛说："节帅，您这次主动出击，南诏肯定不会出兵帮吐蕃，所以只要您乘胜追击，必胜无疑。至于选择谁去带兵，节帅对手下将帅了如指掌，心中早有定夺，我一小女子可不敢胡言。"

巧言善辩，什么话经过她那樱桃小嘴说出来，让人听着就是舒服，韦皋心中叹道。

"你觉得曹有道率兵如何？"韦皋还是想听听薛涛的意见。

薛涛赞同："曹大人对节帅忠心耿耿，礼贤下士，与将士们同甘共苦，深得将士们的信任，而且他足智多谋，有您坐镇指挥，曹大人在前方带兵打仗，这场战争必胜无疑。"

那就曹有道吧！韦皋决定了。

冬季，韦皋派遣他的部将曹有道率领两千精兵和东蛮、两林蛮以及吐蕃的青海、腊城两节度在州台登谷交战，大破吐蕃军，斩敌首级两千，吐蕃兵跳下山崖和落入水中而死的人多得无法计算，大唐军队获取不少牛马铠装。青海大兵马使乞藏遮遮、腊城兵马使悉多杨朱、节度论东柴、大将论结突梨等皆战死，吐蕃军为之震撼恐惧。乞藏遮遮是尚结赞之子，吐蕃一代名将，英勇善战，威望极高。

大战结束后，在斛石苑，韦皋为战死的将士立功德碑，随后举行庆功宴。

举杯相庆之际，韦皋特地给薛涛敬酒，说她小小年纪为这次战争出了不少的计谋。

这次善画山水树石的王宰，也是韦皋的座上宾。

王宰和杜甫是好友，当年杜甫居浣花溪时，两人常一起吟诗作画，杜甫曾有一首《戏题王宰画山水图歌》：

> 十日画一水，五日画一石。
> 能事不受相促迫，王宰始肯留真迹。
> 壮哉昆仑方壶图，挂君高堂之素壁。
> 巴陵洞庭日本东，赤岸水与银河通，中有云气随飞龙。
> 舟人渔子入浦溆，山木尽亚洪涛风。
> 尤工远势古莫比，咫尺应须论万里。
> 焉得并州快剪刀，剪取吴淞半江水。

王宰画画从来不愿意受时间的约束，仓促从事，只有经过反复观察酝酿后，胸有成竹，意兴所到，才从容不迫地挥毫作画。他严谨的创作态度，使他的每一幅画都精妙无比。斛石苑建成后，王宰观察达数月，将全景熟记于心，细细摹画。

这次宴请将士，王宰展出了他的画作《斛石图》，掀起了午宴的高潮。他的神来之笔，将斛石山气势恢宏的场景再次展现。

画上的山川树木，亭台楼阁，无不饱含诗情画意，远视的构图背景，精湛逼真的画技，仿佛是用剪刀将斛石山的风景剪贴在画纸上一般。

大家啧啧称赞，建议悬挂于斛石苑大厅，韦皋点头应允。

司空曙见薛涛正在仔细观看画卷，笑着说："洪度，可否作诗一首，让我们一饱耳福？"

薛涛回答："司空大人又让我献丑。"

薛涛朝韦皋看去，见他也看着她点点头。

众人附和着司空曙要薛涛作一首诗。

薛涛走到书桌前，拿起笔墨，略思片刻，提笔写了一首《斛石山书事》：

> 王家山水画图中，意思都卢粉墨容。
>
> 今日忽登虚境望，步摇冠翠一千峰。

这次，大家对薛涛的诗文不在意，却对她的书法大为赞赏。

刘辟挤过来，拿起薛涛的诗，念了出来，接着夸道："洪度的字真是越来越俊逸了。"他拿着诗朝韦皋走去，递给韦皋，韦皋接过来看了，颇为高兴。

夜晚，斛石苑内，灯火通明，将士和文人墨客们兴趣正浓。

朗月如水，满园辉煌。监军使钱启林和韦皋，在刘辟和节度府僚佐的拥簇中，登上斛石苑最高的楼亭。放眼望去，斛石山静卧在月光下，近看，苑内有百姓和将士三五成群，围坐谈天，一派祥和。大厅里，烛光通明，穿着华丽的侍者和侍女们穿梭出入，传送着瓜果菜肴，夜宴即将开始。

刘辟安排监军使钱启林和韦皋等人入座，薛涛给大家一一酌酒。

监军使钱启林说："刘度支，久闻你诗文作得好，今夜良辰美景，何不赐教一二？”

刘辟谦虚道：“不敢当，不敢当！在众位大家面前，我才疏学浅，真拿不出手。”

其实进士出身的刘辟，诗文也作得不错，今日监察使钱大人提出让他作诗，刘辟也就不推辞了。他知道这次大胜吐蕃，朝廷肯定对韦皋有奖赏和提拔，他为了取得韦皋的信任，也想露一手。

刘辟站起来，离开酒桌，走到栏杆处，沉思片刻，转身提笔，在纸上写了《登楼望月》：

一

圆月当新霁，高楼见最明。

素波流粉壁，丹桂拂飞甍。

下瞰千门静，旁观万象生。

梧桐窗下影，乌鹊槛前声。

啸逸刘琨兴，吟资庾亮情。

游人莫登眺，迢递故乡程。

二

皎洁三秋月，巍峨百丈楼。

下分征客路，上有美人愁。

帐卷芙蓉带，帘褰玳瑁钩。

倚窗情渺渺，凭槛思悠悠。

未得金波转，俄成玉箸流。

不堪三五夕，夫婿在边州。

写完，刘辟说：“献丑了，还请监军使钱大人和韦大人及在座的各位指教。”

刘辟的两首诗迅速被传看，众人皆赞不绝口。

韦皋看后，心中也暗暗赞叹：刘辟到底是进士出身，确实很有才气。

随即，他吩咐薛涛："洪度，你明日将刘度支的诗录入府册。真是好诗，尤其是第二首，我特别喜欢。"

刘辟道谢："承蒙节帅夸奖，我万分感激。"

夜深，酒宴散后，众人回城。

薛涛坐在马车里，看着斛石苑在身后远去。每一次到斛石苑，她总有一种心痛。今日，大家都对王宰的《斛石图》赞不绝口，她也认为是一幅好画，可是，写出来的诗却没能表达她的意思。或许是被情绪左右，斛石山，有她和柯文灿的相识，也有她和柯文灿的诀别，一段美好的感情就这样留在回忆里。

今夜，乘着韦皋高兴，薛涛决定再问一问柯文灿的事。前一阵子韦皋忙于边疆作战大事，自然这件事情也不好催促。

马车在节度府前停了下来，薛涛知道，韦皋会去书房，这是他的习惯，无论多晚，他都要去书房待一会儿。薛涛跟着韦皋进了书房，见薛涛跟着进来，韦皋有点吃惊："洪度，这么晚了，有什么事吗？"

薛涛莞尔一笑："没什么事，就是想和节帅说说话。"

听了薛涛的话，韦皋很高兴："好，好！今天酒喝得尽兴吗？"

"还行。"薛涛接过侍者送进来的茶，端给韦皋，"这一仗后，节帅肯定又有新的打算了。"

"猜猜看。"韦皋卖起了关子，他也想看看薛涛的聪慧。

薛涛说："肯定会有和吐蕃的战争，只有将吐蕃制服了，边疆的百姓才会安宁。否则，吐蕃春天结盟，秋天来掠夺，他们出尔反尔的事做得太多了。"

"是啊，你说得不错，后面的战争可能还要残酷。"韦皋叹道，"今天，你看了王老先生的画后，所作的诗没体现你的水平，你好像情绪不佳。"

见韦皋转到这个话题，薛涛想这是提柯文灿事情的最好时机，忙接着说："是啊，柯县尉的事一直搁在我心里，不查清楚这件事我寝食难安。"

韦皋心里有些不高兴，薛涛整个心里都装着一个已经不存在的人，他总不能去和一个死人争这个女孩子。但是他不露声色，站起来走到薛涛身边，一手搭在薛涛肩上说："洪度，很多事情不是你想象的那么简单。所有的线索断了，柯县尉把状纸交给谁了，死无对证。我的侍者那么多，我也无法查出来。你说工人是受人指使，故意将石头滚落，证据呢？工人死了，也是死无对证。你还年轻，有许多你不懂的东西。你知道公公们到每个节度府来宣贡吗？好了，时间不早，你早点休息。若有空，我会查这件事。不过，别总是在过去的一些事件中走不出，这对你不好。"

"谢节帅。"薛涛说完，想走出书房，却不曾想被韦皋拥入怀中，薛涛如触电一般，一动不动，听凭韦皋满脸的胡须摩挲着她的脸。韦皋拉开暗门，想拥着薛涛进去，不想，薛涛用手挡住他。

韦皋止步。心中却有一种悲凉，堂堂一节度使，却征服不了一个女子的心。有多少女子朝他眉目传情，他视而不见，可这个要他命的女子，却让他无可奈何。

薛涛站在客厅，听到关门声，和着沉重的叹息。

该怎么办？薛涛心乱如麻，不喜欢他吗？为什么在他拥着自己的时候却不拒绝，心中却还有一种异样的情感？节度使完全可以用权势使她屈服，但是他没有，他一直时时处处爱护着她，宠着她。他是一位温文尔雅的儒士，哪里像带兵打仗的将军呢？他礼贤下士，爱惜人才，使幕府里人才济济，他厚赏戍边的将士，减轻百姓的赋税，人人都念着他的好……薛涛呆呆地站在原地，也不知道过了多久，这剪不断理还乱的思绪让她失眠。

他是值得爱的一个人吗？薛涛无法厘清自己的思绪。

四　寤寐求之却不得

四周一片寂静，月光从窗户射进来，照着床上四凸有致的薛涛的睡姿。韦皋呆呆地看着熟睡中的薛涛，身体像火一样燃烧。

……

与吐蕃一战大胜后，皇帝下诏书任命韦皋为检校吏部尚书。

自然少不了酒宴庆贺，薛涛对韦皋不卑不亢的态度让韦皋心中恼怒，可是他装着若无其事，他就不信他俘获不了薛涛的心。

其实薛涛什么都明白，她知道这个男人对她的呵护，甚至是想着法讨好她，可她心中有一道坎无法跨越。柯文灿的事还没查清楚，她明白柯文灿的死对韦皋来说是求之不得的好事，从韦皋对她查柯文灿这件事的敷衍可以看出。

现在朝廷更重用韦皋了。

节度使本是集地方军、政、财权于一身，既拥有土地、百姓、军队，又有财富。节度使直属军队的军职和使府内的文职，大多数是节度使自行任命。规定的文职有行军司马、副使、判官、支使、掌书记等，其中任要职者也可以代行节度使职权。次一等的，可以委派代理州县职务。这些名为幕职的差遣官无官阶，所以这些幕僚必须带有郎官、御史等头衔。幕职不限出身，文士不论是否中进士，都可以任职。在某种情形下，也可以推荐到中央任职。所以很多文士都以幕僚作为进身之阶。韦皋在剑南西川广罗人才，幕府中人才济济，他又以礼贤下士闻名，慕名投奔他的人很多。府中度支使的职务为统筹财物，军队打仗最重要的就是后勤供给，还有节度府的开支，刘辟在财政这一块任职功劳显著，韦皋将其升为御史中丞。

在任人和治理上，薛涛不得不钦佩韦皋。

大战胜利后所有军士皆有提携和奖赏，那些阵亡的将士更是厚葬，所有军属的婚丧嫁娶都由节度府开支，赋税减免。参战的将士、戍边的将士解除了后顾之忧，安心服役。没有战火的纷扰，百姓安居乐业，发展农业生产，蜀中更富庶了。刘辟又私自加重赋税，增加财政收入。

薛涛提出刘辟在建设斛石苑过程中，一笔数目大的资金不知去向，韦皋心中自然明白。王公公来西川宣贡，自然是皇上的意思，刘辟在这件事上处理得滴水不漏。在皇上的心目中，韦皋是个举足轻重的人，除了韦皋的军事政务才能外，与进贡也有关系。德宗最初励精图治的梦，在朱泚之乱中破灭了，所以德宗除了让地方财政上缴该入国库的赋税外，还派自己的心腹宦官到地方宣贡，充盈自己的个人小金库。

韦皋虽然重用刘辟，但是心中对刘辟是有防范的，老谋深算的韦皋从不轻易表露自己的想法。柯文灿之死，对韦皋不得不说是一件好事，少了与薛涛之间的障碍，他以为可以轻松抱得美人归。岂知薛涛的高傲与不羁，让韦皋的梦迟迟无法实现。

韦皋心中恼怒，随即又为薛涛的节操钦佩。倘若薛涛是一个庸俗女子，对他阿谀奉迎，百般迎合，他说不定对她早弃之不理。刘辟知其心思，设计让薛涛加入乐籍，这种曲意的讨好让韦皋警觉起来，若仅仅是为了在他韦皋面前争宠，大可不必挖空心思逢迎。只是入了乐籍的薛涛依然我行我素，对他的爱护和关心以及示爱装聋作哑，心里只装着已经死去的柯文灿，并且对其中的疑窦穷追不舍。

她太年轻，没有经过生活的艰辛、处世的险恶，这是韦皋对薛涛的评价。为了博得美人的欢心，韦皋决定还是过问一下柯文灿的事，对薛涛也有个交代。如果说前几年忙于襄理军事政务，没有时间享受美女人生，那么现在边境暂时安宁，他韦皋有权享受了。韦夫人最讨厌男人三妻四妾，韦皋感恩夫人，也尊重夫人的意愿，从未纳妾。但是夫人并未反对他有红颜知己，若薛涛能像春萍这样，甘愿将最美好的年华默默奉献给他，甚至不要名分，不求回报，无怨无悔，该有多好。韦皋知道，对薛涛他不能心急，只能用感情打动她。

那一日，刘辟将提高征收赋税的公文呈给韦皋看，韦皋随口问道：

"刘中丞，听说已故的柯县尉曾状告斛石苑经费开支问题，也有人在追问砸死柯县尉两个工人的死因，究竟是怎么回事？"

刘辟一惊，想起上次韦皋的随从报告给他薛涛追查之事，他满脸堆笑：

"节帅，斛石苑建成已有一年多了，其中明细账目也已经审核入典籍库，若有什么问题，可以重新核查。至于那两个工人死于狱中，我听说是吃了家人送的饭菜后，不幸中毒而亡。柯县尉之死，我深表痛惜，此事纯属意外。节帅厚葬柯县尉，且已将其功德刻上功德碑，柯县尉的父亲没有追究两个工人的罪责，实在是宽宏大量。两个工人的家属对工人暴死狱中，也无异议，既然人已死了，官府也没有追究他们。不知道此事有什么不妥，也不知是哪位要查此事？"

韦皋半晌没说话，阴沉着脸。

刘辟看着韦皋的脸色，摸不透韦皋的心思，也不知道后面该接着说什么。

"会不会是因为查斛石苑的账，引起后面的一连串谋杀？"韦皋低沉的嗓音一字一顿。

刘辟的脸色变了，他不知道韦皋究竟掌握了一些什么，才说出如此的话来。他结结巴巴，有点语无伦次："啊，有这等事？不会吧。节帅是听谁说的？"

韦皋不回答，心里却想，你刘辟的手段和心思我还不知道？此事不过是我提醒你。

见韦皋不说话，刘辟的心更虚了："节帅可派人调查此事。"

"没事了，你把公文留下，下去吧。"韦皋忽然和颜悦色。

刘辟唯唯诺诺地下去了，走出大厅，他擦了擦额头上的汗。

这件事肯定是薛涛在追查，刘辟想，这个女子不知在韦皋面前说了什么，今后她还会弄出什么花样呢？目前还真的是无法惩治她，只要有机会，一定不能放过她，要给她点苦头尝尝。只是他不知道韦皋葫芦里卖的什么药，薛涛入乐籍有些时日，韦皋似乎对她依然无动于衷。这点韦皋不像他。前年节度府营伎中来了一位名叫秋菊的漂亮女子，他看中了。于是，他让秋菊脱去乐籍，娶回家做了小妾，尽管妻子吵闹了几日，最终还是接受了事实，妥协了。刘辟想即使韦皋真要查他斛石苑的账，未必能查出什么。这样一想刘辟也就释然了，他不相信他斗不过涉世不深的薛涛。

韦皋对斛石苑账目的情况，他心中如明镜一般。刘辟的圆滑、投机，甚至对他的逢迎他都明白。节度府中需要这样的人，至少刘辟目前是能用的人，何况刘辟和宫中还有着千丝万缕的联系。所以薛涛在他面前提到的账目和柯文灿之死，他实际是在敷衍薛涛。最后他拿出最好的理由告诉薛涛，此事千头万绪，暂时无法查清。韦皋劝慰薛涛好好生活，忘记过去。于是，韦皋想找个时间带薛涛出去走走，让她散散心。

春末夏初，韦皋带着幕府僚佐以及薛涛等一起去游历华蓥山天池，那里也是佛教圣地之一。

华蓥山位于益州城东边，浩瀚巍峨，古老神奇，集雄、奇、险、幽、绝、雅、壮于一山。众多文人墨客曾游历过此处，并留下诗篇。美丽毓秀的天池湖，坐落在高高的华蓥山中，恰似一颗璀璨的明珠，镶嵌在莽莽苍苍的绿色林中。传说在很久很久以前，玉帝的三女儿在天庭上梳妆打扮，她俯瞰下界华蓥山的美景秀色，如痴如醉，一不小心将玉镜跌落在华蓥山中，宝镜沾上了华蓥地气，怎么也取不回去了。这样，就形成了美丽的天池湖。天池湖一年四季，湖水清澈碧澄，烟波浩渺，气象万千。山风啸林，渔歌唱晚，野鹭升空，水鸟展翅。泛舟湖中，绿水青山，碧波荡漾，水天一色；放眼湖岸，怪石嶙峋，树生石中，如诗如画，温柔恬雅，令人心旷神怡，流连忘返。

杜甫来此处后，回到草堂对此美景极为赞叹，写了一首《天池》：

> 天池马不到，岚壁鸟才通。
>
> 百顷青云杪，层波白石中。
>
> 郁纡腾秀气，萧瑟浸寒空。
>
> 直对巫山出，兼疑夏禹功。
>
> 鱼龙开辟有，菱芡古今同。
>
> 闻道奔雷黑，初看浴日红。
>
> 飘零神女雨，断续楚王风。
>
> 欲问支机石，如临献宝宫。
>
> 九秋惊雁序，万里狎渔翁。
>
> 更是无人处，诛茅任薄躬。

杜甫的这首五言排律，押东韵，薛涛和韦皋曾一起研习，无意中薛涛说这么美的地方没去，真是可惜。

韦皋记在心中，恰好近期有闲工夫，便邀请薛涛和节度府官员以及幕僚们一同前往。出发时，天空还下着蒙蒙细雨，当他们到达后，雨停了。

天近傍晚，放眼望去，岱色山峰连绵一片，山脚是平静的湖水，倒映金色的落日，高远蓝色的天空，浮着大朵大朵的白云，夕霞将白云镶上一道金边，湖水平静得没有一丝波纹，宛若一面天镜，倒映着山峰蓝天白云。天池恰如一颗碧绿的翡翠，镶嵌在群峰之中，又像是小姑娘水灵灵、蓝晶晶的眸子，映照着美丽的幻境。看此美景，薛涛不禁感叹大自然鬼斧神工的绝妙之作。船家早在湖边等候，众文人雅客纷纷上船，船家忙殷勤熟练地开船。良辰美景好酒，还有穿红着绿的佳人，众人高谈阔论，直至月挂枝头。酒酣耳热之时，韦皋异常高兴，口占一首《天池晚棹》：

> 雨霁天池生意足，花间谁咏采莲曲。
>
> 舟浮十里芰荷香，歌发一声山水绿。
>
> 春暖鱼抛水面纶，晚晴鹭立波心玉。
>
> 扣舷归载月黄昏，直至更深不假烛。

大家齐声喝彩，韦皋看着薛涛说："洪度，该你了。"

喝得已有七分醉意的薛涛，看着风流倜傥的韦皋，微微一笑，提议不如吟诵前人与采莲有关的诗句，并且还要说出作者，吟不出的罚酒，这个提议得到大家的赞同。

刘辟第一个说："我先来吧。'江南可采莲，莲叶何田田。鱼戏莲叶间，鱼戏莲叶东，鱼戏莲叶西，鱼戏莲叶南，鱼戏莲叶北。'这是汉乐府《江南》。"

司空曙："我吟诵这首。'晚日照空矶，采莲承晚晖。风起湖难渡，莲多摘未稀。棹动芙蓉落，船移白鹭飞。荷丝傍绕腕，菱角远牵衣。'这是简文帝的《采莲曲》。"

轮到春萍了："我就吟诵梁武帝的《采莲曲》。'游戏五湖采莲归，发花田叶芳袭衣。为君侬歌世所希。世所希，有如玉。江南弄，采莲曲。'诸位，我没错吧？"

李校书："我来一首王昌龄的《采莲曲》。'吴姬越艳楚王妃，争弄莲舟水湿衣。来时浦口花迎入，采罢江头月送归。'还有一首留给钱监军使。"

钱监军使："那我就接了。'荷叶罗裙一色裁，芙蓉向脸两边开。乱入池中看不见，闻歌始觉有人来。'王昌龄的这两首我最喜欢。"

"那我就来一首白居易的《采莲曲》。'菱叶萦波荷飐风，荷花深处小船通。逢郎欲语低头笑，碧玉搔头落水中。'哪位郎君帮着把碧玉从水中捞起啊？"吴判官调侃道。

轮到薛涛了："我来个长的吧！'湛湛江水见底清，荷花莲子傍江生。采莲将欲寄同心，秋风落花空复情。棹歌数曲如有待，正见明月度东海。海上云尽月苍苍，万里分辉满洛阳。洛阳闺阁夜何央，蛾眉婵娟断人肠。寂寥金屏空自掩，青荧银烛不生光。应怜水宿洞庭子，今夕迢遥天一方。'这是王适《江上有怀》。"

姚员外："我来首乐府吧。'一声卢女十三弦，早嫁城西好少年。不羡越溪歌者苦，采莲归去绿窗眠。'徐凝的《乐府新诗》。"

……

静谧的天池，飘荡着一船笑语。

这一次赏景游玩，大家都很尽兴。

星移斗转，时序更迭，不觉春去秋来。

薛涛因为韦皋的特许，她不仅可在节度府随便进出，还可以随意回家居住，不像那些入了乐籍的女子，有许多约束。也因为韦皋授予她校书的名衔，府中上下皆以薛校书相称。薛涛的家在濯锦江边，两岸翠竹迎风，芳树掩映，风景优美，薛涛怕母亲孤独，也常常回家陪母亲。

有一些京城来的官员，慕名薛涛，以诗酬和，渐成诗友，薛涛也于家中宴请。蜀中才子，与薛涛诗画相赠，若薛涛在家中，也接待这些同道，时而结伴外出，共游浣花溪。日子就如浣花溪水，缓缓流淌。刘辟的儿子刘叔方也来过几次，皆被薛涛冷冷地应付过去。

一日，李校书在节度府寻不见薛涛，去问春萍，春萍告诉李校书薛涛已经回到家中。李校书忙来到薛涛家告诉薛涛，他听见刘辟在韦皋面前说薛涛私自交结京官，收受物品，让薛涛小心。并且告诉薛涛刘叔方常打探她的行踪，恐怕不安什么好心。

薛涛听后微微一笑，说："这父子俩啊，老的狡狯如兔善于逢迎，小的儇薄愚蠢且又刚愎自用，但是跋扈贪婪，倒是一脉相承。他们父子俩欺上瞒下，结党营私，欺压百姓，无恶不作。可惜韦大人没看清他们的嘴脸，也因为巴结邀宠，韦大人正信任他们，唉！"

李校书见薛涛这么评价刘辟父子俩，颇有些担心，说："薛校书，此话千万不可给外人讲。你我在府中还是小心为好，防人之心不可无。"

薛涛赞同李校书的观点，也谢谢李校书来给她提醒。

办理完公务，韦皋回到书房，他有两天没有见到薛涛，心中不觉有了牵挂。昨天晚上和夫人就寝时，夫人也看出他的不安，取笑他什么事让他失魂落魄，韦皋呵呵干笑两声掩盖自己的情绪。此刻，他背着手在书房踱来踱去，思绪无法离开薛涛。关于他招薛涛入乐籍的事，不是他最初的意愿。他确实喜欢薛涛，从第一眼见到薛涛，就看出这个小女子的不凡气质。本来以他一个统领西川节度使的权势，要一个小小的女子也不是难事，可是他除了尊重夫人外，还有些怵怕夫人，自是不敢将薛涛纳为小妾。刘辟似乎看透他的心思，设计将薛涛入了乐籍，韦皋以为他可以明修栈道，暗度陈仓，却不料薛涛的不卑不亢让他无从下手。他欣赏薛涛的才气和骨气，只要薛涛在府中，他似乎就安心一些，他把薛涛当作自己的一件宝贝，总害怕别人拿走。在儿女私情方面，韦皋一直以为自己是英雄本色，不会被儿女私情左右，但是这次他无法做到。对薛涛，他宠她，哪怕薛涛出言讥讽他、顶撞他，他都不计较。他送她贵重的礼物，从各方面关心她，以期博得她的欢心，向她献出她的爱。可是薛涛对他的感情依然是无动于衷，他等了五年，人生有多少个五年呢？他已经四十多岁了，唉！韦皋叹了口气，他不知道如何能征服薛涛的心，韦皋颓然坐在书桌前。

侍者给韦皋送来一壶茶，韦皋吩咐他去叫刘辟。

两人在府内韦皋的私邸花园饮酒，最初两人就西川局势做了分析，接着对南诏的问题也做了探讨，两人越说越投机。忽然韦皋话题一转，问到刘辟的小妾，刘辟自然是对自己与小妾的恩爱夸耀一番，接着又赞叹韦皋对韦夫人的敬重和爱。韦皋长叹一声，苦笑了。

刘辟见此，忙恭维道："韦大人镇川以来，政绩甚佳，百姓有口皆碑。节帅礼贤下士，网罗人才，保我西川之安宁，功高如此。呵呵，川中女子更是慕你英雄之名啊，你看，薛校书就是很好的例子，她可是自愿加入乐籍，她图什么呢？还不是仰慕节帅的英名。再说了……若哪个女子跟了节帅那还不是她的好福气，女人嘛，总要找个依靠。"

韦皋默不作声，将盅里的酒喝完了。

刘辟忙倒上一盅，接着说："上次大人带我等在天池月下泛舟，当清风徐来，荷香暗浮，蛙声鸣奏时，那薛校书可是情意绵绵地念了一首王适《江上有怀》。我看是对大人情有独钟，营伎伎女本是为节度府效力的，薛涛为大人效劳那是职责。"颇有些醉意的刘辟说。

韦皋说："可是薛洪度不是一般的女子。"

"她总归是女子，而且是入了乐籍的女子。你看，因为你的恩准，秋菊脱了乐籍做了我的小妾，对我可是俯首帖耳，对我百般依顺，尽心侍奉。何况薛涛是你府中的人，那也是你的人。"刘辟倾前身子，附在韦皋的耳边说，"我刚来的时候，看见一袭白衣的薛涛回营伎院了，啧啧，宛若月宫仙子，这样的仙女只配韦帅您享受啊。"

刘辟站起来，摇晃着身子说："不早了，不早了，我也喝多了，一派胡言还请节帅见谅。节帅您也早休息。"

韦皋吩咐侍者送刘辟回家，他站起来，亦是脚步踉跄。随身侍者忙扶住韦皋，问去哪里，韦皋说去书房。侍者倒了一杯热茶，退出。韦皋啜饮了一口，吩咐侍者睡觉。他呆呆地盯着暗门，仿佛看见薛涛笑盈盈地看着他，他走近，想去拥抱薛涛，忽然薛涛不见了，他拉开书柜的门，再拉开暗门，推了推，仿佛有什么东西顶着。他用力一推，推开了，那边是一张小方桌子。韦皋轻轻地挪开方桌，打开门，一丝亮光从书房透过来，韦皋关上暗门。

四周一片寂静，月光从窗户射进来，照着床上凹凸有致薛涛的睡姿。

韦皋呆呆地看着熟睡中的薛涛，身体像火一样燃烧。

……

　　一片菖蒲在风中摇曳，薛涛牵着柯文灿的手在茫茫的菖蒲中奔跑，忽然柯文灿不见了，薛涛喊着柯文灿。一会儿她看见柯文灿闪进了一座破庙，薛涛忙跟着追了进去，庙内全是各种面目狰狞的金刚，柯文灿一个一个地数着，薛涛跟在后面胆战心惊，当柯文灿数到一个双目圆睁、面孔狰狞、手握大刀的金刚时，那金刚手中的大刀忽然动了，砍向柯文灿。薛涛看见血淋淋的柯文灿，他喊着"涛儿救我"，薛涛正要跑上前去救他，忽然一座极大的金刚倒下来，压在她的身上，使她动弹不得，她透不过气来，拼命挣扎，手脚乱蹬……挣扎中，她醒了，闻到刺鼻的酒气，是一个人压在她的身上，是梦？不是梦。薛涛大惊，拼命推开那人。那人说："洪度，是我。"好熟悉的声音，薛涛想不起是谁，再用力推，那人却紧紧地压着她，髯须扎在她的脸上，一只手抱着她，一只手在她丰满的胸脯上粗暴地摩挲。薛涛用力一推，将他推到床下，椅子倒了，等他扶着床沿站起来，薛涛已经坐起来，从枕边摸出一把剪刀直指向那人。

　　"洪度，是我！"

　　此时，薛涛透过窗户的月光看清了是谁，忙把剪刀顶在自己的胸口。

　　韦皋酒醒了，他看到月光下薛涛洁白的面孔，凛然不可侵犯的神态，自我解嘲地说："酒喝多了，洪度，别做傻事！"随后从暗门回到自己的书房。

　　薛涛彻底地从梦中清醒过来，她呆呆地看着韦皋出了她的房门，听见韦皋轻轻关上暗门的声音。她放下剪刀，披衣起床，走到暗门前，倾耳侧听，书房内，没有一点声音。寂静的夜，偶尔只有几声犬吠。薛涛回到床上，刚才的一切恍若是梦。不，是真的。薛涛躺在床上想，她知道迟早有一天韦皋会越过那道暗门过来。自从入了乐籍，她就觉得自己飘浮在空中，着不了地。虽然韦皋有时看她时，眼睛里喷着爱恋的火，让她感到惊怕，但是这么多年过去了，他一直如谦谦君子待她。可今晚，他……

　　明天会怎样？薛涛心中忐忑不安。

五　罚赴边城

黠虏犹违命，烽烟直北愁。却教严谴妾，不敢向松州。

闻道边城苦，今来到始知。羞将筵下曲，唱与陇头儿。

——薛涛《罚赴边有怀上韦令公二首》

节度府建于州城之内，一道牙城又将节度府围起来，节度府的治所在前面，牙城的最后是节度府的私邸，被称为使宅，节度府两侧有过道通向后面的使宅。

薛涛在一侧过道上赏着花。几天来她心神不宁，那天夜晚发生的事恍若梦中。她一边漫无目的地赏花，一边想着心事。这时司空曙看见了他，四处张望了一下，见无人忙来到薛涛身边。

司空曙低声说道："薛校书，在此赏花啊，请借一步说话。"

薛涛跟着司空曙转到一棵树后。

司空曙："薛校书，这两天我听到有人在韦大人面前进你的谗言，今天借这个机会我以实相告。若有机会可向韦大人说明，以免小人的阴谋得逞。"

薛涛不以为然："在这个世界上，总有人阿谀奉迎，踩着别人往上爬。我行得正，走得稳，不怕那些谗言。"

司空曙有些着急："可是这次说不定会给你带来灾难。"

薛涛问："那是什么呢？"

司空曙回答："具体的我不知道，只知道刘辟父子还有王公公的假子在一起密谋什么，这也是府中的侍者告诉我的。总之，你要小心。"

薛涛非常感激："谢谢你，我会小心的。"

节度府治所内，桌前的韦皋心情不佳，想到那日酒后闯进薛涛卧室，被薛涛拒绝的狼狈，心中不禁恼怒万分。他没想到平日看似柔弱的薛涛，如此刚烈，他现在不知道如何能得到薛涛的心。这个小女子真是身在福中不知福，他想，这辈子他还从来未对哪个女子这样上心，这样呵护，可薛涛真让他伤心。一连几日，他不理薛涛，他摸了摸那日被椅子撞疼的脑门，心中一股无名的怒火升了上来。

这时刘辟和王利民一前一后走了进来。

王利民一见韦皋，迫不及待地说："节帅，我多次从薛校书家门前经过，见她家门前车马喧嚣，人来人往。原来是薛校书在家中设宴招待京官，又得知她接纳四方财帛，没有上交节度府。"

刘辟也在一旁添言："若仅仅是男女私情交往，倒是罢了，她如此明目张胆私交京官，恐怕有什么目的。又听说她口出狂言，说节度府私自增加赋税，搜刮民间珍宝，草菅人命，惹得民生怨道等，向京官诋毁我西川节度府。"

"那还不是你们做的好事。"韦皋语气中带着严厉，"我节度府是不是没有公事了？你们还有精力去访察一个乐籍女子的行踪，看来我节度府确实是清闲的处所。"

两人听韦皋的责怪，面面相觑。

倒是刘辟应变得快："节帅，若不惩治薛校书，假如营伎伎人都效仿她，岂不乱套了。又听闻监军使钱大人在过问此事，倘若他上报朝廷……"

"你在威胁我？"韦皋满脸不高兴。

刘辟忙说："岂敢，岂敢，我只是替大人着想。"

在安史之乱以前，虽然有宦官干政，但是他们干预朝政主要通过揣度君意、审时进奏等方式，对君主决策不起决定性的作用，所以宦官若得到皇帝恩宠大，权力也大；恩宠小，权力也小，他们只对皇帝起着影响作用。安史之乱后宦官担任外朝要职，侵夺相权，宦官专权的局面形成。平定安史之乱后，一些有功大将军或降将都被委任以节度使，自此藩镇林立的局面形成，藩镇和中央政府之间的矛盾也日益突出。皇帝对在外统兵的将领和节度使们越发不信任，于是就启用监军制度。皇帝派自己身边信任的宦官到军队中做监军。监军系统置身于军事系统之外，遇事可直接向皇帝禀报。所以监军使在地方上的权力很大，他代表着朝廷。节度使们对他们也礼让三分。这样，监军作为调节中央与地方矛盾的杠杆，便走上了参与军事之路，监督地方军事，上传下达，周旋于中央朝廷与地方军之间。

原先刘辟以为薛涛是他手中的一粒棋子，岂料他错了，薛涛成为他身边的定时炸弹，时刻威胁着他。特别是她一直追查柯文灿之死，让他心烦不已。尽管他做得滴水不漏，但是"若要人不知，除非己莫为"的道理他懂。自那晚和韦皋一起喝酒，第二天韦皋额头上肿起一个大包，还有韦皋几天的闷闷不乐，不再理睬薛涛，他知道韦皋在薛涛那里碰了钉子。惩治薛涛的机会终于来了，他和王利民收集整理薛涛的罪状，本以为可以在韦皋面前一说，韦皋会借此机会惩罚薛涛，岂料韦皋还是向着薛涛，他只好借监军使钱启林给韦皋施加压力。

钱启林将告薛涛的状纸呈给韦皋，并提议收监待处。

韦皋明白，薛涛一直在状告刘辟修建斛石苑的账目，以及追查柯文灿之死、两工人之死，因为在他这里没有下文，她就另从京官那里着手，给他们施加压力，看来这个女子很有心计。这件事也触犯了他的利益，更触犯了刘辟等人的利益，他知道刘辟是想置薛涛于死地，但是碍于他却又不敢。现在他们想借他的手来惩治薛涛，若是薛涛肯低头求助于他，并因此委身于她，那是最好不过的。可是，薛涛会吗？现在监军使又在插手这事，事情就弄复杂了。

正在春萍处闲谈的薛涛突然被两个持刀的军士带走，春萍内心惶恐，不知道出了什么事。想跟着薛涛去看个究竟，却被一兵士阻止。

薛涛被带到节度府治所，监军使钱启林、韦皋、刘辟、王利民等均在。

钱启林咳嗽了一声，开口说：

"兹有乐籍伎人薛涛，自入乐籍以来，恣肆任性，行为失检，不知法度，私纳四方来使礼金，多有受贿，私结京官，图谋不轨，又身为校书，不勤于公务，而妖言惑众，擅越职权，已查实据，即刻收监严加惩处。"

薛涛听此，心中悲愤，看见刘辟得意的眼神，韦皋痛惜的神态，她慷慨直言：

"大人此言差矣。自入乐籍以来，小女子恪守法规，不曾擅越职权。与诗友诗词唱和，礼尚往来，这也是人之常情，何来'私纳四方来使礼金，多有受贿'？至于私结京官，那京官原本是世交，何来图谋不轨？身为校书，拿着俸禄，勤恳工作，又何来'不勤于公务'？所谓'妖言惑众，擅越职权'，又指的是什么呢？是你们擅抢民间百姓珍宝，借斛石苑的兴建而贪污大笔款项，还是柯县尉意外之死、两个工人暴卒之事？"

"你别巧言善辩，我这里有事实，有证人，不容你抵赖。"钱启林说，还有一条，"抗拒朝廷旨意，死罪一条。"

韦皋见此，害怕薛涛又说出什么话惹恼钱启林，钱启林是朝廷命官，直接掌握生死大权，忙插言：

"大胆薛涛，事实确凿，念你年轻，又是初犯。"他回过头来，像是征询钱启林，接着说，"本府担保你不再犯第二次，收监暂免，但是罚赴松州，不得本节度府的召令，不得擅自返回。即日起程，不得有误。"

薛涛见韦皋不帮她说话，反而将她罚赴松州，气冲胸口，一时昏厥，跌倒在地。

等到薛涛醒来时，发现躺在自己卧室的床上。深秋的夕阳透过窗棂，照在春萍热泪淋漓的脸上，春萍正忙着收拾薛涛的衣服和生活用具，见薛涛醒来，一把抱住她："妹妹，你终于醒了，韦大人派人来看过你几次了。"

见春萍提到韦皋，薛涛一脸的厌恶，说："姐姐，你告诉他，我马上启程赴松州。"

"妹妹，你别意气用事，倘若你当初听我直言，不追查柯文灿之事，或许没有今日之灾。"春萍婉言道，"韦大人说明日一早启程。"

薛涛不再说话，她不想告诉春萍那晚的事情，更不想说韦皋罚她赴松州，是他没有达到目的而对她进行的惩罚。

节度府中很多人为薛涛求情，韦皋铁青着脸回绝了。

第二天一早，薛涛坐上马车，由三个节度府军士羁押出了节度府。

薛涛叮嘱春萍此刻千万不要将她罚赴松州的事告诉她母亲，若母亲以后知道了，可将她送到紫鹃家中。春萍答应了。春萍拿出自己的私房钱给了三位军士，求他们一路照顾好薛涛，又写了一封信让年长的李军士带给戍边的长官。

马车沿着官道出了城，司空曙、李校书、姚员外、符载等在城外的路边等候。待马车到时，他们满上酒，给三位军士和薛涛一一敬上，李校书拿出一个包裹，塞给薛涛，低声说："我们几个人的心意，路上打点。"

司空曙给了一刀黄纸，一支狼毫笔，说："薛校书，这点小礼物送给你，但愿你把这次行程当作行万里路，保重！"

众人齐声："保重！"马车在扬起的尘土中远去。

松州历来被称作"川西门户"，它扼岷岭，控江源，左邻河陇，右达康藏，屏蔽天府，是历史上有名的边陲重镇，是西川、陇西联防吐蕃入侵战区相接的前哨。其居住的民族为党项羌，自置松州都督府之都督，节度使均是拓跋氏之李姓担任，松州的民事归陇右通，军事由剑南西川节度使指挥，行政属于松州都督府并由朝廷直接控制管理。安史之乱后，吐蕃和大唐一直处在战战和和的状态。

此时，松州已经被吐蕃占领。

韦皋的本意并非惩罚薛涛，一是当时情急，他害怕钱启林等置薛涛于死地。薛涛执迷不悟地告状，很明显触犯了他们。二是他想让薛涛体会敌前戍边将士的生活，或许这一次赴边会遏止她对柯文灿的怀念，在艰苦的环境中念着他韦皋对她的好。韦皋叮嘱羁押薛涛的军士，除限制薛涛的自由外，不必身带枷锁。

深秋的川西，寒风凛冽，道上不时吹起黄尘枯叶，载着薛涛等人的马车在古道上艰难地行驶。

经过一天的行走，终于来到了驿站，虽然驿站条件简陋，但是炭火让房间暖和起来。驿吏听说他们是从益州城来的，而且是羁押这么年轻漂亮的一个姑娘，益发倍感兴趣，好吃好喝地招待军士，想打探更多的消息，满足他的好奇心。军士们只简单说了被罚边城的理由，驿吏当然不满意这个答案，军士们意味深长的笑，让他明白不能言说的秘密，于是这没有答案的答案就更令人寻味。

越往前走，越是荒僻，连绵无尽的山，越来越难走的官道，颠簸起伏中，薛涛看着毫无生机的原野，心中百感交集。那些曾经的愁和苦，在此时苍茫的天地中，算得了什么呢？这天傍晚，马乏人困，荒凉的官道两旁没有人烟，驿站也不见一个，偏偏又下起了大雪，军士们和薛涛商议，就在旁边的破庙住宿一晚。

三名羁押薛涛的军士，与薛涛都是节度府的熟人，他们知道监军使为难薛涛，韦皋危急中想出此法，也是情不得已。薛涛是韦皋眼中的红人，几年来很多人在各种酒宴上，悟出了韦皋看薛涛的眼神，即使薛涛此时是戴罪之身，他日，只要韦皋一句话，便又是座上宾了。何况有春萍那么多的银子打点他们，春萍说了，只要薛涛平安，回节度府还有奖赏，自然他们还有保护薛涛的责任。

年长的老李拿出装着酒的葫芦，招呼另外两个同行者喝酒。薛涛从破庙里捡来一些干柴，最年轻的军士将火点着，霎时大家暖和起来。薛涛拿出硬得像石头一般的面饼，烤热，递给三名军士吃。

老李说："薛校书，你也吃吧，吃完早点睡，明天一早我们还要赶路呢。"

薛涛满脸歉意："各位大哥，都是我不好，害得你们也跟着遭罪。"

老李说："唉，节度府里谁不知道，过错不在你呢？你肯定得罪了人，听说你当初要是求求韦大人，也不会遭此罪。有时候别太倔强，低低头，事情就过去了。不过你现在要是写封信也不迟，大家知道韦大人还是很宽厚的，何况你这年轻的女孩子，他更是会怜惜。"

两个小军士喝得醉眼蒙眬，老李对他们说："小兄弟，这荒郊野外，常有歹人出没，放警醒一点。"两人舌头都打不了转，迷迷糊糊答应了。

寺庙外，风呼呼地刮着，薛涛添了一些柴，在神像后铺开毡子，准备睡觉。刚躺下，忽然听到外面有声响，她连忙说："李大哥，你听，有动静！"

老李侧耳听了听，外面一片寂静："没有啊，是不是你太紧张了？"

话没说完，四位穿着黑衣的蒙面人撞了进来，其中三人用刀架在三解差的脖子上，另外一人在庙内搜寻起来，转到神像后，看见薛涛，一刀劈来，却不料窗户外射来一支箭，正中其手腕。接着一个黄衣蒙面人破开窗户跃了进来，挥剑刺去。那三个黑衣人忙过来对付黄衣蒙面人，三军士也一起参战，只见那黄衣蒙面人身手敏捷，剑剑直刺要害，那几个黑衣人的刀纷纷落地，慌忙逃窜。

老李说："追吧！"

黄衣人拦住："留他们性命，他们也是受人指使。"

薛涛起身谢过黄衣人："谢谢恩公，不知道……"

"今日不便明说，他日便知。"黄衣人说，一双清澈明亮的大眼睛看着薛涛。

见黄衣人话中有话，薛涛想，定是哪位朋友暗中派人保护，心中便温暖起来。

三个解差因为有这武林高手在此守卫，心也安下来。黄衣人在薛涛不远处靠着神像打盹，他让薛涛安心睡觉。每隔一会儿，他便出庙门，围寺庙转一圈，再进来。

天亮了，薛涛醒来，却不见那黄衣人，只见三解差还在呼呼大睡。

是梦吗？薛涛想了想，她看见庙内有打斗的痕迹。

她喊醒老李，老李醒来吸了一口冷气："薛校书，昨晚好危险啊，要不是那位黄衣义士相救，嗨……"

那两位小军士也说："是啊，真没想到这鬼不生蛋的地方还有歹人。"

大家收拾好行李，给马喂了草料，继续上路。

经过威州时，薛涛提议休息两日再走。大家也累了，特别是马，连日的行驶，草料的不足，又是走山地，自然是疲乏万分。

那一日，薛涛和三军士在驿站吃饭，忽然发现不远处，一位十八九岁的英俊青年也在吃饭，他不时朝这边的薛涛张望，薛涛朝他笑了笑，觉得他的身影好熟悉，却又想不起是谁。

一路行走，边塞大漠景象尽收眼底。

经过茂州数天后，远远地他们看见一座小城池，伏于皑皑的山峰间，残败荒凉，这是他们要到达的边地，松州就在不远处的对面。

老李带着三位军士将薛涛和信都交给守边的军官，还有春萍打点给军官的钱。

忽然薛涛看见那天在驿站吃饭的年轻人也来了，他同样交给军官一封信。他回过头来看了看薛涛，那双大眼睛让薛涛想起了他是谁。

"恩……"没等薛涛喊出来，他朝薛涛摆摆手。

"保重！"他对薛涛说，随即骑上马走了。

三位羁押薛涛的军士向薛涛告别，他们也踏上回程的路，薛涛写了封信让他们带给春萍。

在这陌生的地方，薛涛像是被遗弃的孤儿，倍感孤独和凄凉。这座小小的城池，城里城外驻扎的全是官兵。四周群山绵延，时有寒鸦声声，白天荒草迎风，夜晚磷火灿烂，不知这争战不息的边地，曾有多少白骨抛于荒野。

守边将领是个四十多岁的中年人，他将薛涛安置于他的住房隔壁，他接到了两封信，一封是韦皋的，一封是春萍的。

守边的士兵们听说从益州城来了一个年轻漂亮的乐籍伎女，兴奋异常，都想一睹风采，更想在她身上寻点乐子。他们一齐涌向薛涛住的屋子，大声嚷嚷：

"姑娘，快出来侍候，老子们在边地卖命，今日活着，明日还不知道尸骨在哪里。"

"出来呀，出来呀！"

一名羌族小军校想阻止，却不料被众多人推倒，小军校的喊声湮没在众人的呐喊中。

薛涛出来了，脸上没有以前的娇羞，却一脸凛然，众人噤声。

守边将领忙冲上前，来到薛涛身边："薛校书，你快进去，这些士兵很多是党项羌族的，剽悍粗鲁。"

薛涛摇了摇头，没有回去的意思。

守军将领忙对他的士兵说："你们知道她是谁吗？她就是蜀中女诗人薛校书洪度。"

众士兵听了大吃一惊，议论纷纷，原来是诗名在外的薛洪度啊。

薛涛给士兵们作了一个揖，高声说道：

"我因为追查有人借营造斛石苑之名，大肆搜刮百姓，贪污公款，又草菅人命，被诬陷罚赴边地。他们以边塞需要军衣粮草供应为名，暴征赋税，可我看到你们衣着单薄，生活艰苦，他们所征收的赋税都用到哪里去了？寒冬腊月，你们还没有棉衣，呵着气，跺着脚，听说在雪地里跑步取暖……"薛涛眼里闪着泪光，声音哽咽。

"他们只想着如何邀宠，将搜刮的民脂民膏去给自己的官场铺路。我，我要让世人知晓你们在边城的真实情况。"

刚才起哄的士兵此时羞愧万分，纷纷后退。后面没有见到薛涛的往前挤，都想一睹薛诗人的风采。

戍边将领说："薛校书来边城了解士兵们的疾苦，今后还请大家多多照顾她。"

士兵们纷纷答道："那是应该的。""她是我们的姐妹。""是体谅我们的诗人。"

已近年关，薛涛将带来的钱交给戍边将领，给士兵们改善伙食。

白天，薛涛帮着在伙房做饭，晚上在篝火旁给将士们朗诵边塞诗，那是将士们最喜欢的。她代将士们书写家信，给将士们缝补衣服。

一日，戍边将领问薛涛："薛校书，马上过年了，可有书信带回益州城？"

薛涛说有。她给母亲和春萍各自写了一封信，又将写好的两首诗带给韦皋。

信函很快到了益州城。

自从薛涛罚赴边地后，韦皋没有开心过，心里总是空落落的。

春萍曾为了薛涛罚赴边地找过韦夫人。晚上，韦夫人问韦皋何事将薛涛罚赴边地，韦皋把所有的情况说了。韦夫人让韦皋改变主意，韦皋说，堂堂一节度使，朝令夕改，如何统率三军，何况这洪度也是桀骜不驯，让她吃点苦，知道什么是生活。韦夫人心中如明镜一般：莫不是姑娘不顺着他，才得罪了他。

看到韦皋这失魂落魄的样子，韦夫人说："过年后，你把薛洪度给召回来，边地那么苦，别让她把小命丢在那里了。"

韦皋也乐得卖夫人一个人情，同意了，说等年后召回。

这天，韦皋正坐在桌前，戍边兵士带来一摞信，他一一看过，忽然他看见薛涛的信，心中欣喜，忙拆开看，是两首《罚赴边有怀上韦令公二首》：

一

黠虏犹违命，烽烟直北愁。

却教严谴妾，不敢向松州。

二

闻道边城苦，今来到始知。

羞将筵下曲，唱与陇头儿。

韦皋将这五言绝句反复把玩，"不敢向松州"这讽喻之意在诗中，韦皋懂，松州还在吐蕃手中。这个奇女子啊，什么时候都是这样，她在激励我呢！薛涛越是这样对他，他越是爱薛涛，是渗进骨子里的爱。

想到边城之苦，韦皋对薛涛罚赴边地生出了许多悔意。

第四章 诗词酬唱已扬名

一 脱乐籍

韦皋颔首微笑,看着薛涛默默不语,心想:无论公务多繁忙,心情多烦忧,只要见到这个奇女子,听到她的一番话,是何等的愉悦。

正月,寒气依然逼人,载着薛涛的马车行驶在回益州城的官道上。

罚赴边地两个多月的时间,薛涛觉得自己成熟了许多,此刻,她的心早飞到母亲身边。边地将领传了韦皋召她回益州城的命令,她收拾好行李,向边地的将士们辞行。将士们自发送行,薛涛向他们挥手告别,告诉他们她一定把戍守将士们的艰苦告知给节度使。

马车驶进城,虽然正月十五早过了,但是过年的气氛还飘浮在城中,百姓喜气洋洋,这情景让薛涛想到边地将士们过年的冷清。母亲身体不知道怎样了,薛涛心想,嘱咐驾车的军士先回家看看母亲。军士面露难色,薛涛宽慰他:"没事,我回去看一眼母亲,马上回节度府。"

熟悉的场景在薛涛眼中掠过,她恍若梦中,虽然她给家中寄过几封平安信,可是母亲对她被突然罚赴边地,一定伤心不已,薛涛叹了口气。

远远地,看到萧条树木中自己家的小楼,薛涛像看见亲人一样激动。马车停在路边,薛涛请军士去家里坐坐,他拒绝了,说就在马车上等。薛涛一路小跑进了院子,推开掩着的大门,一声衰弱的声音问道:"谁啊,是春萍吗?"

那一刻,薛涛满眼热泪:"母亲,是我,是涛儿回来了。"

张瑞枝连鞋都顾不得穿,赤着脚从床上翻身下来,冲进客厅。她看见真的是薛涛回来了,抱着薛涛大哭起来,哭够了,抚摸着薛涛的头发,把薛涛从头看到脚，又抱入怀中哭着随即又笑着："真的是我的涛儿回来了，黑了，瘦了，涛儿受罪了。"

薛涛看见母亲还赤着脚，忙进房间将靴子拿给母亲，让母亲坐在椅子上，给母亲穿上："女儿不孝，让母亲担惊受怕了。"

"没事，没事，回来就好。"张瑞枝擦着眼泪说。

薛涛看见母亲的头发又白了许多，母亲才四十岁啊，满脸憔悴，薛涛心中一酸，别过脸去，不让母亲看到她的泪水。

给母亲倒了一碗水，薛涛告辞母亲，去节度府。

走出院子，薛涛回过头去，她看见母亲倚着门看她，擦着眼泪。

节度府的士兵见薛涛回来了，忙进去通报。

韦皋传薛涛去见他。

穿过大厅，刘辟见到了薛涛，忙说："薛校书，回来了，回来就好，韦大人正等着你。"

薛涛向刘辟问好："刘中丞好！"

像什么事情没发生一样，韦皋带着笑意，捋着胡须看着薛涛进来，说："洪度，坐！"

他吩咐侍从："快端壶热茶上来。"

薛涛向韦皋行了礼。

"洪度，受苦了。"韦皋声音里忽然充满了怜惜与柔情，"给我说说边地的将士们情况如何？"

还行，心里记挂着戍边的将士，薛涛对他的怨恨此刻减轻了一些。

薛涛正色道："节帅，边塞军士无棉衣过冬，粮饷也时有短缺，棉衣还是年后运到。军士们白天跑步操练以抵御严寒，晚上点燃枯枝取暖，蔬菜供应不足，军官们便带领士兵自己种菜。"

韦皋听后，脸色当即沉下来："果然如墨卿所言。"他大喝，"传刘中丞。"

刘辟来后，韦皋问："刘中丞，去年年底边塞的军衣粮草供应如何？"

"呃……呃……都运到了，就是迟了点。"刘辟支支吾吾。

"不会迟至才运到吧，将士们冬天穿什么，吃什么？"韦皋很不高兴。

"节帅息怒，剑南西川赋税，是三年一免。去年正值益州免缴，我军士的供应主要是来源于益州，少了这笔钱，呃……呃……"刘辟咽了咽口水，接着说，"军费开支庞大，虽然其他州多缴了三分之一，但是那些穷州县，将赋税上缴的时间拖延了，是百姓拖延了，所以，所以，值办军衣粮饷就迟了一点。"

听到刘辟的解释，韦皋脸色稍微缓和了点："刘中丞，大战在即，这次军费开支切不可耽误，这关系到我们战争的胜负。"

刘辟忙表态："请节帅放心，我一定亲自督办此事，绝不会误事。"

"有你这句话就行，去忙吧。"韦皋说。

此时，一位眉清目秀、身材高大的男子进来了。看见薛涛，他朝她一笑，薛涛看见那双明亮的大眼睛，是他？是在破庙里赶跑歹徒的蒙面人，也是后来在边地将信交给将军的他。

那男子走向韦皋，把一摞信放在韦皋桌上，正想离去，却听见韦皋说："等等，墨卿，见过薛校书。"

"你好，薛校书。"那男子彬彬有礼。

"洪度，这是墨卿，以后你们在一起共事。"韦皋为他们做介绍。

墨卿走后，韦皋对薛涛说："洪度，你回家休息三天，然后来我府，近来公务繁忙，正好你回来管理来往文书信函，别人我还真信不过。"

薛涛答应了。

被韦皋称作墨卿的是段文昌，出身官宦世家。高祖段志玄，隋末跟从李渊起兵，授右领大都督府军头，贞观十一年被改封为褒国公，贞观十二年，拜右卫大将军，贞观十四年，加镇军大将军。病卒后，赠辅国大将军、扬州都督，后陪葬太宗昭陵，图形凌烟阁。祖父段德皎，赠给事中。父亲段锷，是支江县宰，后来任江陵县令。段文昌出生在江陵，最近来韦皋幕府。他文武双全，倜傥有义气。

此刻薛涛没有心思去厘清为何段文昌出现在他们危难之时，她急切想回家见母亲。

母女俩一起吃晚饭。张瑞枝总是停下筷子，看着薛涛吃得津津有味。

"多吃点。"她把菜夹给薛涛。

"母亲,你也吃吧。"薛涛也将菜夹到张瑞枝的碗里。

微弱的油灯下,薛涛躺在母亲的怀里,倍觉温暖,母女俩轻声细语聊天。

"涛儿,在边塞吃了不少苦吧,是什么事情让你遭此劫难?"张瑞枝虽然听春萍告诉过她,但她还是想亲自问女儿。

薛涛缓缓地说:"母亲,是为查斛石苑的账和追查柯文灿及两个工人的死因,可能得罪了刘辟等。"

"我知道你就是这倔脾气。涛儿,逝去的人在另一个世界,他已经走了,可我们还要活着,你不要再去追查那件事了,灿儿家里都没有去追查,你能查出什么呢?我知道你和他感情好,可是毕竟是过去了的。答应我,别再去追查那事,你若是有三长两短,叫我怎么活啊!"张瑞枝说着说着眼泪哗哗地流了出来。

薛涛闷不出声,伸出温软的手把母亲脸上的泪擦干。

张瑞枝捉住薛涛的手,不让她擦,她要薛涛答应她:"答应我,涛儿。自从你父亲去世后,我们俩相依为命。你罚赴边塞后,春萍没有说你是戴罪去的,说你是去边塞待一阵子。可街市上人家早议论开了,说你是戴罪戍边。我天天在家哭啊,怕你在边塞回不来,紫鹃接我去她家住,我不想去,我只想在家等着你。"

"母亲,我这不是好好的吗?我是被恶人陷害。"薛涛安慰母亲。

"民不与官斗,你斗得过他们吗?这事也过去几年了,该放下的还是放下,答应我,涛儿,不要去追查柯文灿的事情好吗?"张瑞枝搂紧薛涛,好像害怕一松手,薛涛就不见了。

叹了一口气,薛涛答应母亲不再追查柯文灿的死因等。

轻轻地拍着薛涛,张瑞枝又说:"脱去乐籍,我们回长安吧!哪怕讨饭也要讨回去,回到都城总能活下命去。"

"难啊,母亲,韦大人不会答应的。"

"你给他多说说好话,春萍给我讲过,韦大人对你不错。春萍说,监军使和刘辟想将你投进牢房,是韦帅说将你戍边才躲过牢狱之灾。涛儿啊,进了牢房就是不死也是活受罪啊。你走的那段日子，春萍一有空就来我这里陪我，说韦大人说了，罚赴边地只是消消你的傲气，说你不久就会回来，我以为是宽慰我的话，你看这年一过，你就回来了。"

薛涛不想对母亲说她与韦皋之间发生的事，她怕母亲担心着急，便说："我明天去给韦大人说说，我脱去乐籍。"

"哦，对了，眉州的郑纲来看过我几次，留下一些钱给我过生活。过年也带来不少的年货，有空你得谢谢人家。"张瑞枝补充。

薛涛渐渐有了睡意，后面母亲说了什么，她全然不知，在母亲的怀中，她睡得很香甜。

第二天，春萍来薛涛家中看望薛涛，薛涛把想脱去乐籍的事给春萍说了。

春萍说去试一试，她知道韦皋很喜欢薛涛，他不会轻易放手。

果然，春萍一提出薛涛脱乐籍的请求，韦皋就拒绝了。

一脸歉意的春萍告诉薛涛，行不通。

薛涛满脸沮丧，不知道如何是好。

张瑞枝拿出两套缎面衣服，上面那些花朵是她一针一线绣出来的。

"涛儿，你拿着这两套衣服送给韦夫人，你去求她。听说韦大人很怕她夫人，兴许这条路行得通。"

"哎呀，我怎么没想到这一招。"春萍听张瑞枝这么一提，顿时醒悟了，"涛妹妹，你能这么快回来，也是韦夫人在替你说情。你走后，我找不到什么办法，就找了韦夫人，夫人答应去劝说，后来我再去问的时候，夫人说韦大人答应，年后召你回来。对了，还有，韦夫人说当时韦大人将你戍边，是万不得已的下策，韦大人怕有人加害你。涛妹妹，那状你也不要告了，案子也不要查了，再查下去我怕你连命……"

"你是不是知道什么？"薛涛警觉道，她联想到庙中几个蒙面人是冲着她来的。

春萍忙否认："我不知道什么，但是我有感觉，柯文灿死因蹊跷，两个工人死因不明。这里面肯定有什么阴谋。"

听了春萍的话，薛涛身子发冷，看来这里面确实很复杂，自己以后得小心提防。

三天后，薛涛去节度府，她去见了韦夫人，呈上母亲送给夫人的礼物。在夫人正赞叹绣艺逼真时，薛涛提出想脱去乐籍，她说母亲年迈，身体不好，很想回长安。

提起长安，韦夫人也倍是感伤，父亲去世了，还有年迈的母亲，她也想回长安侍奉老母亲，听薛涛这么有孝心，答应帮薛涛劝说韦皋。

晚上，韦夫人将薛涛想脱去乐籍的事对韦皋说了。韦皋相当生气，他没料到薛涛刚回来就要脱去乐籍，而且找夫人来当说客，这洪度胆子好大。他一口拒绝了。一连两个说客，还真有心计，他想。

听到韦皋拒绝，韦夫人冷笑一声："你以为我不知道你的心思？我不知道你做的好事？定是那洪度姑娘没让你占住身子，你才借他人之手来报复。你知道我最恨男人朝秦暮楚，这薛涛诗名在外，你倘若做出苟且之事，会被人耻笑。我当初看中你就是因为你是坦坦荡荡的君子，所以我希望你永远是君子。"

见夫人这样说，韦皋只好说："芸儿，你误会了。薛涛真的是私藏四方来客的锦缎，我已经给你说过。"韦皋停了一下，看了看夫人的脸色，忙说，"好，好，我依你，只是这洪度确实是人才，别看是女流之辈，她的谋略和智慧，很多男人都不及。我幕府中的信函往来让别人看，我真不放心，我总要有几个信得过的人吧。我答应你，让她脱去乐籍，但是她必须在我府中做僚客，这总该可以吧。"

韦皋做了这么大的让步，韦夫人就不再说什么。

韦皋亲自告诉薛涛，他同意她脱去乐籍，但是现在是非常时期，他需要薛涛留在幕府，能脱去乐籍，又能拿一份俸禄赡养母亲，薛涛觉得这是两全其美的事，对韦皋心生感激的同时，似乎还有一种别样的感情。

贞元八年春二月，韦皋心事重重，在节度府府署内踱来踱去。

年轻的薛涛、段文昌、李校书等早早地等在那里，幕府的幕僚陆陆续续到了。等僚客都到齐了，韦皋清了清嗓子说：

"今天请诸位来，有要事相商。近来，南诏使者无法前往京城，勿邓部大鬼主（酋长）苴梦冲又依附吐蕃，阻断南诏与我大唐交往的姚州道；而吐蕃又开始在我边地劫掠，朝中已将情况告知。不打通南诏通往我大唐的路，就无法争取南诏国，也不可能彻底剪除吐蕃羽翼。请各位各抒己见，谈谈自己的见解。"

韦皋所说的南诏勿邓部在凉山黄茅埂以西、金沙江以北、大渡河以南、安宁河流域。这里部落林立，统称为"东蛮"，其中勿邓、两林、丰琶三大部落最大，他们利用"鬼巫"进行统治，辖区大小不等。部落首领称为鬼主，且有都鬼主、大鬼主、小鬼主的区分，各鬼主间没有固定的隶属关系。这些部落处于大唐、南诏、吐蕃三国政治势力之间，各部为求得生存与发展，与大唐、南诏、吐蕃周旋。名义上他们归属南诏，同时也与吐蕃、大唐保持着密切的关系。现在让韦皋伤脑筋的就是勿邓部大鬼主（酋长）苴梦冲，在南诏派遣他归顺大唐、德宗封他为怀化王后，现在又反叛大唐，听命于吐蕃。

刘辟第一个说："安史之乱和朱泚之乱后，我朝实力大损，吐蕃也乘机劫掠，边境防线严重内缩，节度府各司其职。我川西经过上次一战，吐蕃畏我兵力强大，暂不敢侵犯。我以为目前还是养精蓄锐，将来一旦吐蕃来犯，我们精力充沛，物力雄厚。此刻一个小小的勿邓部酋长苴梦冲，无关大局，我以为暂且不去理他。"

听了刘辟的话，判官崔佐时当即反驳说："贞元四年异牟寻派其下属东蛮鬼主骠旁、苴梦冲、苴乌星等先后入朝归附我大唐，其意在于试探。迫于吐蕃的淫威，异牟寻暂时不敢明着归顺，但经过郑回的劝说，还有去年的使者来往，已表明异牟寻有归附的心迹。如今，勿邓部酋长苴梦冲本已归附我大唐，暗中却与吐蕃勾结，煽动诱惑各蛮族，隔断南诏使者来我内地的道路，不扫清这个障碍，南诏的归附谈何容易？"

听到崔佐时反驳，刘辟说："几年来主公去信几次，未见南诏积极回音，此事不可妄下断言。"

司空曙说："去年派使臣段忠义为特使，出使南诏。吐蕃对南诏心存怀疑，尽管异牟寻解释说段忠义原本是南诏人，只是我大唐放他回归故里，但是吐蕃还是不信，带走段忠义和一大批南诏王室大臣子弟作为人质。南诏王对此深加痛恨，归附我大唐之心迫切。勿邓部酋长苴梦冲已被我大唐天子册封为王，他不思恩德，却叛投吐蕃，我认为我们一定要讨伐。"

符载说："南诏王异牟寻想内附我大唐，但不敢自己派使者去长安，便先派遣东蛮鬼主骠旁、苴梦冲、苴乌星入唐。到长安后，皇上在麟德殿设宴，款待他们，给他们很多赏赐，封骠旁为和义王、苴梦冲为怀化王、苴乌星为顺政王，并授给他们印鉴，送他们回南诏。已经表明我大唐的态度，南诏想归附我朝，我以为这是个机会，不可因为苴梦冲而错失这个机会，应该扫除障碍。"

其他幕僚纷纷发表见解，对讨伐苴梦冲有赞成，也有反对的。

韦皋转向段文昌、李校书和薛涛等："你们呢，有什么建议？"

段文昌说："我才来节度府不久，很多情况都不熟悉。我以为，若能把地处吐蕃、南诏与西川之间缓冲地带的勿邓、丰琶、两林三大部落的首领都争取过来，南诏的归附指日可待，若杀了勿邓部酋长苴梦冲，也能震慑其他部落。"

"可是这一开战，兵力、物力、财力消耗大。上一次大战后，将士们还没有休养好。"刘辟继续反对。

薛涛听到刘辟的话，想起戍边战士的艰苦，不禁愤然道："中丞大人现在才考虑军士们的休养，去年天寒地冻，将士们连保暖的棉衣都没有及时得到，更别说粮食了。通往南诏的道路不畅通，南诏国和我们的联系也无法进行，何谈剪其羽翼赶走吐蕃，不赶走吐蕃又怎么谈国家安宁？"

刘辟见薛涛伶牙俐齿数落他，心生恨意：哼，被罚赴边地回来才几天，仗着节帅的宠爱不知道天高地厚。但是他的脸上仍是堆满笑意："薛校书说得倒是轻巧，你轻车简驾也走了差不多一个月，何况那些载着粮食布匹的马车？"

见刘辟说起她罚赴边地的事，薛涛脸红了，有一点尴尬："中丞大人未必不能将这些物资提前运到？"

韦皋忙打断他们的话题："好了，各位发表的见解我都听到，一会儿我和监军使大人一起商议。刘中丞，请你留步。"

众人走后，刘辟笑着对韦皋说："节帅，看你把薛校书宠成什么样子，她都快成你的行军司马了。唉，这个小女子，怎么老和我过不去？"

韦皋哈哈一笑："她说得也不无道理啊，说起来有些计策和谋略你还真赶不上她。"

监军使钱启林也跟着说："这个薛涛还真是聪明伶俐，难得，难得，可惜是个女流之辈。"

见他们如此评价薛涛，刘辟哈哈一笑，没有再说。

不出三天，韦皋派遣三部落总管苏峞领兵到琵琶川，大战勿邓兵，活捉苴梦冲，述说他的罪行，并就地处斩，重立大鬼主，其他部落见此情景，纷纷归顺大唐，通往南诏的道路自此畅通。

韦皋十分高兴，这天他信步走到书记室，见薛涛忙着整理信函，段文昌在誊写公文，李校书在勘误文函。看到他们在忙碌，韦皋咳嗽一声，大家都停下手中的活，不约而同地说："节帅来了。"

"嗯，来看看你们。对这次活捉苴梦冲并斩杀，你们有什么看法？"韦皋问。

三人面面相觑，没想到问这个问题，薛涛见两人发愣，忙说："当然好啊。"

韦皋饶有兴趣地问薛涛："怎么个好法？"

薛涛扑哧一笑："大人拿这么简单的问题和我们说笑，通往南诏的路通了，下一步就是和南诏来往，让其归附我大唐，我们再一起攻打吐蕃。"

"洪度，你说说怎么攻打？"韦皋继续追问。

"节帅笑话我了，您文韬武略，我可不敢胡说。"

"但说无妨。"

"我以为仗要打得灵活。可采取长驱直入、直捣腹心，或诱敌深入、合拢围歼，或机动防御、伺机反击，我们一定要避其锐气，击其惰处，无论是远程奔袭，还是夜间突袭都要因时因地制宜，要灵活主动。"薛涛说，"我想下一步该怎么做，节帅早就心里有数了。"

确实如薛涛所料，韦皋早在心中盘算好了。

维州一直以来是兵家的争夺之地。吐蕃占领维州之后，对大唐造成极大的威胁。七月，韦皋经过深思熟虑后，决定派兵攻打维州，韦皋听取了薛涛等人的建议，采取袭击的方式，趁其不备，突然袭击，活捉了吐蕃大将论赞热。

活捉大将论赞热后，对南诏的触动很大，异牟寻看到了韦皋的实力，加之周边部落都对韦皋的仁厚赞不绝口，纷纷表示要归顺大唐，韦皋对边地部落采取的优惠政策此时起了很大作用。

与此同时，吐蕃与南诏之间相互猜疑与日俱增，每当南诏的兵马开到边境上，吐蕃也派出大批兵马，声称前来接应，实际上是在防备南诏。韦皋见时机已到，于贞元八年十二月，再次致书异牟寻，希望与南诏一起袭击吐蕃，将他们驱逐到云岭以外，全部摧毁吐蕃的城关堡垒，仅与云南在边境上修筑起一座大城，设置戍守人员自相保卫，永远像一家人般地和睦相处。

书信是韦皋起草，薛涛誊写书信时，将一些措辞做了一些改动，她写完后送给韦皋过目。看到薛涛俊秀飘逸的字，韦皋赞不绝口，又看到薛涛改动了一些措辞不妥之处，说道："不愧是才女，这几个字一改就好多了。洪度，与南诏修好，你也有一份功劳呢。"

薛涛微微一笑："节帅所做之事，是利我大唐千秋伟业的大事，我尽微薄之力也是应该的。"

韦皋颔首微笑，看着薛涛默默不语，心想：无论公务多繁忙，心情多烦忧，只要见到这个奇女子，听到她的一番话，是何等的愉悦。

二　与南诏结盟

忽然柯文灿将她拥进怀中，她也紧紧地搂着他，回应着他的亲吻，她感觉到他的手在她身上游走，轻曼而舒缓，她感觉无比的畅快。不一会儿两人又似在云端里起伏着，飞升着……

冬去春来。

自从薛涛脱乐籍后，白天依然去节度府府署办公，晚上回家。偶尔回家晚了，段文昌提出相送。一日，两人行至濯锦江边，薛涛停下来问段文昌："段公子，我有一事不明白，在被罚赴边地的路上，那夜在破庙里，有人刺杀我们，你何以出现？"

段文昌豪爽一笑："偶尔路过，见有歹人图谋不轨，就拔刀相助。"

薛涛半信半疑："那么巧啊，不会吧？"

"实话告诉你吧，是有人怕你在路上遭遇不测，特地派我沿途保护。"段文昌告诉薛涛。

"嗯，难怪。那是谁想谋害我呢？我一个弱女子并没有仇家啊。"薛涛蹙着眉头说。

看到薛涛这样子，段文昌说："薛校书，虽然我来时间不长，但是我听说了很多事情，有关斛石苑的账目的事，还有两起命案之事，这些事已经时过境迁，你就不要去追查了。如今世道不太平，什么样的事都可能发生。还有你将节度府交完赋税后的遗帛也如数上交，那可是府中的额外收入，你这么做岂不惹韦大人生气？"

"嗯。"薛涛点点头，"不过我觉得我做得没错。"

她依然不解地问："你能告诉我是谁派你去保护我的吗？"

"是节度使韦帅。他对我说，监军使插手你的事情，给你定了几桩罪，他怕你被投进大牢，事情弄复杂了，所以将你罚赴边地。"

薛涛冷冷一笑，她心中明白韦皋之所以也将她罚赴边地，自然是还有另外一件事情得罪了他，但是她没有将这件事说给段文昌听，只说："怎么处罚我那还不是韦大人的一句话。"

段文昌赞同，他只是劝薛涛以后和四方来使以诗酬唱要稍加注意，韦皋很在意她与别人的交往。

或许是因为年龄相仿，薛涛和段文昌之间很谈得来，特别是在诗文方面，两人志趣、见解相同，彼此惺惺相惜。同在幕府做僚客，段文昌对薛涛产生了一种无法排解的爱慕之情，却又不敢捅破这层关系，怕遭到薛涛的拒绝。

其实在他来之前，就耳闻薛涛的诗名，及至到了益州，做了节度府幕僚后，韦皋派他暗中保护薛涛，一路的暗中相随，看到薛涛的美丽和善良、机智和聪慧，心中便产生一种钦佩和爱慕。府中幕客均对薛涛的人品和人格倍加赞赏，又让段文昌对薛涛多了一层了解。

薛涛脱了乐籍后，虽然是自由之身，但是和韦皋讲了条件，暂时不可离开节度府，任何酒宴、大型战事商讨或其他府中活动薛涛必须参加，不可找任何理由推辞。薛涛知道除了韦皋对占有她不死心之外，或许韦皋确实是喜爱她，她已经成了韦皋的私有财产。但是她对韦皋始终只是有一种仰慕之情，确切地说对他只是敬而远之。薛涛明白韦皋无法走进她的心中，何况罚赴边地一事，薛涛对韦皋还是很有成见。与段文昌相处，薛涛感到有一种说不出来的愉悦。段文昌比薛涛小三岁，他丝毫没有世家子弟的那种骄横，更多的是谦逊和义气，这是薛涛极其欣赏的。其实薛涛感觉到了段文昌对她的好感。与韦皋火辣辣的眼光相比，薛涛更喜欢段文昌温情的眼神。段文昌也有不高兴的时候，若有来使拜见薛涛，薛涛与他们游玩，作诗唱和，段文昌总要郁闷几天，不理薛涛。薛涛知道他的心思，也懒得理他，最终还是段文昌拿着新写的诗文向薛涛讨教，两人才算是和解。

贞元九年五月，韦皋收到异牟寻的信函，说将派来使见他。韦皋命段文昌和薛涛等早早做好迎接的准备。段文昌忙于府中公务，薛涛到春萍父亲处学习南诏乐曲，以便迎接南诏使者的到来。为安全起见，异牟寻派遣使者分三批到益州城来见韦皋，一批取道戎州，一批取道黔州，一批取道安南。每一批各自携带生金和丹砂前往韦皋处。金矿石用以表示心地坚定，丹砂用以表示心地真诚。异牟寻又将韦皋给他们写的书信分成三份作为凭信，全都带到益州城。在给韦皋送来的帛书中，异牟寻写道："异牟寻世代为唐臣，过去由于张虔陀的侮辱，后没有及时澄清昭雪，所以产生了异心。鲜于仲通出兵之时，我等想改过自新却没有给予机会，后受吐蕃胁迫使我背约。曾祖时曾得先帝恩宠，以后继承者都蒙恩袭承王位，我等之所以知道礼义，都是受大唐的风情教化。愿为大唐臣民，世代修好。异牟寻愿竭尽忠诚，归附亲近天子，请求增加剑南、西山、泾原等州的戍守兵力，安西镇守，扬兵四临，委回鹘诸国，所在侵掠，使吐蕃势力分散，不能为强，所在西南边隅地区，不烦劳天兵，可以立功。于是上表请求归附大唐。"

异牟寻的表章言辞恳切，让人动容。

南诏使者陆陆续续到了节度府，薛涛所练习的南诏乐曲派上了用场。酒宴前薛涛所弹奏的曲子，让南诏使者倍感亲切。段文昌带着使者观赏了孔雀池，也游览了斛石苑。韦皋派人护送南诏使者到长安，并上表祝贺。德宗颁赐了诏书，对归附大唐的异牟寻加以嘉勉，并命韦皋派遣使者持牒前去南诏国加以慰抚。居住在剑南、西山一带的诸羌女王汤立志、哥邻王董卧庭、白狗王罗陀、弱水王董辟和、南水王薛莫庭、悉董王汤悉赞、清远王苏唐磨、咄霸王董邈蓬以及逋租王，原先都臣属于吐蕃，受其役使，至此，他们各自率领本部民众归附大唐。韦皋将他们安置在维州、保州和霸州，供给他们耕牛与粮种。汤立志、罗陀、董辟和随后也入京朝见，德宗一律授给他们官职，给予优厚的赏赐。

十月，韦皋决定派遣使者前往南诏。

节度府议事大厅，众幕僚议论纷纷，商讨派谁去南诏合适。

韦皋清了清嗓子，说："诸位，南诏国已派使者觐见天子，归附我大唐。我大唐也应待之以诚，派遣使者谒见南诏大王，共图和平安宁，驱除吐蕃。此次前去，天气寒冷，路途遥远，需要有智勇兼备之人，才可胜任，何人可堪当此重任？"

刘辟推荐："我以为节度府判官崔佐时最为合适。"

众僚客觉得非常合适，纷纷表示赞同。接着韦皋提议除一些军士外该派哪些人随同前往。

薛涛朝段文昌看去，恰好段文昌也正看着薛涛，两人会意一笑，心思各自明白。段文昌开口说："墨卿不才，为国效力，义不容辞，愿随崔判官前往。"

韦皋点头赞许。确定随同的人员后，韦皋奏报朝廷，准奏后，启程日期就定在十月十八日。

临行前一天，薛涛请段文昌去家中小坐并吃晚饭。

段文昌不知薛涛是何用意，从未去过薛涛家中，哪怕是送她到家门口，薛涛也从未邀请他进屋，段文昌有点受宠若惊了。

走进洁净安谧的小院子，段文昌心中涌起一份亲切，门虚掩着，段文昌还是敲了敲门，薛涛甜美的声音响起："进来吧，段公子。"

段文昌将手中的礼品放在客厅的桌子上，薛涛责怪他不该花钱买东西，段文昌说来看伯母买点礼品是应该的。张瑞枝见段文昌来了，走出厨房递上一盅茶，段文昌谢过。张瑞枝看到年轻英俊的段文昌，心中甚是欢喜，不一会儿一桌菜就端上来了。

看到色味香俱全的菜，段文昌直夸张瑞枝的菜做得好。

薛涛给段文昌和母亲酌上酒，三人边吃边聊。对段文昌自动请缨去南诏国，薛涛颇为赞许，她见识了段文昌的勇敢，同时也多了一份牵挂和担忧："段公子，此去路途遥远不说，还怕有部落又阻碍前进的通道，听说南诏国还有吐蕃的使者，你可要见机行事，切不可自恃武功高强。"

段文昌说："谨记薛校书的诤言，随同崔判官前往，你尽可放心。"

听说段文昌前往南诏国做使者，张瑞枝脸上掠过一丝乌云，关切地说："南诏国瘴疠尤其厉害，途中一定要避开瘴气，当年涛儿她父亲就是去南诏国途中遇瘴疠而身亡……"

张瑞枝说不下去了，段文昌忙接过话题："伯母尽管放心，现在通往南诏国的路都畅通了，不像当年要绕开吐蕃的属国。只是因我的行程勾起伯母的伤心事，墨卿无理了，请伯母原谅。"

"段公子，这些都是多少年前的事了，是我不该提起伤心事。涛儿说过你在她去边地的路上救了她一命，我们还没好好感谢你呢。"张瑞枝边说边不停地夹菜给段文昌。

张瑞枝又吩咐："涛儿，去楼上把剑拿下来，赠予段公子。"

薛涛从楼上拿下一把剑送给段文昌，段文昌将剑从剑鞘里抽出来，霎时寒光闪闪，他不禁赞道："好剑！好剑！"

段文昌看着薛涛，眼里充满柔情："洪度，这么贵重的礼物我真受不起呢。"

"这是我父亲曾经用过的剑。自从父亲去世后，我母亲每天都要擦拭一遍，所以这么多年来一直铮亮如新，此剑赠予你，一是防身，二是希望你匡扶正义，为国效力。"

段文昌郑重地接过剑，再次感谢张瑞枝。

濯锦江边，浓浓的夜色里段文昌依依不舍地与薛涛分手。

贞元九年十月，出使南诏的壮行宴在斛石苑举行。

崔佐时带着使团携带诏书前往南诏，韦皋也亲自用白帛写成文书答复南诏王。临上车前韦皋为使团成员一一壮行。段文昌越过众人，走到薛涛面前，抱拳作别。韦皋看到段文昌的举动，默不作声。薛涛嘱咐段文昌要见机行事，完成任务，安全归来。

马车渐渐驶远，韦皋看着发呆的薛涛说："洪度，一起回城吧。"

看到薛涛心事重重，韦皋问："怎么，有什么心事？"

"听说南诏国有很多吐蕃使者，不知道他们这一去……"薛涛担心地说。

韦皋呵呵一笑："为这个啊，你不必担心，崔佐时会处理好一切。"

南诏国内确实有数百名吐蕃使者先期到达，住在南诏都城。

崔佐时带领一行人马日夜兼程到达南诏后，派人先去告诉郑回。郑回先于异牟寻暗中接见崔佐时并介绍了南诏情况，告知吐蕃使团已在都城。异牟寻得知大唐使团到达，紧张异常，他既怕得罪吐蕃，也怕得罪大唐，更害怕两个使团在他的都城起冲突。异牟寻思虑之后，央求崔佐时等换下大唐官服，改穿东蛮服装入城。对这一要求，崔佐时以"我大唐使者，岂可衣小夷之服"为理由拒绝变服之请。异牟寻没有办法，只好将迎接唐使的活动安排在夜间举行。深知异牟寻心事的崔佐时决定让他彻底脱离吐蕃，归附大唐，所以他带着使团在白天入城，一路欢声笑语。宣读诏书时崔佐时故意大声高语，异牟寻心中恐惧，却又不得不诚心接受诏书。崔佐时又让段文昌带着军士潜入吐蕃使者下榻的馆驿，杀死了吐蕃使者。见事已至此，异牟寻在郑回的劝说和崔佐时的安抚中，下令斩杀了吐蕃使团的其他成员，去掉吐蕃封赐的"赞普钟蒙国大诏"的国号与"日东王"手号，正式弃蕃归唐。

接下来就是会盟，会盟地选在点苍山中和峰麓的"苍山神祠"。异牟寻率领他的儿子寻梦凑和清平官们与崔佐时等使团成员一起到点苍山神祠进行盟誓。双方缔结盟约，发表誓文，诏告天下。会盟仪式上郑回读着《蒙异牟寻与大唐誓文》：

"上请天、地、水三官，五辱四渎及管川谷诸神灵，同请降临，永为证据……"

在誓文中，南诏表示自愿臣属于大唐，永为大唐的西南藩屏，大唐则尊重南诏的自主权。双方承诺互不侵扰对方的疆土，同心维护和平，合力抗击吐蕃。誓文一共有四份，一份由崔佐时进献给朝廷，一份供奉在点苍山神祠，一份沉入西洱河，另一份收藏在南诏宫廷文馆之内。

会盟圆满结束后，异牟寻又派遣曹长段南逻、赵伽宽随崔佐时入朝，并派使者将南诏只有一岁的名贵绿孔雀赠送给韦皋。当使团一行回到节度府，韦皋带着薛涛等在使府前迎接。接过南诏使者带来的绿孔雀，薛涛爱不释手，急忙将孔雀放进孔雀池，只是那孔雀房太小，两只孔雀住在一起显得太拥挤。看来要为这只绿孔雀另开一别池了，薛涛心想。

送崔佐时和南诏使者进京的酒宴上，韦皋十分高兴。酒意正酣时，他带头吟诗，众人相和，其中段文昌和薛涛的诗清新而有活力。韦皋惊叹后生可畏，对段文昌又多了一份器重。薛涛跟在韦皋身后给众人酌酒敬酒，自然她也喝了不少。面含粉色，娇嗔柔弱的薛涛，步态轻盈，穿梭在酒席中，每到一处，笑声骤起，欢快愉悦，薛涛的能言善辩将酒宴推向一个又一个高潮。

春萍带着伎人献上歌舞，这是她们精心排练数遍而成。

舞毕后，有人提议薛校书也来一曲，说很久未观赏她的舞姿，大家相和，推辞不过的薛涛只好上场。她和春萍商量一人献上一曲舞蹈，春萍以她上了年纪为由，选了剑舞，薛涛则献上软舞。

音乐声起，春萍上场了，只见她一身戎装，手握剑器，眉宇间有着一种坚毅和刚强。和着乐曲，她剑器浑脱，淋漓顿挫，颇有公孙大娘的韵味。韦皋不禁吟诵起杜甫的诗：

昔有佳人公孙氏，一舞剑器动四方。

观者如山色沮丧，天地为之久低昂。

……

　　分不清是汗水还是泪水，春萍心潮起伏，很多年了她从来没有这么畅快淋漓地舞蹈，是韦皋在吟诵诗吗？这些都不重要，重要的是她将多年来的积怨都舞了出来。在众人的喝彩声中春萍下场了。此刻韦皋心中亦是复杂，自从那年在军中看过春萍的剑舞，此后从未观赏。公务的繁忙，加之对薛涛的过于关注，他冷落了春萍，但是她从没有一句怨言，一直以来韦皋心中对春萍颇有一份歉意。

　　乐曲声起，轮到薛涛上场了。只见她身着红衣，舒展罗袖，节奏由慢到快，舞姿轻盈柔美。段文昌只知道薛涛诗名远播，没想到薛涛的舞也是这么精湛，略有醉意的他看到薛涛越舞越快，似翠鸟、游龙、垂莲、凌雪之变幻，舞腰和舞袖美到极致，其轻盈、娟秀、典雅至极让段文昌看到了另一个薛涛。当一朵含苞的红花渐渐怒放在地上时，掌声响了起来。南诏使者没想到，节度府还有如此精妙的舞蹈，他们也大开眼界。

　　薛涛舞毕，站起时，踉跄了一下，韦皋知道喝了那么多酒的薛涛已有了醉意。他命侍女送薛涛先回他的书房休息。酒宴依然在进行，韦皋兴趣盎然。自去年攻破维州，捉获吐蕃大将论赞热后，他还没有这么轻松过。如今与南诏会盟，攻克吐蕃也指日可待。在众人敬酒的过程中，韦皋的军事行动也在心中谋划好了。

　　回到书房，已是深夜，韦皋看到醉卧书房软榻上的薛涛，像一只温顺的小猫。他走过去给她披上被子，走到书房门口，对候在外面的侍者要了一壶茶。略有醉意的韦皋，看着薛涛，心中颇为犹豫。若薛涛是一般的女子，他是无所顾忌的，但是薛涛如今诗名在外，与京城以及各地的官员都有诗词唱和，倘若……韦皋叹了口气，又想只要薛涛不出西川，她又能怎样呢，尽管她颇有些狂放不羁。

　　打开暗门，然后掀开被子，他抱起软绵绵的薛涛，朝她的卧室走去，将薛涛放在床上。薛涛此时醉得太厉害了，韦皋有些怜惜她，抚摸着她光滑洁净的脸庞，看到她端正漂亮的五官，韦皋不能自已。能遇到这样漂亮又有才气的可人儿，是我韦皋的福分啊，为什么要放弃呢？韦皋内心，也在挣扎，他握着薛涛丰润的小手，吻了吻那如嫩葱一般的手指。

一大片一大片洁白的菖蒲，多么柔软啊，薛涛在菖蒲间笑着，和柯文灿闹着。忽然柯文灿将她拥进怀中，她也紧紧地搂着他，回应着他的亲吻，她感觉到他的手在她身上游走，轻曼而舒缓，她感觉无比的畅快。不一会儿两人又似在云端里起伏着，飞升着。忽然变成了段文昌温柔的眼神，他拥抱着她，在她耳边悄声诉说着对她的爱慕……

韦夫人等到深夜，仍不见韦皋。她推开书房，看见书房空无一人，扫视四周，看见书柜处那扇暗门半开着，她叹了口气，转身走出书房。

三　诗赠校书郎

公子翩翩说校书，玉弓金勒紫绡裾。玄成莫便骄名誉，文采风流定不知。

——薛涛《赠段校书》

薛涛站在孔雀池前，看着南诏进献的那只绿孔雀孤零零地栖在栏杆上。她看着它，它也好奇地看着她。对这只才一岁的绿孔雀，薛涛忽然心生怜悯。是的，它多像自己的身世啊，孤苦伶仃漂泊在异乡，不知道它是否也如自己一样怀念自己的家乡，想着想着，一滴滴清泪从薛涛脸颊上淌了下来。

不知什么时候，韦皋已站在薛涛身边，看到薛涛在流泪，他心中一惊，想起当初将薛涛罚赴边地的时候，不曾见过她求情，更别说泪水了，她那种与年龄极不相称的泰然自若，曾让韦皋惊叹不已，可这只小小的孔雀却让她泪流满面。

"涛儿，是何事让你这么伤心？"自那晚后，韦皋觉得与薛涛的关系亲近了一层。而且几天来，他一直想给薛涛解释，却一直没找到机会。

"看到那只大孔雀欺负这只可怜的小孔雀。"薛涛一语双关。

　　韦皋是何等的聪明："哦，别担心，我们可以再为它开一个别池。涛儿，别伤心了，那晚，我喝醉了。不过，涛儿，你知道我……这几年来，我……"

　　"节帅，别说了，我什么都明白。"薛涛冷冷地说。

　　韦皋有些尴尬，薛涛的一句"节帅"让他自以为的他们的关系近了一层又拉远了。

　　"洪度，你是不是记恨我将你罚赴边地，其实那也是情不得已。你不肯放下那案子，我怕有人加害于你。尽管我身为一方节度使，可这里面的关系太复杂，不是一句话能说清楚的。"韦皋颇有些无奈地说，"监军使仗着宫里有人撑腰，在我面前颇为指使，稍有不慎，就惹祸端，如今朝廷是内忧外患，任何事情得小心翼翼。那天晚上，我确实喝多了，所以……"

　　听了韦皋的话，薛涛叹了一口气，幽幽地说："节帅，我没有责怪你的意思，只是恨我身为女儿身。"

　　"别这么说，你虽然身为女儿身，却有大丈夫的气魄和胸襟，我韦皋得你在我幕府，是我的福气。"韦皋诚心地说。

　　薛涛回过身来，朝韦皋一笑。这一笑让韦皋多日来的不安一扫而光，他在心中发誓，有生之年一定要善待薛涛。

　　"洪度，你知道我一直很欣赏你的为人，赞赏你的才气，还有喜欢……"

　　"别说了，我都知道。"薛涛打断了韦皋要说的话。

　　看到比实际年龄苍老了许多的韦皋，薛涛心中也有一份关心，甚至可以说对他心存一份感情，只是她自己常常被另外一种心境破坏了这感情。自韦皋来西川，他运筹帷幄，连年出征，亦是劳其心志之事，所以在韦皋同意她脱乐籍，留在府中做校书的时候，薛涛没有犹豫便答应了。自那晚之后，她确实觉得与韦皋的关系近了一层，在她眼中，韦皋如父亲、如兄长，她心中对他还是存有一份眷恋。

　　韦皋的心情并不轻松，大唐与吐蕃的战争依然是连年不断，他的日程也时常处于战备状态。

　　为了防止吐蕃东进，贞元九年，朝廷决定在吐蕃的眼皮底下筑盐州城。为保证城池的安全竣工，韦皋奉命又一次主动进攻，他命大将董勔、张芬出西山及南道，破峨和城、通鹤军。吐蕃南道元帅论莽热率兵来救援，也被打败。韦皋军杀死杀伤吐蕃军数千人，一把火焚了定廉城、平堡栅五十余所，盐州城顺利筑好。

自贞元六年北庭沦陷以后，大唐在西域领地仅有西州、安西两大主要城堡及其他小据点了。回鹘与吐蕃两国原本互不接界，但是吐蕃攻占河陇，屯兵平凉后，回鹘助防安西、北庭，与吐蕃间的冲突日益升级。回鹘、吐蕃对西域、河西两大沃野肥地的垂涎，对丝绸之路控制权的觊觎，使得他们为争夺北庭进行大战。

贞元十年，吐蕃打回鹘久战不胜，死伤多人，于是向南诏征调兵马万人。异牟寻此时已归附大唐，但是还是怕得罪吐蕃，于是便推辞表示国小人少，只发兵三千，吐蕃不同意，后异牟寻增至五千。异牟寻将对吐蕃的恨意放在心中，在派出五千人后，自己率领数万人昼夜兼程跟在后面，在神川突然袭击吐蕃，大破吐蕃兵，截断铁桥，淹死吐蕃兵一万多人，俘虏其五王，降伏吐蕃士卒十余万，然后派使臣到大唐上表报捷，皇上非常高兴。

不久，南诏王异牟寻派遣他弟弟凑罗栋和清平官尹仇宽等二十七人入朝敬献地图、土贡和吐蕃所给的金印，请求恢复南诏称号。德宗加以赏赐，拜尹仇宽为散骑常侍，封为高溪郡王。为了册封异牟寻为南诏王，以祠部郎中袁滋持节领使，益州少尹庞顾为副使，崔佐时为判官，俱文珍为宣慰使，刘幽岩为刺官，赐银窠金印，印文是"贞元册南诏印"。德宗令韦皋再度扩修五尺道，当袁滋一行路过益州，韦皋又差巡官监察御史马益统行营兵马开路置驿。袁滋一行六月从长安出发，九月沿五尺道经盐津石门关摩崖处，崔佐时提议："袁大人的篆书和隶书颇负盛名，能否在此题记刻石以作纪念？"

"好主意！"大家赞同。

袁滋站在摩崖处，挥笔将此次出使南诏之事录下。

崔佐时朗声念道：

"大唐贞元十年九月廿日，云南宣慰使内给事俱文珍、判官刘幽岩、小使吐突随璀、持节册南诏御使中丞袁滋、副使益州少尹庞顾、判官监察御史崔佐时，同奉恩命，赴云南，册蒙异牟寻为南诏。其时节度使尚书右仆射益州尹兼御大夫韦皋，差巡官监察御史马益，统行营兵马，开路置驿，故刊石纪之。袁滋题。"

众人将袁滋的书法评判赞美一番后，继续行程。

袁滋一行顺利到达南诏国的大和城，异牟寻派其兄蒙细罗勿等用良马六十匹进行迎接，奏金钟玉珂，兵士振铎夹道列阵。异牟寻身披金甲、蒙虎皮、手执双铎，千人执长矛保卫，有十二大象在前导引，骑兵、步兵也依次排列。黎明时分，进行册封。异牟寻率领官吏北面而立，宣慰使面向东方，册封使南向，宣读诏书册封。司仪引导异牟寻离位，跪下受册封，异牟寻叩头再拜，又接受所赐服装备物。接着异牟寻设宴招待使者，他拿出玄宗赐给的两个银平托马头盘给袁滋看，还指着年迈的吹笛者和歌女说：

"这是先君回国时，皇帝赐给《龟兹乐》时带来的乐工，只有这两个人还活着。"

袁滋说："南诏应当深深仰慕祖先的事迹，子子孙孙对我大唐竭尽忠心。"

异牟寻行着礼说："我怎敢不恭谨地承受使者的教导！"

袁滋回京时，异牟寻又派遣清平官尹辅酉等七人前往京城答谢皇上。献上铎、浪剑、郁刀、生金、瑟瑟、牛黄、琥珀、纺丝、象、犀等物。

一行人马到益州城后，韦皋设宴招待，规模空前。席间自然是诗词酬唱，歌舞助兴。袁滋对薛涛的即兴诗文大为赞赏，觉得她的诗摆脱了女子气，有着男子般的豪放，及至见了薛涛的字后，更是赞叹不已。

酒宴后，大家一起去看孔雀。

那只蓝孔雀见众人来观赏，见怪不怪悠闲地在水边走来走去，倒是南诏敬献的那只绿孔雀颇有些局促不安。薛涛走进孔雀池，抓了一把食物给绿孔雀，可是它不吃。薛涛抱起绿孔雀，抚摸着它的羽毛。那只蓝孔雀见薛涛进来了，忙向她走来，不等薛涛丢给它食物，它抖动着尾翼，哗的一声打开了尾屏，发出洪亮如长号般的叫声，观看的人都惊叹起来。

那只蓝孔雀散开的尾屏，犹如一把碧纱宫扇，尾羽上那些眼斑反射着光彩，好像无数面小镜子，阳光下闪闪发亮。薛涛忙把绿孔雀放下，来到蓝孔雀面前，俯下身子，似乎在述说着什么，接着轻轻抚摸着孔雀……

在人们的心目中，孔雀是圣鸟，是善良、智慧、美丽、吉祥和幸福的象征，所以，许多人在园中饲养孔雀。传说在很古老的时候，孔雀的羽毛并非像现在这样五光十色，也没有那美丽的"圆眼"羽翎。只因它驯良、温顺而被人喜爱。一次佛祖下凡到一寺庙，为能得到佛光的普照，虔诚的信徒们纷纷赶到寺院，把佛祖围得水泄不通。有一只栖息在遥远天柱山上的雄孔雀得知佛祖下凡的消息后，急忙赶往寺庙。可惜已经太迟，它无法靠近佛祖，因而在人群外急得团团打转。孔雀的虔诚之心被佛祖察觉后，便向孔雀投去一束佛光。不巧这束神力无比的佛光，只落在了来回奔跑的孔雀的尾部，使雄孔雀尾部的根根羽翎霎时缀上了镶有金圈的"圆眼"纹图案，成为现在人们所见到的样子。

如今两只孔雀都被作为和平友好的使者敬献于节度府，孔雀开屏也成为节度府的一大奇观。

韦皋给客人们介绍，这只蓝孔雀只有见了薛校书才肯开屏。曾经有很多穿着艳丽的女客在孔雀前展示，蓝孔雀总是不理不睬。也有歌伎在它面前跳起孔雀舞，也无法引起孔雀的开屏。客人中有人说，薛校书的前世说不定也是孔雀呢，也有人说这就是缘分，还有人说那是因为薛校书长得太漂亮了。

接着韦皋给客人介绍那只绿孔雀是南诏国新近敬献的。

南诏一使者见韦皋提到他们敬献的绿孔雀，连忙开口介绍：

"我南诏国敬献的这只绿孔雀是我国国宝，还不到两岁。因为雏孔雀长得很慢，第一年幼孔雀的颜色与母孔雀相同，雄幼孔雀颈部色彩较鲜，体重可达六斤；第二年幼孔雀的颜色与父母相似。各位看到的雄幼孔雀现不具尾屏，体重可达十二斤；第三年才长出和父母相同的羽毛。"

见众人在仔细听他的介绍，南诏使者接着说：

"这只绿孔雀要等成年才开屏。它可长到十六斤，身长约四尺二，成年后，可达三尺以上。其尾翼的眼状斑纹由紫、黄、蓝、绿等多种颜色构成，开屏时显得异常艳丽、光彩夺目。"

薛涛见南诏使者介绍得这么仔细，忙问：

"这孔雀的习性如何？"

南诏使者高兴地解答：

"孔雀喜欢在疏林草地、竹林、河岸或地边丛林，以及林间草地和开阔地带。善于奔走，不善飞行。孔雀性情机警，夜晚栖于树上。喜欢吃川梨、黄泡等植物的果实、嫩叶、芽苞，以及昆虫、蚯蚓、蜥蜴、蛙类等。"

韦皋听到介绍，忙说他准备为这只绿孔雀再开一别池，具体的设计由薛涛构思。南诏使者见韦皋对本国敬献的孔雀如此看重，颇为高兴。

休息了几日后，袁滋和南诏使者继续北行。

韦皋与薛涛一起商议如何为孔雀另开别池。韦皋提议再重新开一个池子，将绿孔雀圈养。薛涛不同意，她认为没有必要浪费过多的钱财，就在现有孔雀池的西边营造一座孔雀房即可。她建议侧门要常打开，让孔雀能直接在后花园中随意走动。韦皋惊奇地看着薛涛，疑惑能否可行。薛涛说如果能给孔雀更多的空间和自由，它一定很开心，何况在后花园中能见到孔雀也是一大美景。韦皋见薛涛执意如此，也只好由着她。

这次营建孔雀池薛涛很费了一些心思，她邀请段文昌和符载等一起参加设计。孔雀池建成后，韦皋去看了，进入园内好似置身于人间仙境，一泓凝碧如镜的池水，水上倒映着土红色的九曲游廊，亭阁与树木错落有致，山石平台耸立池中，绿孔雀时而抬头呼吸，时而俯身喝水。千姿百态，娇憨可爱。

韦皋为之惊叹，满意之情溢于言表。

自此，绿孔雀既可以与蓝孔雀为伴，又有自己独立的空间，还可以随意在后花园走动、觅食。一有空闲，薛涛便去孔雀池，看着绿孔雀在后花园自由地来去。薛涛心中感触颇多，她越来越觉得这只绿孔雀的命运与她太相似，看似给予了自由，其实还是没有自由。

一段时间内，西川少了战争的纷扰，薛涛的生活便多了一份闲情逸致。

深秋，天空蔚蓝蔚蓝；白云淡淡如透明的纱巾，慢慢随风飘散。山上，红枫伴着青松，一片红，一片绿。秋天的斛石山是美丽的，山上植被或金黄、或火红、或葱茏；山花野草馨香四溢，飞禽走兽自在嬉戏，珍奇野兽时时出没，这里每一个视角都是风光，每一处风光都是雅韵。薛涛、段文昌、李校书、符载四人骑着马行走在上山的路上，他们利用休假的时间，相约射猎。

到了山顶，一座亭子里空无一人，四人暂时歇息一下。一会儿他们将进入山的另一面密林深处打猎。

段文昌："薛校书，真的不和我们一起去围猎？"

薛涛看了一眼段文昌："你们去吧，我去了只会给你们添麻烦。"

符载说："那只好委屈你了，你就在亭子里等我们吧。"

薛涛："行，你们去吧，一定小心！"

李校书："谢谢薛校书的提醒。"

三人进了密林。

坐在亭子里的薛涛，闲着无事，拿出随身带的一本书，可怎么也看不下去，满脑子里都是段文昌穿着猎装的身影。

"我这是怎么啦？"薛涛问自己，她觉得自己该把这些纷乱的思绪理清楚。

自贞元九年韦皋对吐蕃作战获胜，西山八国首领各率部落脱离吐蕃。之后，西山松州生羌等两万余户也内附大唐。德宗对韦皋大加赞赏，德宗贞元十一年春，鉴于段文昌的学识和在抗击吐蕃中的功绩，韦皋上表奏授段文昌为校书郎，皇上准奏。九月，德宗诏韦皋兼近界羌蛮、西山八国及云南安抚使等职。这一连串的好消息让薛涛很开心，但是让她尴尬的是段文昌对她的感情越来越浓烈，虽然段文昌没有直接说明，但是凭着直觉和敏感，她感觉到了。从内心来说她喜欢年轻有才气的段文昌，段文昌和她年纪相当，学识渊博，文武双全，可是，深深喜爱着她的韦皋就是横亘在他们之间的大山，薛涛的内心感到深深的悲哀。她若和段文昌有私情，韦皋会对段文昌怎样，这些不得而知。柯文灿的死因一直是个谜，在薛涛心中留下了无法愈合的创伤。也因此，薛涛克制着对段文昌的感情，她怕自己给段文昌带来不幸和灾难。随着韦皋权力的增大，他在西川已经站稳了脚，这里是他的天下，什么事情由他说了算。何况他现在常常留宿于薛涛在节度府的房中，对她千般温存，万般恩爱。

整整十年了，从十六岁到二十六岁，薛涛在韦皋节度府搭建的这个平台上诗名远播，但在感情上再也没有了自己的自由空间，这让她感到深深的悲哀。韦皋内心极其喜爱她，他如此宠爱她，迁就她，也让她内心对韦皋有一种父辈般的依赖，也正是有了韦皋对她的娇宠，很多人又对她逢迎，同样也满足了她的虚荣心。但是，韦皋把她当作自己的私有财产，自那晚之后，韦皋常常通过暗门进入她的房间，她认命了。可是她渴望爱情，渴望过着一般女子该有的家庭生活，但是她不能。

正在胡思乱想之际，三人陆续回来了，手里提着野兔、野鸡等。

薛涛忙起身，将猎物一一收入布袋中。

符载说："快，早点回家，将这些野味做成美餐，晚上一醉方休。"

段文昌接过话题："我们去薛校书家，伯母做菜那才叫绝。"

李校书一听，打趣道："看来段校书是经常去的，要不怎么知道伯母能做一手好菜。"

段文昌听见李校书的打趣，呵呵一笑。

四人上马，下山，一路笑语喧哗。

香喷喷的野味摆满了一桌，张瑞枝的厨艺真的不错，众人尝过之后拍手叫绝。

酒是好酒，薛涛陪着三位畅饮。

李校书说："有酒必有诗，今天我们可是沾段校书的光呢。"顿了顿，接着说："薛校书，你今天就写首《赠段校书》送给段校书吧，他刚被准奏校书郎，值得庆贺。"

符载也附和着说好。

段文昌说："薛校书的才学是我钦佩的，虽然薛校书格于旧例，奏而未授，但是其才学可是我望尘莫及的。"

薛涛见段文昌这么夸她，觉得段文昌太过于谦虚。一身猎装的段文昌风流倜傥，薛涛满眼柔情地看了一眼段文昌，想了想，随即吟道：

　　　　公子翩翩说校书，玉弓金勒紫绚裾。

　　　　玄成莫便骄名誉，文采风流定不知。

　　"不错，不错！"符载赞道，薛校书好才思。

　　段文昌显得有些不好意思："我怎么可以和玄成比呢？薛校书真是过誉了，让我羞愧。"

　　韦玄成是西汉大臣韦贤的第四个儿子。韦玄成字少翁，很小的时候，聪敏活泼，勤奋好学，智力过人，才学出众。他虚心向知识渊博者学习，倘若在外出途中遇到知识渊博者，总是随之同行，礼遇有加，用车载送，并趁机求取学问。他虽为相府子弟，出身显贵家庭，但不拘门第，平等待人。他曾以明经擢为谏议大夫，后又提升为大河都尉，并先后出任淮阳中尉、太常少府、太子太傅、御史大夫等职。他的家乡曾有一谚语以他为榜样："遗黄金满籯，不如教子一经。"韦玄成以才学超群受到皇帝重用，位至丞相。他为相七年，虽然守正持重不如他的父亲，但是文采超过其父。他嗜好诗赋，精通《诗经》，尤擅长于吟咏四言诗，他与父亲韦贤同是《诗经》韦氏学派的主要代表人物，名噪当世。

　　薛涛欣赏段文昌的学识，而段文昌也确实是文采过人。

　　符载和李校书赞赏薛涛博览群书，用典精妙。

　　薛涛又将这四句诗写了下来，加了一个标题《赠段校书》。

　　她拿着墨迹已干的诗稿送给段文昌，段文昌颇有些激动，在符载和李校书的撺掇中一连饮了三大杯。随即，也作了一首诗回赠薛涛，他将满腹的爱恋和情感融进诗中。

　　四位酒酣耳热之后，对当今朝政的一些利弊做了一番评说。月亮初升之时，三位各自骑马散去。

　　满脸酡红的薛涛帮着母亲收拾餐具，张瑞枝问薛涛："涛儿，那个段校书是不是属意于你？"

　　薛涛忙否认："没有的事，我们不过是共事，加之年龄相仿，比较谈得来而已。"

"你也该考虑你的婚事了，这样下去总是不行的。"

能对母亲说什么呢？薛涛什么也不能说，她不能让母亲为她操心。

"母亲，你看我们现在的生活什么也不愁了，你也不用那么辛苦做针线活。女儿在府中做僚客，与众人诗词唱和，不也是很好吗？"

"好是好，可是女人总该是嫁人的，嫁人后生活的担子就是男人挑了。你看紫鹃现在的生活多好。"张瑞枝絮絮叨叨。

母女俩就这样有一搭没一搭地聊着。

晚上薛涛躺在床上，将认识段文昌以来的情景在脑中滤了一遍，随即韦皋的面孔也浮现在眼前。薛涛叹了一口气，拿出一本书静心阅读，直到疲倦了，才将灯吹熄，入睡。

次日，薛涛正前往节度使府，见落叶开始陆续零落在地上，心中不免叹息。段文昌正站在路边的一棵树下，看见薛涛过来忙向她招手。薛涛看见段文昌如此，娇笑道：

"什么事这么神秘啊？"

段文昌拿出一张纸来，说："我和了你一首诗，请斧正。"

薛涛忙拿过来看了，不一会儿便面红耳赤，段文昌有点手足无措，看着薛涛，不知道该说什么。不一会儿，薛涛恢复常态，朝段文昌嗔然一笑："段校书果然好文采，这诗不错，我定当珍藏。"

段文昌如释重负，说："那我走了，韦大人召我有事。"

薛涛点点头，看着器宇轩昂的段文昌从身边走过。

不远处，有一双眼睛一直盯着这边看，那人是刘辟。

薛涛回到文书室，只有李校书一人在。见薛涛进来，他打招呼说："薛校书来啦，你昨天的诗写得真不错。对了，韦大人说他侄子过几天要来，听说才学也很不错。"

"是吗，什么时候来？"薛涛问。

"具体的日期不知道，也许就这几天吧。"李校书答道，接着又补了一句，"韦大人说他这个侄儿是可以使一门生辉之人。"

韦皋的侄儿韦正贯字公理，是韦皋之弟韦平之子，韦正贯少年时即失去双亲，以荫担任单父尉，不久辞官，再举贤良方正异，除太子校书郎。这次去岭南路过益州，顺便看看韦皋。几天后接风的酒宴在节度府内举行，刘辟、段文昌、张元夫、李校书、薛涛等均被邀参加酒宴。

韦皋很高兴，当即作了一首诗赠送给侄子，勉励他做官清廉，为人正直，侄儿也和了一首。刘辟也步韵写了一首，称赞韦正贯年轻有为。薛涛见韦正贯英俊持重，心中自然是赞佩，正思忖是不是赠一首诗时，韦正贯站起来给薛涛敬酒并说：

"久闻薛校书诗名，今日恭见才女，若能得一二句，乃三生有幸，也不枉此行。"

薛涛客气谦虚了一番，她看了一眼段文昌，正好段文昌也正看着她微笑。

略一思索，薛涛挥毫写下了四句：

> 芸香误比荆山玉，
> 那似登科甲乙年。
> 澹地鲜风将绮思，
> 飘花散蕊媚青天。

这首《赠韦校书》一写完，韦正贯就拍手叫好："薛校书果然名不虚传，才思敏捷，这字可真得王右军的真传。"韦正贯满心欢喜，许多来蜀的京官皆以得到薛涛的墨宝为荣，今日一见薛涛，才见识她不仅人长得漂亮，才学更是令人惊叹。

众人传看诗作。

段文昌阅读诗作后，佩服薛涛字字用意。"芸香"即九叶芸香草，此物山野丛生，以花繁香馥得名。"荆山"即楚山，楚人和氏，得玉璞于楚山之中，献给厉王。芸香盛而贱，荆山玉少而贵，薛涛将芸香自比，又将荆山玉比作韦正贯，足可见其非常谦逊。

韦皋读着诗文，拈着胡须微笑不语。

四 缘易结情难定

水国蒹葭夜有霜，月寒山色共苍苍。谁言千里自今夕，离梦杳如关塞长。

——薛涛《送友人》

吐蕃近年来，经过几次战争，实力大不如以前。鉴于韦皋破蕃功绩，德宗贞元十二年二月，韦皋加同中书门下平章事行宰相之职。

贞元十三年春二月，吐蕃派遣使者请求和好，由于吐蕃屡次背弃和约，德宗不肯答应。

六月，吐蕃前来侵犯台登，韦皋命嶲州刺史曹高仕在台登城下打败了他们，生擒大笼官七人，斩敌首级三百，获得马匹、粮草、器械数以千计，收复嶲州城。

庆功宴那天，恰逢韦皋生日，各州县吏纷纷前来祝贺。

东川节度使卢八座给韦皋带来一件特殊的礼物。

酒宴上，韦皋即兴一首，一些来宾、僚客以及薛涛、段文昌、李校书等步韵唱和。酒宴气氛热烈，接着春萍带着众伎人献上歌舞。

不一会儿，一位十二三岁的女孩子上场了，她长得眉清目秀，亭亭玉立。春萍介绍说是东川节度使赠送给韦相国的贺礼。韦皋初见那女孩子，心中一惊，她长得很像他的一个故人，确切地说是一个模子里刻出来的。女孩子一上场先吟诵韦皋的诗《天池晚棹》。其声甜甜还带着一份稚嫩。当乐伎们将《霓裳羽衣》曲子奏响时，只见她翩翩起舞，舞姿曼妙婀娜，沉醉之致，飘然有翔云飞鹤之势，一种来自心灵深处的陶醉感溢满她那漂亮的小脸蛋。她的独舞确实精妙绝伦。接着，春萍上场和这女孩子对舞，两人身着朝霞般霓裳羽衣，演绎出仙人般的飘逸。一曲舞罢，众人掌声不绝。

东川节度使介绍，这歌伎的箫吹得很好。众人一听，催促女孩子快点演奏。

只见她从一乐伎手中接过一管箫，给众人施了礼后便演奏起来。她吹的依然是《霓裳羽衣》曲，只见一张樱桃小嘴对着箫，手指灵巧地挪动，一曲天籁之音霎时在大厅流动：时如山间叮咚的泉水，时如旷野啾啾的虫鸣，又宛若一美女伫立旷野，时而流露心中的喜悦，时而倾泻心中的哀怨……

韦皋的思绪被拉得很远很远，直到热烈的掌声响起，他才回过神来。

薛涛惊叹于这姑娘小小的年纪却对音乐有着这么高的领悟力，并有着精湛的歌舞技艺，看到她仿佛看到从前的自己，她不禁感叹时光流逝得太快了。

宴会结束后，韦皋派人让春萍将吹箫的女子带来。

韦皋仔细看了看这女子，开口问道："你叫什么名字，家在哪里？"

那女子回答："我叫玉箫，来自东川。"

"玉箫？"韦皋大惊，"你叫玉箫？"

"是，我叫玉箫。我很小的时候，战乱中与父母失失，后被人收养。"玉箫回答。

"你今年多大？"韦皋又问。

"我今年十三岁。"玉箫回答。

韦皋点了点头，自言自语地说："是的，十三年了。"

他拿起玉箫的双手看了看，忽然看见玉箫的左手中指上有一个肉环，他轻轻抚摸着那凸出的肉环，眼睛忽然湿润了。

玉箫呆呆地看着韦皋，不知道怎么办才好，求救似的回头看着春萍。

韦皋发现自己的失态，忙回过神来，对春萍说："玉箫你先带去吧，好好培养，她在音乐方面的天赋不错。"

"节帅，东川节度使说将玉箫放你身边，侍候你。"春萍说。

韦皋知道东川节度使的心思，既然说是送来侍候自己的，也不能拂了人家的好意。他拉过玉箫，抚摸着她柔顺的头发，说："好吧，就留在我的身边。玉箫，你有空呢，多去节度府教坊学习舞蹈和音乐。"

玉箫点了点头，答应了。

春萍带着玉箫走后，韦皋回到书房，展开笔墨，写下了一首诗：

黄雀衔来已数春，别时留解赠佳人。

长江不见鱼书至，为遣相思梦入秦。

写完后，又给诗题上《忆玉箫》。随即，他陷入深深的沉思之中……

薛涛将整理好的信函送到韦皋的桌上。韦皋不在，忽然看见韦皋写的《忆玉箫》，她拿起来仔细地研读。正看得出神，韦皋进来，薛涛扬了扬手中的诗稿：

"节帅，这是新写的？"

"不，是旧诗。"韦皋回答。

"旧诗？"薛涛疑惑不解。

"是的，是旧诗，这里有一个故事。"韦皋坐在桌前，薛涛也在旁边坐了下来，她知道韦皋要给她讲这首诗的故事了。

啜饮一口茶，韦皋开口了："那是很多年前，我在江夏游历……"

年轻时，韦皋在江夏游历，住在姜郡守家的塾馆里。姜郡守敬重韦皋的才气，以宾客之礼相待。姜家的儿子名叫荆宝，喜好读书，此时已读过两种经书。荆宝对韦皋以兄相称，但对韦皋敬奉有加。荆宝身边有个小丫鬟叫玉箫，只有十岁，长得漂亮，人也灵巧。荆宝便常让她去侍奉韦皋，玉箫对韦皋殷勤侍奉了两年，后来韦皋搬到附近一家头陀寺居住，荆宝依然派玉箫前往伺候韦皋。并常常带去一些生活用品，资助韦皋。玉箫渐渐长大，韦皋和玉箫耳鬓厮磨，日久生情。一日廉使陈常侍收到韦皋叔叔的来信，信中让韦皋即刻回家。陈常侍给韦皋请了船家，并给予盘缠，怕韦皋难舍玉箫，不肯回去，陈常侍便叮嘱韦皋不要和玉箫相见，并催促船家早点开船。船正要离岸时，荆宝和玉箫赶来送行，见韦皋独自一人离去，荆宝叫玉箫随同前往侍候韦皋，韦皋推辞说离家太久，这时突然带玉箫回家恐怕有些不便。

玉箫见韦皋拒绝带她同行，落泪不止。韦皋忙与玉箫约定五年后来见玉箫，最多不过八年，并将自己指上的玉戒赠给玉箫，当即写了一首诗《留赠玉环》留给玉箫。五年过去了，韦皋没有来，玉箫常常在鹦鹉洲安静地祈祷，又过了两年，依然没有来，到了第八个年头玉箫觉得韦皋不会来了，绝食而亡。姜府见玉箫如此贞烈，将韦皋赠予的玉指环戴在玉箫的中指上，将她安葬了。韦皋回家之后，生活发生了改变。因祖荫被封为建陵挽郎的韦皋，名声嘉美，相貌英俊，博通诸艺，富于才情。所以当韦皋遇到张延赏招婿时，他的命运就发生了重大改变。后来在军中多年，虽然偶尔也想起玉箫，但是并没有放在心上。直到做了西川节度使，遇到荆宝，才得知玉箫已经为他而死。

到任三天的韦皋，将关在监狱里的囚犯重新审理，为他们的冤案错案平反昭雪。轻罪重罪近三百人，其中一个囚犯，身载重枷上堂时，看见韦皋，便小声问旁边的官吏，堂上的仆射可是韦皋，得到肯定后，荆宝大声问韦皋是否记得姜家的荆宝。韦皋一惊，仔细一看，果然是荆宝。原来荆宝明经及第以后，做了青城县令，家人不慎失火误将公署房舍及仓库牌印等烧毁，于是荆宝被定罪入狱。韦皋以是家人的过错当即给他平反雪冤，仍然交给他县令的官印，并将处理结果呈报眉州刺史。刺史同意，但暂不让其赴任，可以穿戴官服。于是荆宝便留在韦皋的幕僚暂做宾客。韦皋公务繁忙，一直过了几个月，这才问起玉箫。荆宝念出当年韦皋留赠玉箫的诗，说了玉箫的等待和贞烈，韦皋感伤不已。

听韦皋讲完这段经历，薛涛似乎明白了韦皋为什么广修经像："难怪节帅广结善缘，广修经像，可是一报夙愿？"

"是的。"韦皋顿了顿又说，"我抄写经书，修造佛像，借以报答玉箫的一片诚心。当年我听说有个祖山人，有少君的招魂之术，能渡阴阳，就去拜访他。他让我斋戒七天，一个月光朦胧的深夜，我真的梦见玉箫。她说因为我抄写经书和广造佛像，十天之后她将托身降世，十三年后与我见面，再来侍候我。走时，还微笑着怪我薄情，与她生死两隔。洪度，你看，昨天东川节度使送来的歌伎也叫玉箫，长得和当年姜府的玉箫相似，今年又恰好是第十三年，你说这是巧合还是真的是这么回事，更巧的是她的左手中指上有隐隐凸出的肉环，宛若戒指。"

薛涛听后，也觉得这事很是离奇，她说："既然如此，这是天定的缘分，该当好好珍惜。"

"是啊，有些缘分是上天就注定的。比如你我……"韦皋看见薛涛的脸色变了，后面的话他没有说，但是他眼中的柔情让薛涛不敢再看第二眼。

薛涛知道韦皋对她的感情依然是那样浓烈，但是她又能怎样呢？她宁愿独守一生也不愿意做别人的小妾。且不说韦夫人那里，现在韦皋身边又多了一个玉箫……薛涛也不是没有为自己的终身寻找归宿，段文昌比自己小几岁，她欣赏段文昌的才学和为人，但是她心中总是把他当作最好的朋友。还有郑纲在妻子去世后，曾托孙处士来向她母亲提过亲，多年来郑纲对薛涛母女的照顾，也让薛涛对他产生了依恋，和他在一起，薛涛有一种安全感。只是她无法厘清韦皋和她的关系，一旦她和段文昌或郑纲的关系公开，不知韦皋对此事如何反应，这么多年来她感觉自己一直受制于韦皋。所以婚姻大事也就一直搁置着，一晃薛涛快三十岁了。玉箫的出现，薛涛感觉到韦皋一定会将玉箫纳为小妾，那么她的命运或许就有了转机。

这转机没有出现，相反，因为刘辟对段文昌的嫉恨，韦皋对段文昌的醋意，段文昌被贬，贞元十五年韦皋将段文昌调到灵池县任县尉。薛涛心中的梦破灭了。

一直以来，刘辟将段文昌视作自己的眼中钉。段文昌和自己儿子年龄相仿，却有着与年龄不相称的睿智。段文昌仗着韦皋的宠信根本不把他放在眼中，且意见相左时常常顶撞他。刘辟觉得段文昌似乎看透了他所做的一切，自己是御史中丞，而段文昌不过是一个小小的校书郎，但每次刘辟看到他的眼神总觉得心虚。刘辟想找一个理由将段文昌赶出节度府。他一直注意观察段文昌和薛涛之间的一举一动，他知道深爱薛涛的韦皋是容不得自己喜爱的女人被别人夺走的，所以刘辟将段文昌对薛涛的感情添盐加醋地说给韦皋听。原本看到段文昌对薛涛倾慕有加，心中有些不快的韦皋心中更是不痛快。但是段文昌的见识和文采以及处事能力是韦皋欣赏的，况且段文昌为人正直。韦皋虽然很重用刘辟，但还是时时防范着他，刘辟办事能力强，但是他心胸狭窄，诡计多端，韦皋心中自然明了。段文昌在幕府中对刘辟也是起一种牵制作用，何况段文昌年轻，前途无量，韦皋也想培养自己的一批人，所以对刘辟的话未置可否。直到有一天傍晚，韦皋在后花园看见段文昌和薛涛肩并肩地站在孔雀池前，两人有说有笑，一起给孔雀喂食，韦皋心中的怒火顿时燃烧起来。一直以来薛涛感情上对他冷若冰霜，应付着他，原来是她心中另有他人。是的，刘辟说得对，他应该将段文昌调离节度府，免得他与薛涛日久生情。于是，韦皋将段文昌调离幕府。

濯锦江北岸合江亭，是韦皋贞元年初镇蜀有功为迎宾接驾，送客远行，在郫江和流江交汇处所建的亭子。薛涛、符载和司空曙等人在合江亭为段文昌送别。亭中，酒宴丰盛，气氛却又有些悲凉，众人纷纷作诗送别。薛涛为段文昌的离去颇为伤感，挥笔写下了《送友人》：

> 水国蒹葭夜有霜，月寒山色共苍苍。
> 谁言千里自今夕，离梦杳如关塞长。

人隔千里，自今夕始。段文昌拿着薛涛的这首赠诗，心中亦是感慨万千，这一别不知道何时才能见面。

"拿着薛校书这首诗，无论走到哪里，都会见诗如见人。谢谢薛校书的墨宝。"段文昌真诚地说。

薛涛微微一笑："段校书真是抬爱我了，保重！"

众人看着段文昌骑上马远去。

薛涛遥望段文昌离去的方向，心中一阵悲凉。

嫉妒常使男人做出不合理智的事，春萍曾经告诉薛涛。段文昌的突然调离让薛涛意识到什么，尽管她很喜欢段文昌，但是害怕因为她会给段文昌带来灾难，段文昌突然调到灵池县是不是韦皋有意而为，薛涛想不明白。

薛涛还是安安静静地在韦皋的幕府做校书，段文昌人离去了，桌子还留存在那里，薛涛常常不自觉地朝那边看去，"墨卿何时才能调回呢？"薛涛期盼段文昌能早日调回。

韦皋收复嶲州后，吐蕃依然觊觎嶲州。夺得嶲州，既切断南诏与大唐的呼应，又给他们侵犯大唐提供据点，因此吐蕃常常惹出一些事端进行挑衅，这让韦皋十分恼火。

贞元十五年四月，异牟寻约韦皋共同出击吐蕃，以确保巂州、昆明、弄栋诸城的安全。韦皋以兵粮未集不宜轻动为理由，请南诏国静候等待时机。十二月，吐蕃发兵五万人分路出击南诏及巂州，异牟寻与韦皋各自发兵抵御，吐蕃见势不利返回。后吐蕃数次被韦皋和南诏打败，韦皋累破吐蕃两万余人于黎州、巂州。吐蕃大为恼怒，于贞元十六年大肆征兵，筑垒造舟，图谋袭击，韦皋又挫败吐蕃。吐蕃将领兼监统曩贡、腊城等九节度度婴、笼官马定德与其大将八十七人因此率部投降。吐蕃听说大唐的三万军队进入南诏，非常害怕，兵屯纳川、故洪、诺济、腊、聿赍等五城，想攻占西山、剑山，收巂州以断绝南诏的援助。

异牟寻对韦皋说："吐蕃攻占巂州，实际是想攻占我南诏，请发兵进驻羊苴咩。"于是，韦皋发兵，韦皋军、南诏军联合攻击，吐蕃大败，但仍固守昆明、纳川一线。贞元十七年七月，吐蕃军攻打盐州。二十九日吐蕃军攻克麟州，杀刺史郭锋，毁坏城郭，并掠城内居民及党项部落属民后退兵。德宗大怒，遣使命韦皋从东南线向吐蕃纵深进军，迫使吐蕃兵力分散，减缓西北边地的军事压力。韦皋召开紧急会议，制订计划，决定以点制面。派部将率步骑兵两万分九路并进，向吐蕃所属维、保、松州、栖鸡、老翁城等地发起进攻。

韦皋军处于紧张备战状态，征调军士人员在有序地进行。

郑纲前来益州城给薛涛母女辞行，身为刺史文官，这次他也随军出征。

张瑞枝做了一桌好菜为郑纲饯行，薛涛给郑纲满上酒，与他一饮而尽。两人边饮边聊，谈到朝廷，谈到这次战争，也谈到边民动荡不安的生活。略带醉意的郑纲看着薛涛欲言又止，上次他托孙处士来薛涛母亲处提亲，没有了下文，这次他自己提出来，薛涛会拒绝吗？

看到郑纲的神情，薛涛笑着问："你是不是有什么话要说？"

郑纲脸涨红了，又满上一盏，一饮而尽，然后说："洪度，这次出征若我能活着回来，你就嫁给我吧！"

薛涛赶忙站起，急急地说："你不要这么说，你一定要安然无恙地回来，我等着你。"

郑纲听到薛涛亲口答应了，惊喜不已，然后凄然一笑："古来征战几人回？这次战争必定惨烈。洪度，我听见你亲口答应我，也不枉我对你的一番心意，即使战死沙场我目可瞑。"说完又一饮而尽。

"别说这么不吉利的话，你一定要活着回来，涛儿还等着你呢。"张瑞枝送了一盘菜上来，听到郑纲说这样的话责怪道，"涛儿，去把那一坛子女儿红拿出来。"

薛涛忙去地窖拿来了女儿红，递给母亲。张瑞枝倒出一半，还留一半，说："郑公子，还给你留着半坛酒，等你回来！"

这顿饭吃得高兴却又悲壮。

郑纲醉了，醉得很厉害，薛涛母女将他扶上楼，睡在薛涛的床上。

听到郑纲均匀的呼吸，薛涛浮想联翩，自从杨永清走后，郑纲一直关照着他们母女，即使是他妻子姚珍珠病重的日子，他也常来看望张瑞枝，这让薛涛很感动，这么多年来他能坚持做到这一点也确实不容易。

晚上薛涛母女睡在一起说着悄悄话，在张瑞枝看来，女儿若是能嫁给郑纲，她也就放心了。

薛涛听了母亲的劝告，说等战争结束郑纲回来，她会考虑婚嫁。

韦皋带着众人为出征的将士送行，韦皋、刘辟、符载、司空曙等为这次壮行写下了诗句。

薛涛看见一身戎装的郑纲，她将已经写好的信悄悄递给他。

郑纲从信封里抽出一张纸笺，上面写有一首诗：

> 雨暗眉山江水流，离人掩袂立高楼。
>
> 双旌千骑骈东陌，独有罗敷望上头。

郑纲读完这首《送郑眉州》，朝薛涛投去深情的目光，薛涛轻声对他说："我等着你回来！"

夜夜清江立，薛涛等着郑纲的书信。

秋风之后，大雁成双，更增添了薛涛的思念之情，她用一首《江边》诠释着她的情感：

> 西风忽报雁双双，人世心形两自降。
>
> 不为鱼肠有真诀，谁能夜夜立清江。

不断有好消息从前线传来。

九月，韦皋发动大举进攻。他再次派镇静军兵马使陈洎等统兵一万人分三路出击，威戎军使崔尧臣率兵一千人走龙溪石门路。南面，维、保两州兵马使仇昱和保、霸两州刺史董振等率兵两千人进逼吐蕃维州城中，北路兵马使邢砒并诸州刺史董怀愕等率兵四千人进攻吐蕃栖鸡、老翁等城。都将高偁、王英俊等率兵两千人进逼松州，陇东路兵马使元膺并诸将郝宗等又分兵八千人出南道雅、邛、黎等路。韦皋又令邛州镇南军使、御史大夫韦良金发镇兵一千三百人续进，雅州经略使路惟明与三部落主赵日进等率兵三千人进攻吐蕃偏松等城，黎州经略使曹有道率三部落主郝全信等兵两千人过大渡河，深入吐蕃界，儁州经略使陈孝阳与行营兵马使何大海、韦义等率兵四千人进攻昆明、诸济城，各路兵马依照韦皋的布置行事。

自八月至十二月，两军多次交战，韦皋军击溃吐蕃军十六万，先后攻取城池七座，军镇五座，焚毁堡垒一百五十个，斩杀一万余人，俘六千多，受降者三千多人。

捷报传来，节度府群情振奋，但是薛涛的心悬着，她有一个月没有郑纲的消息了，听说前方战事惨烈，她希望郑纲能平安归来。

五　月照千门掩袖啼

茵阁芝楼杳霭中，霞开深见玉皇宫。紫阳天上神仙客，称在人间立世功。

——薛涛《寄词》

骠国与大唐之间隔着南诏，因此缺乏与大唐直接交流的机会。南诏归唐后，骠国亦有归附之心。因长期受制于南诏，骠国也想借大唐的力量摆脱南诏的控制。骠国是能歌善舞的民族，其音乐舞蹈艺术有着高度的发展，音乐也深受佛教的影响。贞元十七年秋，异牟寻派遣使者杨加明向韦皋敬献本国歌曲，又令骠国进乐人。于是，骠国国王雍羌派遣他的弟弟悉利移来益州城敬献国乐。随骠国献乐的乐器有二十二种三十九件，乐曲有十二首，乐工有三十五人。

韦皋观看骠国歌舞后，极其赞赏。骠国的舞容和乐器异于大唐，长于音律的韦皋决定亲自对骠国进献的"夷中歌曲"进行加工修改，定名为《南诏奉圣乐》献给朝廷。韦皋当年被封为建陵挽郎，除出身好外，还因为仪表堂堂、学识卓群。长于音律的他，耳濡目染，对乐理有着很深的功底。镇蜀后，节度府中人才济济，他常与文人雅士、乐工伎人学习交流，所以在诗文和音律方面又有了新的提高。这次编舞他决定亲力而为，他告诉监军使和刘辟，此曲排练好后，将作为岁贡向宫中进行"月进"。"月进"是藩镇在规定的赋税之外，另外按月进奉给朝廷的财物，韦皋因为"月进"很多，很受德宗宠信。

韦皋邀请从宫廷出来的赵乐师加入，薛涛、春萍、玉箫以及骠国乐人皆参与编舞之列。

一日，韦皋邀请众人一起商讨。

赵乐师问："节帅，主题定好了吗？"

韦皋早在观看骠国舞蹈的时候，心里就想好了，所以他说："我想以南诏归顺我大唐为内容，来赞颂皇上的文治武功。题目就定为《南诏奉圣乐》，分四个乐部，如何？"

薛涛问："哪四个乐部？"

韦皋顿了顿，说："龟兹部、大鼓部、胡部、军乐部。可将宫、商、角、徵、羽五音变调整理为黄钟、太簇、姑洗、林钟、南吕五调。使用正律，以黄钟为宫，由宫音转到徵音，象征西南归附；由角音转到羽音终止，象征西南各族决心归我大唐。舞'南诏奉圣乐'字时，通过快速的服饰转换、队形变化而组成字，每变一次，就成一字，每舞一字，伴唱一曲。舞'南'字，歌《圣主无为化》；舞'诏'字，歌《南诏朝天乐》；舞'奉'字，歌《海宇修文化》；舞'圣'字，歌《雨露覃无外》；舞'乐'字，歌《辟土丁零塞》。字舞之后，便是集体舞《辟四门》。都是一章三叠而成。集体舞结束，舞者向四周鞠躬献礼，然后独舞《亿万寿》，独舞之后，歌南诏民歌《天南滇越俗》四章。"

薛涛听后赞道："原来节帅早将主题、音阶、调式、舞蹈、歌曲都安排好了啊。"

韦皋微微颔首，薛涛对他的赞许让他很开心。

"我打算将器乐、声乐、舞蹈组织编排在一起，用散序、拍序、急奏三大部分将乐曲、歌、舞进行合理的组合，根据内容需要进行安排。《南诏奉圣乐》每舞一字均散序、拍序共三叠。然后用急奏一叠为字舞做小结。最后由群舞、独舞、慢舞、快舞、鼓吹乐、独唱、合唱《天南滇越俗》四章等，歌舞七叠六成而终，结束整个舞蹈。"韦皋说出他的设想，"这是一个大型舞蹈，在服装、队形等编排上还需要仔细研讨。"

看得出《南诏奉圣乐》的编排布局完全是韦皋精心安排的。他大量采用了"夷中歌曲"，像南诏国各民族（彝、白、傣等）的民歌、宫廷音乐及经骠国传来的佛教歌曲。乐器则加用了南诏乐器和骠国乐器，最具南诏特色的乐器是㧽鼓和金钲，使用数量很大，位置及装饰十分突出，使用频度也高，突出了南诏异域风情。在服饰的色彩和更替上，多有变化，舞字舞时，舞人穿南诏服装，舞者衣服的式样、纹饰、颜色皆具有异域风情，而且这些都包含有象征意义。舞蹈方面，韦皋决定采用南方民族喜用的"模拟鸟兽舞"，配上绘有百兽的艳丽服装，民族风格极其浓厚。在形式上则采用了时下十分流行的"摆字舞"，队形、舞蹈、服饰、器乐等有机地融合在一起，用燕乐的大型歌舞形式，新编组织成为一个主题明确、形式多样、内容丰富、气势宏大的大型歌舞节目，产生了奇特的艺术效果。

因为敬献的时间紧迫，薛涛一连几月吃住在节度府，晚上韦皋、薛涛、春萍、赵乐师、南诏乐人等一起探讨舞蹈服饰、舞蹈队形的变化，韦皋给他们讲解编舞和编乐的设想与安排以及象征意义。白天薛涛代韦皋编排舞蹈，春萍带着营伎和骠国乐人精心苦练。薛涛安排数名画工将舞蹈及音乐变化用图谱记录下来。

玉箫领舞和独舞《亿万寿》，她的舞姿和靓丽的容貌给舞蹈增色不少，但是韦皋将她从领舞和独舞的位置撤换下来。春萍知道，作为领舞和独舞的玉箫，敬献时也会献入宫中。撤换下来意味着玉箫将留在韦皋身边，春萍心中有了一份怨恨，原来她以为将玉箫送入宫中，她在韦皋心中就多了一点位置，韦皋会对她多一份关心，现在这个愿望落空了。她知道薛涛的心不在韦皋身上，所以薛涛对她构成不了威胁。春萍太了解韦皋了，在段文昌对薛涛示好的时候，她就知道段文昌会被调离，果然如她所想。她想提醒薛涛，别让段文昌成为第二个柯文灿，但是薛涛和段文昌之间的关系没有挑明，两人的关系如何她不知道，所以她什么也不能说。

前方战事激烈，后方歌舞升平。薛涛感叹，却又不得不佩服韦皋的军事能力，他虽然把大部分的时间和精力用在编排《南诏奉圣乐》上，却能在节度府中运筹帷幄、坐镇指挥，使得前线捷报频传。

薛涛负责庞大乐团的训练，在忙碌之余时常去书记室查看前方来的军报，她想知道郑纲的消息。还好，一直没有郑纲的消息，或许没有消息就是好消息，薛涛想。一天傍晚，薛涛回家探望母亲，晚上宿于家中，躺在床上，她想起郑纲出征前醉卧自己的床上，她听着他均匀的呼吸，看着他轮廓分明的脸庞，心中有一种别样的感情。这么多年来他们两人从未刻意去追求什么，淡淡交往，正是这种淡淡之交才处得久长。也许母亲说得对，他是一个可以托付终身的人。韦皋有了夫人，有了春萍，如今又有了新欢玉箫。他身边有了这么多女人，也许是要放过她的。想到这里，薛涛无法入睡，披衣起床，伫立在窗前，看着明月透过斑驳的树枝洒落在地上，心中涌上一丝悲戚，她提笔写了《赠远》：

一

芙蓉新落蜀山秋，锦字开缄到是愁。

闺阁不知戎马事，月高还上望夫楼。

二

扰弱新蒲叶又齐，春深花发塞前溪。

知君未转秦关骑，月照千门掩袖啼。

写完后薛涛看着未干的墨迹，心想郑纲此时在做什么呢？

前方战事激烈，进乐之事也迫在眉睫，忙碌中薛涛的心还是空落落的，于是她将整个心思放在《南诏奉圣乐》的编舞中，让一份挂念在忙碌中减淡。

进献的《南诏奉圣乐》已经排练成功。

贞元十八年正月初，韦皋派遣军士几十人护送南诏使者和骠国使者以及乐工到达长安。在《南诏奉圣乐》敬献的同时，《骠国乐》作为独立的乐舞也敬献给了德宗，《骠国乐》包括二十二种乐器和十二组乐曲。乐团在宫廷进行了表演，引起轰动而风行一时。白居易和元稹观后，均写有《骠国乐》诗作。之后，德宗授予舒难陀太仆卿，然后赠予一些礼品让他们带回去。同时南诏撤离了入驻骠国的军队，骠国改善了政治处境，与南诏维持了友好的关系。

前方阵亡将士的名单已经统计出来了，薛涛收到这份军报，看到郑纲的名字，她的心一阵阵绞痛，呆呆地站在那里，任凭写着名单的纸张飘落在地上。李书记见状忙过来扶着薛涛坐在下，问道："怎么啦，薛校书？"

薛涛呆呆地不出声，摇了摇头，悲戚的面容让李书记更为担心。他捡起地上的纸，看着名单，然后问薛涛："有你的亲人吗？"

薛涛没有回答，她让李校书帮忙告假，站起来离开节度府，她要回家，只有在家中她才能痛痛快快地哭一场。

张瑞枝得知郑纲战死的消息，也是悲痛万分，她不知道如何劝慰薛涛。薛涛也不知道哭了多久，红肿着眼睛写了一首《寄词》，寄托她的哀思：

菌阁芝楼杳霭中，霞开深见玉皇宫。

紫阳天上神仙客，称在人间立世功。

晚上，薛涛带着这首诗连同白天买的香烛和黄纸走到院中，点燃三炷香，朝西北方向拜了三拜，将黄纸和诗文一并点着。一阵旋风吹来，卷走了地上的灰烬。月亮清冷地洒着银辉，照着泪流满面的薛涛。

此刻，薛涛是多么痛恨这残酷的战争，更加痛恨制造战争的吐蕃，她再一次经历生死离别，这切肤之痛让她感叹命运对她的捉弄。

呆呆地站在夜风中，薛涛想，吐蕃的劫掠让多少家庭惨遭不幸，只有将吐蕃赶尽杀绝，大唐百姓才可能有安宁之日。此刻，她个人的伤痛不过是众多百姓中的一个缩影。

韦皋得知薛涛为郑纲战死的消息而悲伤，心想：洪度真是一个重情重义的女子。他对薛涛好言相劝，尽力安抚。

虽然韦皋军在战争中取得了一些胜利，但是也付出了惨痛的代价，很多将士壮烈地死去。下一步该怎么办？韦皋决定召集僚客商量新的战术。

当僚客齐聚在节度府大厅后，韦皋说：

"各位，这次战争虽然取得了关键性的胜利，但是我们也损失不少将士。战争的残酷远远超出我的估计，和平与安宁是很多人用生命和鲜血换来的。下一步我们该如何行动，采取什么战术，请各位说出高见。"

众人各抒己见，最后决定采取诱敌深入、围起来打的战术。

正月，吐蕃调遣原来进攻灵州、朔方的军队南下援助维州。由内大相兼东鄙五道节度兵马都统群牧大使论莽热率兵十万来解维州和昆明城之围。韦皋得到这个消息后，派遣西川兵士一万多人在吐蕃援兵的必经路上设下埋伏。当论莽热率领吐蕃兵经过埋伏地时，韦皋先派出兵士向吐蕃挑战，假装战败。吐蕃军中计，带兵追杀韦皋军，于是吐蕃军被引入埋伏圈。韦皋军发起攻击，吐蕃军战败，论莽热被活捉，吐蕃兵死亡过了大半。虽然这次埋伏取得了胜利，但是韦皋军还是没有攻下昆明城与维州，只好领军返回。

韦皋派遣使者献上论莽热。

这次战争，西川兵屡次打败吐蕃，转战千里，给吐蕃以沉重的打击，吐蕃也因此由盛而衰。十月十一日，德宗加封韦皋为检校司徒兼中书令，赐爵为南康郡王。

庆功宴上，薛涛对韦皋说："节帅，我以为打败吐蕃是我们敬献给朝廷最好的乐曲。"

韦皋点头赞许。

每一次大战后，军民都需要一段时日的休整，因此，薛涛知道韦皋肯定要安排一次外出休憩的活动。

适逢历经九十年的乐山大佛竣工。

韦皋带着幕府一行人以及州县的官吏一同前往栖鸾峰。车队经过眉州，薛涛想起与郑纲相处的点滴。景依然是昔日的景，人却不在，薛涛心中的悲戚无法诉说。命运一次又一次地捉弄她：父亲的早逝，柯文灿的意外离世，郑纲战死疆场，她短短的人生却经历了这么多的生离死别。

母亲告诉她，这就是命，无法抗争的命。

一路上，与薛涛同坐一辆马车的玉箫叽叽喳喳，兴奋不已，春萍沉默不语，薛涛掩饰不住心中的哀伤，三人各怀心思。

乐山大佛也叫"弥勒大像""嘉定大佛"，坐落在峨眉山东麓的栖鸾峰，这里是岷江、大渡河、青衣江三江汇合地，湍急的水流直冲凌云山脚，势不可当，洪水季节水势更猛，过往船只常触壁粉碎。当年结茅于凌云山中的僧人海通见此情景，立志凭崖开凿弥勒佛大像，一是使石块坠江减缓水势，二是借佛力永镇风涛。于是，海通禅师遍行大江南北、江淮两湖一带募化钱财。有了募捐的第一笔钱后，海通禅师决定在玄宗开元初年开始动工修造佛像。不久，有地方官前来索贿营造经费。

海通严词拒绝："自己的双目可剜，佛财你休想得到。"

地方官吏仗势欺人，说："你将双目剜来。"

海通真的从容地将自己双目剜下，放在盘中递给官吏。那官吏没想到海通真的剜掉双目，他大惊失色，后悔不已。后来佛像修到肩部时，海通和尚去世了，工程便一度中断十年。剑南西川节度使章仇兼拿出自己的官俸支持乐山大佛的续建，海通的徒弟领着工匠继续修造大佛。由于工程浩大，朝廷下令赐麻盐税款，使工程进展迅速。当大佛修到膝盖时，章仇兼迁任户部尚书，工程再次停工。四十年后，韦皋镇蜀，捐赠俸金继续修建乐山大佛。在三代工匠的努力之下，前后历经九十年时间乐山大佛才完工。

众人沿着栈道走到佛脚，韦皋和韦夫人各自点燃三炷香，跪拜佛前，韦皋口中念念有词，心中祈愿，夫人在一旁虔诚闭目祈愿。随后各官员以及女眷依次跪拜。薛涛站在佛像脚下仰视，看见佛像依山临江开凿而成，整个山看起来就是一座佛，佛也是一座山。大佛坐东向西，双手抚膝，面相端庄，正襟危坐，造型庄严，排水设施隐而不见，设计巧妙。佛像高达二十多丈，头长近五丈，头宽三丈，发髻一千多个，肩宽七丈多，耳长二丈余，鼻长和眉长一丈六，嘴巴和眼长近一丈，颈高九尺，肩宽七丈二，手指长二丈四，从膝盖到脚背八丈四，脚背宽两丈五，脚面可围坐百人以上。整个大佛雕刻细致，线条流畅，身躯比例匀称，气势恢宏。十三层楼阁覆盖着大佛像，左右两侧沿江崖壁上，还有两尊身高三丈、手持戈戟、身着战袍的护法武士石刻，数百龛上千尊石刻造像。

大佛右侧临江峭壁上已留着准备篆刻韦皋写的《嘉州凌云寺大弥勒石像记》的石壁，记录开凿大佛的始末。

文人墨客吟诗作画，互相传阅。面对这巧夺天空的巨佛，薛涛亦有感触，她挥毫写下《赋凌云寺二首》：

一

闻说凌云寺里苦，风高日近绝纤埃。
横云点染芙蓉壁，似待诗人宝月来。

二

闻说凌云寺里花，飞空绕磴逐江斜。

有时锁得嫦娥镜，镂出瑶台五色霞。

因为期待薛涛的佳句，即使墨迹未干，众人也纷纷传阅。司空曙看后不禁赞道："洪度能从意外生想，缥缈幽秀，不落俗套，真是难得。"

玉箫更是羡慕薛涛的才气，对薛涛说："薛校书才气过人，我什么时候能有一点你的聪慧，作一首诗出来就好了。"

薛涛对她微微一笑："你的舞技与箫音是没人可比的，也让人羡慕呢。"

玉箫答道："薛校书取笑我了。"

从乐山回来后，韦皋决定将玉箫纳为小妾，因为玉箫对韦皋侍奉得殷勤有加，加上笃信佛教的韦皋认定玉箫是他的前世之缘，他坚决不顾韦夫人的反对：

"芸儿，我想纳玉箫为妾，这几年你也看见了，她对你尊重，对我侍奉有加……"

不等韦皋说完，韦夫人生气地说："我早知道你的心思，你做的事情，以为我不知道吗？你已经不是当年的韦郎了，是的，地位高了，有资本了，是不是？"

"夫人，你看你说哪里去了，我给你讲过江夏玉箫的事情，这个玉箫就是当年的玉箫投胎转世，在佛前我已许愿了，要实现我对江夏玉箫的承诺。"韦皋低声下气地说。

韦夫人冷笑一声："是啊，为自己纳妾找了很好的理由，还有那肉指环，那不过是将手指弄伤，新长出来的一圈疤痕。你是不是也想将薛校书纳为小妾，可惜人家心高气傲。倘若是一般的女子，恐怕早就巴巴地做你的小妾了，你的那点心思，我还不清楚？"

韦皋见夫人对他毫不客气，这是他从未见过的，不禁也生气了："夫人，男人三妻四妾是常有的事，就是刘辟也纳了两个年轻美貌的小妾。我身为西川节度使，这么多年来不曾纳一妾，我感恩于你。只是我曾有负于玉箫，这个玉箫的前身就是江夏的玉箫，我不过是履行一个男人曾经的约定。"

韦夫人厉色回答："我不信你的那套鬼话，倘若你执意如此，你就休了我吧。"

韦皋怎么敢休掉夫人，他语气软下来："芸儿，不要说这种话，这件事情的确是不一般。"

"是吗？不一般，那么春萍呢？多好的一个姑娘，这么多年来一直默默跟着你，她从来不要名分，我容忍了你，我知道做女人都不容易。人家薛姑娘，多好的女子，年过三十还未婚嫁，你能说没有你的事吗？"韦夫人非常生气。

韦皋自知理亏，语气缓和了："不管怎样，玉箫是非纳不可了。"

见韦皋执意如此，韦夫人知道无以挽回，她想起父亲当年说的话，凄然地对韦皋说：

"好吧，我同意。不过我打算回长安，一是母亲年迈病重，我要侍奉她，尽些孝道，另外儿子在京城也需要我去照顾，你自己好自为之吧。"

韦夫人给足了韦皋的面子，她将韦皋纳妾的喜宴办得热热闹闹，对玉箫像对待妹妹又像是女儿一般地爱护，这让玉箫感动不已。临回长安前，韦夫人找来春萍，和春萍密谈半日，然后给春萍交代："春萍，你真的过得不容易。这么多年来，我们相处如同姐妹。这次我回长安，可能一段时间不会来蜀，府中上下还望你多操心担当，玉箫毕竟年轻……"韦夫人说不下去了，紧紧拉着春萍的手。

春萍哽咽着回答："夫人高看我了，请您放心，我一定照您说的办。自我来益州，您待我恩重如山，我……"春萍也说不下去了，两个女人紧紧地握着手，所有的话语尽在不言中。

韦夫人回长安了，理由是母亲身体不好，回家侍亲，韦皋派出军士相送。

韦皋因纳妾引起与夫人的不和，夫人走了，他变得高兴起来。以往有夫人在，他有所顾忌，只能偷偷与薛涛往来。现在夫人不在，他想可以随时与薛涛厮守长夜了。

韦皋没想到，宫中正酝酿着一场风暴。

翰林侍诏王伾，王叔文出入东宫，深受太子李诵的宠幸。这时除了藩镇割据之外，还有宦官专政。贞元十二年神策军扩大到十五万人，当初护送德宗出逃奉天的窦文场、霍仙鸣担任左右神策军，权倾天下。各地的藩镇将领，不少都是从禁军将领中提升选派的。宫中还派出宦官，到市场上低价买进老百姓的东西，称为宫市。此外各地节度使还要另外向宫廷敬奉钱财，给老百姓增加了沉重的负担。宦官们不仅把持朝政，还公开抢掠百姓。于是王叔文经常向太子讲述民间的疾苦。王叔文暗中结交翰林学士韦执谊，以及当时已有名气的朝廷官员陆淳、吕温、李景俭、韩晔、韩泰、陈谏、柳宗元、刘禹锡等人，约定成为生死相托的朋友。他们相约一旦太子登基，一场改革势在必行。

韦皋密切关注着朝中的政局变化，他常和刘辟以及幕僚商议时局变化中的仕途禄位、进退得失。每次都是刘辟侃侃而谈，其他人唯唯诺诺，偶尔只有薛涛提出反驳的意见，韦皋觉得这群僚客中似乎少了一个耿直有主见的人。韦皋感觉到很多人都惧怕刘辟。是的，在节度府，除了自己，就是刘辟了，刘辟在西川盘踞多年，也几乎成为一棵大树。韦皋感觉到隐隐的不安。此时，他不禁想起段文昌来，若段文昌在此，他就会有新的见解，对刘辟也有一种扼制。韦皋决定立即将段文昌调回节度府，在这非常时期，他需要段文昌。

段文昌从灵池县回到节度府，与他一起回来的还有妻子与儿子。薛涛与段文昌两人再次见面时彼此凄然一笑。

让他们没想到的是，韦皋因为权力欲的膨胀卷入一场宫廷战争。

第五章　生命中的那些磨难

一　节度府谜案

薛涛看见昨日还健朗的节度使，今天却没有了呼吸，这一世英雄从此形影渺然，心中一阵悲痛，两行热泪不禁涌了出来。

早在建中元年，德宗登基之时，册立长子李诵为太子，李诵居东宫达二十六年之久，与德宗在皇位的时间相等。贞元二十一年正月二十三日，六十四岁的德宗李适病卒于会宁殿。众大臣正为谁来即位而担忧，虽然说已经立了太子，但是太子李诵身体不佳。贞元二十年九月，李诵因为中风，口不能言，行动也不方便，所以当太子李诵得知大家为他能否即位疑虑时，他身着紫衣，足穿麻鞋，支撑着有病的身体，走出九仙门，召见各军使，众位大臣看见李诵，这才安下心来。二十四日，德宗的遗诏在宣政殿宣布，太子穿着丧服，接见朝廷官员。二十六日，太子李诵在太极殿正式继承皇位。改元永贞，为顺宗皇帝。

顺宗皇帝深知前朝的弊端所在，因此即位后，决定改革弊政。他任用韦执宜为尚书左丞，同中书门下平章事。他重用王伾和王叔文，两人原来是他的侍从官。王伾擅长书法，王叔文是下棋高手。二王联络了一批志同道合的官员，如韦执谊、韩泰、陈谏、柳宗元、刘禹锡、韩晔、凌准、程异等，他们对朝政进行改革。在顺宗的支持下，王叔文等掌权，以韦执谊为宰相，颁布一系列明赏罚、停苛征、除弊害的政令，得到了朝廷内外，尤其是长安百姓的拥护。他们废除了部分百姓欠税，降低盐价，取消"宫市"，释放五坊小儿、宫女，打击贪官污吏。另外对藩镇的割据势力保持警惕，并采取措施抑制藩镇势力的增长。

德宗在位时，因为韦皋进奉颇多，深得德宗恩宠。顺宗即位后，对韦皋不冷不热，韦皋居功自傲，觉得是自己该统领三川的时候了。一日，韦皋召见刘辟，两人在书房密议。

韦皋说："今圣上在朝中进行改革，我等在西川财力物力充沛，如今西川一片繁荣……"

刘辟一听，接着说：

"是啊，节帅戍边有功，谋略过人，功劳显赫，威震一方，如今是门生属下遍布三川，蜀中一片繁荣，真乃似小长安。"

韦皋叹了一口气说：

"可是，如今皇上久病不愈，王叔文虽说深得顺宗宠信，执掌权柄，但是物力不足，倘若……"

刘辟是何等的聪明，他马上明白了韦皋的意思：

"我以为这正是求领三川的极好时机，下官愿为令公亲赴京城，私下求见王叔文，婉转表明令公心意。"

"有劳中丞了，倘若见到王叔文，可直言'若能许我都领三川，我将有以酬谢，若不许，亦将有以奉报也'，他应该知道我在西川的实力。"韦皋颇为自信地说。

刘辟听了韦皋的话，显得胸有成竹："令公放心，此事定会成功。"

两人相视一笑。

刘辟回到家中，迅速召集同僚卢文若、女婿苏强、儿子刘叔方，四人在密室密谈许久。

六月，刘辟进京为韦皋求领三川。

韦皋在家中久等，依然没有刘辟带来的消息。他心中没底，于是招来段文昌、符载和薛涛，三人一听韦皋派刘辟进京求领三川之事，大吃一惊。

段文昌直言不讳："节帅，我觉得此事欠妥。自顺宗即位以来，改革前朝的一些弊端，取消各种税制，大赦天下，削弱藩镇兵权，亦在争夺神策军的兵权，节帅这个时候去求领三川，恐怕是……"

韦皋自信地说："多年来我在西川镇守，功劳显赫，百姓安宁，蜀中富庶，进奉颇多，这些事他王叔文不是不知道。"

薛涛想，节帅在蜀任职二十一年，大力发展生产，蜀中渐渐富裕，但是通过对朝廷进献丰美的贡物，来维系皇上的恩典，这势必增加了百姓征收繁重的赋税。不过他优待安抚守边的将士，发放优厚的军饷，遇到将士婚配丧葬时，一概供给他们所需的费用，这些笼络人心的做法使得将士们愿意为他卖命，这才得以慑服南诏，挫败吐蕃。所以西川才长期安然无恙。现在他不为百姓的生活着想，而是野心膨胀，居功自傲，竟然想求领三川。薛涛有些鄙视韦皋了。权与利是一面镜子，能照出人的本性，原来以为韦皋是个君子，不料也逃不过权力的诱惑……

这些话薛涛是不能说的，她开口了却是另外一番意思："节帅，如今朝中还没安定下来，二王仗着皇上的宠信，肯定不把节帅放在眼中，另外，我觉得刘大人……"薛涛不说了，一直以来，在她眼中，刘辟就是个小人，他远远不如韦皋其他幕僚和属下坦荡，但是韦皋非常信任他，自韦皋镇蜀以来，刘辟一直在节度府，培养了自己的一帮死党，他们避开韦皋胡作非为。薛涛曾提醒过韦皋多次，韦皋总以为薛涛是为柯文灿之死对刘辟耿耿于怀，所以也没在意。

韦皋见薛涛提到刘辟没往下说，知道她话里有话："洪度有什么只说无妨。"

薛涛看了看符载，符载朝薛涛点点头。

薛涛接着说："刘大人这些年来跟随节帅，深得您的信赖，但是就我所知，刘大人避开您有很多所作所为，不知道您了解多少。他派儿子刘叔方到下面军营，明是磨炼，实际是拉帮结派，还有其女婿也正在笼络人心，节帅不得不防。"

符载见薛涛将他所忧虑的说了出来，也添言道："并非我等危言耸听，很多人畏惧刘中丞，不敢在节帅面前讲真话，如今刘中丞的羽翼似乎丰满，怕只怕他会借别人的手来伤害您，比如这次求领三川是很冒险的事，节帅不得不防啊。"

韦皋听到三人的直言，心中明白了。他对刘辟的防范心一直都有，不过他从来没有表露出来，一是刘辟这么多年来从未轻举妄动，二来对他吩咐的事情刘辟也是尽心尽力去做，所以他没有削减刘辟的权力。如今三人同时提醒他，他不得不认真思考了。

京城，刘辟拜谒王叔文，送上一份礼品后，为韦皋求领三川。

刘辟对王叔文说："节帅让我向您致以诚意，多年来，他镇守西川，功劳显赫。节帅说'若能许我都领三川，我将有以酬谢，若不许，亦将有以奉报也'，恳请您答应节帅的请求。"

王叔文一听，颇为生气，怒斥道："节镇重臣，皆朝廷任命，岂有自请？剑南西川、剑南东川、山南西道不是说谁统领就能统领的。"

王叔文斥退刘辟，之后回想刘辟的放肆，与藩镇势力的猖獗不无关系，他决定要加大力度削减藩镇势力。王叔文打算先杀掉刘辟，便与韦执谊商量，但韦执谊坚决不同意杀刘辟。韦执谊当初被王叔文延引重用时，是深深依附王叔文的。韦执谊在取得宰相地位后，打算遮掩以往的行迹，而且迫于公众舆论的压力，所以时常做出一些与王叔文意见相左的事情，事后他总是让人向王叔文道歉。次数多了后，王叔文不再相信韦执谊的话，两人渐渐结下了怨仇。这次王叔文主张杀掉刘辟，韦执谊便意见相左，又是坚决反对。

刘辟听说王叔文要杀自己后，急忙逃回西川。他将王叔文的话添盐加醋地说给韦皋听，从此韦皋对王叔文心生怨恨。

韦皋得知求领三川受辱，异常震怒，忙召集幕僚们议事。

待众位到齐后，韦皋朗声说道："今日召集大家是商议一件大事，圣上久病不愈，不能理事。王伾和王叔文二人祸乱朝政，一手遮天，我等岂能坐视不理？我的想法是即时上表，请太子监国，诛杀二王。"

他将一文书交给刘辟："刘中丞，即刻派人联系东川节度使严绶、荆南节度使鲱裴均，请他们同时上表，共呈此事。"

刘辟接过文书说道："令公深谋远虑，为国分忧，可敬可佩。"

薛涛听见刘辟的奉承，眼中掠过一丝厌恶。

韦皋又拿出一纸文稿，说道："我已拟就上奏的表章，先念给众位听听：

'陛下因哀痛亲人谢世而身染疾病，每天又为处理纷纭繁重的政务而加重了烦劳，所以这么长时间身体还没有康复。请陛下暂时让皇太子亲自监理各项政务，等陛下身体痊愈后，再让皇太子回返东宫。我身兼大将与宰相的职务，现在我所奏陈的事情，正是我应尽的本分。'另外，我再给太子敬献笺书：'圣上远效法高宗皇帝，居丧而不肯发言，将朝廷大政交托给臣下，但是所交托之人选并不适当。王叔文、王伾、李忠言一类人，独自担当着重大的职任，实行奖赏与惩罚，全听凭自己的私情，败坏并扰乱了朝廷的法度。他们动用国库的积蓄，以便贿赂执政的权臣；他们扶植安插亲信人员，遍及各个显贵的职位；他们暗中结纳圣上的侍从人员，使忧患蕴含在宫室的门屏之内。我私下里担心他们会倾覆太宗皇帝创下的盛美基业，会危害殿下的家国。希望殿下即日奏报圣上闻知，将这一群小人驱逐出去，使朝政掌握在人主手中，各地臣民便会获得安宁了。'奏章和笺书不日送抵京城。各位有什么高见，请讲！"

众人面面相觑，俯首缄默，只有刘辟和监军使赞同。

薛涛想开口，忽然听见段文昌的咳嗽声。段文昌朝她使眼色，她便噤声。

韦皋挥手让大家散去，段文昌和薛涛走在一起，附在薛涛耳边说："主公权力欲膨胀，不知道是福还是祸。"

薛涛冷笑不语。

符载叹口气说："唉，宫廷之战又要开始了。"

段文昌接着说："我看半月之内，圣上恐怕要禅位了，二王手中没有兵权，能做什么呢？听说王叔文派有声望的范希朝、韩泰主持京西神策军以后，众宦官还没有明白其中的道理。适逢边疆将领各自呈送书状向中尉陈辞，而且提到他们刚刚归属范希朝统辖。宦官们开始明白兵权已经被王叔文等人夺走，于是秘密命令各边防来使回去禀告各将领'不要将军队归属别人'。范希朝来到奉天时，各将领没有前来。韩泰骑马回来报告了这一情况，王叔文无计可施。看来二王的改革可能随着当今圣上的禅位而告终。"

薛涛听到段文昌的分析，点头称是："如今宦官俱文珍、刘光琦等和韦令公、裴钧、严绶联合起来，二王恐怕凶多吉少。"

果然，七月顺宗颁布制书称："由于朕旧病在身，未能康复，军务与国政中的一切施政要务，暂时命令皇太子李纯代为办理。"当时，朝廷内外的官员们都痛恨王叔文的党羽肆意专断，让俱文珍屡次启奏顺宗，请求命令皇太子监理国政。顺宗本来对处理日常的纷繁政务感到厌倦，于是同意了俱文珍的请求。又任命太常卿杜黄裳为门下侍郎，任命左金吾大将军袁滋为中书侍郎，二人一并为同平章事。俱文珍等人认为他们是朝廷的老臣，所以延引起用了他们。还任命郑瑜为吏部尚书，任命高郢为刑部尚书。

八月初四，顺宗颁布制书称："命令太子即帝位，朕号称太上皇，朕颁布的制书敕令称作诰。"于是太子即位，是为宪宗李纯。韩泰、陈谏、柳宗元、刘禹锡、韩晔、凌准、程异及韦执谊八人先后被贬为边远八州司马。王伾被贬为开州司马，王叔文被贬为渝州司马。不久，王伾在贬地病死。第二年，宪宗赐王叔文自裁而死。

八月初五，太上皇迁移到兴庆宫居住，颁布诰命。初九，宪宗在宣政殿即位。

韦皋的斗争胜利了，他以为朝廷定会对他另眼相看，他可以实现自己统领三川之愿望，但是他没料到英雄一世的他，生命却在不明不白中终结。

韦皋死了，在宪宗即位八天后不明不白地死了。

深夜玉箫在卧室久等韦皋，仍不见他就寝。玉箫心想，虽然令公中午小憩了一会儿，但是也不至于深更半夜还不就寝啊。正前往书房的玉箫，快到书房门口时，忽然听到书房里有椅子摔倒的声音，接着还有韦皋惊恐微弱的声音："来人啦！"玉箫心中一惊，急忙小跑起来，到书房门口看到书桌上的灯已倒，引燃了桌上的纸，火光映照着书房，椅子倒在一边，玉箫大喊："来人啦，着火了！"刚要进去，脚下忽然被绊倒了，她身下是韦皋，脸朝下伏在地上。

"令公，怎么啦？"玉箫带着哭腔喊。

韦皋没有回音。

玉箫使出力气，把韦皋抱着翻过身来，她看见韦皋面色青紫，七窍流血。

许多侍者赶到，看到玉箫坐在地上，怀里抱着韦皋，在那里撕心裂肺地大哭，书房桌子上的纸正在燃烧，快要引燃桌子。

众侍者赶紧灭火。火扑灭了，韦皋的身体在玉箫怀中渐渐冰凉。

春萍也来了，她见玉箫只顾在那里哭，忙派人通知刘辟和韦皋的幕僚。刘辟第一个赶到，接着韦皋的参佐房式、韦乾度、独孤密、符载、段文昌等陆续到来。

刘辟将手放在韦皋的鼻翼下，发现没有了呼吸，身体冰凉，他两手一摊，表示无以挽回。

众人看见韦皋面部是极其痛苦的表情，议论纷纷。

刘辟咳嗽一声，对众人说："令公为国日夜操劳，今不幸暴卒，我极其痛心，现在事情千头万绪，还望各位齐心协力，让令公入土为安。"

玉箫一听这话，忙插言："刘大人，我看令公这是中毒而亡，你看他七窍流血，面色瘀紫……"

"夫人，不可妄下结论，此事我定当查实，你此刻的心情我能理解。"刘辟不等玉箫说完忙打断，吩咐侍者，"快扶夫人去内室休息一会儿，她太伤心了。"随即像是对众人也是对玉箫说："夫人放心，此事我会处理好的。"

薛涛知道韦皋突然离世的消息是在第二天。她匆忙赶往节度府，看见韦皋的遗体放在节度府的大厅中，一夜未眠的玉箫憔悴伤心地守在旁边，春萍陪着她。薛涛看见昨日还健朗的节度使，今天却没有了呼吸，这一世英雄从此形影渺然，心中一阵悲痛，两行热泪不禁涌了出来。

她走近玉箫安慰着她，玉箫拉着薛涛的手说："姐姐啊，节帅是被人谋害的，你看他那不肯瞑目的样子……"话未说完，玉箫又痛哭起来，春萍在一旁流着眼泪，劝慰着玉箫。

此时，薛涛心一阵刺痛，又是一位暴卒。她想起了当初牢房里的两个工匠，听说也是面色瘀紫，七窍出血。一定是有人谋害的，薛涛在心中肯定。

刘辟正召集府中的官吏和幕僚议事，他派人去请了监军使钱启林。

一直以来，西川节度府除了韦皋之外，没有任何人的地位高于刘辟。监军使又和刘辟来往密切，掌管着西川节度府财物的刘辟，深知府库充盈，势力雄厚，他觊觎节度使的位置已久，这次天赐良机，韦皋的暴卒给了他机会，他相信这么多年来他对监军使的恭顺与孝敬的钱财，足以让监军使帮他说话。

刘辟见人员都到齐后，开口道："各位，令公昨晚不幸仙逝，我内心万分悲痛。俗话说，军中不可一日无将，府中也不可一日无主。今日请大家来是商议留后之事。"

监军使忙说："刘大人自贞元前进士及第后，就在西川多年，又是韦令公的副手，对川中事务了如指掌，今令公身遭不幸，这西川的留后自然是刘中丞了，我看刘中丞可暂摄府中军政。至于节度使一职，我看也非他莫属，以刘中丞的才干和能力是完全能胜任的。"

监军使的一番话正中刘辟下怀，多年来一般留后总是继任为节度使的。自中唐以来，地方各藩镇都拥兵自重，各自为政。节度府的职位多是父子或兄弟相传，或由副职提升，或者由部下拥立，朝廷也多是顺其意而立。如不同意就兴兵作乱，朝廷为了一方的安稳，也就同意他们的做法。刘辟想，皇上刚刚即位，位置还没坐稳，我川西更不同于其他藩镇，多年来韦皋从不将属下的官员调往京城，即使有上调入京的，也想方设法阻止入京让他们留下来，升职后派到下面的州县，一是防止这些官员将蜀中的实情在京城传播，二是自然就形成了自己的一股势力，所以刘辟断定自己就一定是节度府的人选了。

段文昌想说什么，看见符载朝他使眼神，也就什么都没说了。

卢文若忙讨好说："刘中丞多年来对西川的贡献，我们有目共睹，待韦令公的丧事一办完，我们给朝中上表奏请刘中丞为节度使。"

又有几个人附和着同意。

玉箫一直觉得韦皋死得蹊跷，从死相上看，无疑是中毒，可是他是怎么中毒的呢？午饭玉箫和韦皋一起吃的，是谁下的毒？茶中、饭中，还是别的什么地方？没有一点蛛丝马迹。是下人、厨师，或者仇敌？玉箫理不出头绪，她只好求助于刘辟，可是刘辟看似应承，实际是婉拒。她又求助于春萍，春萍位卑言轻，亦是无计可思，与她一样暗自垂泪。她想求助于薛涛，她认识的达官贵人多，并且与他们以诗唱和，或许可以通过京官来查清这些事，可是薛涛说刘辟已经派牙将守城，暂时不让任何人出城进城。

刘辟急着给韦皋下葬让玉箫心中的疑惑加重，莫不是刘辟？她不敢想下去，韦皋离世最大的得益人就是刘辟了。是的，这件事情必须查清楚，可是刘辟现在自任为留后，所有的事情都是他处理，那么玉箫只能暂时拒绝下丧，等韦夫人和韦皋儿子的到来。

玉箫对韦皋死因的纠缠让刘辟心烦。一日晚饭后，刘辟走进玉箫的房间，玉箫因为白天在灵堂接受吊唁的客人很疲倦，正准备躺下休息一会儿，忽然见刘辟来到内室，心中一惊：

"刘中丞来此不知道有何事？"

"是啊，有事相商。"刘辟看着年轻丰腴面带愁容的玉箫，别有一种楚楚动人的韵味，眼睛里露出色眯眯的轻浮，"一是请夫人不要纠缠令公的死因，你说他中毒而亡，是谁下的毒？你是第一个发现他的，又没有旁人给你做证，外人必定疑惑是你对令公心生间隙，另攀高枝。再说，现在天气炎热，久放是对令公的不尊，还是入土为安，我会以最高规格来厚葬令公。现在想商量另外一件事。"

刘辟站起来走向玉箫，伸手想摸玉箫的脸。

"你想干什么？"玉箫怒斥道。

"我想干什么，难道你不知道？自从第一次见到你，我就被你的美貌征服了，那一年你才十三岁，还是花苞儿啊，而你现在是露放的鲜花，人见人爱。夫人，你还年轻，可要为自己的将来做打算啊。"

玉箫一听肺都气炸了："相公待你不薄，如今尸骨未寒，你竟然如此来侮辱他。你……你……"玉箫指着刘辟，气得说不出话来。

刘辟将玉箫指着他的手拿下："夫人，只要我一句话就让你有口莫辩，我说令公是你害死的。何去何从，你自己考虑。"

玉箫见刘辟猖狂到极点，心中悲愤："节帅莫不是你害死的？既然如此，我就随相公去了。"说完玉箫一头朝墙上撞去，霎时，鲜血四溅，刘辟一见玉箫如此刚烈，暂时按下逼玉箫为妾的念头。忙呼人请郎中来给玉箫包扎。

葬礼上，刘辟说不能等京城韦夫人和韦皋儿子的到来再安葬。天气炎热，令公的尸骨不能久放，所以早日入土为安。于是，不等韦夫人带着家眷来到，韦皋便被葬在斛石山上。出殡那天，城中百姓自发地跟着送丧的队伍，几乎是全城出动，路上首尾不见。玉箫头上缠着白布，鲜血渗透，将白布染红。众人听说玉箫对韦皋的情深，想以死殉情，此刻看到年轻貌美的玉箫满脸悲戚，更是对其充满钦佩。

薛涛和春萍走在一起，两人此时的心情亦是悲痛，却感受不一。她们曾经私下议论过，韦皋必定是有人下毒，且不约而同地想到了刘辟，可是没有证据的事情，不可乱说，在这样的情形下，她们什么也做不了。

刘辟一边上表朝廷呈报韦皋的暴卒，一边不惜重金操办韦皋的后事。如今后事已经操办完毕，他要做两件事情，一是要处理薛涛和玉箫，二是控制韦皋幕府的僚客。

对薛涛，当初刘辟是又恨又怕，这恨里包含着他无法得到薛涛的妒忌。在他心中，薛涛原是在玉箫之上，薛涛貌美博学，更有内涵和教养，玉箫只是年轻美貌。作为进士出身的刘辟，也是爱才的，薛涛的才情出众，尽管多次在酒宴上拿诗来讽刺他，刘辟还是显得很有涵养。他就怕薛涛不理他，讥讽他，说明薛涛眼里有他，还是在乎他。他多次以诗去试探薛涛，都被薛涛巧妙地回绝，并且还遭到嘲弄。他知道韦皋花了多年的心血没有得到的，自己更是得不到了。薛涛与京城和各地方的官员都以诗唱和，目前他是不能置薛涛于死地，但是作为留后的他，处理薛涛是不费力气的。他决定重新将薛涛罚赴边地，报复多年来薛涛对他的不敬与嘲讽。

刘辟将薛涛召进节度府署，找了一个很好的理由，说边务人手不够，薛涛在幕府多年，处理文案很有经验，让薛涛重赴边地，协助屯所，即刻出发。薛涛冷笑一声，坦然自若地随着刘辟派遣的军士出城了，她来不及告诉母亲，无法知道母亲得知消息后将是怎样的心情。她想到段文昌，段文昌一定会去宽慰母亲，想到这里她心中又有了一丝安慰。

玉箫失踪了，这是刘辟派人去请玉箫的时候，侍者报告说到处找不到少夫人。刘辟一听，心中有点慌乱："什么，不见了？挖地三尺也要把她找到。"

玉箫终究是没有找到，自葬礼后谁都没有见过她。

二　鹿头关之战

惊看天地白荒荒，瞥见青山旧夕阳。始信大威能照映，由来日月借生光。
——薛涛《贼平后上高相公》

　　再次行进在罚赴边地的路上，薛涛百感交集。

　　如果说第一次是刘辟借监军使之手加害于她，韦皋出于保护罚赴边地而采取的策略，那么这次很明显是刘辟对薛涛的报复。因为薛涛知道节度府太多的内幕，刘辟怕薛涛妨碍他的计划。薛涛心中自然明白这些，此时她最牵挂的是母亲，风烛残年的她，还能经得起这样的打击吗？一路上薛涛心事重重，押送她的两个士兵与她搭讪她也无心回话。一天晚上，薛涛又到了曾遭遇刺客的那座庙宇，借着火把，薛涛看见庙宇更残破了，无头金刚的身上布满了蜘蛛网。薛涛与两军士在此吃了一些干粮后，打算在庙中休息一晚，很快两军士鼾声四起。薛涛无法入睡，眼前的一切，让她又想起了段文昌。站在庙内，透过残破的木格窗户薛涛看到月光照在原野，此时她担心的不是自己罚赴边地的艰苦生活，而是益州城的局势。宪宗皇帝了解藩镇要挟朝廷的手段，可是他有对付藩镇的策略，特别是刘辟这样老谋深算之徒的计谋吗？薛涛想刘辟一定会尽快采取行动的。

　　第二天天刚亮，薛涛和军士们起来继续赶路。

　　果然，刘辟指使诸将领上表请求任命自己为节度使，朝廷不肯答应。永贞元年十月二十三日，宪宗任命中书侍郎、平章事袁滋为剑南东西两川、山南西道安抚大使。接着，宪宗任命袁滋为西川节度使，刘辟为给事中。刘辟见自己只是一个给事中，心中愤愤不平，拒不受命。他对监军使说："当今圣上对我真是不公平，若不是我刘辟上表请他监国，他能这么快就坐上龙座？我既然自称留后，岂止是一个小小的'给事中'所打发了的？恕我不能从命。"

　　监军使见刘辟如此，也附和着道："是啊，皇帝未免有点不公平，且不说你为他登基立下大功，就凭你在蜀多年的劳苦功高也足以能做节度使了。"

袁滋领诏行进在去西川的路上，听说刘辟拒不受命，他心中有些畏惧。当年他被授命南诏安抚使时，在益州见过刘辟，深知刘辟的为人。与韦皋相比，刘辟心机深，狠毒。何况他现在把自己的兄长扣押作为人质。自己这一去，他肯定不服，兄长的性命也难保。现在他掌管着兵权，自己去那里当然是势单力薄。如此看来这一去恐怕是凶多吉少，可是又不能违抗圣旨。左右为难的袁滋逡巡不前，宪宗大为生气，将袁滋贬为吉州刺史。

远在松州边地的薛涛听到这些消息，心中更是担忧。她了解刘辟的野心，这么多年来刘辟精心编织关系网，结党营私，就是为了统领三川。薛涛一直怀疑韦皋的暴毙与刘辟有关，他等不及了，所以毒死了韦皋，可是苦无证据。在边地，戍边的将士们早闻薛涛大名，何况前几年的老兵还在，这次见面颇感亲切。薛涛和戍边的长官们分析了朝中的形势和刘辟的意图，她劝说军士们看清形势，戍守边地，切勿听任刘辟的调用。

薛涛的判断异常准确，刘辟的确是有着很大的野心。宪宗因为刚刚登基，不肯对刘辟用兵，于是又授刘辟为剑南西川节度副使，知节度事。

此时刘辟不但不奉诏，反而狂妄自大地对宣诏官说："仅仅只是让我做一个节度副使，那么谁能担当节度使这个重任？请你启奏皇上，西川自古以来是军中险要之地，各民族杂居，难于管理，蜀中亦是朝廷的重要财源之地，因此需要有一个熟悉地方军事政务的人来任职。若是用人不当，容易引起祸事，还请圣上深思，在西川除了我还有谁可担任此职？"

传诏官见刘辟大言不惭，拒受皇命，不敢多言，忙回京复命。

刘辟见宪宗没有用兵，且授予他的职位渐渐升高，得到节度使的任命以后，更加骄横恣意。元和元年正月，他继续上表请求兼领三川，同时让卢文若领东川节度使，宪宗坚决不同意，但感到有些棘手。对刘辟的处理意见，朝中分为两派。有的朝臣担心蜀道险阻，主张抚之。颜真卿的外孙右谏议大夫韦丹见刘辟如此嚣张，上疏宪宗说："如果对刘辟不加征讨，各地藩镇竞相效仿，恐怕朝廷只能控制长安和洛阳，无法控制全国。"他力主出兵讨伐，宪宗终于同意韦丹的观点，便命他出任剑南东川节度使来防御西川。韦丹行至汉中，向皇帝上书，说原任节度使李康守备很尽力，不宜更换。皇帝将他召回，改授为晋、慈、隰观察使，封武阳郡公。

刘辟得知上表兼领三川未授，便要开始他的行动计划了。

他与儿子刘叔方密议："看来举兵之事，势在必行。皇上刚刚登基，国势未稳，想来他对我一再做出让步，我便断定他是不肯用兵的，只要我们起兵，他必然让步。还有武元衡的女儿武青云和女婿段文昌都在我益州城中，量朝廷也不敢把我怎么样。"

刘叔方还有一些顾虑："起兵，可是……可是……除此之外还有没有其他的良策？"

"大丈夫成就事业哪有像你这样畏畏缩缩，此乃天赐良机，我等需从速行事。我的属下卢文若、仇良辅，还有你的姐夫苏强等都是勇猛之士。你在营中多年，又有了一帮生死兄弟，此刻正是用人之际，养兵千日，用兵一时。你将他们速速招来，在议事厅等我，对前幕僚中的段文昌等人，要多加小心，此时他们的态度还不明朗，小心防范他们，千万别误了我们的大事。"刘辟见儿子刘叔方有些畏惧，生气地吩咐他。

很快，刘辟的众亲信聚集在节度府大厅，商议后他们决定兵分两路，一路把守益州城西北的鹿头关，一路进攻梓州，迫使朝廷答应刘辟兼领三川的要求。另外，还派人和吐蕃联络，一旦朝廷用兵，请吐蕃援助，万一战败还请吐蕃接纳他们。一切安排妥当，现在就是要争取更多的前节度府官员了。

第二天，刘辟召集节度府全体官员到议事厅议事，同时安排亲信将节度府重重把守。

众官员陆续走进议事厅，近来刘辟连连违抗圣旨，今天又召集众人来议事厅，大家面色凝重，不知刘辟葫芦里卖的什么药。

等人到齐后，刘辟咳嗽一声，清了清嗓子："诸位，今天请大家来，是商议一件大事。皇上刚刚即位，对我西川的情形不甚了解，韦令公在世之时曾求领三川，皇上未准。我以为以我西川的实力以及众位的才能，我府兼领三川是绰绰有余，但是朝中有人从中作梗。与其等皇上颁布诏令，倒不如我们先拿下东川府邸梓州，木已成舟，到时候，皇上一定会顺势推舟。众位以为如何？"

段文昌听到刘辟的这番话，心中怒火顿起，他想起薛涛被无故罚赴边地，如今又来要挟他们反叛朝廷，他跨前一步，正要开口斥责刘辟，符载一把拉住段文昌，毕竟他年龄长些，知道刘辟葫芦里卖的什么药。段文昌年轻，好冲动，他怕段文昌逞一时之气，惹祸上身。

忽然，周判官猛地站起，指着刘辟说："你三番两次违抗圣命，野心勃勃，背叛朝廷，如今又想陷我们于不义之地，你该当何罪？"

刘辟呵呵一笑："周判官真乃忠义之人，我今天来只是请大家议事，攻打梓州并不是背叛朝廷，这是两回事。若愿意跟着我的，我衷心感谢，不愿意我也不勉强。诸位请便。"

忽然，卢文若匆匆进来，附在刘辟耳边说："大人，监军使已经逃离益州城回长安了。"

刘辟嗯了一声，脸上显现出极大的不悦，低声说："不管他了。"提高嗓音，刘辟手一挥接着说："愿意跟着我的请留下来，不愿意的请回家。"

段文昌、符载、韦乾度、独孤密、房式等走出了节度府，有一些人留下来愿意跟着刘辟。周判官刚走出大门就被几个士兵架住带走了。段文昌等不愿意跟随刘辟的，都在家中被刘辟派来的兵士严密控制，限制他们的自由。

刘辟将一切安排妥当后便发兵攻打梓州。他属下的推官林蕴极力规劝刘辟不要起兵，好言相劝后，刘辟不但不听，反而大怒，给林蕴戴上枷锁，投入监牢，明里说要杀掉他，却又暗中告诫执行刑罚的人不要真的杀他，只在他的脖子上用刀磨几下做做样子，使他屈服。

行刑那天，执行刑罚的人照着刘辟吩咐的去做，林蕴凛然不惧，呵斥他们说："小子！要杀就杀，我的脖子不是你们的磨刀石！"

刘辟欣赏他的刚直勇猛和忠烈，舍不得杀掉他。于是，将林蕴降为唐昌县尉。

一时间，林蕴的事传遍蜀中与朝野。

薛涛听到此事，将林蕴的刚正不惧的行为说给军中将士们听，众军士对林蕴赞不绝口。薛涛又与军中将士商议加强边地警戒，防止吐蕃乘乱前来攻击，将士们一一采纳了薛涛的建议。

宪宗心中恼怒藩镇如此猖狂，但对刘辟是否用兵还是犹豫不决。进士出身的大臣杜黄棠力排众议主张用兵，并且推荐神策军使高崇文为主帅，并劝宪宗不要派宦官为监军，以免阻挠军队的全盘指挥。刘辟不等朝廷有所行动，便加紧发兵围攻梓州，很快占领了梓州，捉拿了东川节度使李康。见此情景，宪宗诏令左神策行营节度使高崇文、神策京西行营兵马使李元奕与山南西道节度使严砺共同讨伐刘辟，一场平乱之战拉开帷幕。

远在边地的薛涛与将士们生活在忐忑中。

除夕之夜，薛涛是和边地军士一起度过的。她与将士们围坐在篝火旁，给他们讲益州城的见闻，也谈起当代诗人们的一些逸闻趣事，军士们为薛涛跳起异域的舞蹈。几个月来的相处，薛涛感到将士们敬她、爱她。在艰苦的边地，来自各族的军士们像一个大家庭的兄弟姐妹，在没有吐蕃及其他外族惊扰的日子里，他们甘守着寂寞和艰苦，一天又一天重复着军事操练和种粮种菜思念家人的日子。

刘辟反朝，后面的结局如何，远在边地的军士们都不得而知，他们只期望家人能平安。边地暂时没有外族的骚扰，因此也无战事。很快从长安传来了消息，朝廷派高崇文等前来西川平刘辟之乱，薛涛和将士们听说后心中高兴异常，但是将士们却极其忧虑，他们害怕被刘辟征调参战。他们知道与朝廷的军队对抗，只有死路一条，而且还会连带家族。薛涛见此情景，游说将士们，若是刘辟调兵征战，可拒绝他的军令。

正月二十九日，高崇文率步骑五千人出斜谷，李元奕部出骆谷，一同向梓州进发。二月严砺攻下剑州，斩剑州刺史文德昭。三月，高崇文率部由阆州到梓州，刘辟部将邢泚见势不妙领兵逃走。严砺攻下梓州的第二天，宪宗下诏削夺刘辟官爵。刘辟派人送还李康求和，但高崇文以作战不利失守之罪名将李康斩首。四月初四，宪宗任命高崇文为东川节度副使，知节度事。

　　失去梓州的刘辟急忙在益州城北鹿头关加强防守。鹿头关距益州城一百五十里，倚山带川，非常雄险。刘辟连筑八座栅垒，屯聚兵马一万多人，张开掎角之势，扼住两川之险要。他与部将仇良辅、儿子刘叔方、女婿苏强，统领屯兵，用来抵御高崇文军队。六月初五，高崇文的军队在鹿头关城下攻城，当时大雨倾盆，久攻不下被迫中止。这时刘辟又在鹿头关东的万胜堆设置栅垒，攻打就更困难了。此时，困于城中的段文昌和符载等互相之间不能联系，他们暗中听说了此事，内心异常着急。一日，派来监视段文昌的士兵偷偷塞给段文昌一个小纸条，段文昌不动声色地捏在手心，待回到内室，偷偷展开，是符载写给他的：

　　"高崇文于鹿头关激战，请绘地形图，设法出城送到道观，见箭上刻有'高'字之人，可交给他。"

　　段文昌在房内焦急地走来走去，如同囚困在笼中的斗兽。

　　忽然他看见妻子青云在哄孩子，计上心来，他决定让妻子去找春萍，女人之间的来往不会引起刘辟手下军士的注意。段文昌将妻子叫进内室，和她耳语一番。青云在客厅边逗着孩子玩，边密切注视门口的兵士。段文昌在内室迅速将地图绘好，他把妻子叫进内室，如何把地图送出去，他仍然是一筹莫展："青云，地形图画好了，可是不知道怎么送出去。"

　　"我去吧，对付几个士兵没问题。"青云说。

　　段文昌摇摇头："不可，这不是比试武艺的时候。地图关系到这次战役的胜败，一城百姓的性命就在这张地形图上，我们一家的性命也在其上。"

　　青云着急地说："那怎么办？我和你现在是刘辟重点监视的对象，你看这几个士兵多尽职，连我买菜都要跟着。"

　　段文昌说："你非寻常之家的女儿，我不与刘辟同流合污，自然是他们监视的对象。这样吧，你把这地形图交给春萍，务必让春萍想方设法将地图送到道观。"

　　青云说："好，我和她商量着怎么送法。"

　　段文昌叮嘱："当心！"

青云看着段文昌的眼睛，无声地点点头。她抱起孩子走出家门。

守卫的士兵拦住她问道："夫人，你这是要去哪里？"

青云说去节度府找春萍拿点绣线。

两士兵寸步不离也跟着青云去了春萍处。

春萍看见青云来了，忙接过青云手中的孩子：

"哎哟，成式来了，乖，我抱抱。"她看见青云朝她使眼色，心中明白了。她把孩子递给青云，倒了两杯茶给士兵，"两位喝杯茶，坐会儿。"

"不用客气，不用客气。"一兵士忙说。

春萍掏出几文钱递给两兵士："这几文钱两位拿去喝点酒吧。"

接到钱，两位兵士满心欢喜，道谢后说还有事，便走了。

春萍看到他们离开，忙关上门。

青云将段文昌交代的事情告诉春萍。

沉思了一会儿，春萍说："我出城肯定会引起刘辟的注意，而且兵士也不让我出城。"

"这该如何是好？要不我出城吧，我是习武之人，身手敏捷。"青云说。

"万万不可。"春萍否定了。

青云着急了："此事一定要找一个信得过的人，不能出任何差错。"

"有了。"春萍说，"我让涛儿的母亲送出去。"

青云："春萍姐姐，文昌不会同意的。洪度此时在边地，万一伯母有个意外，我们如何面对洪度？这事太危险。"

"青云，这是非常时期，只有伯母才不会引起人的注意，而且此时也只有她才信得过。你看，我们一个个都被监视起来，一个老妪出城去道观应该不会引起怀疑，而且伯母经常去道观，节度使府尽人尽知。我再给伯母一些钱，让他塞给守城的士兵。还有伯母对那里地形熟悉。"

两人商量至此，也只有这个办法了。

春萍等青云走后，将地图重新密封，以免雨水打湿，然后出门了。她对节度府守门的士兵说回家看看父亲，守门的士兵知道刘辟的一个小妾原是伎营中人，不肯嫁给刘辟，是春萍劝说她嫁给刘辟，刘辟也因此对春萍心有感激。兵士们都看着刘辟的脸色行事，自然对春萍也礼让几分。春萍没有回到家，而是到薛涛家将送地形图之事委托给张瑞枝。张瑞枝自薛涛被刘辟罚赴边地，对他恨之入骨。女儿两次被罚赴边地，都是他所为。她说就是拼着老命，也要把地图送到。只有将刘辟杀死，女儿才有可能回益州城。想到这里，张瑞枝让春萍放心，说她一定会将地图送到。

地形图安全送达。

高崇文和部将看了地形图后商议，决定从段文昌标记的那处容易攀登城墙的地方入手，登壁破栅。第二天，高崇文亲自组织敢死队，派骁将高霞寓击鼓助威，鼓动敢死队顶着如雨的箭矢和石头奋力攀登，终于夺取万胜堆，烧毁栅寨。居高临下，俯视鹿头关城，城内士兵历历在目。接着高崇文军队乘胜追击，又在德阳击败刘辟军队，攻占江州城。十一日，再在汉州击败刘辟军，严砺部将严秦在绵州石碑谷击败刘辟军队一万余人。七月二十二日，高崇文又破刘辟一万人于玄武。

不久，宪宗颁诏："凡是在西川相继增援的军队，一概听从高崇文的指挥。"

九月十二日，高崇文又在鹿头关大败刘辟军队，严秦打败刘辟军于神泉。河东将阿跌光颜率军与高崇文部队相约会合，阿跌光颜因故延误一天，他怕被军纪处死，欲带兵深入立功自赎，他的军队驻扎在刘辟军盘踞的鹿头关西，截断刘辟军队的粮道，引起城内刘辟军的忧惧。于是刘辟部属锦江栅守将李文悦、鹿头关守将仇良辅先后献城投降，高崇文还擒获刘辟的女婿苏强。接着高崇文率领军队攻打益州城，刘辟急忙召集其党羽决定死守益州城，同时加强对段文昌等人的严密控制，防止他们与城外高崇文的军队里应外合。

段文昌在节度府中劝说监视自己的两个士兵，让他们跟着自己立功。其中一个士兵与东城守门的兵士是老乡，关系颇好，段文昌让他去劝说守门的士兵弃暗投明，等高崇文军队来了就打开城门。刘辟见益州城被围困，知道自己已无回天之力，决定与心腹卢文若带着家眷逃走投奔吐蕃。高崇文军队兵临城下，守门的士兵们打开城门。刘辟得知消息，带着他的心腹及其家眷偷偷出城狂奔，他们一行在羊灌田被追上。卢文若杀死妻儿后，身绑石头投江身亡。刘辟投江自杀，被高霞寓骑将郦定进从水中捞起，高崇文将刘辟装入槛车，送往京城，斩杀了刘辟的大将邢泚和馆驿巡官沈衍。

房式、韦乾度、独孤密、符载、郗士美、段文昌等人身穿白色丧服，脚穿麻鞋，他们按死罪制度口衔土块，在城门迎接高崇文请求治罪。

高崇文见状，慌忙将他们一一扶起，并说："各位请起。段校书，若没有你的地形图作为利器，我们不可能这么快就平叛乱军，你们是有功之臣，怎么可以如此？"

段文昌说："罪臣不敢一人贪功，这是众人齐心协力共同而为。"

高崇文对他们以礼相待，还草拟表章举荐房式等人，赠给他们丰厚的财物，送他们前去就任。对其他的人也一概不加追究。对节度府的事务，无论大小，高崇文命令一律遵从韦皋先前奉行的惯例，他从容不迫地指挥和安排，西川全境便完全平定了。

对段文昌，高崇文另眼相看："段校书文韬武略，将来肯定会成为将相，我没资格，也不敢推荐你。"

段文昌谦虚道："大人谬奖了。"

十月，宪宗颁制命令分出资州、简州、陵州、荣州、昌州、泸州六地，归属东川。房式等人还没有来到京城，宪宗已经全部任命他们为各地的官员。接着宪宗任命高崇文为西川节度使，严砺为东川节度使，柳晟为山南西道节度使。刘辟后被判处斩，他的两个小妾许配给没有妻室的将吏，家中财产充公，家族及其党羽都被诛灭。卢文若的族党，也一同诛灭。韦皋的儿子韦行式，娶了卢文若的妹妹，按例卢文若的妹妹应当没入掖庭，宪宗认为韦皋守边功高，悉命赦宥。

高崇文一直以治军严谨著称，他的军队进入益州城后，士兵所过之处秋毫无犯，市肆不惊。

远在边地的薛涛听到这些消息，心中感慨万千，拿起笔写下了《贼平后上高相公》：

> 惊看天地白荒荒，瞥见青山旧夕阳。
> 始信大威能照映，由来日月借生光。

薛涛的这首诗送达高崇文手上时，已近年关，高崇文正在宴请部将。久闻薛涛诗名，如今薛涛上诗给他，读完诗后他欣喜异常。高崇文从小习鞍马弓刀，善骑射，一直是戎马生涯，作诗极少，此刻，看着窗外纷纷扬扬的大雪，心中一时有所感触，便即兴作《雪席口占》一首：

> 崇文宗武不崇文，提戈出塞号将军。
> 那个髯儿射雁落，白毛空里乱纷纷。

薛涛收到高崇文回赠的诗作后，仔细研读，觉得他不愧是将军，诗作大气，诗意霸气。

段文昌依然在节度府任职，在高崇文面前他提到薛涛被刘辟罚赴边地，希望高崇文能将薛涛召回益州城。高崇文也知道薛涛被罚赴边地后，在那里协助屯所的公务。薛涛的母亲为这次平乱送信，也是立有功劳，他爽快答应了。

段文昌写信安慰薛涛，让她安心边地，稍后高崇文将召她回益州城。

三　浣花溪做证

马儿似乎也解人意，它缓缓地走了几步，回过头去，段文昌也回头看去，月光下的薛涛仿佛是一尊石像，一动不动地看着他。月光流泻，洒在那石像上。段文昌转过头，轻叹一声。他不知道此时薛涛已是泪流满面。

元和二年蔷薇花开时，朝廷诏段文昌为登封尉。想到薛涛依然在边地，段文昌心中不安起来。虽然他几次给高崇文提及薛涛之事，高崇文也答应过，但却迟迟没有将薛涛召回益州城。段文昌离到任还有一段时间，他决定在离开益州之前去边地看望薛涛。

本该是春暖花开的季节，可这一路的萧瑟与凋敝让段文昌心情变得沉重起来。崇山峻岭之中，一条官道越来越窄，偶尔有背柴的山民从他身边经过，菜青色的脸上毫无表情，瞟过段文昌的眼神也很漠然。骑在马上的段文昌想起薛涛走在这样的路上遭受马车的颠簸，喝着凉水，吃着干粮，心中便一阵隐痛。许多年来他在心中最柔软的地方，给薛涛留着一个空间，那里装着她的一颦一笑，一言一行。可是这个让他痴迷的女子，一次又一次委婉地拒绝他的感情。想到这里，段文昌深深地叹了口气：如果当年那个晚上薛涛接受了他的感情，他或许不会和武青云结婚。

那是段文昌被韦皋调任灵池县赴任前的一个傍晚，李校书邀约段文昌到锦江楼喝酒。酒酣耳热之际，李校书直言不讳地问段文昌："墨卿，我看你和薛校书关系那么好，而且年龄相仿，为何你们不结为秦晋之好呢？"

李校书的问话让段文昌一阵沉默，他何尝不想呢？可是每当他在薛涛面前提到对她的爱慕，薛涛总是巧妙地避开，对他关上了她的心扉。

段文昌拿起酒杯一饮而尽，叹了一口气，摇了摇头，沉默片刻后说："李兄，不谈此事，喝酒。"

李校书说："墨卿，我看你就直接去向薛校书求婚，也没有什么不可。我看得出来薛校书也很喜欢你。"

"是吗？可是，可是……"段文昌欲言又止。

李校书鼓励段文昌："男人嘛，就要主动。洪度的母亲也很喜欢你，你又常去她们家。请个媒人去提亲，岂不是水到渠成。"

段文昌喝了一大口酒说："我不知道洪度有何想法，我感觉她好像在回避我。只是我这一走，不知道何年何月才能回。"

李校书拿起杯子要段文昌一饮而尽，段文昌只喝一小口，李校书不依，段文昌只好一饮而尽。

"墨卿，今晚你就直接去找洪度，你问她愿意不愿意嫁给你。这次你去的灵池县那么远，又偏僻荒凉，万一洪度让别人娶了去，如何是好？"李校书带着醉意说。

段文昌给李校书满上一杯酒，自己也倒满，说："好，把这杯酒喝完，我就去找洪度。"

"好！好！这才像个男人。"李校书和段文昌将各自杯中的酒一饮而尽。

两人在锦江楼分手。

骑在马上的段文昌带着醉意在想如何向薛涛开口，该说什么样的话。不知不觉他走到薛涛家的院子前，看到二楼窗户透着灯光，段文昌心中泛起一阵暖意，他仿佛听见薛涛莺燕般的嗓音，看见薛涛嗔怪他的笑意。

段文昌下了马，敲了敲院门，然后喊道："薛校书在吗？"

有苍老的声音在问："这么晚了，是谁啊？"

"伯母，是我，段文昌。"

很快张瑞枝来开了院门，见是段文昌，高兴不已："段公子这么晚来了啊，洪度，段校书来了。"

薛涛下楼，走到院中："墨卿，这么晚你怎么来了，你喝酒了？"

段文昌说："是，心中有些闷。"

这次段文昌调去灵池县，很明显是受到刘辟的排挤，除此之外薛涛心中隐隐有些不安，她觉得段文昌调到灵池县，亦是韦皋故意所为。春萍曾提醒过薛涛，让她别和段文昌来往频繁和密切，想必是自己连累了段文昌，韦皋醋意十足？薛涛不敢肯定。

张瑞枝吩咐薛涛："涛儿，你带段公子上楼去坐会，我泡壶茶上来。"

薛涛说："我和墨卿就在院子里坐会吧，今晚月色这么好。"薛涛边说边拉过椅子给段文昌。

"也是，这一院子月光还真不错。"张瑞枝边说边去泡茶。

张瑞枝端上茶放在院中的桌几上，她转身进屋了。

院子里薛涛和段文昌都沉默了一会儿，薛涛开口了："墨卿，这次你去灵池县，要照顾好自己。"后面薛涛不知道该说什么了。

段文昌心中想要说很多话，说出来的却是："洪度，我想，我想我们俩……你知道，这么多年我一直喜欢你……"

"墨卿，我知道。"薛涛打断段文昌的话，她给段文昌的杯子里续上水，"墨卿，倘若有合适的女子就成个家吧，你也不小了。"

"洪度，你……我……我想……"段文昌一时不知道说什么好。

"墨卿，你不要想得太多，我已经习惯和母亲一起生活。现在已经很晚了，你又喝了酒，还是早点回去休息吧。我也累了，后天我和同僚们一起送你。"

"洪度，你是不是在婉拒我？"段文昌有些绝望，但还是希望薛涛否定他的想法。

"墨卿，什么也不要问，什么也不要说，好吗？"

刹那间，段文昌的心都要碎了。

段文昌坐着没动，薛涛站起来，走过去扶着段文昌的肩膀，哄孩子般："墨卿，走吧，你早点回去。"

见段文昌坐着还是没动，薛涛拿起段文昌的手想把他拉起来，段文昌站起来顺势将薛涛拥进怀中，紧紧地抱着她："涛儿，嫁给我吧！我会好好待你的。"段文昌声音几乎哽咽了。

"墨卿，我心有所属。"薛涛轻声说，"你该回去了。"

如一个炸雷，薛涛的这句话惊醒了段文昌，他放开薛涛，呆呆地站在那里。

薛涛走到拴马的树前解下马的缰绳，递给段文昌："墨卿，路上小心点。"

段文昌伸出僵硬的手接过缰绳。

"墨卿，好走！"

这一声声墨卿叫得段文昌辛酸不已。

薛涛看着段文昌骑上马。

马儿似乎也解人意，它缓缓地走了几步，回过头去，段文昌也回头看去，月光下的薛涛仿佛是一尊石像，一动不动地看着他。月光流泻，洒在那石像上。段文昌转过头，轻叹一声。他不知道此时薛涛已是泪流满面。

那一夜，段文昌信马由缰，马儿沿着濯锦江行走，不知道走了多久，马儿带着段文昌来到浣花溪边，段文昌看着月光冷冷地照着溪水，一如他冰凉的心。

"浣花溪啊，今晚请你做证，我是多么爱着洪度，可是她……她心有所属。"

那一夜，段文昌在溪边坐了整整一夜。

"哇，呜哇，哇！"一只乌鸦边叫着边飞到路边孤零零的树上，打断了段文昌的回忆。

段文昌深深地叹了一口气，这棵孤零零的树多像薛涛啊，孤身一人栖身于荒凉的边地，远离亲人，可是他却帮不了她。和薛涛共事这么多年，他似乎了解薛涛，又不了解她。特别是薛涛对他的感情，让他如同堕入五里雾中。多少年来，他从薛涛的眼里读到了对他的喜爱，他用诗试探过多次，可是她总是婉拒了。从灵池县回到益州城，薛涛见到他后那种惊喜而又凄凉以及心碎的表情让他终生难忘，他知道薛涛其实很在意他。

段文昌在接近午时抵达屯所，戍边的将领认识段文昌，见段文昌不期而至，十分高兴。得知段文昌专程来看薛涛后，他忙吩咐士兵去叫薛涛。

守边的兵士去了后山，告诉正在给菜地浇水的薛涛，说有人来探望她。薛涛在回营所的路上想会是谁。一进屯所，她看见段文昌看着她温和地笑着，身上佩着薛涛赠予的那把剑。段文昌的突然来访，让薛涛惊喜得一时说不出话来，亦笑盈盈地看着段文昌。

段文昌看着惊喜得有点呆傻的薛涛，心疼地说："洪度，你受苦了。"

薛涛回过神来责怪道："墨卿，你怎么来了？事先也不来信说一声。"

段文昌说："我是突然决定来看看你。"

在薛涛的房间里，段文昌凝视着给她倒茶的薛涛，发现薛涛清瘦了许多，反而越发显得风韵动人，段文昌心中一热。

戍所的将领宴请段文昌，薛涛作陪。

下午，段文昌与边地的几个将领一起去打猎，晚上回来时带回了野兔、野鸡等猎物。

段文昌主动请缨做晚饭。薛涛当下手，很快菜做好了。薛涛、段文昌和几个将领一起喝酒，谈及刘辟的叛乱、边地军士们缺粮少衣、吐蕃军常来骚扰等情况大家都感慨不已。

酒香菜好，几个人都喝得略带醉意，段文昌迈着踉跄的步子随着屯所的将领去营房休息。

薛涛回到房间，洗漱完毕，躺在床上却怎么也睡不着。段文昌突然来访，让她惊喜。可是，段文昌事先没有写信说他要来，除了张瑞枝给薛涛带来的衣物外，并没有带来高崇文召她回益州城的信函，薛涛有些许遗憾，她不知道还要在边地待多久。

披衣起床，薛涛走出房间。月亮初升，整个边城静悄悄的，偶尔有几声犬吠。营房笼罩在一片银辉中，远处的山像匍匐的老虎，对着月亮龇牙咧嘴。突然薛涛看见营房那边有一个人站在月光下一动不动，薛涛往前走了几步，问道："是墨卿吗？"

那个人也朝这边走来："是我，洪度，你也没睡啊。"

薛涛和段文昌聚在营房的空地中。月光下，他们俩沉默片刻，似乎在找一个话题，薛涛提议道："墨卿，我们去前面山坡坐会吧。"

"行。"段文昌跟着薛涛走向营房外。

月光静静地照着山坡，薛涛和段文昌在一块大石头上坐下来。山中的凉气让薛涛打了个冷战，段文昌脱下一件单衣给薛涛披上，薛涛也没拒绝。

薛涛问："墨卿，怎么突然想到来看我？"

段文昌缓缓地回答："洪度，我就要离开益州去登封任职，高大人还没召你回益州城，是我无能。"段文昌自责。接着说，"我心中牵挂着你，所以就来了。"

薛涛有些伤感："先恭祝你高升，再谢谢你来看我。墨卿，这一别不知何时才能相见。像上次你去灵池县，一去就是几年。"

段文昌说："洪度，那晚你若不拒绝我，或许你和我的生活是另一种情形。"

"墨卿，我怎么敢耽搁你的前程呢？如今你是宰相的乘龙快婿，你们两家是世交，门当户对。我，一个入过乐籍的小女子怎敢有那种非分之想。墨卿，你看你现在多好，妻子儿子都有了。"薛涛声音里有一种凄凉。

"浣花溪做证，涛儿，我对你是真心的。"段文昌急急地说。

薛涛没有接过段文昌的话，她沉默着向远处的山谷看去，那里磷火时隐时现，段文昌似乎也看见了，他轻声吟诵："虏塞兵气连云屯，战场白骨缠草根。"

薛涛接着吟诵："剑河风急云片阔，沙口石冻马蹄脱。亚相勤王甘苦辛，誓将报主静边尘。古来青史谁不见，今见功名胜古人。"

"夜深了，洪度，别着凉了，我们回去吧。"段文昌扶起薛涛。

……

离薛涛所在的戍所前面不远处就是松州城。原本是大唐的松州城，现在却在吐蕃军手中。韦皋几次想收复，都未能如愿。刘辟作乱时，吐蕃军也没有什么行动，所以边境还算安宁。此刻，戍边的几个将领陪着段文昌站在山坡前，查看边境军情。何日才能将松州城收回我大唐呢？段文昌心想。

似乎有一种心灵感应，薛涛也在想着何时才能收回松州城，看着不远处松州城楼上守卫的吐蕃军，像蚂蚁一样排着，薛涛对段文昌说："松州城就像安放在我边地的一包火药，随时都会点燃战争，它也是吐蕃劫掠我大唐的据点。"

段文昌说："是啊，若是能收回松州城，我大唐西南边陲就会安宁许多，百姓的生活就会好起来，这连年的战争让百姓受苦了。"

戍边的一将领说："段校书，这次回去请你给节帅如实呈报我们的生活，近几年给养严重不足，衣服、粮食短缺，很多兵士已经不安心戍守边地。"

段文昌说："好，我会如实呈述。"

返回屯所穿过一片树林时，段文昌放慢了脚步，将领们识趣地加快了步子。薛涛陪着段文昌慢慢走着，一路上两人都沉默不语，段文昌似乎有很多话要对薛涛说，却又不知从何说起。薛涛心中亦如翻滚着的海潮，往事一幕幕在脑海闪现，从内心深处她喜欢段文昌的温和儒雅，还有对她的那份情意。可是段文昌如今是别人的丈夫，两个孩子的父亲。当年她若不狠心拒绝段文昌，她无法想象韦皋会对段文昌做出怎样的举动。柯文灿的死让她感到惧怕，她怕有一种无形的暗流又会伤害段文昌。何况她在韦皋的掌控下如同笼中之鸟，没有追求幸福的自由。

"涛儿，没能让节帅召你回去，是我的无能。"段文昌再次致歉意打破沉默。

薛涛凄然一笑："墨卿，我已经习惯了这里的生活。虽然条件艰苦了一些，但是与将士们相处我感到很快乐。只是母亲年迈，身体不好，我不能侍奉在身边，心中非常难过。"

段文昌说："我在益州城时，可以经常去看望伯母，现在我这一走，也就无法替你尽孝了。"

"墨卿，谢谢你对我母亲的照顾。"薛涛想到母亲，眼睛湿润了，"是我不孝，给你添麻烦了。"

"涛儿，你这么说就见外了。小心！"段文昌话未说完，见薛涛被一块石头绊了一下，差点摔倒，他伸出手搂住了薛涛。

薛涛丰满的胸部压在段文昌的手臂上，浑身震颤了一下，一股热流从心头涌了上来，她脸色绯红。段文昌看到娇弱的薛涛显露出的羞态，一股爱怜之情让他将薛涛拥入怀中。薛涛柔弱如骨地靠在段文昌的胸前，任段文昌用温热的嘴唇亲吻着她的秀发。

"涛儿，若我母亲没有病重，若我没有回家，若我没有去相府……"

"可是这一切都过去了，墨卿，一切都成为过去。"

在薛涛喁喁私语中，段文昌再次陷入了回忆。

段文昌到了灵池县任职不久，就接到父亲段锷的信。读完信段文昌得知母亲病重，他急忙告假回家探亲。待他母亲的病情稍微好转后，段文昌又受父亲之命去拜访武元衡。看到年轻俊朗的段文昌，武元衡非常高兴。武元衡邀约段文昌在其府邸后花园下棋。刚开始，段文昌着着制胜，武元衡虽年长段文昌十五岁，但是棋艺还是赶不上段文昌，正在举棋不定之时，武元衡忽然发现段文昌棋局中一个破绽，就这一着棋就改变了局势，武元衡心中暗喜。不料段文昌后面越走越差，武元衡心中疑虑他是不是有意承让自己，马上要将军了，他竟然没看出。武元衡抬头看去，见段文昌心不在焉，忙问："贤侄可有心事，下棋如此不上心，看！我要将军了。"

段文昌一惊，忙说："没有没有，世叔棋艺高超，我不是你的对手。"他低头一看，这棋输定了，他被武元衡看破了心事，脸微微一红。

武元衡说："呵呵，贤侄过谦了。来，来，再下两局，不可让我，也不可分心，我今天见识见识你的棋艺。"

段文昌只好从刚才的心事中回过神来。刚才他确实是分了心，他想起曾经和薛涛下棋，开始也是这样的招式，却被薛涛一一破解。他有几个月没见着薛涛了，脑海中全是与薛涛的过往，下棋自然就心不在焉。

第二局棋下得尤其精彩，武元衡在掌握了段文昌第一局棋的着数后，一一破解他的棋局，但是让武元衡没想到这是段文昌设置的陷阱，段文昌的一着棋就让武元衡的棋势败得无回天之力。第三局段文昌知道武元衡能破解他的那套棋局后，他又使用新的战术，让武元衡难以招架。不过段文昌给武元衡留足了面子，接下来段文昌改变棋局的锋利，渐趋平和，最后不露痕迹地承让，这样武元衡胜了两局。当然武元衡心中明白这是段文昌不露痕迹的承让，才让他险胜。

棋品如人品，武元衡深信。三局棋的工夫，给夫人和女儿的时间应该是足够的。

段文昌不知道，这三局棋决定了他的婚姻大事。

武元衡的子女中，他最为欣慰的是儿子武翊黄，武翊黄文采飞扬，也擅长于书法。让武元衡担忧的是他最宠爱的小女儿青云，他常常说女儿是天上的云，不着地。这小女儿琴棋书画样样精通，她性格勇猛，体矫身健，常习武功，熟读兵书，文武双全。自恃出身名门，才气过人，对众多官家子弟的提亲不屑一顾。二十出头了，终身大事还没有定下来，武元衡不免着急。那一日武元衡与江陵县令段锷相聚，段锷谈起儿子段文昌在灵池县做县尉，二十多岁还未婚配，武元衡笑称不如两人结为亲家，段锷忙说高攀了，心中却不免对这桩婚姻有所期盼。倘若能与武元衡结为亲家，对段文昌将来的仕途就有很大的帮助。于是段文昌回家后，段锷便安排段文昌去拜访武元衡。当段文昌与武元衡两人在园中下棋时，武青云和她母亲在不远处观察，青云对器宇轩昂、文武双全的段文昌一见倾心。

晚上武元衡的家宴上，段文昌见到了武青云。

段文昌早听说过武青云，却未曾见过面，今日一见，见她面如满月，又因常习武，身材矫健，温柔懂礼，心生好感。

武元衡介绍："墨卿，这是小女青云；青云，这是灵池县尉段文昌。"

青云忙对段文昌施礼，随后拿出一幅画说："段县尉，这是刚才你与父亲下棋，小女不才在园中学画的，请指点。"

段文昌忙接过来，见画中的两人正在凝神对弈，画得逼真传神，气韵生动，形神兼备。配上庭院的树木花草假山，这幅画将两人画活了。

段文昌不禁叫好："好画，神形兼备。"他又转过身来对武元衡说："世叔，只听说令爱武艺高强，今日一见此画，真是大开眼界。"

武元衡见段文昌对青云赞不绝口，心想，这两人还真是有缘分。

不久段文昌奉父命完婚。

一只野兔嗖地从段文昌身边跑过，撞在段文昌的佩剑上，打断了他的回忆。段文昌附在薛涛耳边说："涛儿，我对不起你，和青云成婚，并非我心中所愿，可父命难违。"

"墨卿，别这么说。我怎敢有此奢望，更不敢耽搁你的前程。我该感激你才对，这么多年来，你一直照顾着我和我母亲。那年在来屯所的途中，我在庙里遭遇歹徒，若不是你出手相救，我连命都没有了。"薛涛柔声说。

"涛儿，别提庙中相救之事。"段文昌叹了一口气接着说，"可是看着你还是孤零零的一个人生活，我心中很难受。"

薛涛打断段文昌的话："墨卿，我已经习惯一个人的生活。年少时与柯文灿相识，浣花溪见证了我和他很多相处的日子，可是他英年早逝，成为我心中永远的痛。"一声长叹后，薛涛接着说，"墨卿，在边地的许多个夜晚，我想了很多，或许这是我的命。"

段文昌也打断薛涛的话："可是，涛儿，我……"

薛涛说："墨卿，什么也不要说。你还年轻，该以国家社稷为重，有国才有家。朝廷正是需要人才的时候，你文武双全，谋略过人，此时的升迁是你仕途的开始，将来一定要做个相国之才，像你岳父那样。"

段文昌说："谨记洪度的诤言。"

薛涛轻声说："好了，时间不早了，我们该回去了，将士们还等着我们开饭呢。"

段文昌不舍地放开怀中的薛涛，薛涛整了整衣服，两人一起回到营地。

在屯所待了三天，段文昌要走了，众将士和薛涛一起送别。越过众人，段文昌向薛涛投去深情的目光，那目光中含有爱怜、惋惜与不舍……薛涛与他对视片刻，泪水盈满眼眶。

四　上诗武元衡

> 蜀门西更上青天，强为公歌蜀国弦。卓氏长卿称士女，锦江玉垒献山川。
>
> ——薛涛《续嘉陵驿诗献武相国》

转眼春天又过去了，薛涛在边地帮着屯所打理军务，她期盼高崇文能早日将她召回益州城。

高崇文忙于公务，似乎忘记了曾经答应召薛涛回益州城这件事。段文昌临走前，再次恳请高崇文将薛涛召回益州城，高崇文推说边务繁忙，薛涛在那里协理边务，听说很尽职尽责，等他忙完手中的事，过一段时间，再召她回来。段文昌写信将此情况告诉薛涛，读完信，薛涛心生惆怅，想起多年来的人生遭遇，不免感慨万千。

高崇文因为平蜀之功，被宪宗封为检校司空、西川节度使，兼益州尹、南平郡王，统押近界诸蛮，西山八国云南安抚等使。他的平叛功绩被诏刻在鹿头山下的石碑上。高崇文不喜欢节度府内烦琐的公文案牍，过惯了戎马生涯的他，更宁愿在战场发挥自己的优势。在西川任职满了一年后，元和二年十月的一天，他对监军说："我高崇文，河朔地带的一名小卒，碰巧立下战功，才达到现在这个职位。西川是宰相盘旋飞翔的地方，我含愧居于此地的时间已经很长了，怎敢心安理得地待下去呢？"

监军使将高崇文的意思呈报朝廷，此外高崇文自己还屡次上表声称："蜀中安适闲逸，没有我施展自己能力的地方，希望让我前往边疆，尽死效力。"

宪宗见高崇文执意调离，也知道他不太适合管理地方政务。可是要选择能够替代高崇文的人，还真是有点为难。

　　后来，宪宗想到了武元衡，十月十三日，宪宗命令门下侍郎、同平章事武元衡，充任西川节度使。十二月，又诏高崇文为同中书门下平章事，充任邠宁节度使、京西诸军都统帅。不等武元衡到任，高崇文就准备离去。看到蜀中富庶，高崇文离开益州城时除了军粮辎重之外，他将府中金帛、官伎、乐工、巧匠和古玩全都带走。他想在他治理的地域发展生产和经济，这些物力、财力、人力都用得着，于是便将府内府外为其所用的都搜刮一空。

　　武元衡，字伯苍，缑氏人，武则天曾侄孙。德宗建中四年登进士及第。他是一位极温雅沉静彬彬有礼的书生，诗风雅正，音韵清朗，切合音律。每有新诗出来，必被好事者谱入歌曲，广为传唱。高崇文离任，武元衡还在路途中，府中的事务暂由僚客代为打理。

　　薛涛得知武元衡不日即到益州上任，心中有些高兴，她想若是段文昌给他岳父提及召她回益州城，或许她能尽快地回去了。薛涛早闻武元衡诗名，他的诗作内容丰富，有边塞风情、游子思乡等，他的诗作以瑰奇艳丽著称，其中那首浓烈的《赠道者》"麻衣如雪一枝梅，笑掩微妆入梦来。若到越溪逢越女，红莲池里白莲开"几乎传遍天下。他的性格倔强刚烈，对藩镇的反叛也是主战派，深得宪宗信任。薛涛想武元衡来西川任节度使，为人正直、清正廉明的他一定能将战乱后的蜀地尽快治理得富庶起来。

　　人到中年的薛涛在经历了两次罚赴边地后，心境变得淡泊宁静。每一次，她的婚姻都是有了希望之后便是伤心与绝望。边地的两度春秋，她看到了军士们的艰难。在节度府中，她看透了官场的贪婪与险恶。倘若能回到益州城，她希望能过一种宁静的生活，如紫鹃一家那样淡泊的生活。

　　很久，她没有收到母亲的来信，只有春萍在来信中提到她母亲一切都好，请她勿念。

　　这天晚饭后，薛涛在简陋的军营中，独自一人站在窗前，她仿佛看到母亲满头的白发，佝偻着腰的身影，她从来没有这么伤感。坐在桌前，她写下了《罚赴边上武相公》，决定献诗给武元衡：

一

萤在荒芜月在天，萤飞岂到月轮边。

重光万里应相照，目断云霄信不传。

二

按辔岭头寒复寒，微风细雨彻心肝。

但得放儿归舍去，山水屏风永不看。

武元衡接到薛涛的诗时，已经是十一月了。他上任了十来天。以前他只听说薛涛的诗名，却未见过她的字，如今见到薛涛的字，大为惊叹。他细细玩味薛涛的诗，特别是第二首，里面的用典颇具心机。他已经从女婿段文昌那里知道薛涛两次罚赴边地的缘由与经过。从诗中他仿佛看到一个弱女子在强权下，悲痛绝望的心。他让卢士玫具体操办此事，卢士玫查实薛涛的情况后，遣士兵送信，按武元衡的意思即刻召回薛涛。武元衡说他要亲自设宴，宴请这位诗名在外的女校书，也顺便了解边地军士的情况。

从边地回来的薛涛在家中陪了母亲两日，她听到坊间谈论新来相国的高风亮节。高崇文走后，给武元衡留下一座空空的节度府，很多官员心中愤愤不平，说要上奏朝廷依法惩处。武元衡大度地笑了笑，说高崇文去的地方偏僻又不富裕，带走一些物力、财力、人力也是为了发展边地或军用，而非囊入私人腰包，蜀中富庶，此事就不要追究了。众官员见当朝宰相如此大度，也不说什么，心中异常钦佩。武元衡到任之后选用贤才，安抚黎民，善待蛮夷，为政廉明，生活节俭。他不喜欢自韦皋起节度府中养成的诗酒花韵、召伎宴饮的官场习气。雅性庄重、持身甚正的他厌恶这种浮华的风气，自然也解散了节度府中的营伎，于是春萍回到家中侍奉老父。

武元衡宴请薛涛的酒宴在节度府举行。

卢士玫、李校书、李程、裴度、萧祐、柳公绰、杨嗣等均在。李程是高崇文在任时的节度府行军司马，他没有跟随高崇文离去，留了下来，武元衡任职后，依然让他做行军司马。卢士玫亦是在幕府的僚客，裴度是德宗贞元五年进士，文辞极好，武元衡觉得他有才能，留任幕府任掌书记。萧祐、柳公绰、杨嗣是他从京中带来的，任判官。众人厅中围坐，等待薛涛的到来。当薛涛一身素色服装走进来时，武元衡心中为薛涛的惊艳赞叹，真是一个绝色的女子，不仅仅是诗好字好，人也脱俗，但观察细致的武元衡从薛涛扫视众人的眼中看到了她的忧郁。

薛涛给武元衡和各位官员行了礼，然后大大方方地落座。李校书将一些陌生的面孔一一给薛涛做了介绍。

席上气氛很热烈，武元衡谈到上任途中蜀道的艰难，看到西川满目疮痍，以及蜀中的治理也将如蜀道一般，心中不禁有了荒凉之感。裴度说相国在嘉陵驿写了一首《题嘉陵驿》诗，他念出来给大家助酒兴：

> 悠悠风斾绕山川，山驿空濛雨似烟。
>
> 路半嘉陵头已白，蜀门西上更青天。

众人忙赞好诗，唯有薛涛不动声色地坐在那里微笑。武元衡见此情景，知道薛涛对他的这首诗心存异议，便说道："早闻薛校书诗名，今日何不一展才情，让我等一饱耳福。"

薛涛谦逊地说："小女子薛涛，岂敢在相国面前卖弄，不过恭敬不如从命，我就和一首《续嘉陵驿诗献武相国》吧。"

薛涛站起来，她其实早已读懂了武元衡的心思，略思片刻，轻吟道：

> 蜀门西更上青天，强为公歌蜀国弦。
>
> 卓氏长卿称士女，锦江玉垒献山川。

众人的喝彩声中，武元衡心中一惊，曾经中进士第一名的他才思也没有如此敏捷，看来薛涛的才气真是名不虚传。他在自己的诗中袭用李白"蜀道之难难于上青天"之意，以蜀道难隐喻治蜀难。没想到她不仅读出了他的意思，而且一反他诗中的原意，独抒己见，没有像其他人那样一味附和，而是用典极其恰当，十分含蓄地表达了她对自己的激励和期望。《蜀国弦》是乐府相和歌辞"四弦曲"，是专咏蜀地风光之曲。薛涛看出自己的无奈，不一定想来这里赴任听《蜀国弦》，所以才在第三句的转合中引出卓文君和司马相如，表明蜀中人文之盛、人才济济。川中人们常常将锦江和玉垒作为胜迹歌咏，如李白有"地转锦江成渭水，天回玉垒作长安"。杜甫有"锦江春色来天地，玉垒浮云变古今"。她的劝诚委婉、意蕴丰厚。更为难能可贵的是她的诗，全无阿谀奉迎之词，由此可见其人品高洁，才情出众。

武元衡倒了一杯酒，站起来敬薛涛："本官初来乍到，川中一些情况还不甚熟悉，今后还得仰仗薛校书多加协助。"说完一饮而尽。

薛涛回敬一杯，说："相国德才兼备，治理有方，若用得着小女子之处，定当效力。"

她又满上一杯，再敬武元衡："相国的诗才是大家之作，在全国传唱，我特别喜欢你的军旅诗和边塞诗。"随即她念出了武元衡的一首《塞下曲》：

> 草枯马蹄轻，角弓劲如石。
> 骄虏初欲来，风尘暗南国。
> 走檄召都尉，星火剿羌狄。
> 吾身许报主，何暇避锋镝。
> 白露湿铁衣，半夜待攻击。
> 龙沙早立功，名向燕然勒。

武元衡没有想到薛涛将他的诗记得这么稔熟，心中颇为高兴："哪里比得上薛校书送别诗中的'谁言千里自今夕，离梦杳如关塞长'呢。"

薛涛听了武元衡的话，知道他读过她送给段文昌的诗，对武元衡心生好感。作为相国，在百忙的事务中还能读一读他人的诗，真是难得。

这场酒宴大家十分开心，诗文唱和中，武元衡和薛涛的相互了解也加深了一层。

酒宴后，薛涛与众人一一道别，武元衡吩咐车夫将薛涛送回家。

自边地回益州城后，薛涛觉得自己的心境发生了很大的变化，她喜欢清静与安宁。

薛涛决定搬到浣花溪的百花潭，她请人将杨永清留下的房子修葺一新，和母亲搬了过去。

节度府内的幕僚几乎全部换了一批人，薛涛不想做幕僚，所以她必须考虑她和母亲未来的生存。那天紫鹃带着大儿子丛生来看她们，薛涛提及想退出幕府。

紫鹃说："妹妹，要不你也开个造纸作坊，你自己用纸方便，靠作坊的收入也能维持生活。"

原本对造纸颇感兴趣的薛涛觉得这是一个好办法。薛涛在三层楼的后面建了一个造纸作坊，紫鹃让丛生过来帮上一阵子，又派了几个熟练工人过来。作坊开张后，很快开始造纸了。这些纸张，薛涛除了自己的用度和馈送诗朋好友外，其余的纸有人来收购，这样薛涛母女俩的生活不仅能维持，还略有富余。张瑞枝也因为这里的空气清新，病情渐渐有了好转。

薛涛觉得这正是她期待的生活。

一场纷纷扬扬的大雪覆盖着整个益州城，这是多少年来未见的奇景。雪悠悠然然地下着，将天地渲染成白茫茫的一片。薛涛站在窗前，深深地叹了一口气。天气冷了，母亲又病重了，吃了很多药也不见好转，她心中非常着急。武元衡听说薛涛母亲病了，也派人来探望过，这让薛涛感念武元衡的关照。

看着茫茫大雪，薛涛感叹：人生多像这轻烟一般的雪，来的时候纤尘不染，落下的时候点尘不惊，最后悄无声息地融化，那些流转追逐的美丽昙花般消逝。比如春萍的养父、她的老师赵乐师，身体健朗的他吃完晚饭，在睡梦中仙逝。病重的张瑞枝拉着薛涛的手，想起来去送送春萍的父亲，可是她自己也无法起床，只好伤感地说她自己怕也熬不过这个冬天了，张瑞枝说现在她心中唯一牵挂的是薛涛的终身大事。可是哪里有合适的人家呢？一晃薛涛已经人到中年了。

薛涛以为这就是命，无法抗争的命。就如这雪，人们都在赞美它的纯洁，殊不知这或许是天宫某位仙女伤心的眼泪，薛涛想。窗外，浣花溪边的树木都变成了琼枝玉珂。薛涛走出家门，沿着溪边行走，身后留下一行孤单的脚印。有那么一刻，薛涛以为自己就是一片雪花，命运的风会把她送到哪个地方呢？离开长安，流落蜀中，父亲去世，母女俩如大海的一叶扁舟，随波漂荡，如今母亲风烛残年，不知道还有多少日子陪伴她，将来的日子只剩下她一人孤苦伶仃。

在溪边，薛涛碰到了李程。

武元衡派李程来请薛涛，说有要事相商。

薛涛跟着李程来到节度府，她刚路过韦皋当年的书房，便有侍从将她引进武元衡的书房。自从韦皋离世后，韦皋当年的书房已经成了杂物间。武元衡新辟了一间书房。见薛涛进来，武元衡忙起身，从侍者那里端过茶，双手递给薛涛："薛校书来了，快请坐！"

薛涛接过茶："相国客气了。"

武元衡说："今请你来没什么事，就是想和你随便说说话。"

见此，薛涛说："感谢相国抬爱。"

武元衡问："嗯，你在节度府有些年了吧？"

"是的，自韦令公来西川开始的。"薛涛不知道武元衡想问什么。

武元衡说："我想请你继续做我府中幕僚，不知你意下如何？"

薛涛婉拒："谢谢相国。母亲年迈，身体不好，我在浣花溪开了间造纸作坊，事情较多，恐拂了相国的好意。"

武元衡转了一个话题："听墨卿说，你们共事多年，他对你是赞不绝口。"

薛涛说："小女子曾入过乐籍，脱乐籍后，承蒙韦令公不弃，在幕府中整理文案，因此与段校书共事，相处多年，彼此相熟。段校书年轻有为，和南诏、抑边衅、平刘辟之乱都立下大功，又文韬武略，是国家不可多得的人才。"

武元衡大笑："他呀，还行。我读过你们唱和的诗。"

薛涛回答："小女子略懂几句诗文，蒙大家抬爱，每有酒宴，以诗文唱和。不论是来自京城的高官，还是山间百姓，小女子与他们都有诗文唱和。"

武元衡说："是啊，薛校书诗名在外，着实令人钦佩。本官初来西川，非常需要你的帮助。战乱后的西川，百废待兴。"

薛涛说："薛涛愿尽绵薄之力。"

见此，武元衡诚恳地说："薛校书，离松州最近的屯所你在那里待过，听说你在那里与军士们结下了深厚的情谊，他们非常敬重你。过些时日，我想和裴度率领部分官员沿边界巡查，想邀请你同行，不知薛校书是否愿意一同前往。此外，我想奏请朝廷正式聘你为校书，以助我府中事务。"

薛涛说："谢谢相国对我的信任，与相国巡查边地我很乐意。我与边地的将士们都很熟，他们就如同我的兄弟一样。至于相国聘我为校书，小女子不才，实在不敢当。至于相国邀请我为僚客，因我已搬到浣花溪，母亲生病需要我照顾，我住的地方离节度府较远。很抱歉，我恐怕拂了相国的美意。若是府中用得着我的地方，相国尽管吩咐，我定当及时前来。"

话说到这份儿上，武元衡知道薛涛不再愿意在幕府中做僚客，好在她答应即请即到，也就不再勉强了。但是武元衡还是给她挂上幕府校书之名，支付一定的俸薪。薛涛很感激武元衡的善解人意以及对她的看重。

武元衡亲自送薛涛出门，让车夫将薛涛送到浣花溪。

半个月后武元衡率领众官员一同启程去边地。

二月，边地依然寒冷，荒野蓬蒿遍地枯黄。武元衡带着裴度、薛涛等一行数人沿着边界巡查。当他们到达最远的屯所，也是离松州最近的地方时，戍守的官兵们正在烤火。听说节度使带着官员们前来看望他们，将士们异常激动。他们看到薛涛后，纷纷上前围着薛涛问候起来，全然不顾有节度使和其他的官员在场。直到戍所的长官咳嗽一声，他们才意识到自己的失礼，纷纷回到各自的位置。武元衡将带来的钱赏给军士们，又向戍守的士兵了解边地的实际情况。武元衡看见薛涛拿出针线，熟练地为那些士兵缝补破了的衣服，他走上前去，摸了摸单薄的棉衣，叹道："这衣服恐怕穿了几年了吧？"

士兵忙回答："是的，节帅，已经穿了五年，这还是韦令公在世时发的。"

武元衡听取军官们汇报，当得知士兵们自己种粮食和蔬菜时，大为赞赏。

这次边地巡查花了一个月的时间，武元衡带着众官员走遍了边地的每个戍所。沿途薛涛将她所熟悉的情况做了介绍："一直以来边地的军民关系很好，但是在羌汉杂居的地方，情况要复杂一些。百姓和戍守边地的士兵常因为土地和粮食产生矛盾，所以也有一些小的纷争。"

"那是因为士兵们没有足够的供给，倘若他们丰衣足食，自然会谦让。"武元衡说道，"裴度，回去以后加大边地的供给，阵亡的将士要厚重抚恤，此外你和我要经常微服私访了解百姓的真实情况。"

"是的，相国，我回去后一定照办。"裴度回答。

回益州城的路上，武元衡看到荒凉的边地，忽然想念起自己的家乡来，这思乡之情强烈地撞击着他，为了驱赶途中的寂寞，武元衡提议大家以"春"或"家乡"为题作诗，这倡议得到大家的赞同。到了一家驿站，吃完饭后，众人捧着茶休息，这当然是最好的吟诗时刻。

武元衡吟了一首《春兴》：

> 杨柳阴阴细雨晴，残花落尽见流莺。
> 春风一夜吹香梦，又逐春风到洛城。

裴度想起自己曾住在小溪边，吟了一首《溪居》：

> 门径俯清溪，茅檐古木齐。
> 红尘飘不到，时有水禽啼。

李程、裴度、萧祐、柳公绰等都一一作了诗。

轮到薛涛了，她略思片刻，吟出《乡思》：

> 峨眉山下水如油，怜我心同不系舟。
> 何日片帆离锦浦，棹声齐唱发中流。

一行人对十几首诗文做了点评，评出武元衡的思乡情最浓，裴度的意境最好，薛涛的深意最妙。

这次出巡，武元衡对边地的情况了如指掌。在益州城内和下面的州县，武元衡又带着裴度和薛涛等微服私访，了解民间百姓的疾苦，并对具体情况制定具体的治理方法，川中的经济渐渐好转。

一切渐入正轨以后，武元衡心中颇感安慰。

三月三日学射日，节度府中还是遵循老规矩，大小官员和城中百姓一起出城去斛石山游山。回来后众人余兴未尽，在武元衡面前嚷嚷要去看后花园中的孔雀。

薛涛很久没有饲养孔雀了，一听说看孔雀，也很赞同。

孔雀池的假山有个地方垮塌了，武元衡对走在他身边的薛涛说："唉，这孔雀池里的假山也该修修了。洪度，这孔雀池是你当年设计的，如今有些年了，你若有熟识的工匠，可请来修葺。"

薛涛回答："我外甥丛生擅长假山庭院的修筑，可让他来整理。"

武元衡说："好，那就这样定了。"

众人听说孔雀池是薛涛设计的，纷纷称赞构思的精巧，布局合理。

李程介绍说，这孔雀可是一见了薛涛就要开屏的。

武元衡问："有这种奇事？"

薛涛笑着回答："只是巧合罢了，因为我常给孔雀喂食，不过熟悉一些，所以见了我就讨我欢心。"

说完，她朝孔雀看去。可怜的孔雀，已经老了，身上的羽毛没有以前那么鲜艳，薛涛心中暗叹流逝的岁月，对世间的万事万物都毫不留情。

裴度说："孔雀是最爱与人比美的，薛校书美若天仙，那孔雀见了你自然就想开屏了。"

柳公绰看着裴度微笑不语。

裴度问："柳判官看着我笑什么？"

擅长书法的柳公绰是柳公权的弟弟。见身材矮小、有点胖的裴度问他，柳公绰便打趣道："裴判官慧中而不秀外，想来你在这里孔雀自然不开屏了，你还是往后退一步，让薛校书站前面去，这孔雀才肯开屏，我们才能一饱眼福。"

裴度真的站到后面来，薛涛上前去，打开孔雀池的门，走向孔雀，很久了她没见到孔雀，如今它也老了，憔悴了，对她也陌生了，今天孔雀会开屏吗？

五　浣花溪边制红笺

一溪清澈的碧水，翠竹夹岸，婆娑的倒影，将溪水染成绿色。一阵秋风吹过，竹叶沙沙作响，像少女轻抚琴弦，像春蚕吞食桑叶。鱼儿成群结队地游到水面，像顽皮的孩子，将漂浮的花瓣作为它们追逐的目标，偶尔跃出水面，翻过身子又落入水中，漾起一圈圈波纹，顿时水中的倒影晃成一片。浣花溪的两岸，是众多的造纸作坊……

孔雀池内，蓝孔雀早已死去，只有当年南诏敬献的绿孔雀孤独地在水边栖息着，看到有这么多人在围栏处观看，它似乎有些不安，焦急地在水边走来走去。

薛涛带着凤首箜篌沿着曲廊走进去，她从饲养员那里拿了一把饲料撒给孔雀，此时孔雀看着薛涛，好像认出是故人，它顾不得吃食，兴奋地在薛涛身前身后转来转去。薛涛蹲下身子，轻轻抚摸着，孔雀鸣叫起来，声音凄厉高昂，薛涛心中一颤，泪水不自觉地涌了上来。这南诏孔雀远离故土，久困于孔雀池中，为人取乐，不得回归故土和大自然，确实可悲。但是作为友好使者不得不栖居于此，这就是它的命运。由孔雀想到自己的身世，薛涛心中感慨万千。待情绪平定下来，她站起来，在水池边的一块石头上坐了下来，将凤首箜篌抱于胸前，左手轻轻一拨，右手在丝弦上一滑，一个清脆的颤音划过，接着是一阵静谧，孔雀不再走动，众人看着薛涛肃穆的神情，停止私语，空气似乎凝固了。忽然，一阵曼妙柔软的音色铺开，像春风拂过大地，又似细雨洒落丛林，似有柔媚清澈的鸟鸣，树枝摇曳的声响，空气里荡漾着春天的气息。又是一个滑音飘过，有声音像是从透明的水上发出的，清亮、浮泛、飘忽，连水面也在微微地震动。夕阳下，湖光山色，鸥鸟掠水，渔人荡桨，一幅悠闲静谧的画面。突然，弦音一转，揉、滑、压、颤音之后，似有黄沙蔽日，战旗猎猎，万马齐鸣。悲壮激昂的音乐中，孔雀抖了抖它的尾翼，唰的一下，绽开了它的尾屏，绿色的斑眼在夕阳下熠熠生辉，众人惊呼起来，齐声赞叹。薛涛似乎已入无人之境，她用双手灵巧地转换，有钟声从山谷传来，哀怨的弦歌撞击着众人的心灵，他们仿佛看到星隐月残，一个女子独坐窗前，残烛似泪挂在她的腮边，浮华尘世间，她似有千种离愁，万缕怨恨……忽然声如裂帛，戛然而止。

众人在美妙的音乐中，欣赏着孔雀的一举一动，孔雀在薛涛的琴声中时而安静，时而焦急地走来走去。武元衡看着水边那个红衣女子的倒影，心中如潮水般翻滚。这是怎样的一个女子啊，若不是情到深处，又怎会弹出这般百转柔肠冷如霜的曲子，让人心生爱怜。这个面若皎玉、肤如凝脂、齿白唇红、发如青丝、柔媚身段的绝色女子曾有过怎样的精神世界？她敏捷的才思、精湛的书法、精妙的音律，让人惊叹！才不过几个月的时间，武元衡被她彻底征服了。

薛涛将箜篌放在一旁，抱起孔雀，轻轻抚摸着，然后将它栖放在孔雀池内的雕栏上，岂知，它一下飞到旁边高大的梧桐树上。薛涛回转身来，拿起箜篌走了出来。众人纷纷夸奖她的琴艺，薛涛谦虚地说："小女子技艺不精，有污各位双耳，见笑了。"

武元衡看着薛涛的眼睛，赞道："真是一个奇女子！你这优美悦耳的弦声一出，天上的浮云也为之凝滞，仿佛在俯首谛听。"

薛涛谢道："相国过奖，小女子惭愧。"

那一刻，武元衡捕捉到薛涛眼中的一丝悲凉。

有一位官员没见过这种凤首箜篌，便问："薛校书，你这个箜篌好像不是竖箜篌。"

见有人问到箜篌，薛涛回答："是的，这是凤首箜篌，我的这种是不久前从骠国传进的，你看，凤首箜篌颈有轸，小巧精致。至于竖箜篌，是胡人乐器，体曲而长，二十二弦。这两者都是抱于怀中演奏，凤首箜篌音域宽广，音色更优美悦耳。"

众人纷纷观看这凤首箜篌，它做工精细，龙身凤形，宛若一件精美的艺术品。

武元衡提议大家去园中凉亭休息，沉浸在刚才的音乐中，他心中被一种诗情撞击着，忙命人端上纸笔，即兴写了一首《西川使宅有韦令公时孔雀存焉暇日与诸公同玩座中兼故府宾妓兴嗟久之因赋此诗用广其意》：

> 荀令昔居此，故巢留越禽。
> 动摇金翠尾，飞舞碧梧阴。
> 上客彻瑶瑟，美人伤蕙心。
> 会因南国使，得放海云深。

写完，武元衡深深叹了一口气。

众人纷纷传看，赞不绝口，夸奖相国的才情。很快这首诗在文人之间传开。

一日，武元衡宴请京城来的使者，席间，使者带来了京城白居易和韩愈的和诗。

已经回京任左拾遗的白居易所写的诗为《和武相公感韦令公旧池孔雀（同用深字）》：

> 索莫少颜色，池边无主禽。
> 难收带泥翅，易结著人心。
> 顶毳落残碧，尾花销暗金。
> 放归飞不得，云海故巢深。

白居易于贞元十六年中进士，贞元十八年与元稹同举书判拔萃科。二人定交，此时诗坛元白齐名。薛涛拿着白居易的诗研读片刻，心中暗自钦佩。

接着，裴度高声朗读韩愈的和诗《奉和武相公镇蜀时咏使宅韦太尉所养孔雀》：

> 穆穆鸾凤友，何年来止兹。
> 飘零失故态，隔绝抱长思。
> 翠角高独耸，金华焕相差。
> 坐蒙恩顾重，毕命守阶墀。

韩愈于元和元年六月，奉召回长安，官授权知国子博士。此时他的《师说》早在天下闻名。

使者又拿出王建的和诗《和武门下伤韦令孔雀》给武元衡，和诗为：

> 孤号秋阁阴，韦令在时禽。
> 觅伴海山黑，思乡橘柚深。
> 举头闻旧曲，顾尾惜残金。
> 憔悴不飞去，重君池上心。

武元衡阅毕，众人也纷纷传看。

王建是大历年间的进士，门第衰微，早年离家寓居魏州乡间。二十岁左右，与张籍相识，后一道从师求学，并开始写乐府诗。贞元十三年，辞家从戎，曾北至幽州、南至荆州等地，写了一些以边塞战争和军旅生活为题材的诗篇，"从军走马十三年"后，离开军队。他的乐府诗和张籍齐名，时人称为"张王乐府"，此外，王建还以《宫词》知名。

酒宴热闹非凡，众人当场即兴依"深"字韵各自作了和诗。

此时，西川从事杨嗣写完和诗，喝了一杯酒，踉踉跄跄地走到武元衡面前，拿出和诗让武元衡评判："相国，您、您的诗名扬全国，看、看我的和诗也不差吧？"

武元衡接过诗看了，说："不错，不错。"

　　杨嗣一听武元衡夸奖他，高兴起来，拿了一个大杯子，满上酒，端给武元衡："相国，您说我的诗好，我的诗就好，我敬您！"说完，一饮而尽。

　　武元衡推辞道："杨从事，我已不胜酒力，请见谅。"

　　杨嗣见武元衡不肯喝，杨嗣醉醺醺地说："相国不肯喝，那我用酒来给您洗澡。"说完把酒浇在武元衡身上。

　　众人大惊，只见武元衡一动不动，任杨嗣浇完了酒，才缓缓地站起来，淡淡一笑，说："他喝醉了。"

　　武元衡走进内室，换了一身衣服出来，又参加酒宴，众人为武元衡的大度叫好，宴会继续，气氛浓烈。

　　薛涛将这些看在眼中，倘若说当初她钦佩韦皋，那么现在对武元衡她是景仰了。

　　日子就在薛涛穿梭于家与节度府中流逝。

　　春去秋来，张瑞枝的病越来越重了。薛涛已经有一段时日没有去节度府，节度府支付的薪水够维持她们母女的基本生活，好在薛涛的制纸作坊自从春萍帮忙管理后，也有了一笔收入，加之一些文友慕名前来，或求诗，或论诗，走时薛涛赠送一些纸笺，客人也留下一些丝帛或钱，这些收入薛涛都用于为母亲请郎中或抓药了。可是这些药终究没有挽留住薛涛的母亲。张瑞枝如一片秋日枯黄的落叶，悄无声息地飘零在地上，她在女儿怀中大口地喘着气，恋恋不舍地看着女儿，闭上了双眼……

　　浣花溪边，一座孤零零的坟前，薛涛跪在那儿烧纸，燃起的火苗中，她仿佛看见儿时京城的家，院子里梧桐树下，父亲的膝盖上她顽皮地玩耍。客厅中，她揪着爷爷的胡须，被母亲斥责跑开，她在外公的建筑图纸上，涂上墨迹……父亲去世后，母亲撕心裂肺的哭声……得知柯文灿的死讯，她失声痛哭，看到郑纲阵亡的名单她几乎当场昏厥……如今，她最亲的亲人母亲去世了，她没有眼泪。经历了太多的生死离别，薛涛对人生忽然有了另外一种感悟：人，如天地间的万事万物，不过是匆匆过客，春夏秋冬时光的更迭，生老病死人生的结局，是不可更改的自然规律，如何让有限的生命写下无限的辉煌，才是每个人的终极。

"涛姨,您已经待在这里很久了,我母亲将饭做好了,在等您。"丛生给薛涛披上一件衣服轻声说。

薛涛站起来,脚有些发麻。

晚上,薛涛做了一个梦,梦见自己变成了一只孔雀,先是飞上一棵梧桐树,接着她扇动翅膀飞入云端。茫茫的云海里,她看见了父亲和母亲,她急忙追赶,却怎么也追不上……

醒来后的薛涛,心中倍感凄凉,如今孑然一人的她如那只孤单的孔雀,她觉得自己该做自己想做的事情,那就是改进纸张的工艺。

一溪清澈的碧水,翠竹夹岸,婆娑的倒影,将溪水染成绿色。一阵秋风吹过,竹叶沙沙作响,像少女轻抚琴弦,像春蚕吞食桑叶。鱼儿成群结队地游到水面,像顽皮的孩子,将漂浮的花瓣作为它们追逐的目标,偶尔跃出水面,翻过身子又落入水中,漾起一圈圈波纹,顿时水中的倒影晃成一片。浣花溪的两岸,是众多的造纸作坊,因为溪水含铁锰较多,悬浮物极少,水的硬度不大,水质较好,清澈的溪水造出的纸张,洁白光滑,上色不变且益发光艳。

自薛涛开造纸作坊以来,林张轩常来做技术上的指导,薛涛也把春萍请过来帮忙。林张轩在自己的作坊,他采用藤、麻、竹、麦秆等草类植物纤维造纸,所生产出来的纸张已经是上乘。薛涛作坊里造纸的原料皆是工人采集的竹子,竹子造出来的纸张质量比其他的原料还要好。用植物纤维造纸,一般都要经过剪切、沤煮、打浆、悬浮、抄造、定型、干燥、上色等基本操作。当地的纸张漫无规格,长短宽窄不一,设色也很单调,因为忌讳白色的纸,染纸用黄檗汁,黄檗汁不但做黄色染料,还可以防蛀,大多数官署用纸即是这种。

在初唐时期,李渊、李世民极其喜爱书画,他们提倡的文教成为治国的策略之一。由于内府多次有搜集和整理书画典籍的大举措,所以用纸量大,一时洛阳纸贵。这个时期,造纸技术在得到全面发展的同时,原有的加工技术也得到改进,许多新的造纸工艺方法纷纷出现。各种方法的研制,创新了许多新的造纸技术,其中施蜡法就得到广泛的应用。施蜡法的原理是在纸面上均匀地施上一层蜡质，使纸张更加"密润"，从而降低纸张的吸水性，又能提高纸张的透明度。施蜡法有两种制作方法：一是将原纸经施蜡加工处理后制成紧密透明的蜡纸，可用于摹写细如游丝的工笔画；二是在褙书画时适度用蜡改变纸张的吸水性能。此时蜡笺中有一种硬黄纸最为名贵，硬黄纸也称"黄硬"，即"黄蜡笺"。这种纸外观呈黄色或淡黄色，质硬而光滑，抖动时发出清脆的声音。硬黄纸既防蠹又防潮，因而能保存很久。没有经过入潢染色的"蜡笺"也称白蜡笺，质量也相当好。

一直以来薛涛用于书画写诗的纸都是紫鹃家提供，喜爱书法作诗的她对纸张的质量深有感触。自从自己开造纸作坊后，薛涛常常将自己所造的纸赠予来访者，并收集他们使用纸张后的感受。

母亲的去世，让薛涛倍感孤独，武元衡体谅薛涛的心境，让她在家中休养数月。待在家中，薛涛打算将造纸工艺尝试做一些改进。她想创制一种新诗笺，只写八行诗的纸笺，省去裁剪的麻烦和浪费多余的纸张。

薛涛亲自挑选竹料，在砍、捶、捆、泡、煮、铡、浆、碾、洗、滤、透发、造、揭、晒以及设色过程中，她对泡、浆、滤、透发、揭以及设色都是亲历而为，反复研制，有时还喊来林张轩共同探讨。在过滤这一环节，她反复筛出杂物以及未解离的纤维束，以保持纸张的品质。在压榨部分，薛涛将网面移开的湿纸引到一个附有毛布的两个滚辘间，借滚辘的压挤和毛布的吸水作用，将湿纸进一步脱水，使纸质紧密，以改善纸面，增加强度。

在造纸的制浆、调制、抄送和加工几个环节中，薛涛知道纸料的调制为造纸的另一关键工序。纸张完成后的强度、色度、优劣、纸张的保存期的长短，直接与它有关。在散浆、打浆、加胶与填充三个环节中，薛涛反复试验。她根据前人用黄檗汁染纸的原理，将各种颜色的花捣成汁，加入清水，提出染料，放入纸浆中，将成色与比例记录下来，成纸后进行比较。另外一种是在白色的成纸上，用花汁染料涂上，再烘干。在纸浆中兑染料和在成纸上上色，是两种不同的工序，薛涛反复比较成纸的质量和色泽，造出十色笺纸，并在纸上压上各种花鸟虫鱼。这种纸笺幅度小巧，颜色艳丽，纸质光洁。最后她决定以芙蓉为原料，煮烂后加入芙蓉花末汁，造出彩笺纸。

此外，薛涛还改浸渍法为涂布法，借用画画的方法，用毛笔或毛刷把小纸涂上颜色。她用各种花色提取的染料，加进胶汁调匀，一遍一遍地涂上，使颜色涂匀，利用吸水的麻纸，附帖染色的纸，使一张张纸相互叠压，合叠成摞，压平阴干。在制作这些小纸笺的时候，薛涛还采用一些传统的工艺，将云纹、绫绮文、花鸟虫鱼等在纸笺上压成暗花，让纸笺高雅而不单调。这种使用涂刷加工制作色纸的方法，与传统的浸渍方法相比，省时省料，加工方便，生产成本低。作坊的工人们在薛涛的指导下很快掌握了这种制作方法。

薛涛制作的这种小纸笺有十种颜色，有深红、粉红、杏红、明黄、深青、浅青、深绿、浅绿、铜绿、浅云。如同喜欢穿红色的衣服，薛涛独爱深红色的纸笺。这几个月来，虽然有一些文友来拜访她，但是因为纸笺的技术还不成熟，薛涛没有将这些纸笺送人，而是将原来存下的纸送给文友们。现在十色笺终于研制成功，而且能批量生产，薛涛颇为高兴。很久未去节度府中的她打算送一些刚研制出来的十色笺送给相国和幕府的同事。

在官署，众人都得到薛涛送的十色笺。武元衡拿着薛涛送的十色笺，听薛涛说她这几个月对这种纸笺的改进过程，惊讶不已。他想试试这纸笺的质量如何，沉吟片刻后，他在纸笺上写下一首《赠佳人》：

> 步摇金翠玉搔头，倾国倾城胜莫愁。
> 若逞仙姿游洛浦，定知神女谢风流。

写完诗，武元衡赞道："好纸笺、好纸笺！光滑、吸水强、色泽好。洪度，你真是个奇女子，不但是诗作得好，字写得刚健，如今又是一个发明家了。"

裴度翻看着一页页纸笺，也接着说："这纸笺精致适度，色彩绚丽，图案新颖典雅，写诗真是绝了。"

杨嗣也赞道："薛校书真可以和东汉的蔡伦媲美了。"

薛涛见大家都在赞扬她，忙谦虚道："各位谬奖了，薛涛不过是做了一下小改进。"

柳公绰说："你这一改进可了不得，如今这十色笺无论是从色泽韧度还是滑腻吸水性，都超过其他的黄纸，这可是纸中之宝。"

"是啊，将诗题在纸上，这一张小小的纸片，就是集诗、书、画为一体的艺术品。"武元衡停了一下，接着说，"洪度，我有个想法，你可否将这十色笺的造纸技术在各造纸作坊推广，我们将选最好的纸笺作为贡品敬献给朝廷。"

薛涛一听，高兴地回答："当然可以啊，我正在琢磨这件事呢。浣花溪边林张轩等几家造纸作坊，他们的纸一直是敬献朝廷的贡纸，可让他们先行造这种笺纸。"

"就以你的名字命名这种笺，叫薛涛笺吧！"武元衡说。

一时，薛涛笺的风行，成为益州的一项地方特产，大量运往京城。精致典雅的薛涛笺被列为贡品，也是皇帝回赠使节、赏赐功臣的礼品。京城的文武大臣们都以得到薛涛笺为幸事，用薛涛笺写诗为时髦。市面上仿制薛涛笺的很多，唯有出自浣花溪的薛涛笺质量为最好。

原只为写诗用的薛涛笺，因为使用的方便，后来渐渐发展到写书信、便条、公用函札等用途。薛涛看到自己的发明创造得到大家的认可，心中十分高兴。大凡有公卿使者或文朋诗友前来拜访求诗，薛涛在薛涛笺上题诗，并赠送薛涛笺。她诗作的才情，颇似卫夫人飘逸的字迹，配上深红色的小笺，成为一件精妙绝伦的艺术品，以致文人墨客都将薛涛的赠诗作为珍藏品珍藏，茶余饭后总是谈到西川的这位有名的女诗人。

在中国造纸史上，蔡伦、薛涛、谢景初并列为三大名人，这是薛涛没想到的。

让她更没有想到的是，人到中年的她，因为薛涛笺，引来一场旷世恋情。

第六章　绝世恋情

一　菖蒲满门为谁栽

是的，她就是那画中的女子。虽然流逝的岁月已经在她的脸上刻下了沧桑，但是眉宇间的睿智依旧，元稹心中一阵欣喜：梦中寻她千百度，她却在蓦然回首间。

不知不觉，春天悄然而至。

三月的浣花溪边，薛涛家门前，叶形端庄整齐的菖蒲先百草于寒冬刚尽时觉醒，此时已是叶丛青翠苍绿。自从搬来浣花溪后，薛涛种菖蒲满门，习风拂过便送来菖蒲清冽的香气。薛涛喜欢坐在门前的凉亭里安静地读书习字，或者弹一首曲子。这天黄昏，薛涛拿出箜篌，弹起《忆故人》，婉转处，如同更漏的水滴，一滴一滴砸在心头，丝丝战栗，在全身弥漫。哀伤处，如孤雁凄鸣，缕缕哀伤，将四肢百骸穿透……一曲终了，薛涛的情感依然沉浸在乐曲中。

裴度和李程静静地站着薛涛身后，夕晖涂抹在薛涛身上，将她镀成一座金色的雕像。裴度轻咳一声，鼓起掌来："好曲！好曲！薛校书弹得真是出神入化了。"

薛涛回过头来，看见裴度和李程，忙说："二位什么时候来的，薛涛怠慢了。"

"没有没有，听君一曲天籁，真是让人清心明目，只是这曲子太过悲凄。"李程说。

"琴艺不精，恐污了二位的尊耳。请进寒舍一坐，前日京城一位故友来访，给我带来一罐茶叶，正好一同品茗。"薛涛起身将二人请进屋中。

趁薛涛烧水的工夫，二人在厅堂观赏薛涛新近的书法和绘画作品，发现她的字画更多了一份凝重和深沉。

开水烧好后，李程说："薛校书，让裴书记泡茶吧，他是茶道高手。"

裴度接过薛涛递过来的水壶，裴度泡茶的茶艺在节度府是有名的。

一会儿，茶叶在三人的杯中沉沉浮浮，只见茶叶色泽青翠碧绿，汤色黄绿明亮，啜饮一口，醇香四溢，两人齐声赞道："好茶！"

薛涛告诉他们这茶是来自南诏的贡茶。

李程说："是慕薛校书的诗名而来之人送的吧？"

薛涛笑笑，算是默许。

裴度看着屋外的菖蒲说："薛校书特别钟情于菖蒲，搬来才不过几年，门前就种满了菖蒲，是不是有什么缘故？"

"裴大人笑话了，我哪有什么缘故，不过是喜欢它的耐苦寒，安淡泊。生野外则生机盎然，富有而滋润；着厅堂则亭亭玉立，飘逸而俊秀。还有晚上读书，置一盆灯旁，也可免灯烟熏眼之苦。"薛涛回答，她觉得没有必要将多年前与柯文灿的故事说出来，那是她心中永远的痛。更没有必要说多年来的风雨摧打着无眠的夜，每夜梦里缠绕着菖蒲花未曾完成的约定。

"是啊。"李程接过话题，"典术云：尧时天降精于庭为韭，感百阴之气为菖蒲。人们把农历四月十四日定为菖蒲的生日，有的地方还把它称为神草。校书喜欢菖蒲，也是情理之中。"

裴度说："我觉得这菖蒲颇似薛校书。特别是水菖蒲，你看它不假日色，不资寸土，剑叶盈绿，端庄秀丽，宛若天上的仙女。"

"是的，是的。这菖蒲像薛校书一样脱俗，不染尘埃地活着。自从我认识校书以来，她就一直清心随意，平心静气。"李程对裴度说。

"二位别取笑我了。对了，我又做了一批笺纸，彩笺上压的是松树暗花，想来二位会喜欢，一会儿回去的时候可带一些。"薛涛说。

李程和裴度一听，很高兴地答应了。

薛涛留两人一起吃晚饭。

春萍做的菜。虽然是一些时令青菜，但吃起来是别具味道，终于裴度吃出来了，他站起来惊讶地说："嗯，不错！不错！这是宫廷菜的做法。"他朝厨房看了看，春萍正端着一盘菜走来，裴度给春萍倒了一杯酒，敬她："春萍，我吃出来了，你这是宫廷菜的做法，你怎么有这手艺，跟谁学的？来，来，我敬你一杯。"

春萍看着裴度吃惊的表情，她平静地说："裴大人，谢谢你，我不会喝酒。大人说的宫廷菜我实在不懂，我这是随手做的菜，若有点宫廷菜的味道，也不过是碰巧罢了。"

见春萍不肯说实话，薛涛也不便说穿她的身世，也附和着春萍说："是啊，或许是碰巧罢了。"

"嗯，嗯，也是。"裴度自言自语，"若是墨卿在就好了，他可是个行家。"

裴度无意中提到段文昌，薛涛的脸色有点不自然，她心中仿佛被一把剑刺中，身子一抖，旋即低垂下睫毛，控制自己的情绪，这一切春萍和李程看在眼中。

春萍岔开话题："你们三位慢用，我去厨房再炒两个菜。"

李程说："不用，这菜够多了。"三人边吃边聊，一会儿春萍坐了下来，以茶代酒敬裴度和李程。

李程敬薛涛和春萍，他有点喝多了，站起来时踉跄了一下，薛涛忙扶住他，让他坐下来慢慢喝。

依然站着的李程看着薛涛说："薛校书，我就是想多喝点，若是能写出你那样的诗，喝多少我都愿意。"

其实，进士出身的李程诗也作得很好。

裴度拉李程坐下，见李程不能再喝，薛涛忙去给他倒茶，以茶代酒。

谈到诗文，裴度想起去年春天那次酒宴，薛涛在喝了那么多的酒的情况下，还能提笔写出两首上节帅的诗，让大家折服不已。

那是裴度、柳公绰、李程、薛涛等代武元衡宴请各夷蛮使者的酒宴，武元衡因身体微恙在家中休息。酒宴在斛石苑举行，庭园内，灯火通明，笑语喧哗，气氛热烈而友好。几人穿行在酒席间，特别是薛涛，成为最受欢迎的人。无论是行酒令，还是即兴作诗，她是有求必应，敬酒必喝。众使者欣赏薛涛的豪爽，很多人又是她多年的旧识，对相国提出的一切要求，毫无条件地答应照办。

酒宴很成功，送走众位客人后，裴度和薛涛等几人一起将签署好的文书一一整理。然后，他们连夜赶回节度府向武元衡禀报，薛涛将即兴写的《上川主武元衡相国》两首一并呈上。

裴度问李程："李司马，还记得去年春天宴请西南诸夷蛮时薛校书写的上相国的诗吗？"

"当然记得，薛校书把晚宴的场景写得栩栩如生，那诗我可是能倒背如流。"李程喝了一口茶，清了清嗓子，背了起来：

> 落日重城夕雾收，珉筵雕俎荐诸侯。
> 因令朗月当庭燎，不使珠帘下玉钩。

> 东阁移尊绮席陈，貂簪龙节更宜春。
> 军城画角三声歇，云幕初垂红烛新。

"好！"裴度鼓了三下掌，"李司马过目不忘，记忆超群，佩服，佩服！"

裴度心中想，你李司马虽然是才学过人，可是有名的"八砖学士"，懒散得很，全靠记忆好反应快得益。原来李程很随意，不修边幅，性情懒惰，在翰林院时，常以太阳的影子为时间，等到太阳照过第八口砖才到班，被戏称为"八砖学士"，现在依然是这样随意。

被裴度一称赞，李程有些不好意思："哪里，哪里，掌书记才是我钦佩的人。"

薛涛站起来敬李程："李司马还记得我的拙诗，深表谢意！你的诗才让人佩服。我还记得你的那首《玉壶冰》，真是叫绝。"

薛涛轻声吟哦起来：

琢玉性惟坚，成壶体更圆。

虚心含众象，应物受寒泉。

温润资天质，清贞禀自然。

日融光乍散，雪照色逾鲜。

至鉴功宁宰，无私照岂偏。

明将水镜对，白与粉闱连。

拂拭终为美，提携仁见传。

勿令毫发累，遗恨鲍公篇。

"怎么，成了吟诗会啊！喝酒，喝酒！"酒量颇大的裴度敬了薛涛满满一大杯。

接着，他们的话题转到最近听到的一些消息上。

河东节度使严绶与薛涛是旧时相识，严绶在藩镇任职九年，军中政务和吏员委任一概由监军使李辅光处理，严绶只是抱合双手表示恭敬，很多事情自己不做主。这个月，宪宗任命严绶为左仆射。

魏徵的玄孙魏稠生活极其贫困，迫于生计，将祖居的住宅典押给人，换取钱币，平卢节度使李师道请求用自己的资财将住宅赎买出来。宪宗令白居易草拟同意李师道请求的诏书，白居易上奏说："这件事情关系到皇上对臣下的激励劝勉，应当由朝廷办理此事。李师道是什么人，胆敢抢去这个美名！希望陛下敕令由内廷，用官府的钱赎买住宅，归还给魏氏的后人。"宪宗听从了这一建议，从内廷专库中支出两千缗钱，赎回住宅，赐给魏稠，并禁止典押出卖。

谈到这两件事，三人唏嘘不已。

接着他们又谈到东川节度使严砺之事。

刘辟叛乱时，宪宗命左神策行营节度使高崇文、神策京西行营兵马使李元奕、山南西道节度使严砺共同出兵讨伐刘辟。平定叛乱后，元和元年十月七日，高崇文被任命为西川节度使。十月九日，严砺被任命为东川节度使。

严砺任东川节度使期间的所作所为，裴度、李程、薛涛早有耳闻，就在两天前他们得到严砺死了的消息。据说已拜监察御史的元稹奉命即将来东川，劾奏严砺违法之事。对十五岁就明经登第的元稹，薛涛虽未谋面，但听说过他的许多事情。裴度和李程是元稹的旧友，谈起元稹，他们兴趣大增。元稹少年及第，令人羡慕的婚姻、豪爽直言等他们了如指掌，薛涛微笑着静听。

月亮升起来了，裴度和李程告辞，薛涛送他们出门。

月光下，菖蒲匍匐着，虔诚地沐浴着银辉。风吹过，像大海里起伏的波浪，摇曳的竹影，和着竹叶的飒飒声，给静谧的夜增添几分神秘。

李程附在薛涛的耳边小声说："薛校书还在念着墨卿兄？"

薛涛心中有些不快，也小声地说："李司马何出此言？"

李程说："酒后胡言，酒后胡言。"

裴度不解地问："说什么啊，李司马，人家是酒后吐真言，你怎么是胡言？"

李程回答："我说菖蒲像绿色的毯子，覆盖在溪边。"

林张轩驾着船早在溪边等着他们，薛涛嘱咐了林张轩几句，溶溶月光下，薛涛与裴度和李程告别。

……

元和四年三月，时年三十一岁的元稹以监察御史的身份出使东川，劾查严砺一案。

元稹生于大历十四年，字微之，别字威明，洛阳人。父亲元宽，母亲郑氏。为北魏宗室鲜卑族拓跋部后裔，什翼犍之十四世孙。元稹八岁时，父亲去世，他天资聪慧，母亲亲自教授他诗书，十五岁时以明经科登第，但未授官职，又苦读数年。贞元十九年，元稹二十五岁，与白居易等八人同以书判拔萃科登第。这一年元稹与白居易相识，白居易年长元稹七岁，两人同授秘书省校书郎，志趣相同的他们成为好友。当年，白居易有《代书诗一百韵寄微之》，诗中写道："忆在贞元岁，初登典校司。身名同日授，心事一言知。"接着又自注："贞元中，与微之同登科第，俱授秘书省校书郎，始相识也。"

元和元年，元稹二十八岁应制举登"才识兼茂明于体用科"第一名，授左拾遗。当时，同年及第者有白居易、独孤郁等。元稹因为频频上书议论时政，五个月后即被贬为河南县尉。母亲去世后，元稹丁忧服丧三年。元和四年二月拜为监察御史。白居易在长安任左拾遗、翰林学士。诗人的心是相通的，在去东川的路途中，一天元稹到了梁州，夜宿驿站忽做了一梦，梦见白居易、李构直和白行简三个人一起到曲江游玩，兼入慈恩寺诸院，醒来后他作了一首《梁州梦》：

> 梦君同绕曲江头，也向慈恩院院游。
> 亭吏呼人排去马，忽惊身在古梁州。

巧的是留在长安的白居易真的和构直（李十一）去游曲江、慈恩寺，喝酒时想起元稹，于是写了一首《同李十一醉忆元九》：

> 花时同醉破春愁，醉折花枝作酒筹。
> 忽忆故人天际去，计程今日到梁州。

及至后来元稹和白居易谈及此事，颇觉传奇。

元稹二十五岁时，以自己为原型写了一部小说《会真记》，主人公张生最后遗弃了莺莺。这篇小说不过数千字，却文笔优美，描述生动，情节曲折，叙述婉转，文辞华丽，特别是叙事中注意刻画人物性格和心理，成功地塑造了崔莺莺的形象，广为流传。

当元稹还只是校书郎时，当时太子少保韦夏卿之幼女韦丛，爱慕元稹的才华，二十岁时下嫁元稹。婚后生活贫困，而韦丛无半句怨言，勤俭持家，元稹与她两情甚笃。这次元稹出使东川，心中依然挂念长安城中体弱的妻子。

监察御史分属御史台，职责是分察百僚，巡按郡县，纠视刑案，整肃朝仪。虽然品秩很低，却权力很大，是朝廷的耳朵，百姓的喉舌。大唐的监察御史大多是任用新进之士担任，因为他们初生牛犊不怕虎，没有帮派和关系网。

这些官员在朝中很容易显露头角，朝中官员都很惧怕这些新任的监察御史。当时有一种说法"御史出都，若不动摇山岳，震慑州县，那就是失职"。

元稹这次出使东川本是查办泸州监官任敬仲的贪污案，了解百姓疾苦，访查不法官吏，不想查出了与严砺相关的更大的重案。这时东川节度使严砺已于三月八日死去，但是他违制擅赋贪赃枉法过百万贯的行为早在京城传开。元稹此次前往按察落实，他倍感责任重大。东川节度使的治所在梓州，此地处于北到中原，南到西南边陲及诸国的咽喉之地，是益州的门户，素有剑南名都之称。东川与西川管辖巴蜀二十六州，一百六十多个县。

到了东川的元稹，住在西州院官舍，每天元稹调出宗卷批阅直至夜深。一天清晨，元稹早早醒来，当他打开房门时，看见一个老汉跪在他的门前，元稹一惊，退后一步，仔细看去，老人怀中还抱着一个熟睡的孩子。

元稹忙问："老人何事来此？"

那老人一见元稹，忙哆嗦着从怀中掏出一张状纸递给他。

接过状纸，元稹飞快看完，状纸上将所陈述之事写得很清楚，飘洒俊逸的字让元稹惊叹。他扶起老人，好言安抚。原来老人的儿子在刘辟作乱时，被拉去参战，严砺接任节度使后，诬其为叛贼，被关进监狱，没收了他家的房屋田产，儿媳妇去探监又被狱长侮辱，羞愧自尽。监狱中的儿子听到噩耗，亦撞墙而死。老太太闻听儿子儿媳已死，一口气上不来，也过世了。剩下老头带着孙儿怕受到加害，流落西川乞讨为生。闻说西川女校书薛涛的文才名扬天下，他就央求薛校书帮他写出冤情，看能否碰到京城来的官员，带到京城给他们家申冤。听说严砺已死，京城派来大官来给百姓申冤，他带着孙子连夜赶了回来。因为进不了官舍，他就求在官舍扫地的邻居，他暂且替邻居扫地，找机会将状纸交给大官。

元稹拿出十几文钱，递给老人，说不日将归还房宅田地，老人千恩万谢而去。

连日来，元稹足不出户，越查案卷，看到的情形越是触目惊心。原东川节度使严砺，假借刘辟作乱之事，颠倒是非，诬良为贼，擅自籍没前任官员以及百姓庄宅田产。还有一些州官借平贼需要大量经费为名，擅自征收赋税……案卷堆满了整整一床。

深夜，元稹看着早晨老人递上的状纸沉思，那飘逸的字变成一块块铅石压在他的心上，还有多少没有访查到的案情呢？从审卷、勘查、核对、写状、上奏、下牒、执行等，这一切的艰辛，还有当地势力的阻挠，让元稹觉得事情远非自己想象的那么简单。元稹踱出屋子，走进院中，登上城墙，不远处，几个守夜的士兵倚着柳树在月光下一动不动地站着，风吹过，柳枝轻扬。四周静寂，一弯冷月，遍洒清辉，更鼓之后，杜鹃声声惊鸣，又有乌鸦惊飞。元稹叹了一口气，走进房间，拿出笔墨写了一首《西州院》：

> 自入西州院，唯见东川城。今夜城头月，非暗又非明。
> 文案床席满，卷舒赃罪名。惨凄且烦倦，弃之阶下行。
> 怅望天回转，动摇万里情。参辰次第出，牛女颠倒倾。
> 况此风中柳，枝条千万茎。到来篱下笋，亦已长短生。
> 感怆正多绪，鸦鸦相唤惊。墙上杜鹃鸟，又作思归鸣。
> 以彼撩乱思，吟为幽怨声。吟罢终不寝，冬冬复锽锽。

写完诗，元稹又拿出那张状纸，将状纸上的字和自己的字对比，自愧弗如。早在京城，他就闻说薛涛诗名，也读过薛涛不少的诗，很多京城来此的官员去拜访薛涛，她多以诗相酬，诗笺相赠。他曾在京城见过薛涛送给一位官员的诗，诗与画、画与笺构成一件精妙的艺术品。这是怎样的一个女子啊，元稹无法想象。他随手拿起搁置在案边西川节度使武元衡的邀请帖，沉思片刻，他决定在访查到益州附近的州府后，去拜访武元衡，以期见一见这位诗名远播的蜀中才女。

不久，武元衡在斛石苑宴请元稹。

春风习习，年轻俊朗的元稹和校书郎白行简等骑着马一起来到斛石山。只见山上树木丛林，翠绿茂盛，斛石苑掩映其中。白行简是白居易的弟弟，德宗贞元末中进士，授秘书省校书郎。元稹出使东川后，朝廷随后又派白行简前来协助元稹。武元衡将元稹一行人迎进客厅，将元稹介绍给幕中佐僚。

当武元衡将薛涛介绍给元稹时，这位女子娟秀的面容，让他觉得似曾相识。是的，是多少次他在梦中见到的那位女子。他的脑海里迅速闪过一幅图，那是他年少时在白居易那里见过的一幅美女图。

元稹对薛涛抱拳寒暄，随即问道："薛校书可曾见过题为'思君晴翠里，陌上紫花开'画中的女子？"

薛涛心中一惊，但很快掩饰着自己的惊奇，微微一笑，轻启朱唇避开话题："御史大人一路风尘远道而来，辛苦了。"

薛涛拒绝回答更证实了元稹的判断，是的，她就是那画中的女子。虽然流逝的岁月已经在她的脸上刻下了沧桑，但是眉宇间的睿智依旧，元稹心中一阵欣喜：梦中寻她千百度，她却在蓦然回首间。

二　诗情缱绻约长久

南天春雨时，那鉴雪霜姿。众类亦云茂，虚心宁自持。

多留晋贤醉，早伴舜妃悲。晚岁君能赏，苍苍劲节奇。

——薛涛《酬人雨后玩竹》

与其说这次酒宴为元稹的接风宴，不如说是诗人的盛会。众多主客，俱是经过华选而入仕。要让当年的这些进士们折服于薛涛这个诗文盛名的女子，并非易事。

元稹一行早就想一睹薛涛芳容，耳听薛涛吟诗。今日春光正好，做东的又是诗名在外的武元衡，做客的是"元白"之一的元稹，这次酒宴看来是热闹异常。

武元衡举起酒杯致欢迎词，元稹答谢。酒宴的气氛浓烈，主客之间渐渐不分彼此。无酒不成宴、无诗不成宴，酒酣耳热之际，诗人们的豪情迸发。武元衡的诗文风貌一向是雅正富贵，他的意象组合，借助时间、空间和情感等几种意象的递进，在其作品中构建起节奏明晰、转换灵动的立体意象审美特质。只见他举起酒杯，凝思片刻，随口道出：

蜀国春与秋，岷江朝夕流。

长波东接海，万里至扬州。

开门面淮甸，楚俗饶欢宴。

舞榭黄金梯，歌楼白云面。

荡子未言归，池塘月如练。

这首《古意》一吟完，众人便齐声喝彩，武元衡抱拳致谢，他转向薛涛：
"薛校书，你诗名在外，今日朝中监察御史元大人来我府，也请你代我府
中献诗一首。"

薛涛微微一笑，说道："承蒙相国错爱，小女子洪度不才，献丑了。"

元稹自恃才子，又年轻气盛，自尊自大，目空一切。虽然早闻薛涛诗
名在外，今日一见，果然是一位姿色艳丽的女子，至于才学，风靡全国的"元
白"之一元稹颇有点不把这个节度府的女校书放在眼里。

薛涛将元稹的神情看在眼中，她环顾四周，看见旁边的几上放着纸墨
笔砚，她走向案几，心想，就来一首《四友赞》吧。她略一思忖，便行笔走书：

磨润色先生之腹，濡藏锋都尉之头。

引书媒而黯黯，入文亩以休休。

等墨迹稍干，薛涛呈给元稹。元稹一看，薛涛写的是律赋。她巧妙地
将文房四宝引入诗中，"磨润色先生之腹,濡藏锋都尉之头"两句称赞的是砚、
墨、笔，"引书媒而黯黯，入文亩以休休"称赞的是纸及文房四宝的外在
表现形式即文章。短短的两句中，所含的容量却非常大。

润色先生是扪虱先生，指的是晋人王猛一边捉虱子，一边和政治家桓
温旁若无人地议论当世之道。在晋朝，当时文人名士流行吃一种叫"五石散"
的毒药，这是由钟乳石、石硫黄等五种药配制而成，很贵。据说吃了这种
药能让人转弱为强。五石散又名寒食散，吃了药后全身发烧，发烧之后又

发冷，容易导致皮肤破损。普通发冷时要多穿衣服，吃热的东西。但吃了五石散后则相反，衣少、冷食，却要喝热酒。于是，达官显贵、文人名士都穿宽大的衣服，峨冠博带，轻裘宽衣，不鞋而屐，很是时尚飘逸。先是社会名流吃，因为流行，后来普通百姓也跟着吃。因为皮肤易破，不能穿新衣服而宜于穿旧衣服，衣服更不能常洗。衣服不洗，容易生虱子，所以在晋人的文章里，虱子的地位很高，"扪虱而谈"竟传为美事。王猛与桓温的对话，具有大将风度，针尖锋芒，滴水不漏，使桓温无言以对，后"扪虱先生"也写作"润色先生"。薛涛把王猛这样著名历史人物的有关趣事很自如地运用到自己的文中，用这种胸怀大志、纵横历史、城府很深的腹作砚盘，磨出来的墨绝不会是浅显的。

薛涛写到笔，也用意很深。"尉"是一种武职的官名，"锋藏"是笔锋隐而不露，也比喻才华不外露，一个武艺高深才华在胸却又锋藏不露的武官，显然有着非同一般的头脑，用这样的头作为自己的笔写出来的字，看似平淡，实则强劲有力，正像一个勇猛善战心藏智慧的武官，只要一出手就势不可当。这样的墨这样的笔在纸上写出来的文字"引书媒而黯黯"，所展现出来的墨迹黑黑的一片，在这片文字浩瀚的领域，薛涛沉醉在幽幽的书香之中，"入文亩以休休"写出了薛涛陶醉的情态。

薛涛就这样在赞颂文房四宝的同时，把自己的才华也不卑不亢地展现在元稹面前。

面对才思敏捷、文笔俊美、文学底蕴深厚的薛涛，元稹收敛起自己的傲气，先是心中一惊，然后由衷地钦佩这位才貌双全的女诗人。

大家纷纷传看薛涛的诗文，对她行如流水的字、用意深刻的律赋赞不绝口。

元稹向薛涛投去赞许的眼神，薛涛用目光接住了。年轻俊朗、才华横溢的元稹给薛涛留下极好的印象。多年来，无论是京城来的达官贵人，还是地方的乡绅学者，皆如过眼云烟，眼前这位"监察御史"一到东川，便埋头于公务，明察暗访，让百姓称道，官吏害怕，他的大无畏的作风让薛涛钦佩，让她看到大唐的希望，同时她也为元稹的处境担忧。

李程与元稹是连襟，这次见面除了叙旧外，李程将对薛涛的爱慕毫不保留地告诉元稹，元稹看着李程的陶醉，微微一笑。

酒过数巡，宴席上的诗作亦是层出不穷，好诗连连。

薛涛端着酒杯再敬元稹，看着薛涛含情若水的眼睛，元稹连饮三杯，并说自己醉了，随即吟道：

今日樽前败饮名，三杯未尽不能倾。

怪来花下长先醉，半是春风荡酒情。

"好一个'半是春风荡酒情'！"白行简端着酒杯凑上来，替元稹挡驾了，"薛校书好酒量，我来敬你一杯。"

薛涛与白行简碰杯，随即夸他："白校书文笔有兄之风，辞赋堪称精密，尤其是传奇更是让人敬佩。"

"哪里，哪里，薛校书过奖了。"白行简谦虚道。

这一场接风宴让元稹大开眼界，他没料到蜀中人才济济，丝毫不逊于京城。最让他高兴的是他认识了薛涛，从薛涛的眼神中他读出了薛涛对他的好感。当这个曾在他少年梦中出现多次的女子真切地站在他面前时，元稹有那么一刻恍若梦中，及至见识了她的才学，元稹被她深深吸引住了，他心中有一种从未有的感受，像潮水一般一波波涌来。

这一夜，元稹失眠了。

第二天，李程、柳公绰等陪同元稹、白行简游浣花溪。

出了城南门后，左边为万里桥。万里桥旧名长星桥，传说三国时蜀国费祎出使吴国，诸葛亮在这里替他饯行时说"万里之行始于此"，因此长星桥便改称万里桥。一过桥，一幅美丽清新的山水画挂在大家面前：清风习习，碧波荡漾，夹岸的翠竹与蓝天白云相呼应，溪中几只扁舟悠闲地随意漂荡，野鸭带着它的子女旁若无人地在小舟边嬉戏。浣花溪如袂如带，曲折纤秀，岸的左边，众多人家掩映在竹柏之中……元稹见此美景，赞不绝口。

到了百花潭，隐隐约约听见悦耳的琴声，李程告诉元稹是薛涛在弹琴，数人离舟登岸前往薛涛住处。蜿蜒的竹林小道尽头，薛涛果然在门前的草亭里弹琴，见元稹等人来了，她非常高兴，忙着烧水沏茶，又带着众人参观自己的造纸作坊，随后将精致的纸笺赠送给各位。

在薛涛的书房，元稹翻看薛涛写下的诗作，他抽出《酬人雨后玩竹》反复玩味，只见诗中写道：

> 南天春雨时，那鉴雪霜姿。
>
> 众类亦云茂，虚心宁自持。
>
> 多留晋贤醉，早伴舜妃悲。
>
> 晚岁君能赏，苍苍劲节奇。

元稹看出薛涛在以诗言志，以竹喻己，竹节、诗品、人品均在其中。薛涛见元稹翻看自己的这首旧诗，解释道："元大人，见笑了，这是去年酬答住在碧鸡坊的孙处士的诗作。"

元稹赞叹："好！好一个'虚心宁自持''苍苍劲节奇'，薛校书将竹子写得出神入化了。"

薛涛说："哪里有你的《种竹》写得感人，'清风犹淅淅，高节空团团'。我尤其喜欢这句。"

元稹看着窗外的翠竹，神情愉悦地说："薛校书身居此地，宛若仙境之中，让人羡慕不已。难怪白兄在他那偌大的家园，十亩之宅，五亩之园，蓄水一池，种竹千棵。"

"呵呵，两位在谈及我长兄啊。"白行简走上来说，"长兄好竹，他的长达二十六行的《画竹歌》有一百八十字，我很喜欢。至于元大人你的《种竹》，我以为太凄苦了，'秋来苦相忆，种竹厅前看'。'孤凤竟不至，坐伤时节阑。'薛校书，你说是不是孤苦哀婉？"

薛涛微微一笑，说："景由心生。"

"倘若我们能像魏晋'竹林七贤'那样，常聚于竹林间，相与为善，不问俗世，谈天说地，该有多好。"元稹陷入一种向往。

柳公绰说："这也不难啊，元大人若是喜欢这里清静的环境，常来就是，品茗谈诗，多美的事。这不，我们今天可是竹林五贤。"

李程接着说："是啊，你看，薛校书这里环境优雅，她又好客，我常来这里，你有空也常来啊。"元稹叹了口气，说："人在江湖，身不由己。"看着薛涛，元稹心中荡起无限的温暖："还真想在这里定居下来。"

"元大人若喜欢这里，不嫌弃粗茶淡饭，尽管来就是。"薛涛说。

元稹朝薛涛投去深情的眼神："说好了，我以后常来。"

薛涛心中一惊，她读出了元稹眼中饱含的感情……

休息一会儿后，薛涛与众人沿着浣花溪游玩。

"清江一曲抱村流，长夏江村事事幽。"薛涛、元稹等五人起岸浣花溪，踏着一条幽径走向杜甫草堂。

杜甫草堂前一道碧水汨汨流过，小小石桥横跨其上，水边大丛的慈竹，挺拔修长，不远处松柏青翠欲滴。高的是树木竹林，低的是繁花盛草，林间鸟鸣莺啼。一重院门用几道篱笆扎成，低矮简朴，门半掩着，他们推门而入。

"花径不曾为客扫，蓬门今始为君开。"白行简吟诵着杜甫的诗句，环顾四周说道，"难怪杜工部能在这里写出二百四十余首诗。这里树木丛生，环境优雅，真乃一处胜地。"

薛涛接过话题说："我喜欢诗人'穷年忧黎元'的清白心境，最初他在这里的生活是多么困顿。当年杜工部落脚这里的草堂寺，家中的一碗一钵都是从亲友处借来的。先是彭州刺史高适接济他，后来两川节度使严武也接济他，又举荐他入幕府为节度参谋，表荐他为检校工部员外郎。可惜他不习惯幕府生活，执意离开官场。他这一生虽然无望仕途，却始终心念民间疾苦和国家危难。世事百态皆被他写尽。"

杜甫流落益州借住的草堂寺是一座千年古刹，建于东晋年间。此地幽林深壑，规模宏大，到初唐时却已经萧条了。杜甫在草堂寺度过一冬后，第二年春天，当时的益州府尹裴冕让杜甫在浣花溪畔选一处风景秀美的地方营建住所，杜甫将家的住址选在一株存活了两百多年的大楠树下，即草堂寺。这里水阔江深，可以行驶大船，西郊的浣花溪，迂回曲折，波光潋滟，虽然地处偏僻，人烟稀少，但风景如画，杜甫在这里写下了许多讴歌和赞美自然的诗作。

五人行到草堂前，见草堂门额挂着一幅字匾，上面的字笔力浑厚，笔姿秀润。元稹赞叹道："好笔力！观之若脱缰骏马腾空而来绝尘而去，又如蛟龙飞天流转腾挪。柳大人，你是书法行家，不过我觉得比起你的字还是逊色了一点。"

柳公绰说："惭愧，惭愧。元大人过奖了。这里还有一位书法家呢，薛校书的字有王右军的笔力，卫夫人的神韵。"

薛涛一听柳公绰把自己给推出来，忙笑着说："柳判官，你这是笑话我了，谁不知道你兄弟二人是当今书法双绝。"

柳公绰是柳公权的哥哥，长公权十三岁。兄弟二人擅于书法，各有特点。柳公绰的书法，端肃浑厚，古朴自然。柳公权书法以楷书著称，其书结构严谨，笔画锋棱明显，如斩钉截铁，偏重骨力，书风遒媚劲健。

眼前两人互相推崇的情景，让倾慕杜甫的元稹想到杜甫早年裘马轻狂，南游吴越，东至齐鲁，与李白对酒当歌，和高适把臂同游，写出"会当凌绝顶，一览众山小"的豪情，今日在杜甫幽居的草堂，他不禁诗情迸发，吟诵刚构思好的《幽栖》：

> 野人自爱幽栖所，近对长松远是山。
> 尽日望云心不系，有时看月夜方闲。
> 壶中天地乾坤外，梦里身名旦暮间。
> 辽海若思千岁鹤，且留城市会飞还。

大家为元稹的这首诗鼓掌喝彩。

以前薛涛只是耳闻元稹的诗名，今日亲耳聆听元稹诗作，心中对他的才情惊叹不已。

走过草堂，侧边有一小门，那是紧邻草堂的梵安寺。

杜甫离开草堂后，因为没有人管理，草堂渐渐荒芜衰败。后来浣花夫人将草堂的一部分重新改建，作为自己的另宅，也将草堂修葺一新。在浣花溪边长大信奉佛教的浣花夫人，不久舍宅为寺，这就是梵安寺。以后每年的三月这里就成了官民同游的胜地，寺中香火旺盛。

游完梵安寺后，他们五人回到草堂前的大楠树下，坐在石凳上休息。

元稹又谈起了他的案子："薛校书，我在东川办案虽然有了一些眉目，但还是有些情况不太了解，还请您多多指教。"

薛涛回答："元大人客气了，有什么只管问，只要我知道的，绝不隐瞒。"

元稹稍停片刻，似乎在斟酌字句："办案过程中，本是调查任敬仲的狱案，不期查出严砺的许多罪行，又涉及众多的官吏，无形之中遇到许多阻力。他们开始是拿金钱来利诱，见利诱不成，就威胁，甚至监军使都出面了。这半个月我到民间明察暗访，掌握了第一手材料。得知东川很多受害者的状纸都是您写的，我也听说当年的县尉柯文灿之死，与监军使有关。"

薛涛明白了元稹所遇到的暗流来自哪里了。见元稹提起柯文灿，多年前的往事在眼前一一闪过，她缓缓地说道："当年柯文灿督查斛石苑的营建，他发现有一大笔款项不翼而飞，负责营建的人是刘辟。刘辟与现任东川监军使，往来密切，这笔款项可能被他们拿去进贡邀宠去了。正当柯文灿追查账目有些眉目的时候，忽然在工地被石头砸中，昏迷数日，终未醒来。肇事的两个工匠也在狱中暴毙……刘辟反叛朝廷起兵之时，监军使偷偷溜出益州城，回京报信，自保其身。其实监军使手下的一批爪牙一直在横行乡里，欺压百姓。司空曙之弟司空光现在东川任职，他对这些情况很熟悉。"

元稹说："我已经得到司空光的许多帮助。"

薛涛接着说："我从东川流落到西川的许多受害者口中得知，严砺纵容其下属借刘辟反叛之事，诬陷许多将士是叛军，将百姓的田宅据为己有，使他们家破人亡，流落他乡。元大人查实此案，定然会遭到这些官吏的抵制，宦官又与他们沆瀣一气，您不得不小心啊！"

元稹叹了口气说："我知道，这个案子我一定查个水落石出。当年杜甫刚正不阿，他任左拾遗时，宰相房琯因兵败陈陶斜而受到皇帝责难，杜甫不顾生死，上疏力谏为其开脱，惹怒肃宗，被贬为华州司功参军。他的这种气节是我推崇的。"

李程担忧地说："元兄处事不可意气用事，凡事要深思而后为。监军使当年在西川培植的一批人，现在在东川任职，此次你调查的也是这些人，你可要防止他们抱成团，反过来诬陷你。"

柳公绰也说："是啊，元大人可要提防他们，监军使多年来搜刮百姓的钱财，一部分供给自己挥霍，一部分进贡宫中，他在宫中的势力也是可想而知。"

他们的担忧不是没有道理，此事已有前例。宪宗元和元年四月，元稹和白居易同登才识兼茂明于体用科，元白一同及第，元稹授左拾遗，因锋芒毕露，上书直言，九月贬为河南县尉。白居易为其力争，也被罢为校书郎，亦出为县尉。

元稹说："这些我当然都考虑过，人证物证俱全，事实俱在，我是替皇上行事，不必惧怕他们。"

五人在大楠树下畅谈，不觉时近中午，他们在梵安寺吃完素食午餐后，沿着浣花溪折回，再去游武侯祠。

武侯祠与祭祀刘备的昭烈庙相邻。蜀建兴十二年八月，诸葛亮因积劳成疾，病卒于北伐前线的五丈原，时年五十四岁。诸葛亮为蜀汉丞相，生前曾被封为"武乡侯"，死后又被蜀汉后主刘禅追谥为"忠武侯"。

武侯祠不大，他们很快游完。

元稹看见武侯祠中无碑，提议道："蜀中名家众多，何不在祠中立一石碑，记述诸葛孔明的一生。"

薛涛马上赞同："好主意！我明日请示相国，让掌书记裴大人撰碑文，柳判官书写，请名匠鲁建刻字。"

众人纷纷说好。

不久，石碑被立，碑高一丈一，宽两尺八五。裴度撰碑文，柳公绰书写，鲁建刻字。碑文记述了诸葛亮的一生，并对其高风亮节、文治武功进行了褒评。裴度的词句贴切，文笔酣畅，根据史实褒奖诸葛亮的法治思想，堪称绝世名篇。柳公绰的书法端肃浑厚，古朴自然。鲁建的刻字笔力遒劲，富于变化，气势雄强。这就是有名的"三绝"碑。

日落时分，一行五人回到薛涛的住处。那是怎样的一个黄昏啊，一大片蔓生的水边菖蒲在风中舞蹈，散发着淡淡的清香。元稹陶醉在这景色之中，只因为身边有一位如兰的清澈，如莲的清幽，明眸浅笑的佳人。

月上竹梢，薛涛目送着客人离去。面对元稹款款生情的眼神，此时，她心中只想用七彩的丝线，菖蒲的清香，编织成一个永不褪色的香囊，装进所有的迷局。

夜空明朗，正衬出那一弯半月，分外皎洁。元稹恋恋不舍地和众人一起离去，他拿着薛涛赠送给他的高节竹，心中感慨万千：我一定要如薛涛期待的那样，高风亮节。让元稹没想到的是，不久后的一场政治打击让他因祸得福，他所倾慕的佳人走进了他的生活。

三　谏诤之臣俘获芳心

一支红烛映照着两张愉悦的脸庞，元稹将薛涛抱入怀中。
薛涛看着摇曳的红烛，心也随着火苗摇曳颤抖起来……

元稹领皇上之命出使东川访查不法，只想一心要竭尽臣子之忠，不负皇上之恩。他年轻气盛，性情耿直，无所畏惧，微服私访民间，掌握了大量的第一手人证物证材料，查实出来的结果让他大吃一惊。

刘辟之乱时，皇上曾经下制"西川诸军、诸镇、刺史、大将及参佐、官吏、将健、百姓等，应被胁从补署职官，一切不问"，而对于东川的官民，因遭受刘辟胁迫参与作战的，也不追究。但是严砺公然违背诏命，擅自籍没管内将士、官吏、百姓及前资、寄住涂山甫等八十八户庄宅共一百二十二所，奴婢共二十七人，此事没有上报朝廷。那些失去庄宅田地的将士、官吏、百姓控告无门，渐至流亡。严砺又擅自于两税外加配钱、米、草等。元稹同时查得很多判官及诸州刺史违法之事，具体名单如下：

判官度支副使检校尚书刑部员外郎兼侍御史赐绯鱼袋崔廷、观察判官殿中侍御史内供奉卢诩、判官摄节度判官监察御史里行裴判官、遂州刺史柳蒙、绵州陶刺史、普州李刺史、合州刺史张平、荣州刺史陈当、渝州刺史邵膺、泸州刺史兼御史刘文翼，还有资州、简州、陵州、龙州等官吏。

资州、简州、陵州、龙州等四州刺史，有的后来属于西川，有的另赴他任。

元稹将他们籍没的庄宅田地一一罗列，制成牒文后，长长地舒了一口气。

看着房间内堆着的宗卷，元稹不禁想起了薛涛，薛涛警戒他的话再次在耳边响起。

原在西川任职的监军钱启林，现在东川任职，而这些被弹劾的许多官吏与他有着千丝万缕的联系。元稹踱出房间，仰望天空一轮明月，心潮起伏：洪度啊，倘若此时你在我身边该有多好，面对这么多贪赃枉法的官吏，可以与你商量对策。

元稹感到身边有一股无法看见的暗流在涌动，他无法找出这个漩涡的所在。

倍感孤独中他恍若又回到了普救寺的西厢房。

那时年少的他倾慕年方十七岁崔莺莺的艳异，尽管莺莺"握手苦相问"，终因他只想联姻于士族，能帮助自己仕途顺利，所以他抛弃崔莺莺与韦丛成婚。韦丛的外祖父为大唐宰相，父亲为太子少保，这样的家世元稹非常满意。

这次出使西川或许是天赐良缘，元稹不仅见到了才貌双全的薛涛，而且心生倾慕，这让忙于卷宗的元稹在闲暇之余，有了美好的期盼。论才貌，薛涛比崔莺莺更胜一筹，虽然没有少女的娇羞艳丽，但是成熟稳重的风韵更打动了元稹的心。更因为薛涛遐迩有诗名，众多公卿争与唱和。她阅世甚深，卓有见识，刚毅之中又不乏柔情似水，风情万种，令元稹心醉神迷。这是莺莺没有的内涵，妻子韦丛虽然出身名门，但是她只有懿淑之名，善于持家，却远远没有薛涛的才情与风韵，倘若能得薛涛此类才女，此生足矣，元稹心想。

闲居浣花溪边的薛涛，也在挂念着元稹。这个风流倜傥的男子让她心动，她更欣赏元稹正直率真的性格，可同时也为他的处境担忧，特别是他这次弹劾东川众多的官吏。薛涛写了一封信，托人带给元稹，嘱咐他要倍加小心，见机行事。接到薛涛的信，元稹很感动，内心深处受到了极大的鼓舞，同时也更增加了他对这次弹劾事件的决心。

薛涛的担忧果然得到了应验。在东川那些被弹劾的判官刺史们，齐聚在宦官监军钱启林宅中，共同商量对策，他们对元稹恨之入骨。监军使钱启林告诉他们，宫中有人在替他们说话，他不信元稹有多大能耐能扳倒他们。

元稹与那些不法官吏们之间开始了激烈的斗争。

一天，武元衡召众多幕僚入议事厅，说有事相商。

薛涛早早地到了，众人议论纷纷，不知道是什么事。等到众人到齐，武元衡清了清嗓子，说："适才接到京中来信，东川监察御史元稹屡次上疏弹劾不法，现圣诏已下，东川的七个刺史被夺去俸禄，所籍没的田宅财物全部归还，严砺已死，不再追究。元大人现在还要查实监军钱启林在西川和东川的所作所为，以及现调任西川的某些官员，如若涉及一些人证物证，还请大家协助。"

这个消息让大家很振奋，薛涛心中更是赞叹，元微之真不愧是谏诤之臣！

钱启林曾经与刘辟沆瀣一气，不过在刘辟反叛前夕，逃往京城，假借密报而给自己开脱罪责。钱启林利用在西川搜集的奇珍异宝，贿赂宫中宦官，培植出自己的一帮势力，元稹现在要查实监军钱启林，薛涛喜忧参半。

钱启林不会坐以待毙，他在商讨对策。

元稹和武元衡见面频繁，而且最近书信往来密切，薛涛也派人送信给元稹，这让钱启林更加坐卧不安。他派一心腹前往京城，要他给河北诸镇送去消息，说武元衡、裴度他们三番五次上书，请求圣上对藩镇用兵，削减藩镇势力，让他们倍加小心。同时他与东川亲信官员们以及各处高门勋戚联络，更让宫中他上贡最多的宦官出面，在皇上面前告元稹的恶状。

得到武元衡和薛涛提供的材料和搜集的人证物证，特别是得到钱启林和刘辟在西川所作所为的证据，让元稹信心大增，他上书朝廷，历呈钱启林罪状。

不久，朝廷再下圣旨，监军钱启林与刘辟作乱，并为其窝藏赃物，在东川与罪犯等结党营私，对严砺以及州刺史严重失察，即刻械押京城，等候发落。

薛涛听到这个消息，眼泪不禁盈满眼眶。文灿啊，微之已经替你报仇了，又一个恶人终于也绳之以法了。心潮澎湃的薛涛当即拿起笔给元稹写了一封信，述说对他不畏强暴、忠于朝廷的敬佩。

六月的一天，白行简拿出一封信递给正在看卷宗的元稹。这是在京城的白居易给元稹捎来的一封信。信中说钱启林还没等押回长安，宫中有宦官为钱启林四处活动，联络那些被弹劾官员的亲戚朋友，罗织罪名，将元稹诬告。白居易说他已经联络京中名士，联名上书为他辩冤，称"阉竖肆虐，元稹无罪"。信中还提到东川的百姓听说严砺等罪臣受到惩罚后，欢呼雀跃，京中为此震动。

读完信，元稹沉默不语，他感动于白居易对他的关心和帮助，同时对宦官当道极其痛恨，他没想到恶人的势力庞大，不铲除这些贪官污吏，愧对他监察御史之职。

不想数天后，钱启林带着王利民示威似的来到元稹住处，尖着嗓子说："元大人，辛苦了。你马上要回京了，等着吧，回到京城被治罪的不是我，而是你！"说完，他得意地离开。

薛涛接到元稹的告辞信和一并寄来的四十首诗文，其中有十首是写给自己的，此时元稹已经离开东川十多天了。听说元稹离开时，梓州城的百姓几乎全城出动来送他，其他州的百姓也在闻说他要离开时日夜兼程赶来送他……

站在浣花溪边，薛涛手捧着元稹的诗文，凝视着北方，她的两眼湿润了。

《弹奏剑南东川节度使（严砺）状》奏效后，严砺和与之牵连的七个刺史都因此受到处罚。这个轰动一时的大案，让忠臣拍手称快，奸臣胆战心惊。元稹也因此得罪了与严砺交好的人，他们与被罚的七个刺史串通一气，联名上奏说元稹访察失实，妄加弹劾，以致忠良之臣平遭伤害。为了宁息人事，朝廷调元稹回京。元稹来不及和薛涛告辞，留下一封信和自己在东川写的四十首诗，带着薛涛送给他的高节竹回京。

元和四年元稹在东川查访三个月的过程中，深知百姓疾苦，对贪赃枉法者深恶痛绝。这年七月妻子韦丛病逝，元稹陷入深深的悲痛中。严绶前来探望，两人谈起熟识的薛涛，均对薛涛的才思敏捷、书法激俊赞叹不已。严绶是益州人，曾在韦皋幕中做幕僚，和薛涛共事。当元稹于三月出使东川时，严绶于五月由河东入朝，拜尚书右仆射。元稹这次弹劾严砺等得罪了执政者，严绶劝元稹不可太锋芒毕露，宦官势力不可小觑，凡事三思而后行。元稹对严绶的观点未置可否。

元和五年，元稹接着纠弹山南西道枉法贪赃，使该道观察使和各位刺史都受到罚俸的处分，这次他惹恼的人更多。皇上听信谗言，将元稹调离长安，派到洛阳"分务东台"，让他赋闲起来。元稹在东台依然锋芒不减，他相继弹劾众多的执政者，如浙西观察使韩皋、徐州节度使王沼、河南尹房式等人。房式是开国重臣房玄龄之子，元稹不畏强权，房式不法事暴露后，元稹一面向朝廷上表报告，一面命令房式暂停职务由其代摄。这本是御史行使职权的惯例，却被忌恨元稹的人当作了把柄，攻击他"专达作威"，元稹被召回罚俸。在回长安途中，途经华州敷水驿时想宿于驿馆上厅，恰逢宦官仇士良、中使刘士元等人在此，也要争住在上厅。元稹据理力争，却遭到仇士良的谩骂，刘士元更是上前用马鞭抽打元稹，打得元稹鲜血直流，面部也被马鞭抽伤，最终元稹被赶出了上厅。宪宗不仅不处罚宦官，反而以"元稹轻树威，失宪臣体"为由，贬元稹为江陵府士曹参军。

朝中众多正直之士为宦官跋扈愤怒，为元稹打抱不平。翰林学士李绛、崔群均当面向宪宗陈述曲直，白居易更是据理力争，累疏切谏，并在《赠樊著作》诗作中赞美元稹：

……
元稹为御史，以直立其身。
其心如肺石，动必达穷民。
东川八十家，冤愤一言伸。
……

远在朗州贬所的刘禹锡读了白居易的诗后，特意给元稹寄去文石枕并赠诗"奖之"，后来为了酬谢元稹的回赠，又写了《酬元九侍御赠壁州鞭长句》，以"多节本怀端直性，露青犹有岁寒心"之句，赞扬元稹的品节。

对元稹遭宦官鞭打之事，后又遭受贬谪，白居易在奏折中写出著名的三不：

"中使凌辱朝士，中使不问而稹先贬，恐自今中使出外益暴横，人无敢言者。又，稹为御史，多所举奏，不避权势，切齿者众，恐自今无人肯为陛下当官执法，疾恶绳愆，有大奸猾，陛下无从得知。"皇上这时候惧怕宦官，听不进诤言。

武元衡、薛涛、裴度等听说这些事，都为元稹愤愤不平。

五月，元稹被贬江陵，江陵尹、荆南节度使是赵宗儒。

让元稹稍感欣慰的是岳父韦夏卿留守东都时的幕僚李景俭也被贬这里。李景俭为荆南营田判官、江陵户曹参军，他娶吏部尚书京兆韦武的次女为妻。

元稹在途中行走半个月，到任后，将路途中所写之诗寄给白居易。六月十四日，张季友、李景俭两位侍御，王文仲司录、王众仲判官邀请元稹月夜泛舟，元稹与他们以诗相和。

生活安顿下来后，元稹给武元衡和薛涛各自写了一封信。在给武元衡的信中他委婉地表达了对薛涛的爱慕。早在接到元稹的信笺时，武元衡就接到严绶的信，严绶在信中叙说了元稹的处境，并说明在京中与元稹相谈，见他非常倾心于薛涛，值此丧偶之际，此乃天赐良缘，希望武元衡能玉成元稹和薛涛之姻缘。武元衡见此情景，极力劝说薛涛前去探望元稹，顺便看看沿途的风景。薛涛收到元稹的来信，元稹在信中表达了对她的爱慕。

他告诉薛涛当年乐天从柯文灿那里将薛涛的画像借用一天，请画师描摹下来，他在乐天处看到了薛涛的画像。从此，有一种思念日夜吞噬着他的心，根植在他的梦里。及至见了她后，这感情更浓烈了。元稹除了表达对薛涛的思念外，还附上一首乐府诗《思归乐》。诗中元稹表示"我虽失乡去，我无失乡情。惨舒在方寸，宠辱将何惊"，对为仕之道也表明自己的志向，"况我三十二，百年未半程。江陵道涂近，楚俗云水清。……此意久已定，谁能求苟荣。所以官甚小，不畏权势倾"。薛涛被他不畏强暴的人格打动。在武元衡的关照下，薛涛动身前往千里之外的江陵。

青壁千寻，深谷万仞，一叶扁舟漂于激流之中，峻崖峰巅，翠谷山涧，一道道美景让薛涛惊叹不已。奇岩秀峰，巫山险峻，"古木生云际，归帆出雾中"，陈子昂描写的雄伟奇景在薛涛面前一一展开。

渐渐地，江面变得开阔起来，江水缓缓流淌，离元稹越来越近了，薛涛无心观赏风景，此时，她既喜且忧，喜的是马上要见到元稹了，忧的是荆南节度使会如何待元稹。

元稹曾多次弹劾不法节度使，受到节度使们的极度嫉恨，现在被贬为节度使的属下，恐怕又要受辱了。江陵尹、荆南节度使赵宗儒会善待元稹吗？这些顾虑纠缠着薛涛。一日，薛涛坐在船中，拿出元稹赠予她的诗作，当她读到元稹的"身骑骢马峨眉下，面带霜威卓氏前。虚度东川好时节，酒楼元被蜀儿眠"时，心中百感交集，这首《使东川好时节》让她仿佛看到英俊倜傥的元稹骑着马，正朝她走来……元稹在斛石山上对她满目含情的场景又一一浮现在脑海。

当一位翩翩男子站在元稹面前，并向他问好时，元稹不知道是薛涛。等这位陌生人喊出"微之"，元稹惊喜地发现站在他面前的是他日思夜想、女扮男装的薛涛。元稹拉着薛涛的手只顾站着傻笑。看着元稹病恹恹的身子，蜡黄的脸庞，薛涛心疼了，她看着元稹的眼睛，哽咽着说："微之，你受苦了。"

元稹拉过薛涛，拥入怀中，他亲吻着薛涛光洁的脸庞。

孤身一人的元稹住在临水的一座庭院里，房子是沿土坡而建，门前一口池塘，院落虽然年久显得有些荒凉破败，但是那满墙藤蔓一片碧色，给院子增添了一片生机。

晚上，一盏油灯下，元稹仔细地端详着薛涛，亲吻着她的额头深情地说："洪度，你还是那么美丽，光洁照人，可是我，我已经老了……"元稹低下头叹了一口气。

薛涛轻轻抚摸着元稹的脸庞，看到他的两鬓已经有些许白发，她粲然一笑，说："微之，你怎么会老呢？你才三十二岁，正当年轻，只是因为遭遇家庭不幸，又遭恶人暗算。一切都将会过去，朝廷一定会重新起用你。"

"谢谢你的安慰！"元稹将薛涛拥入怀中，吻着她的秀发，"能和你相伴终老江陵，亦是我此生之心愿。"

薛涛说："微之，朝中宰相裴垍秉公执政，你定能东山再起。"

"但愿如此。"元稹也希望仍在相位的裴垍能提拔自己。

去年，元稹初任监察御史，是由裴垍提拔。裴垍器宇轩昂，刚正不阿，秉公执法，以至朝内外的官吏惧怕三分，元稹也期待他的恩师能提携他。

薛涛又问："微之，李景俭也在江陵吧？"

元稹回答："是的，他的住处离此不远。"

李景俭，字宽中，汉中王李瑀之孙。父亲李褕，官至太子中舍。李景俭是贞元十五年的进士，历任谏议大夫，性情俊朗，博闻强记。贞元末，韦执谊、王叔文在太子东宫执政，对他十分重用。永贞元年八月，宪宗李纯即位，韦执谊等八人先后被贬，李景俭因为守丧未遭波及。元和三年十月因连坐被贬为江陵府户曹参军。两年后元稹也被贬为江陵府户曹参军。两人同为黜臣，志趣相投，遂结为生死之交。元稹在《酬别致用》诗中写道"一见肺肝尽，坦然无滞疑。感念交契定，泪流如断縻。此交定生死，非为论盛衰"，对两人的处境，元稹写道"君今虎在柙，我亦鹰就羁"。致用是李景俭的别名。

薛涛听说李景俭的住地离此不远，说道："微之，抽空我们去拜访他吧，还记得他的'始见花满枝，又看花满地'诗句。"

"好的，好的，他嗜酒，我可不敢让他多喝。洪度，连日来你遭受舟车劳顿，很累了，去洗洗早点歇息吧。"元稹体贴地说，随即附在薛涛耳边说，

"我可否亲自为你浴洗？"

薛涛脸红了，垂下头。

元稹欣喜若狂："你同意了？"

看着薛涛白皙丰腴的身体，元稹轻轻为她擦洗，唯恐一用力就弹破了的皮肤，"真是天生丽质！"元稹心中赞叹。

一支红烛映照着两张愉悦的脸庞，元稹将薛涛抱入怀中。

薛涛看着摇曳的红烛，心也随着火苗摇曳颤抖起来……

四　同游三峡

乱猿啼处访高唐，路入烟霞草木香。山色未能忘宋玉，水声犹是哭襄王。
朝朝夜夜阳台下，为雨为云楚国亡。惆怅庙前多少柳，春来空斗画眉长。

——薛涛《谒巫山庙》

薛涛来江陵前，秀才雍陶馈赠给她一幅巴峡图，为此薛涛写了一首《酬雍秀才贻巴峡图》感谢他：

千叠云峰万顷湖，白波分去绕荆吴。

感君识我枕流意，重示瞿塘峡口图。

薛涛对巴峡地形图细心研究，熟记于心。经过三峡时饱览美景，到达江陵后她对元稹描述了三峡的险峻和奇异，李白诗中"两岸猿声啼不住，轻舟已过万重山"的壮观景色薛涛深有感触。元稹听薛涛对巴峡的赞美，心中向往，于是决定与薛涛一起同游巴峡。薛涛见元稹身体还很虚弱，让他好好休养一段时间，等身体好了再去。恰逢白居易从京城寄来一些补药，元稹的身体在薛涛的精心调理下，精神和心情大为改观，风流倜傥、神采奕奕，浪漫而多情的元稹再现薛涛面前。

元稹的任职轻松而又清闲，每天他去府署看看后就回家。小小的院落经过薛涛的打扫和整治，焕然一新。两人在一起读诗吟诗，谈论时弊，日子过得甜蜜而舒心。天气渐渐转凉，出行巴峡的日子也近了，做好准备后，他们决定在重阳节前出发。

船家常年跑水码头，深谙水性，驾船技术好。听说这次载的是两位有名的诗人，自然十分高兴，并且提出充当两人的向导。

薛涛依然是女扮男装，这一装扮，一位俊美儒雅的书生出现在船夫面前。船夫看着薛涛笑着说："薛诗人这一打扮，可胜过了元大人，若不是之前我熟知薛诗人，还真看不出来。"

元稹看着薛涛十分开心："洪度，你可真让我嫉妒，与你同行，我只能做你的陪衬了。"

听到元稹这样打趣她，薛涛微微一笑："若我真为男子，你还真要汗颜。"

西陵峡东起南津关，西至香溪口，以航道曲折、怪石林立、滩多水急、行舟惊险而闻名，它也是三峡中最长的一个，整个峡区都是高山、峡谷、险滩暗礁。人们常说：西陵峡峡中有峡，滩中有滩、大滩含小滩。西陵峡滩多水急，泄滩、青滩、崆岭滩让元稹和薛涛惊叹不已。滩险处，漩洞流急，只有空船才能过去。元稹和薛涛下得船来，攀爬过滩，他们看着船主在纤夫的帮助下，将船拉过险滩。过屈原祠时，元稹拥着薛涛站在船头，高声吟诵杜甫过西陵峡的诗句："若道世无英俊才，此处何来屈原宅？若道巫山女粗丑，此处何有昭君村？"江风吹乱了薛涛的鬓发，元稹轻轻为她理好。"王昭君能比得过我的洪度吗？"元稹心中充盈着幸福。

途经一座山城，又恰逢九九重阳节，两人决定在山城登高，元稹请船家拢岸。

掩映在绿树丛中的小城静谧而安详，山民们没有谁知道这两位远道而来的客人是著名的诗人，他们只是提醒元稹和薛涛，即将有大雨来临，出外登高极其危险。

九九深秋，该是艳阳高照，可是这山城顷刻阴风惨烈，昼如黑夜，薛涛和元稹被困于客栈。看着云遮雾罩的山峦他俩一筹莫展，元稹唉声叹气："好好的一个登高节被这天气搅没了。"

薛涛看着元稹愁眉不展的样子，她却开心地笑了："是神女来迎接我们呢。"

看到薛涛那么开心，元稹的心情大为好转。

那一晚，宿于小客栈的薛涛用诗《九日遇雨》记下了这天遇雨未登高的情形。

一

万里惊飙朔气深，江城萧索昼阴阴。

谁怜不得登山去，可惜寒芳色似金。

二

茱萸秋节佳期阻，金菊寒花满院香。

神女欲来知有意，先令云雨暗池塘。

在山城滞留三日，等雨过天晴，他们才启程。

小船继续行驶在江面，远远地元稹和薛涛看见几十米远的江面上一片白雾蒙蒙，两人猜测可能是巫峡特有的奇峰嵯峨连绵、烟云氤氲缭绕的景致，岂料船家开口说是巨大的泥石流所携带的烟雾。

听船家介绍后，他们大为吃惊。

到巫峡时，薛涛对元稹介绍说："巫峡又名大峡，峡内有三台八景十二峰，十二峰中以神女峰最为著名，此峰上有一挺秀的石柱，形似亭亭玉立的少女，每天，她最早迎来朝霞，最后送走晚霞，所以又称望霞峰。"

元稹朝前方看去，果然见山峰上有一石柱，面西而立，连声赞叹："神奇！神奇！"

船家开口了："相传神女峰是西王母幼女瑶姬的化身，曾帮助夏禹开凿河道排除积水，水患消除后，决定留在巫山，为行船保平安，因而博得我们的尊敬奉祀。"

"此处的景色应该是最美的。"薛涛像是征询船家的同意。

船家提醒："是的，两位细细观赏，也注意抓好绳子。"

只见船行峡中，两岸青山不断，群峰如屏，正觉得大山当道、塞疑无路时，忽然峰回路转，云开别有天，大江两岸宛如一条迂回曲折的画廊。而神态各异的十二峰，有的若龙腾霄汉，有的似凤凰展翅，有的青翠如屏，有的彩云缠绕。飞禽走兽栖息于苍松之间，猿啼呼啸，群鸟啼鸣。不时有白墙青瓦的飞檐钻出树丛，俯瞰着江中来往的船只。

小船在江边一座背山临水的村子停下，船家告诉薛涛和元稹，他们要去拜谒的巫山神女庙就在前面不远的地方。薛涛和元稹两人相视一笑，刚才船家所讲的神女峰的传说只是其一，其实两人都知道，宋玉的《高唐赋》还有另外一种记载：相传赤帝有个女儿名叫姚姬，还未出嫁就去世，赤帝将其葬于巫山之阳。楚怀王游高唐，一次白日怠倦休息，梦见与一美丽的女子相遇，这个女子自称为巫山之女，听闻楚怀王游高唐，愿意自荐枕席，怀王宠幸了她。离去时她告辞说她在巫山之阳，高丘之阴，且为朝云，暮为行雨，朝朝暮暮，阳台之下。楚怀王依其言旦朝视之，果然如那女子所说，因此为她立庙。

一条山路蜿蜒通向山腰，树木葱茏中，越往上走，越是阴凉。到了巫山庙前，更显得冷清。元稹和薛涛进了庙，拜谒完毕，留下一些香火钱。一僧人忙热情地倒上茶，说许多诗人来此庙，必留下诗作，若两位有兴趣，可以去读读诗作，看两位也像读书人，不妨留下墨宝。

元稹和薛涛去了禅房，他们读到了很多诗作。

薛涛说道："微之，你来一首吧！"

元稹说："你的诗作胜我许多，你写吧，我给你磨墨。"

薛涛见元稹这么谦虚，知道他是为了逗她高兴。元稹愿意在她面前承认自己不如她，这让薛涛心中有点开心。看到元稹磨墨那么专注，薛涛便提起笔，思绪一展，她一气呵成写出《谒巫山庙》：

> 乱猿啼处访高唐，路入烟霞草木香。
> 山色未能忘宋玉，水声犹是哭襄王。

朝朝夜夜阳台下，为雨为云楚国亡。

惆怅庙前多少柳，春来空斗画眉长。

元稹心中甚是欢喜，很明显，薛涛写景凭吊，追古怀今，意境纵深开拓，题旨深邃悠远，自己若写，恐怕难得超过薛涛。

小僧见薛涛的字写得如此漂亮，赞叹不已，收好诗作，泡上茶，殷勤招待他俩留下来吃午饭。

饭后，在禅房休息片刻，他们重新上船。

接下来的一段水路风景是最美的，也是最危险的，那就是夔门峡。

夔门峡也叫瞿塘关，谷窄如走廊，两岸崖陡似城垣，峡西入口处，白盐山耸峙江南，赤甲山巍峨江北，两山对峙，天开一线，峡张一门。赤甲山风化后的红色岩石像熊熊烈火在空中燃烧，白盐山在晨曦中银光灿灿，恰似白盐堆积。元稹和薛涛遵照船家的叮嘱，稳坐船中，一边观赏两岸的奇景，一边任小船在惊涛骇浪中颠簸。只见船家熟练地点、搏、撑，那小船就稳当地顺着旋流过了峡深水急地段。遇到激流，他们俩下船，沿着悬崖的栈道行走，船家则和纤夫拉着空船行进。

元稹和薛涛沿着栈道行进至白帝庙，这是他们早已景仰的景点。白帝城原名赤甲城，在江北岸高耸的山头上。看到掩映在郁郁葱葱树林中的白帝庙，元稹和薛涛感慨万千。

元稹深感惋惜，说："想当年王莽篡位时，大将公孙述在此地筑城固垒，又借城内井中白雾升腾，借此'白龙献瑞'，自称白帝，改赤甲城为白帝城。可惜啊，称帝十二年，终被刘秀所灭。"

"不管怎样，他给百姓带来了安定的生活，所以百姓要在山上修白帝庙来纪念他。"薛涛接过话题，"一个人能做到这样我觉得就很不错了。"

"可惜白帝城已经被战火毁掉，洪度，你对刘备白帝城托孤怎么看？"元稹见薛涛对着白帝庙沉思，他问道。

薛涛反问元稹："你说吧。"

"我能说什么？像我等被弃置郊野，报国无门的人，只能终老山林。

你可知朝中近日之变化？"元稹像是自言自语，随即叹了一口气，高声吟诵：

> 近来逢酒便高歌，醉舞诗狂渐欲魔。
> 五斗解醒犹恨少，十分飞盏未嫌多。
> 眼前仇敌都休问，身外功名一任他。
> 死是等闲生也得，拟将何事奈吾何。

一种狂放笑傲人生的情感在元稹心中奔涌而出，那一刻，薛涛理解了元稹的心。

"微之，你可不能避世，你还年轻，世事难料，你还有实战报国的时候。"

元稹将薛涛拥入怀中，低下头亲吻着她的秀发："洪度，有了你，我可以什么都不要了。"

站在白帝山上，风轻轻吹过，他们紧紧相拥。

船继续逆水而行，纤夫们低着身子拉纤，船在缓缓行进。

前方，江边的一座山城之上，有一面自西北至东南走向的悬崖峭壁，长五六里，横挂在山城之上，凌空突出的岩石，仿佛是这座山城的金椅背，颇为壮观。

船家介绍说，那就是万州的西岩。

安史之乱时，永王李璘奉命起兵平乱，李白曾经应邀做过永王李璘的幕僚。永王触怒肃宗被杀后，李白也获罪入狱。幸亏郭子仪力保，这才免了死罪，改为流徙夜郎，行经巫山时遇到大赦，五十九岁的李白听到这个消息欣喜若狂，掉头东下，并写下了名篇《早发白帝城》。

早在年轻时，李白游历三峡。在万州西岩，他整日对着江水饮酒吟诗，抚琴对弈。有一天，万州刺史秦禄来到西岩，邀李白在石桌上摆上棋子对弈，并让公差抱来两坛美酒，与李白边弈边饮，这便是后来"大醉西岩一局棋"的美谈。

西岩对李白而言，是一个读书和畅饮的好地方。这里奇石凌空、清泉流淌；云梯栈道、洞窟祠舍……诸多的风景美不胜数，自署为"海上骑鲸客"的李白，在这里写下了脍炙人口的诗作。元稹和薛涛攀上西岩，在临江的一块岩石上，一间石砌的小屋，精巧而别致，倚着后面翠绿的山林。空地那边，一个小巧的亭子内，石桌，石椅，一圈石砌的栏杆，与绝壁浑然一体。朝下俯瞰，江水滔滔从山脚流过，万州城在江边静卧。两人惊叹这真是一个读书畅饮、遁甲隐身、自得其乐的好地方。石屋里一酒家在此卖酒，见元稹和薛涛登上岩石，他热情地吆喝，把两人引到亭子内的石桌前坐下。

黄色的酒旗在风中飘动，石屋、石桌、石亭，别有一番诗情画意。隔着时空，薛涛和元稹两人虽然无缘与李白面叙诗情，但是，有缘于西岩，在他生活过的地方，凭栏把酒，一番遥忆、凭吊和追思，也是另一种情趣。

两人刚在亭中坐定，酒家就拿来了茶和酒，又快速上了一桌菜。酒家斟上酒，看着两人说："两位公子也是读书人吧？"

元稹开口说道："路过的闲人。"

酒家说："两位在说笑，看得出两位是情趣高雅的读书人，我见得多了，可一眼看出。"

元稹微微一笑，端起酒杯，站起来，面对一江秋水，一饮而尽。想起屈原和李白，他不禁感慨万千：

八荒同日月，万古共山川。

生死既由命，兴衰还付天。

凄凄王粲赋，愤愤屈平篇。

各自埋幽恨，江流终宛然。

薛涛凝视着元稹说："微之，你这是续《离骚》呢。"

"见笑了，薛公子，心中常常郁闷，近日站在江边，吐一吐心中的愤懑。"元稹又满上一大杯酒一饮而尽，"薛公子，你就以《西岩》为题作一首诗吧，我洗耳恭听。"

酒家一听，忙去取来笔墨，很快在桌上铺好。

薛涛向元稹投去嗔怪的一眼，不出声，拿起笔来写道：

> 凭阑却忆骑鲸客，把酒临风手自招。
> 细雨声中停去马，夕阳影里乱鸣蜩。

酒家看着薛涛的字，又由字看到那双白皙柔嫩的葱指，他看看元稹，仿佛明白了写诗人的身份。他很夸张地赞道："公子好诗好字，这酒菜钱我不收了，就求你这幅字。"当他仔细看清后面的落款后，立刻由惊喜变成激动："您，您就是大名鼎鼎的女才子薛洪度？"

薛涛颔首一笑，将诗给了酒家："拿去吧！"

酒家欢喜不已，忙替薛涛斟上一杯酒，也给自己斟满，敬薛涛，接着又敬元稹。

在酒家的殷勤相劝中，已是微醺的元稹和薛涛在夕阳西下时，离开西岩，在万州城内歇息。这一夜，听着江水在身边奔腾而过，他们的柔情像夜雾一样弥漫。

瞿塘峡即将游完，在三峡中瞿塘峡是最短的，仅只有十五六里长，前面不远就是渝州。

秦惠王十一年，秦将张仪灭亡巴国后修筑巴郡城池时修建了朝天门，朝天门码头在渝州东北嘉陵江、长江交汇处，这被喻为"古渝雄关"的关隘，地理位置非常重要。

让元稹称奇的是朝天门左侧嘉陵江，碧绿的江水与褐黄色的长江水激流撞击，漩涡滚滚，清浊分明，有如野马分鬃，美丽壮观。元稹抑制不住心中的激动，随口吟咏道：

> 古时应是山头水，自古流来江路深。
> 若使江流会人意，也应知我远来心。

薛涛向元稹投去赞许的目光，说后句最好。船家也说："到底是诗人，每到一处出口成章。"他一边说一边熟练地将船拢于朝天门旁边的小码头，三人一同登岸。船家劳累多日，需要好好歇息，他嘱咐元稹和薛涛好好游玩。约定好回程的日期，船家便去寻访他的旧朋酒友去了。

元稹和薛涛在客栈中安顿下来歇息了一夜。第二天元稹带着薛涛拜见了他中进士时的同年冯鹤年，当元稹介绍一起出行的是西川有名的女诗人薛涛时，冯鹤年惊讶不已，说早就耳闻薛涛诗名，钦佩万分。他没料到不仅仅是见到了旧友，还见到了鼎鼎有名的女诗人。元稹与冯鹤年回忆起当年在京城的情形，不免感叹时光流逝如水。

薛涛和元稹这次出游非常低调，他们不想惊动更多的文友，嘱咐冯鹤年不必声张他们的到来，只让冯鹤年做他们的向导。

这天冯鹤年带着元稹和薛涛一起去拜谒一寺庙，远远地听到有优美的乐曲传来，似晓蝉呜咽，又似暮莺愁啼，声韵婉转，音色优美。及至走近，只见一僧人立于梧桐树下，拿着非横笛非竹箫亦非葫芦丝的乐器在吹。冯鹤年介绍说那是芦管，这僧人吹芦管在当地已经到了无人能及的程度。三人静立一旁，看着他的手指娴熟地交换按着芦管孔，聆听从这管孔中流淌出来的清远秋空、美妙绝伦、动人心弦的乐曲。

入夜，薛涛伫立客栈的窗前，看着依山而建的山城，耳边还回想着白天僧人吹奏的乐曲。元稹走到薛涛身边，给薛涛披上一件衣服。薛涛回头一笑，对元稹说："微之，你早点歇息吧！"

元稹伸出双臂环拥着薛涛，说："洪度，你在想什么？"

"僧人吹的曲子至今还在我耳边萦回。"薛涛回答，"僧人在研修佛学典籍的闲余时间以吹奏芦管为乐。其音哀戚，却不与金磬清音相左，皆因一切声由心起，僧人心地清净，其音自然清净。"

"是啊，僧人心地清净，则奏任何曲调，都是清净音。如果心不清净，即便是击鼓敲钟，出音依旧浑浊。洪度，今天我们爬了一天的山，都累了，你也早点歇息吧。"元稹关切地说。

薛涛说："你先睡吧，今天你喝了不少的酒。我坐一会儿，看看山城的夜景。"

很快，酒意袭来的元稹鼾声轻起。

看着元稹的睡姿，薛涛心中充满着无限的爱意，这段日子来元稹对她的关爱与体贴，让她倍感幸福：老天终于垂怜我了，将爱我和我爱的人送到我身边。

薛涛站起来，走到窗前，漆黑的夜，一片静寂，只有江边的渔火点点星星。毫无睡意的薛涛，耳边又响起白天僧人吹的曲子，心中久久无法平静，她拿出墨条，在砚台上开始磨墨，边磨边思索，墨磨好了，一首《听僧吹芦管》也构思好了：

> 晓蝉鸣咽暮莺愁，言语殷勤十指头。
> 罢阅梵书聊一弄，散随金磬泥清秋。

写完后，薛涛反复细读几遍，这才上床睡觉。

渝州最美的景点还有海棠溪。海棠溪位于长江南岸，本是南山涂洞下的一条小溪沟。因为左边有黄葛渡，右边有龙门浩。溪水从南坪山坳起源，一路经过沟壑，蜿蜒曲折流进长江。溪流两岸绝壁如刀削，石崖奇秀，溪水碧绿澄清，溪边有很多海棠树倒映水中，美丽异常。每年春末夏初，在涨水季节，江水倒灌小溪，江水与溪水相拥，形成朵朵海棠花状的鼓涌，与两岸的海棠花相互媲美。每年这个时候，渝州城的人们常常前来观赏。南山奇峰秀山，满山林木苍翠，远看烟雨朦胧，近观溪水如画，让人陶醉其中。虽然现在是枯水季节，两岸不过一丈多宽，但这娟秀的山，碧绿的水，还有石壁上前人留下的摩崖石刻让元稹和薛涛也惊叹不已。

冯鹤年带着元稹和薛涛观赏着两岸的风景，并介绍有关海棠溪的一切，谈笑间诗兴大发，每人各自吟诵一首诗文，薛涛在《海棠溪》诗中写道：

> 春教风景驻仙霞，水面鱼身总带花。
> 人世不思灵卉异，竟将红缬染轻沙。

元稹和冯鹤年对薛涛的这诗评价很高，认为她将自己奇特的想象糅进诗中，思路开阔。是的，这奇山异水给了薛涛灵动的诗感，也给元稹被贬的心灵带来许多慰藉，这一路薛涛与他相伴，游山玩水，吟诗作画，如若这样与薛涛终老山林，元稹觉得此生足矣。

五　一场春梦终成空

去春零落暮春时，　泪湿红笺怨别离。常恐便同巫峡散，　因何重有武陵期？
传情每向馨香得，　不语还应彼此知。只欲栏边安枕席，　夜深闲共说相思。

——薛涛《牡丹》

元稹和薛涛住在嘉陵江畔的客栈江月楼。

江月楼依山临水而建，每当朝霞升起或夕阳西沉，江面铺上了一层红霞，江上水鸟翻飞，渔舟竞渡，岸上楼阁亭台，高低远景，层层叠叠。每当月夜来临，江面又蒙上一层清冷的银光。桅杆上的渔火，星星点点布满江面，这江月楼无论是白天还是黑夜都是最好的观景台。

这天元稹和薛涛两人站在楼上观夜景，回到客房后元稹兴之所至，写下《江月楼》：

嘉陵江岸驿楼中，江在楼前月在空。
月色满床兼满地，江声如鼓复如风。

薛涛站在他身边看他写完，接过笔在后面也写了六句：

秋风仿佛吴江冷，鸥鹭参差夕阳影。
垂虹纳纳卧谯门，雉堞眈眈俯鱼艇。
阳安小儿拍手笑，使君幻出江南景。

元稹对薛涛的诗有些不解，薛涛抿嘴一笑，说道："此江月楼非彼江月楼，我写的可是简阳东的江月楼，阳安在简阳城东，那里景色很美，若有机会可以去看看。"

"嗯。"元稹回答，眼睛却看着薛涛的诗，他在悉心研究。

很明显，元稹写的是月和风，他写夜景。薛涛重在咏楼，而且物象丰富，更为巧妙的是薛涛咏楼，却没有一个楼字，元稹的诗只有四句，"月""楼"二字在诗中却出现两次，"满"和"如"在一句中重复使用，更要命的是"江"字三次出现，这是律诗中的大忌。元稹这么一比较，为自己羞愧起来，心中对薛涛更是钦佩，他站起来双手给薛涛作揖："洪度啊，你真让我汗颜，你这诗无论是意境还是措辞真让我自愧弗如。"

看到元稹这么认真，薛涛嗔怪道："微之，你这么谦逊，我可受不了。你写月夜我写白天，你我不就是图个高兴，怎么这么认真啊，好啦好啦，我给你倒茶。"

两人说着闹着，直至深夜。

在渝州游玩数日，元稹和薛涛告辞冯鹤年，返回江陵。

一叶小舟在崇山峻岭中飞快地漂逝而过，沿途的景色另有别样风韵。这一次薛涛的心境和上次孤身一人来的心境绝然不同。来江陵探望元稹，薛涛有自己的心思，她倾心于元稹，也想将后半生托付于他。

元稹是她可以托付终身的人吗？武元衡曾告诉薛涛说元稹可以托付终身。元稹的妻子韦丛已经去世，微之由长安赴江陵任职，这是上天赐予你们的缘分，武元衡说。并且积极劝说薛涛前往江陵来到元稹身边，武元衡还资助了薛涛旅途的费用。所以薛涛听从了武元衡的建议，从益州城出发，由乐山经岷江入长江，出三峡赴江陵。与元稹相处的这段日子，薛涛觉得自己度过了人生最幸福快乐的时光。

孤身一人来江陵时，薛涛在路途中经过竹郎庙，她拜谒了竹郎庙。竹郎庙又称青竹寺，位于竹公溪口，在岷江附近。竹郎庙在当地常常是善男信女拜谒求得佳偶、繁衍后代的寺庙。薛涛看到众多善男信女的虔诚，心中大为感动，她伏在蒲团上，心中默念着自己的心愿，叩头膜拜，并题下一首诗：

> 竹郎庙前多古木，夕阳沉沉山更绿。
> 何处江村有笛声，声声尽是迎郎曲。

薛涛这首《题竹郎庙》将她前去江陵的期盼和对元稹的感情都写了进去。

如今元稹就在她身边，这次一同游历三峡，两人吟诗饮酒，观赏风景，浓情蜜意，相亲相爱，情投意合。在经过白帝城时，元稹与薛涛坐在船中回望，云霞之上的白帝城直耸云天，他们的船如脱弦之箭顺流直下。风吹起他们的头发，水珠溅湿了两人的衣襟，元稹拥着薛涛，高声吟诵李白的《早发白帝城》：

> 朝辞白帝彩云间，千里江陵一日还。
> 两岸猿声啼不住，轻舟已过万重山。

元稹高亢激昂的回声在峡谷中回荡，薛涛欢愉的笑声又撞击着元稹的吟诵声，一时间整个峡谷回声连连，船家也高兴起来，喊起了号子，三个人的声音连绵起伏，惊起山上众猿呼啸。当回声在身后远去，船行到一段舒缓的水域，接着进入最长的巫峡，两岸的景色在小船急速的行驶中变得更加美妙。薛涛紧紧握着元稹的手，她的心变得轻松起来。

从渝州到江陵，船家只用了几天的时间，整个行程时而轻松时而惊险。到江陵后，元稹和薛涛非常感谢船家，在李景俭为他们安排的接风宴上，他们留下船家一起喝酒。

席间，薛涛、元稹和船家重温游三峡的一路美景，这让李景俭羡慕不已。

薛涛原计划不日回益州，元稹苦苦相留，于是薛涛也就决定在江陵过完年，开春后再回益州。薛涛给武元衡写了一封信，告假一段时日。虽然武元衡不会说什么，但薛涛知道毕竟拿了节度府的俸薪，长久不去幕府情理上说不过去。

转瞬已经冬至，天气变得寒冷起来。从冬至那天起就算进"九"了，在民间人们喜欢贴绘"九九消寒图"，消寒图是记载进九以后天气阴晴的"日历"，这也是一种传统有特色的日历。消寒图一共有九九八十一个标识，从冬至那天算起，以九天作为一单元，连数九个九天，到九九共八十一天，冬天也就这样过去了。薛涛也有贴绘九九消寒图的习惯，不过她进行了创新。

冬至这天，薛涛拿出黄纸，画了一株梅花的枝干，元稹见了，很是不解。

元稹问道："洪度，你画这梅花枝干做什么？"

薛涛回头一笑，说："别问，你每天看着就是。"

不等薛涛画完，元稹恍然大悟："洪度，你打算画九。"

"是的。"薛涛画完盘虬卧龙般的枝干，接着说，"我们一起画九吧。"

元稹饶有兴趣地接过笔来，画了九朵梅花。

他们两人所画的"九九消寒图"属于雅图：首先画素梅一枝，梅花瓣共计八十一片，每天染一瓣，全部染完以后，九九寒冬就过去了，春天也就来临。也有简单的一种，那是画铜钱，画纵横九栏格子，每格中间再画一个圆，共有八十一钱，每天涂一钱，涂法是"上阴下晴、左风右雨雪当中"。还有一种是许多文人雅士喜欢玩的一种游戏，被称为"九画字"：选择九个九画的字联成一句，放在格中，也是每日涂一笔，涂完后还可以装潢成幅。

薛涛让元稹将"九九消寒图"挂于卧室，每晚临睡前她都去涂上一瓣梅花。

来江陵时，薛涛带的衣服不多，元稹常常陪薛涛去丝帛店买衣料。在店内，元稹亲自挑选丝帛的颜色，他细心地将颜色逐一对比，最后定下薛涛喜欢的红色。这天，两人又买回一些布料，薛涛在家忙了数日，终于将衣服裁制成功。薛涛在家中等元稹公务回来看她试穿新衣。

年已四十的薛涛因为天生丽质，且保养很好，看起来却不过三十，虽然大元稹几岁，但实际看起来比元稹还显得年轻，两人志趣爱好相投，薛涛又善解人意，温柔体贴，元稹不免对薛涛爱意绵绵。薛涛在家中一边等元稹，一边翻看白居易和元稹的唱和诗。白居易在《与元九书》中明确表明他的志向：仆志在兼济，行在独善。奉而始终之则为道，言而发明之则为诗。薛涛颇为赞同白居易的为人和处世哲学。元稹和白居易诗词酬和很多，二人同为新乐府运动的倡导者，文学观点相同，作品风格相近。

薛涛继续翻看白居易的诗，其中有一叠是放在一起的，最上的一张纸写着"湘灵"二字，薛涛有些不解，继续看下去，原来是白居易写给一个女孩子的一组诗：《邻女》《寄湘灵》《寒闺夜》《长相思》《冬至夜怀湘灵》《感秋寄远》和《寄远》。

"这组诗里有乐天悲惨的爱情故事。"元稹站在薛涛身边说。

薛涛回过头来看见了元稹，惊喜地问："微之，什么时候回来的？"

"我站在你身边有一会儿了，你看得太入神了。"元稹从薛涛手中拿过这些诗，在桌上一一摊开说，"湘灵是乐天小时的邻居，两人从小青梅竹马，《邻女》是乐天十九岁时写给十五岁的湘灵的。二十七岁时去他叔父那里在路上写了《寄湘灵》《寒闺夜》和《长相思》。乐天屡次想与湘灵成婚，却遭到母亲的阻挡，《冬至夜怀湘灵》《感秋寄远》和《寄远》这三首是他做了校书郎后写的，乐天迟迟不成家，就是想和湘灵结为连理，因为母亲的阻挠，所以他拖到三十七岁了还未成家。最后他母亲以死相逼，无奈才依母亲的意思与他人结婚。听说湘灵也终身不嫁，好好的姻缘被乐天的母亲拆散了，真是可惜。"

薛涛听后长长地叹了一口气。

元稹爱怜地抚摸着薛涛的肩头，或许此刻他读懂了薛涛的叹息。

忽然，元稹眼睛一亮，他看到了摊在床上的新衣，他低下头问薛涛："洪度，新衣裁制起来了？穿给我看看。"

薛涛站起来，走向布幔后面，不一会儿就出来了，元稹看得目不转睛："这是洪度吗？怎么看都是天上的仙女下凡呢！"

薛涛不好意思："看你这么说，真让人难为情。"

元稹继续赞叹："真的，洪度，你穿上这红色衣服真的很美！"

薛涛心中充满甜蜜："那是因为你买的布料好。"

晚餐两人小酌，略带酒意的薛涛写下了《试新服裁制初成》：

> 紫阳宫里赐红绡，仙雾朦胧隔海遥。
> 霜兔毳寒冰茧净，嫦娥笑指织星桥。

> 九气分为九色霞，五灵仙驭五云车。
> 春风因过东君舍，偷样人间染百花。

> 长裾本是上清仪，曾逐群仙把玉芝。
> 每到宫中歌舞会，折腰齐唱步虚词。

元稹吟诵着薛涛写的诗后，连连称赞。他要薛涛抄录一份，寄给乐天。

整个冬天，元稹和薛涛在这种卿卿我我甜蜜的日子里度过，挂在墙上的九九消寒图也填完，春天就要到来。薛涛看着鲜红的花瓣，仿佛看到一只只灵动的鸟儿在扑扇着翅膀上下飞舞，虽然元稹没有给她任何承诺，然而他对她的爱意说明了一切，薛涛心中充盈着幸福。

八十一朵色如丹霞的花瓣，记录着薛涛八十一天甜蜜的日子，它见证了薛涛和元稹的爱情。鲜红的花瓣，这夺目的灿烂让薛涛心潮澎湃，她在九九消寒图的空处又填上诗句《咏八十一颗》：

> 色比丹霞朝日，形如合浦圆珰。
> 开时九九知数，见处双双颉颃。

薛涛将内心的祝愿"久久""双双"嵌进这首诗中，她希望元稹能懂她的心，两人能天长地久，双栖双飞。

李景俭是元稹的常客，来元稹的住处就如同自己的家一样，薛涛常常做好饭菜等他们。饭后三人总是谈论朝中时局的变化。

元和五年十一月裴垍罢相，让元稹觉得失去了一大靠山，而现在裴垍又在病危，时日不多。元稹不禁感叹"自从裴公无，吾道甘已矣"。若想东山再起，他只能另辟蹊径。

白居易最近的书信，给他们带来了朝中最新的消息。宪宗命前任淮南节度使李吉甫为中书侍郎、同平章事。还有一个消息就是宦官不愿意让李绛在翰林院任职，害怕他掌权对他们不利，于是设法使李绛出任户部侍郎，兼管户部。李绛喜实厌虚，在朝廷敢于犯颜直谏。他曾说：身居国家重要职位，如果只图爱惜自身不敢直谏，是臣子辜负于君王，若臣子为国为民不看圣上的脸色说话，敢于做出不顺从圣上的事而被治罪，那是圣上负于臣子。宪宗听罢很受感动，喜欢李绛的耿直，说他是真宰相，非常器重他。但这次李绛职位的变更，让元稹看到宦官势力的强大。薛涛对宦官当权，奸臣当道是十分痛恶的。宦官飞扬跋扈让元稹受辱，也让元稹对他们痛恨不已。每每提及藩镇的割据和宦官的专横，三人对朝廷的软弱迁让表示不满。

薛涛在江陵已居数月，元稹始终不提婚嫁之事。按制度，官员丧妻三年之内不能娶妻，但是可以纳妾。元稹知道薛涛是断然不会答应给他做妾，所以他不敢提出，但是娶妻他又有自己的想法，因此他没有给薛涛任何承诺。而薛涛以为元稹的沉默是对亡妻难以忘怀，她读过元稹的《感梦》，那是元稹梦遇亡妻，有感而作，其情之真意之切，让人感动。近来，薛涛对元稹有些琢磨不透，她看出元稹有心事，每每问及，元稹总是避而不答，或者敷衍过去。最近几天李景俭和元稹常避开她，似乎在商谈什么，她问元稹，元稹支支吾吾，说没有什么事。这天中午，李景俭又来了，恰逢元稹不在。薛涛便诈称元稹告诉她那件事了，但是不知道具体细节。李景俭中了薛涛的计，便把事情和盘托出。原来李景俭从中牵线，让元稹认识了一位安姑娘，李景俭劝元稹纳妾。安姑娘年方十八，端庄秀丽，识文断字，一直仰慕元稹的诗名，愿意为妾。

听到此事，薛涛心中一阵悲凉，随即不动声色地感谢李景俭，说元稹身边也要人伺候，而自己不日就要回益州，武相国早就来信让她回去。晚上元稹回来，看到薛涛置备了一桌好酒菜，有些不解。在元稹高兴之时，酒酣耳热之际，薛涛问及安姑娘之事，元稹有些尴尬，心中有些慌乱，但还是告诉了薛涛实情。

元稹："洪度，我真不是有意瞒你，这几个月看着你每天这么为我操劳，我心有不忍，可是我又不能委屈你，即使我们谈婚论嫁，也得再过两年……"

未等元稹说完，薛涛叹了一口气，说："微之，我并没有责怪你，你的生活也确实需要一个人照料。你知道年前武相国来信让我回去说有事相商，过几日，我便要走，你在这里生活也要有一个人照料。"

话说到这里，两人都沉默不语。

收拾完碗筷，薛涛洗浴完毕，上床睡觉。

元稹坐在书桌前，缓慢地磨着墨，心中思绪万千。他对薛涛是有感情的，也是爱薛涛的，可是他断然不敢提出让薛涛为妾。以薛涛清高孤傲的个性，也不会答应的。而让薛涛做他的妻子，元稹心中又不愿意，他想通过联姻来改变目前的处境。对安姑娘，他并不是一见倾心，但是那姑娘善解人意，又倾慕他，让他不忍拒绝，还有李景俭在一旁相劝，他便答应下来。本来是想等薛涛回益州后再写信告知，却不料她知道了，这让他颇有些为难，思前想后，他便写了一首诗《有所教》，想来薛涛读后会明白他的心。

莫画长眉画短眉，斜红伤竖莫伤垂。

人人总解争时势，都大须看各自宜。

写完后，元稹用镇纸压在桌上，明天一早薛涛起床后会看到这首诗。

清晨，薛涛懒懒的不想起床，元稹做好了早饭，给她放在锅里后就去节度府了。昨晚她多喝了一些酒，早早地睡了。晚上元稹和她温存，她半醉半醒间也就由着元稹。此刻，她在静静地想着心事。如果说元稹不爱她，那不是事实，可是元稹又没有明确地说娶她为妻，现在他想纳妾，她薛涛在他心中是什么位置呢？从内心来说她也是爱元稹的，可是元稹现在这么做，伤害了她，她薛涛有自尊，不想委屈自己。

一只鸟跳到窗台上叽叽喳喳地叫着，薛涛起来打开窗户，阳光霎时涌了进来。吃完早饭，薛涛进了书房，她看到元稹写的诗，心有所悟。

与元稹离别的日子终于到来，薛涛回益州没有走水路，她走陆路，既想看看沿途的风景，也想拜访一些诗友。

元稹依然是那样情意绵绵，难舍难分。李景俭和他一道为薛涛送行。

听说薛涛游历归来，张元夫连忙去见薛涛。

张元夫是张正甫的侄儿。张正甫，南阳人，贞元二年丙寅科状元及第。以仁爱待人，拒交不义之徒。为官清正，行事强悍，不为名利所动。薛涛非常钦佩张正甫。年轻的张元夫品行端正，好学，做事认真，颇有其伯父的品行，薛涛和他同为校书，接触颇多，很喜欢他的为人。

张元夫是节度使府的七品校书，喜欢穿红色衣服，在碧绿的浣花溪边非常惹眼。虽然张元夫比薛涛小八九岁，但是与薛涛很聊得来。几个月来薛涛不在家，张元夫去浣花溪也少了。薛涛回来，他第一个来浣花溪薛涛家中探望。看到薛涛情绪不好，有些闷闷不乐，他不敢多问，只是陪着薛涛在浣花溪走走，说说薛涛远游的日子里，使府内发生的一些事情。

站在溪边，看到门前的菖蒲在风中摇曳，薛涛心中一阵阵悲凉。在婚俗"纳采"中，男家向女家必须送九物中的"九子蒲"与"朱苇"，她原以为这满门的菖蒲终有一天会派上用场，可如今呢？元稹终究是让她伤心了，她三月离去，元稹四月就迎娶了安仙嫔姑娘。

薛涛喜欢元稹的才情和聪颖，还有敢于直谏、刚正不阿的品格，几个月的相处更是爱上了他，可是元稹还是深深伤害了她。

元稹和薛涛一样，其聪颖在年少时就展现出来。薛涛年少时与父亲对诗《井梧》，颇似元稹与他母亲郑氏对的夏冬景诗：

（郑氏）新笋紫长短，
（元稹）早樱红浅深。
（郑氏）扣冰浅溏水，
（元稹）拥雪深竹阑。

与薛涛还有一点相同，元稹也是幼年丧父。两人相处时谈到对父亲的怀念，竟有心心相通的感受。

的确，元稹的聪颖不是一般人能及的。贞元八年，元稹以"乡贡"的资格被送往长安，参加考试。当时州府考试科目都仿朝廷的考试科目模式，《礼记》《左传》《毛诗》《周礼》《仪礼》《周易》《尚书》《公羊》《穀梁》一共九门。通过帖经、口试、答策三场考试之后，粗通一经的举子已经是很少了，可年方十五岁的元稹却以"明二经"的成绩名列第一，是当年唯一的一名以明经及第的举子。元稹二十五岁时，娶了当时正在太子宾客任上的韦夏卿的小女儿韦丛为妻。结识了韦夏卿的幕僚柳宗元、刘禹锡、李景俭，并成为好友。元和元年初，元稹和白居易主动辞去校书郎职务，相约参加应制科考。这次元稹又是状元及第，排名第一，白居易排名第四。

元稹满腹经纶，才情横溢，这是薛涛欣赏他的缘故，江陵之行，朝夕相处，耳鬓厮磨，又爱上了元稹。

可是他终究是弃她而另娶他人，薛涛有些心灰意冷。但是元稹没有娶妻，这又留给薛涛一线希望。

元和六年三月，严绶为江陵尹、荆南节度使，成为元稹的直接上司。

监军使为宦官崔潭峻，正好是当朝大宦官仇士良的政敌，他对元稹受辱那件事愤愤不平。严绶和崔潭峻都喜欢元稹的诗文，他们很看重元稹，元稹的心情变得好起来，常与他们研讨诗文。元和七年，元稹写了一封书信给薛涛，信中谈及他在江陵的生活，也回忆了他们相处的点滴和对薛涛的思念。接到元稹的信，薛涛触动了心中最柔软的情愫，她写了一首《牡丹》作为回复：

去春零落暮春时，泪湿红笺怨别离。
常恐便同巫峡散，因何重有武陵期？
传情每向馨香得，不语还应彼此知。
只欲栏边安枕席，夜深闲共说相思。

与元稹分别一年了，薛涛心中始终装着元稹，她忘不了江陵之行。

元稹收到薛涛的信笺和诗，心中感慨，他亦忘不了他爱着的薛涛。随后他将薛涛的诗寄给白居易，白居易读了薛涛的诗，心中不免为这个痴情女子叹息，他太了解多情又寡情的元稹了。当年元稹娶韦丛，其中包含着门第的观念，若是再娶妻，元稹还是会考虑攀上高门。当时的社会风气，门第观念，以及婚姻非高门则为世所不齿的世俗，元稹怎么会去娶出身寒微的薛涛为妻呢？更何况元稹是个热衷于高位的人。元稹是北朝贵族鲜卑族拓跋部后裔，即北朝贵族，虽然在贞元九年、十九年，分别以明两经擢第、登书判拔萃科，却未中进士，后来是凭借贵族身份和妻族显贵，得朝廷授予秘书省校书郎，而后据以升迁。可是白居易又不能直说出元稹的意图，他怕伤及薛涛的自尊。他只是委婉地写了一封信，说自己的爱情故事，那个青梅竹马的邻家女儿，还在苦苦等待着他，可是他母亲以死相拼，就是因为她母亲认为她家的门第低微。

仔细研读着白居易的信，想到白居易在信中的良苦用心，薛涛联想起和元稹交游的过往，这才明白一场春梦终成空。

薛涛想起了春天的柳絮，不禁对元稹心生一丝幽怨：

二月杨花轻复微，春风摇荡惹人衣。

他家本是无情物，一向南飞又北飞。

第七章　万里桥边女校书

一　秋天的诗宴

洛阳陌上埋轮气，欲逐秋空击隼飞。
今日芝泥检征诏，别须台外振霜威。

——薛涛《赠苏十三中丞》

早秋，浣花溪的碧水依然那么清澈，两岸松竹吟风，秋蝉不知疲倦地吟唱。薛涛门前，菖蒲花正摇曳它的艳丽，鸥鹭在水边悠闲地栖息。薛涛正为一场秋宴做准备，她想邀请西川节度使武元衡及其府中幕僚一同赏游浣花溪。

春萍早就准备好陈年佳酿。浣花溪边有一酒家世代酿酒，祖传的酿酒技艺经过几代人的传承，已经到了炉火纯青的地步。酒家用高粱和浣花溪水将酒酿制而成，然后密封进竹筒埋入地下，年代越久，其香越醇。酒宴的日子还没到，酒家早早地将酒送来了，打开竹筒，满屋酒香，在薛涛的赞叹声中，酒家赶紧把竹筒封上。恰逢简州刺史郭翎给薛涛寄来一筐柑橘，这次酒宴正好用上。

这天清晨，朝霞刚刚铺满浣花溪，门外的丛生忙进屋告诉薛涛，说武相国和裴大人带领众位大人骑着马正沿着浣花溪前来。薛涛吩咐春萍和丛生倒茶，她出门迎接。

裴度远远地看见薛涛，大声吟诵："缥缈仙女风中立。"

薛涛微微一笑："各位动步了，薛涛有失远迎。"

众人进了庭院坐下，春萍和丛生赶紧上茶。

武元衡环视庭院，见院子布置素雅，赞道："薛校书把庭院布置得这么有情调，真费了一番心思。"

李程说："洪度做什么事都是完美的。"

薛涛莞尔一笑："早就想请大家一起聚聚，今日才得此机会，我非常荣幸。"

一盏茶的工夫后，薛涛请大家坐上船，一起赏游浣花溪。

船中早就摆好了三张木几，几上摆满了茶、酒、菜、点心等，当然还有郭翎送的柑橘。薛涛打开酒筒，顿时，酒香四溢，众人齐夸好酒，并说一定要饮个痛快。

船在缓缓前行，另外一艘小船尾随在后，小船上春萍忙着烧水做菜，以便供应大船上的茶水和菜肴。

听风、看景、吟诗、饮茶、喝酒，浣花溪上的浪漫景致都是诗人们喜欢的，何况武元衡能抽出时间赏秋，大家都很乐意陪同。

萧祐吃着柑橘，对薛涛说："薛校书，郭刺史的柑橘我们吃了，你可要写首诗酬谢人家，要不你现在作一首，让我们先听为快，倘若你把诗寄走了，我们就难得读了。"

李校书也附和着："是啊，题目就是《酬郭简州寄柑子》。"

裴度也不甘落后："人家大老远地寄柑子来，这情谊很重的。"

武元衡也说："好，薛涛肯定不负众望。"

见推脱不了，薛涛说："行，我抛砖引玉吧。"

霜规不让黄金色，圆质仍含御史香。

何处同声情最异，临川太守谢家郎。

沉默中大家在仔细回味薛涛的诗。

李程打破沉默："谁来解一解这首诗？"

"我说'临川太守谢家郎'是指南朝诗人谢灵运，他曾任临川太守，他的族弟惠连曾写过《柑赋》，颇有名气。我想薛校书肯定是将谢灵运兄弟来喻郭简州。"裴度喝了一口茶说。"至于'何处同声情最异'，呵呵，薛校书自己解释。"

"那么，'御史香'呢，谁来解一解？"武元衡饶有兴趣地说，薛涛的这首诗用了两个典，特别是"御史香"这个典，他觉得用得很有趣。

"还是相国解吧！"薛涛看着武元衡说。

"好！既然洪度让我解，我就说说吧。高宗时，谏官贾忠言撰写《御史本草》，以里行员外试者为合口椒，最有毒；监察为开口椒，毒微歇；殿中为萝卜，侍御史为脆梨，渐入佳味；迁员外为柑子，言可以久。看看，贾忠言把朝廷的众多命官，拿来与草本相提并论，好好地调侃了一番。洪度的诗妙在把原本是柑子的'迁员外'变成渐入佳味的脆梨'御史香'，'迁员外'本是升迁而被列编在外，不被重视的编外官，在洪度诗中变成'含御史香''言可以久'的'金色'宝贝，这顺典延伸恰到好处。"武元衡一口气说完。

"好，相国解得好！"裴度兴奋得站起来鼓掌，倒了一杯酒，敬武元衡。

气氛变得热烈起来，好酒，好菜，大家频频互敬。

武元衡说："有酒必有诗，今天我们作诗，题目自己定。"

裴度一听，很赞成："这个好，我来吟一首《傍水闲行》。"

喝得满面通红的裴度站起来脱下外衣，将一杯酒一饮而尽，大声吟诵：

> 闲馀何处觉身轻，暂脱朝衣傍水行。
>
> 鸥鸟亦知人意静，故来相近不相惊。

"好！"薛涛给裴度满上酒，裴度端起来依然是一饮而尽。

武元衡作了一首《山居》：

> 身依泉壑将时背，路入烟萝得地深。
>
> 终岁不知城郭事，手栽林竹尽成阴。

李程、李书记、卢士玫等各自作了诗，大家对诗做出评价。

这场诗宴让众人非常开心，春萍的菜做得好，酒也香醇，日落时分，大家尽兴而归。

不久裴度被调入京城，众人在合江亭送行。进京后裴度写信告知武元衡藩镇不听朝廷命令远比想象的要严重得多。对此，武元衡暗自担忧，西川虽然在他的治理下，已经逐渐富庶，但吐蕃在边境依然虎视眈眈地盯着蜀中。倘若藩镇有什么反叛行为，他们一定会乘虚而入。薛涛也分析，朝中在用人上肯定有一次调整和变动，李吉甫和李绛总是意见相左，在皇上面前争辩不已，这就需要一个得力的宰相从中调和，只有这样，才能改变目前的局势。

薛涛分析得不错，藩镇之祸与宦官之祸，到德宗后期成为积重之势。永贞革新有意改革时弊，但在宦官与藩镇的联合反击下归于失败。宪宗即位之初，励精图治，倚重武元衡、李吉甫等人，发动削藩运动，平刘辟、李锜等，呈现中兴之象。但是几十年来藩镇割据，积弊日深。朋党争权，宦官争势，不是一时能根除得了的。节度使死后，其子侄往往自称留后，迫使朝廷加以任命。面对各藩镇世代承袭节度使的弊病，宪宗下决心惩治，无奈力不从心，以致出现讨伐王承宗的闹剧。

翰林学士、司勋郎中李绛极力进言皇帝，陈述宦官傲慢专横，侵扰损害朝中政务，谗言诋毁忠诚坚贞之士。多次建议宪宗削藩平党，并积极参与谋划。却被参了一本出任户部侍郎，兼管户部。但是宪宗喜欢李绛刚正不阿，敢于直谏，又于元和六年十一月，任命李绛为中书侍郎、同平章事。李绛入阁拜相后，更是尽职尽责。

宪宗时刻关注蜀中情况，西川是他坐镇天下的南大门。

元和七年深秋，宪宗派御史台苏中丞前往西川，武元衡设宴接风。

朝廷御史台设有御史大夫一人，正三品；中丞三人，正四品下。大夫掌以刑法典章纠正百官之罪恶，中丞亦如是。实际情况是御史大夫空缺，于是中丞代行其职，所以中丞的权威很重。但是御史台并不是真正具有独立监察执法的权力。御史台的监察活动要受到其他部门官员的牵制：尚书省的长官左右仆射有弹劾御史不当的权力，尚书省的左右丞有纠正省内、弹劾御史举不当的职能，门下省和中书省的官员有御史共同"听天下冤滞而审理之"的职权。御史的监察活动，确切地说是秉承皇帝的旨意行事。苏中丞来西川亦肩负重任。武元衡在蜀六年，与民休养生息、百姓安居乐业，边疆相安无事。薛涛自然明白苏中丞此行之后必有人事变化，在酒宴中，她举杯频敬武元衡，眼睛里流露出不舍。武元衡接住了她的目光，心中赞叹，好聪明的女子。

酒宴高潮处，少不了赠诗。

苏中丞最为期待的是薛涛的诗，薛涛给苏中丞敬酒时，苏中丞一饮而尽，双手作揖道："久闻薛校书诗名，今日若求得一首，也不枉虚此一行。"

薛涛微微一笑，答道："苏中丞远道而来，行风霜之职，小女子该当以诗相迎。"

她略一思索，在深红笺上写下《赠苏十三中丞》：

> 洛阳陌上埋轮气，欲逐秋空击隼飞。
> 今日芝泥检征诏，别须台外振霜威。

武元衡站在薛涛旁边，看薛涛写完，心中暗暗为她叫好。这首咏史论史诗写得大气豪迈，用典恰到好处。诗中的"埋轮"是指后汉侍御史张纲，严守职责，埋其车轮于洛阳都亭，说："豺狼当路，安问狐狸"，以示坚守岗位，履行职责，他上书弹劾外戚大将军梁冀，被后世传为佳话。"欲逐秋空击隼飞"更是志若天高。薛涛以古喻今，恰到好处。

众人纷纷传阅薛涛的诗，均称赞意象、主题好。

随着苏中丞的离去，武元衡即将被召还朝的消息在西川传开了。

正如薛涛预料的那样，苏中丞来西川，一是奉朝廷之命来察看西川军务防备，二是给武元衡传递进京的信息。皇上认为权德舆缄默不言，有亏相职，有意罢其相，决定调任武元衡去朝中任相职。武元衡得知这个消息，心里对蜀中有些不舍。

这几年，他励精图治，整饬边防，减轻赋税，百姓安居乐业，在短短几年内，他将叛乱后满目疮痍的蜀中，治理成富庶之地。这里远远没有朝廷中的尔虞我诈、争权夺利、阿谀奉迎。无论遇到什么事，节度府的官员们齐心协力，出谋划策，此外还有善解人意的薛涛，这些都让武元衡不舍。可是，如薛涛所劝，要以国家社稷为重，不能偏安一隅，朝廷更需要他。

元和八年春，宪宗召武元衡入相。众幕僚得知这一消息，决定在摩诃池散花楼设宴为武元衡饯行。

摩诃池在益州城东南，始建于隋朝，当时益州刺史杨秀镇蜀。杨秀是隋文帝杨坚的第四个儿子，他被封为蜀王后，在富庶的益州大兴土木、兴建王宫，筑了一座广子城，筑城取土的地方，被因势凿成人工湖。池边又建有散花楼，用以游宴取乐。一位西域僧人路过，说道："摩诃宫毗罗。"摩诃是大宫的意思，毗罗为龙，意思是此池广大有龙。于是这个池子就被称为摩诃池。摩诃池始成初期，面积约五百亩，只能靠储蓄天然雨水。宣宗大中七年，节度使白敏中开金水河，自城西引流江水入城，汇入摩诃池，连接解玉溪，至城东汇入油子河。到德宗贞元元年，韦皋开解玉溪，并与摩诃池连通，他修葺散花楼，并建有西晚亭。由于摩诃池注入了充足水源与盎然生机，吸引着众多文人骚客到此玩赏。李白曾写过《登锦城散花楼》：

> 日照锦城头，朝光散花楼。
> 金窗夹绣户，珠箔悬银钩。
> 飞梯绿云中，极目散我忧。
> 暮雨向三峡，春江绕双流。
> 今来一登望，如上九天游。

杜甫也有《晚秋陪严郑公摩诃池泛舟》：

> 湍驶风醒酒，船回雾起堤。
> 高城秋自落，杂树晚相迷。
> 坐触鸳鸯起，巢倾翡翠低。

莫须惊白鹭，为伴宿清溪。

武元衡来西川后，更是将摩诃池作为宴请官员以及文朋诗友的好去处，并且留下很多诗作。如《摩诃池送李侍御之凤翔》：

柳暗花明池上山，高楼歌酒换离颜。
他时欲寄相思字，何处黄云是陇间。

这天，阳光暖暖地照着，摩诃池上白鹭和水鸟在池中悠闲地游弋，散花楼的倒影映衬一池碧波，岸边垂柳的枝条在风中摇曳，大大小小的船只在池中随意而飘，风吹过，漾起满湖涟漪。节度府大小官员门陆陆续续地到达摩诃池，武元衡在李程和萧祐的陪同下骑马前来，薛涛带着她的凤首箜篌早在散花楼等候。见武元衡登上散花楼，众官员起身恭迎，武元衡摆摆手，让大家不必拘礼。等武元衡落座后，众官员一一坐下。

武元衡看着大家，又站起来，拱手说道："承蒙各位雅意，为我设宴钱别。六七年来，众位与我齐心治蜀，感谢诸位鼎力相助。我政绩甚小，有负众望，倍觉惭愧，今此一别，不知何日再聚。"

李程说："相国治蜀有方，几年来，蜀中百姓安居乐业，边境相安无事，今相国骤然离去，幕府属僚和蜀中百姓深感不舍，我先敬你！"

黄贻也敬了武元衡。

观察支使卢士玫神色凝重，不舍地说："相国恩加四方，宽厚仁爱，将战乱后的蜀地治理成富庶之地，百姓爱戴，适才在路上碰见很多百姓，要来肯请相国留蜀。我劝他们以国家为重，他们方才散去。我敬相国。"说完，卢士玫一饮而尽。

其他官员也一一敬过。

薛涛捧杯上前，也说道："我代表蜀中父老乡亲敬相国一杯，感谢相国给蜀中百姓带来富庶与安康，一杯薄酒难表感戴之恩。"她一饮而尽。

武元衡举杯谢过："蜀中一直以来就称为天府之国，只是因为刘辟叛乱，给百姓带来灾难。本使在此地几年，不过稍抚疮痍。要恢复昔日昌盛，还有望在座各位励精图治，给百姓造福。元衡感谢蜀中父老，只是圣命难违。我干了，以表谢意。"

薛涛说："相国总是受命于危难，如今朝廷正需要相国这样敢于担当的人。"

"既已立身许国，就该听命于朝廷。"武元衡接过薛涛的话。

这场酒宴一直饮到日落时分，众人才上船在池中泛舟。

一叶叶扁舟在池中缓缓划行，薛涛、黄贻、李程等和武元衡同在一船。

薛涛坐于船头，怀抱着凤首箜篌，一身红衣的她格外醒目。

李程说："薛校书，这良辰美景，就差你的天籁之曲，相国即将进京离去，今天弹奏什么曲目？"

薛涛将弦轻轻一拨，清脆的声音撞击着水面，显得更加清越："当然，我弹一曲《相和歌·瑟调曲》。"

这曲曹植的箜篌引，是一首独具特色的游宴诗。它通过歌舞酒宴上乐极悲来的感情变化，展示人生短促的苦闷和建立不朽功业的渴求，有"雅好慷慨"的时代风格，很适合今天这个场合。

嗓音温婉的薛涛边弹边唱，宛若给明丽的乐曲加了一组和弦，触摸着人的心灵，其空灵与柔媚动人心弦。

一曲弹罢，武元衡诗兴大发，随口吟出《摩诃池宴》：

> 摩诃池上春光早，爱水看花日日来。
>
> 秾李雪开歌扇掩，绿杨风动舞腰回。
>
> 芜台事往空留恨，金谷时危悟惜才。
>
> 昼短欲将清夜继，西园自有月裴回。

船上，众官员纷纷和诗。

薛涛说："洪度一直喜欢相国的边塞诗，我再弹一曲王昌龄的《箜篌引》。"王昌龄的箜篌引沉重悲郁，描写了边塞的军将生活经历。薛涛弹奏的两曲将池上泛舟推向高潮。

李校书提议："送相国入京，我们吟唱相国诗句，如何？"

这一提议得到大家的赞同，黄贻说他用笛子伴奏。

悠扬的笛声在水面漂浮，李程低沉而舒缓的吟诵在笛声中极富有磁性，他在吟诵武元衡的《塞下曲》：

> 草枯马蹄轻，角弓劲如石。
>
> 骄虏初欲来，风尘暗南国。
>
> 走檄召都尉，星火剿羌狄。
>
> 吾身许报主，何暇避锋镝。
>
> 白露湿铁衣，半夜待攻击。
>
> 龙沙早立功，名向燕然勒。

"吾身许报主，何暇避锋镝。"薛涛接过去继续吟诵："六岁蜀城守，千茎蓬鬓丝……"筌篌与笛声相和中时而高昂时而凄婉，薛涛的吟诵声在乐曲中显得更加清丽。

几天后武元衡离蜀入京，不久武元衡入朝执掌政事。

接替武元衡镇守西川的是李夷简。

李夷简，字易之，李唐宗室。元和八年正月，李夷简由山南东道节度使调任为益州尹，兼任西川节度使。李夷简早年为郑县丞，贞元二年进士，也富有文采。他对薛涛敬重有加，欣赏薛涛的才气，钦佩她的胆识，他依然请薛涛做节度府的幕僚。

李夷简上任不久，嶲州就发生了动乱。

武德元年，嶲州辖越嶲、可泉、苏祁、邛部四县，州治为越嶲县。肃宗至德宗元年，吐蕃、南诏联兵攻陷越嶲郡。至德宗二年朝廷又于邛州临溪镇置行嶲州，安置越嶲郡遗民。德宗十三年，韦皋发兵收复了嶲州，之后，嶲州一直属于西川管辖。李夷简听说动乱后，忙召集幕府僚客商量对策。

薛涛说："自韦令公收复嶲州后，那里比较安定，但是民族杂居，情况很复杂。与南诏和蛮族的关系若处理不好，容易激起矛盾，还希望节度使大人能查明原因，迅速处理这次动乱。否则，一旦事态扩大，局面恐怕难以收拾。"

卢士玫也说："我刚和监察支使李程查探清楚，是嶲州刺史的原因造成的。"

李夷简点点头，问李程："具体什么原因？"

李程回答："嶲州刺史王颙贪赃枉法、唯我独尊，纵容亲信胡作非为，欺压蛮族百姓。相国镇蜀，对他实行制约，他还有些收敛和节制。现在他趁官员调任之际，为所欲为，百姓忍无可忍，所以蛮族发生动乱，反叛大唐而去……"

听到李程的奏报，李夷简非常震怒，与众幕僚商议后，发表檄文，派兵声讨王颙。捉拿王颙治罪后，贴出公文告示，安抚百姓，并颁布一系列优惠蛮族的政策，很快，叛乱平息。

当年韦皋作《奉圣乐》，后来于頔作《顺圣乐》，常在军中演奏，并且形成了定例。李夷简废除这项定例，说"礼乐非诸侯可擅制"，李夷简对这件事的处理得到百姓的爱戴，朝廷闻奏后也对他予以嘉奖。

这次平定动乱后，李夷简任命李程为益州少尹。

二　惟有碑泉咽不流

昔以多能佐碧油，今朝同泛旧仙舟。凄凉逝水颓波远，惟有碑泉咽不流。

——薛涛《摩诃池赠萧中丞》

元和八年七月，吏部出现受贿大案。

新授桂管观察使房启贿赂吏部主要官员，私自得官而被告发。宪宗发怒，杖罚吏部令史，罚郎官，将房启降为太仆少卿。吏部急需用人，武元衡推荐远在益州的卢士玫入京任职。在蜀七年，武元衡身为节度使兼观察使，卢士玫为观察支使，相处下来，武元衡深知卢士玫的才干。冬季，卢士玫接到入京的诏书，即日赴京任吏部员外郎。

雪悠然地飘着，薛涛坚持将卢士玫送到都江堰的玉垒山。一路上，薛涛默默不语，这场雪让她想起了那年她和武元衡踏雪吟诗。当年被罚赴边地，武元衡上任后，让卢士玫查她的案子，发现无罪后，很快召她回到益州城，并且奏她为校书。虽然还是未得到朝廷的准可，但是武元衡仍然聘她为校书，在幕府做僚客。武元衡尊重她，关心她，懂她的所思所想。江陵之行，他拿出自己的俸薪资助她出行，对薛涛的同僚说她出门远游，未曾对他人透露她与元稹的私会。点点滴滴的过往涌上薛涛的心头，让她心潮难平。段文昌入京，裴度入京……如今，卢士玫也离去，身边熟识的友人一个个离开蜀地。京城，她儿时的摇篮，梦中的故乡，她只能遥望。

在玉垒山前的驿站，薛涛拿出已经包好的带给武元衡和裴度的十色笺交给卢士玫。她酌上一杯酒，敬给卢士玫，然后敬他的家眷。窗外，雪越下越大，薛涛感慨万千，提笔写了一首《送卢员外》：

> 玉垒山前风雪夜，锦官城外别离魂。
> 信陵公子如相问，长向夷门感旧恩。

在这首感恩赠别诗中，"别离魂"三字写出了薛涛对卢士玫的不舍之情，薛涛将信陵公子喻为武元衡，夷门明喻武元衡，也暗指卢士玫，薛涛一语双关，借一首诗同时感谢两人，薛涛的诗总是这样，用典精辟，让卢士玫赞叹不已。一向善于用典的薛涛，巧妙地把她送别的情谊、感恩的情深融进诗中。信陵公子是战国时魏国公子无忌，魏安厘王之弟，被封为信陵君，曾任魏国上将军。而武元衡也是魏地人，现在京任门下侍郎、平章事。武元衡和信陵君同为魏地人，身份也相近，这种比喻很贴切。夷门本是开封的代称，是战国魏都大梁城的东门，因在夷山上得名。同时，还作为夷门抱关吏侯嬴的代称，信陵君与侯嬴是主从关系，恰如武元衡与卢士玫。所以诗中夷门，指魏都大梁，以夷门比喻身居魏都的信陵君，薛涛在诗中代指武元衡，也暗指卢士玫，两人都有恩于她。

　　车辆在风雪中远去，薛涛站在那里，直到一个小黑点消失在白茫茫的世界里。

　　又一年过去了，居住在浣花溪畔的薛涛，读书、写诗、弹琴，接待慕名而来的诗友，去节度府和李夷简谈古论今，在酒宴上以诗相和。日子不紧不慢地过着，节度府里，原来的老朋友走了一些，又来了一些，因此薛涛又结识了一些新朋友，薛涛与他们相处融洽。这些老朋新友都喜欢到浣花溪薛涛家里品茗论诗，听她弹琴作画。薛涛赠送他们十色笺，从不吝啬。其中，老朋友张元夫是到浣花溪最勤的人。

　　张元夫常常漫步在浣花溪边，看水鸟在溪中自由自在地嬉闹，两岸的树木竹林郁郁葱葱，他的心情就特别好，诗情在脑海里盘旋，走到薛涛住处，常常挥笔记下他的诗作，然后和薛涛一起品评。他也喜欢听薛涛弹箜篌，像孩子一样专注地看着薛涛出神。薛涛也喜欢他的纯真和朴实，常常留他一起吃饭。

　　九月的一天，李夷简在节度府中正和李程、薛涛、张元夫等商谈秋季去边地巡查之事，忽然，侍从来报，说兵曹参军韦臧文有事求见。

　　薛涛知道韦臧文奉李夷简之命去江陵拜见元稹。

　　当年在京时，元稹为监察御史，李夷简为御史中丞，两人关系比较密切。李夷简为襄阳山南东道节度使时，被贬江陵的元稹，特地赴襄阳拜访了李夷简。

　　薛涛自元和六年三月离开江陵，一直没有与元稹见面，但元稹经常给薛涛寄来他与白居易、韩愈等人的唱和诗作。此刻薛涛很想知道元稹的近况，一晃离开江陵四个年头了，尽管心中对元稹很失望，但是她知道元稹还是爱她的，而她宁可孤鸾一世，也不愿意降低自己的身份作为小妾嫁给元稹。

　　韦臧文与李夷简行过礼，便将在江陵的情况一一做了禀报。他拿出元稹带来的书信，交给李夷简。其中有诗文，元稹的诗题为《贻蜀五首并序》，分别赠给李夷简、李程、韦臧文、张元夫和卢子蒙的。正好这几个人都在这里，大家纷纷传看。

元稹的序为: 元和九年, 蜀从事韦臧文告别, 蜀多朋旧, 稹性懒为寒温书, 因赋代怀五章, 而赠行亦在其数。

给李夷简的诗为《病马诗寄上李尚书》:

> 万里长鸣望蜀门, 病身犹带旧疮痕。
>
> 遥看云路心空在, 久服盐车力渐烦。
>
> 尚有高悬双镜眼, 何由并驾两朱辕。
>
> 唯应夜识深山道, 忽遇君侯一报恩。

元稹和李程都是韦门的女婿, 李程娶了韦夏卿的长女, 元稹娶了韦夏卿的小女。李程的妻子最近去世, 元稹和他便有些同病相怜了。于是, 在《李中丞表臣》中元稹写道:

> 韦门同是旧亲宾, 独恨潘床簟有尘。
>
> 十里花溪锦城丽, 五年沙尾白头新。
>
> 倅戎何事劳专席, 老掾甘心逐众人。
>
> 却待文星上天去, 少分光影照沉沦。

诗中, 元稹写出了对李程的同情, 同时也把升迁之望寄予李程。

给卢真的《卢评事子蒙》是这样的:

> 为我殷勤卢子蒙, 近来无复昔时同。
>
> 懒成积疹推难动, 禅尽狂心炼到空。
>
> 老爱早眠虚夜月, 病妨杯酒负春风。
>
> 唯公两弟闲相访, 往往潸然一望公。

给张元夫的是《张校书元夫》:

> 未面西川张校书，书来稠叠颇相於。
> 我闻声价金应敌，众道风姿玉不如。
> 远处从人须谨慎，少年为事要舒徐。
> 劝君便是酬君爱，莫比寻常赠鲤鱼。

传看到张元夫这里时，张元夫看到元稹给自己的诗，脸上白一阵，红一阵，有些挂不住了。大家看着张元夫抿着嘴直乐，但是都不说什么。

薛涛像看一场哑剧，不知道元稹的诗中究竟写了什么，让张元夫尴尬。她拿过元稹的诗作，读了后不动声色，心中明白元稹为什么不带诗给她，元稹在吃张元夫的醋了。

元稹与张元夫从未谋面，但是听说张元夫常常去薛涛那里，不免醋意丛生。虽然他和薛涛不曾谈婚论嫁，但是他很在意薛涛。八月元稹之妾安仙嫔生病，因为治疗不及时，年轻的安仙嫔留下一子一女离开人世。这时元稹对薛涛又有了一份期盼，薛涛当然明白元稹的心事。

元稹最后一首是给韦臧文的《韦兵曹臧文》：

> 处处侯门可曳裾，人人争事蜀尚书。
> 摩天气直山曾拔，澈底心清水共虚。
> 鹏翼已翻君好去，乌头未变我何如。
> 殷勤为话深相感，不学冯谖待食鱼。

元稹没有带诗给薛涛，众人觉得奇怪，只有薛涛明白其中原因。

大家对元稹的诗做了一番品评，然后各自散去。

自从张元夫接到元稹的诗后，就不再去浣花溪赏景，自然也不去薛涛那里了，他知道元稹误会他了。薛涛见张元夫不再来了，便写了一首诗，明里是写给张元夫的，实际上是给元稹看的，在《寄张元夫》中薛涛写道：

> 前溪独立后溪行，鹭识朱衣自不惊。
>
> 借问人间愁寂意，伯牙弦绝已无声。

诗中薛涛写出张元夫常常彳亍溪边赏景，连水边的鹭鸟对身着红衣的张元夫也见惯不惊了，她与张元夫只是朋友和知己。

不久，元稹读到了薛涛的这首诗，心中也就释然，他寄了几首诗向薛涛表达他的思念。

十月，严绶兼任申、光、蔡等州的招抚使，崔潭峻为监军，元稹调任为从事，随着严绶大军赴溆州，征讨蛮首张伯靖。

十一月，薛涛接到卢士玫从京城来信，信中告诉她裴度现为御史中丞。白居易为母服丧期满后，即将授太子左赞善大夫，而白行简则早于六月就在剑南东川节度使的幕府任从事。

得知这些消息，薛涛很高兴昔日的朋友都成为国家的栋梁之材，同时又为自己身为女儿，不能像男儿那样施展自己的抱负报效国家而叹息。

薛涛没有想到几个月后从京城传来让她震惊的消息。

代宗、德宗以来，淮西镇勾结河北诸镇，成为朝廷的心腹大患。

自从平定蜀中刘辟叛乱以后，宪宗就打算攻取淮西。可是讨伐王承宗毫无结果，现在又有新的叛乱。

元和九年九月，彰义节度使吴少阳死后，其子吴元济匿丧不报，自掌兵权。朝廷遣使吊祭，他拒而不见，接着又举兵叛乱，威胁东都。元和十年正月，宪宗决定对淮西用兵。淮西节度使驻蔡州汝阳，地处中原，战略地位重要。自李希烈以来，一直保持半独立状态，宪宗对其用兵，正是显示削藩的决心。

自从李吉甫去世以后，宪宗将采取军事行动的兵权交托给武元衡。武元衡和裴度削藩的决心最大，宪宗听取他们的意见，大凡有劝阻停战的官员，一律被贬。武元衡成了那些想割据称雄藩镇的心头大患。

元和十年六月三日，天还未亮，长安城笼罩在一片黑暗之中。武元衡早早地起来，从靖安里家中出来去上早朝。出了家门，路上行人稀少，街道两旁的店铺都没开门，武元衡骑在马上，侍从牵着马，提着灯笼在街上行走。刚走到东门，忽然听到"灭灯"的喊声，霎时，侍从提着的灯笼被不知何处来的箭射灭了。四周一片漆黑，武元衡心中一惊，对侍从说："有刺客，你快躲开！"话音未落，一阵乱箭射来，武元衡肩部中箭了。侍从看见几个黑影冲上来，一个黑影欲夺他手中马的缰绳。侍从与他搏斗。又有黑影拿着棍棒猛击武元衡的左腿。侍从奋力搏斗，却被一阵乱棍击晕。一刺客牵着马朝前走了十几步后，那几个黑影将武元衡从马上拖下来，武元衡一边赤手空拳与黑影打斗，一边高喊："有刺客！来人啊，有刺客！"不料却因寡不敌众，被黑影挥刀一阵乱砍。武元衡倒地后，他们砍下武元衡的头颅便跑。几个早行者赶过来，却不见了刺客。他们提着灯笼照着这无头的尸体，不知道是哪位上早朝的官员，直到武元衡惊跑的马回到武元衡的尸体旁，他们才知道是宰相被刺客杀害。

逻司见是宰相被害，噙着眼泪高声呼喊："刺客杀了宰相！刺客杀了宰相！"

人们都被惊动了，宰相被杀的消息传了十多里，立刻到达朝堂。

武元衡遇害的地点就在他住宅东北的隅墙之外。

同一天早朝被刺客所伤的还有裴度。刺客杀了武元衡后，又进入通化坊，前去刺杀裴度。当时裴度戴着厚厚的毡帽，刺客击中他的头部，裴度受伤后跌落在水沟中。随从王义从背后抱住刺客大声呼喊："有强盗！有刺客！快来人啊！"刺客见有人围过来，砍断王义的胳臂，迅速逃离。

宪宗先是震惊继而愤怒，为武元衡的离世停朝五日，下令捉拿刺客，严惩凶手。

刺客猖狂至极，在金吾卫与兆府万年、长安两县留下纸条："不要忙着捉拿我，否则，我先将你杀死。"因此，捉拿刺客的官兵也因为自危不敢操之过急。宪宗大怒，听从兵部侍郎许孟容的建议，起用还在养病的裴度为宰相，继续削藩，限时捉拿杀害宰相的凶犯。

很快查清是李师道所为。

朝廷对淮西用兵，淄青节度使李师道感到了威胁，于是就采用声言帮助官军讨伐吴元济，实际上是支持吴元济的两面派手法，企图巩固自己的地位。一直以来，李师道暗中豢养众多刺客，供给他们衣食。他先派人伪装成强盗暗中潜入河阴漕院，杀伤十多人，烧钱帛三十余万缗匹，谷三万余斛，把江、淮一带集中在这里的租赋都烧毁了。接着，又派人刺杀了主持平定藩镇叛乱，力主对淮西用兵的宰相武元衡和裴度。不久，又派人潜入东都，打算在洛阳焚烧宫阙，杀掠市民，后因事泄未能得逞。

武元衡被刺身亡的消息传到益州，薛涛震惊了。一连几天，她茶饭不思，内心充满了悲伤，堂堂宰相喋血京城街头，让她对当朝失望至极。宦官恃宠专权，藩镇藐视朝廷，割据一方，国内叛乱四起，国外吐蕃、回纥觊觎中原……内忧外患，百姓无法过上安定的生活。她又听说白居易第一个上书极力要求严查杀死武元衡的凶手，被嫉恨他的人参了一本，奏称左赞善大夫不能越位上奏，结果白居易竟被贬为江州司马。"朝廷成了什么啊，成了发泄个人私怨的场所，而皇上却不辨明是非，让奸佞的阴谋得逞。"薛涛深为白居易的遭遇叹息。

一连多天，薛涛心中被悲愤充盈，提起笔来想写点什么祭奠武元衡，那笔却似千斤重，写不出一个字，唯有泪水默默长流。她翻出和武元衡唱和的诗，一遍又一遍地读着，武元衡儒雅的身影一次又一次地在脑海里浮现。武元衡并非一个文弱的书生，他的魄力和胆识，是很多人不及的。他到任西川后，选贤才，安黎民，抚蛮夷，为政廉明，生活节俭，政绩卓著，中外同钦。他待人宽容，却又疾恶如仇。他更是一个浪漫的诗人，诗作以瑰奇艳丽著称，每有新诗写出，总被人谱入歌曲，广为传唱。在薛涛内心深处，潇洒的风姿，俊朗的微笑，细腻的内心，善解他人意的武元衡是她生活里一道亮丽的风景，她敬佩他、欣赏他、爱戴他，如今……

春萍的咳嗽声惊醒了薛涛的回忆。

开春以来，春萍身体虚弱，常常走几步就气喘吁吁，盗汗、咳嗽，她总对薛涛说她来日不多，让薛涛倍觉伤感。自从母亲去世后，薛涛就与春萍一起生活，春萍管理纸坊，也管理家务，这次生病的起因是春萍不顾料峭的春寒，和工人一起去水中捞浸泡的竹子。毕竟已经是五十多岁的年龄，结果受凉。这一病，尽管薛涛为她抓了很多药，悉心照料，还是不见好转。

年后一开春，薛涛的心绪就一直不好。

春三月，李程入京任兵部侍郎，送别之时薛涛亦是非常伤感。正值壮年的李程因丧妻心情一直不好，李程和薛涛告别的时候神情凄然，让薛涛心有所动，惋惜和痛惜中，她挥笔写下了《别李郎中》：

花落梧桐凤别凰，想登秦岭更凄凉。
安仁纵有诗将赋，一半音词杂悼亡。

李程艺学幽深，诗名在外，且宽柔养望，敢谏善言。薛涛敬重李程，因此离别之际，她挥毫送别。诗文中薛涛用了"安仁"之典。安仁是晋诗人潘岳，善辞赋，以悼亡诗著称。薛涛的一个"别"字语义双关，将她心中的难舍、几分哀伤、几分凄凉，还有李程的凄楚和哀痛都写出来了。薛涛将李程比作安仁，是对李程诗品、才气的一种肯定与赞赏，同时对饱受丧妻痛苦与悲伤的李程寄予同情和关怀。

连日来的劳累加之心情悲伤，薛涛也病倒了。

李夷简派萧祜前来探望，看到消瘦憔悴的薛涛，萧祜很吃惊。没想到才几天不见，薛涛病成这样，他提出陪薛涛到摩诃池散散心，薛涛同意了。

两人骑上马，前往摩诃池。

萧祜擅长鼓琴笙箫，精通书画。从在武元衡幕府任节度判官时起，他和薛涛就很聊得来，探讨字画，唱和诗文，还常常一起出游。今天，薛涛和萧祜一路上都没有说话，气氛显得有些沉闷。萧祜也不知道该说些什么，他拿出随身携带的竹箫吹了起来。顷刻，一曲浑厚、空灵却又悲怆的曲调从箫孔流出，郁郁苍苍，凄凄凉凉，如泣如诉，若梦若幻，叫人听了即便是不垂泪，一颗心也会如扑簌簌的秋叶，随时飘落。又如同久违人迹的闲阶，浮上一层层寒瘦的暗绿……路上的行人纷纷停下脚步，有人侧耳倾听这箫声，更有人默默跟在萧祜的马后默默地听完曲子才离去。

散花楼静静地矗立在阳光下，雕梁画栋，绿树环绕，时有鸥鹭掠过水面，漾起细碎的波纹，将倒映在碧水中的散花楼，纹上绸缎般的光泽，极其美丽。薛涛和萧祜登上散花楼，楼已在，人却去。忆起送武元衡的酒宴上，大家纷纷作诗与武元衡道别。今日两人回忆起来，不禁感叹物是人非，心中倍感凄凉。

那年他们一同泛舟池中，众人吟诵武元衡的诗作的声音仿佛还在耳边，武元衡爽朗的笑声仿佛还漂浮在水面……薛涛立于楼上，悲戚写在她的脸上，风吹起她的素色衣裙，看着远处的池水，她轻声吟道：

> 昔以多能佐碧油，今朝同泛旧仙舟。
> 凄凉逝水颓波远，惟有碑泉咽不流。

在《摩诃池赠萧中丞》这首诗中，薛涛将所有的悲情都融进了"碑泉"二字，"碧油"本是军中用帐，诗中薛涛将"碧油"比作萧祜曾在武元衡幕府中任职。在诗的末两句，又将自己悲痛的心情表达得淋漓尽致。

武元衡满七那天，薛涛在浣花溪边摆上香案，面朝北方，在香案前跪拜，然后将她写给武元衡的祭诗和黄纸烧掉。月光下，纸的火光映照着薛涛悲戚的脸，她泪流满面。

《摩诃池赠萧中丞》这首诗很快传开，不久传到京城。当裴度读到这首诗时，心情更加沉重了。他必须抓紧时间，削藩绝不言弃。

三　吟诗楼上观世象

碧玉双幢白玉郎，初辞天帝下扶桑。手持云篆题新榜，十万人家春日长。
——薛涛《上王尚书》

士人重官婚。

薛涛得知元稹与涪州刺史裴郧之女裴淑结婚的消息后，对元稹有了新的认识。去年对她来说，隐痛太多。三月李程入京，她身边少了一位挚友，深感惋惜；春萍病重，不见好转，她心急如焚；六月宰相武元衡遇害，她痛心不已；今年三月元稹入京，随后出为通州司马，秋天与裴淑结婚，她心中对元稹的那份期盼彻底破灭了。

此刻，薛涛坐在屋前的浣花溪边，面对着溪水弹奏箜篌，琴声异常凄凉而忧伤。病重的春萍挣扎着起来，默默地坐在薛涛的身边，静静听她弹奏。精通音乐的春萍是懂她的，无须更多的语言，薛涛的心事已随着琴声流泻。这个地方只能让薛涛更伤心，她总是想起武元衡，想起元稹，想起陆续从蜀中走出的旧友，春萍想，得让薛涛离开这里。

一曲终了，春萍看着薛涛，缓缓地说：“涛儿，我们还是搬回城里去住吧，我病了近一年，这浣花溪边潮气太重，造纸坊现在可让丛生来接手。”

“姐姐若是觉得这里不好，那我们搬回城里吧，寻一处热闹的地方。这么多年，你陪着我在这郊外生活已让我过意不去了。”

“自家姐妹别说这话，一说就见外了，人老了就怕孤独。有时候你出去了，我在家连个说话的人都没有，雇工们都在忙他们的事，这里又没有街坊邻居。若在城里，街坊邻居还可以串串门。”

薛涛说：“是啊，我也正想着搬回城里，节度府里现在也忙，住在城里去节度府近一些，也方便一些。最近节帅正在积极筹备战事，皇上已把王承宗的官职爵位全部削去，派河东、幽州、义武、横海、魏博、昭义六道进军讨伐王承宗。我想皇上的意思是各个击破，暂时不动吴元济和李师道，以免他们联合起来对抗朝廷。川西节度府要配合朝廷，随时待命，还有吐蕃赞普去世，新赞普可黎可足即位，目前还不知道新赞普的想法，边防也忽略不得。”

“我只期望天下太平，百姓安居乐业。”春萍叹了一口气，伤感万分，“看来京城我是回不去了，不过也没有亲人，回去做什么呢？”

薛涛安慰春萍：“姐姐不必伤心，我们在这里也生活得很好，最起码没有战乱。”

春萍顿了一会儿说：“也是，在这里生活这么多年，已经习惯了，如今京城那边确实很乱，不知道什么时候淮西能平复。”

薛涛回答："快了吧，听说皇上这次决心很大，就这一两年。"

以前薛涛喜欢住在浣花溪是因为这里清静，而现在她的心境变得凄凉，想一想春萍的身体怕潮气，于是她着手在城里寻找新的住处。

那一日，住在碧鸡坊的孙处士来访，闲谈中，薛涛提到想在城里寻一处住宅。孙处士一听，忙说："真巧，我的邻居有房子要卖，他们家要回东都洛阳。我觉得那地段不错，繁华闹市，房子宽敞，门前有院子，屋后有竹林，挨着濯锦江。还有他们家有一块地在濯锦江边，原来是打算做两层的房子，因为要搬回洛阳就一直没动工。洪度，搬去和我做邻居吧！"

薛涛知道那块地方，是枇杷巷。确实是好地方，就是不知道房子合不合适："行，我一会儿随你去看看。若合适，我就买下来。"

孙处士很开心，说："卖家主人若知道是你买房子，肯定按最低的价给你。"

从孙处士那里薛涛了解到，那家也是书香门第，只因为祖籍在东都洛阳，又因为主人家七十多岁的老太爷总念叨落叶归根，正好他儿子在京城谋了个职位，就决定离开这里。

薛涛和春萍两人随着孙处士去看了房子，非常满意。那老太爷听说是薛涛买房子，觉得经营了一辈子的房子卖给薛涛也算是找了个好人家，价格格外的优惠。

将房屋修葺整理完，薛涛决定搬家。

一切安排妥当后，薛涛请一些文朋诗友过来热闹一番。说来奇怪，春萍搬到城里后，身体还真的比在浣花溪边好多了，她说是人逢喜事精神爽。薛涛看见春萍身体好了很多，也特别开心。

这天薛涛宴请文朋诗友，一早，孙处士帮着春萍买菜，菜买回后又给春萍打下手，当文朋诗友们陆续到来时，春萍的一桌菜也差不多办齐。

李夷简在萧祐的陪同下来了，他们俩并没有进屋，绕过房子走进了后面的竹园。

秋天，一丛丛慈竹、苦竹、绵竹、楠竹在园内形成了浓绿似海的奇观。

阵风吹过,竹影婆娑、竹韵潇潇。翠竹深处,一条条幽径环绕竹丛,踱步其间,令人心旷神怡。穿过竹林,便是濯锦江,只见水浪滔滔,视野宽阔。

"真是一处好地方!"李夷简赞叹。

"是啊,薛洪度很有眼光,以前浣花溪边的景色不错,如今进城又选了如此好的地方。"萧祜接道。

"你看,倘若在濯锦江这边的空地上建一栋楼,既能欣赏到竹林,又能观赏到江水。"李夷简指着濯锦江边的空地说。

萧祜走到空地处,察看了地形,非常赞同:"正是,正是,一会儿给洪度提议。"

两人边聊边进了院子,薛涛见他们俩来了,忙迎接道:"有劳二位动步,薛涛不曾远迎,见谅。"

李夷简说:"薛校书,客气了,搬新家就该来祝贺。我和萧判官刚才在周围转了转,这地方不错,恭喜!恭喜!"

"节帅刚才还有个很好的建议,一会儿和你说。"萧祜落座后,接过薛涛的茶低声说道。

薛涛微微一笑,算是回答。

春萍拿出她的看家本领,菜做得很好,她做的是正宗的宫廷菜。看着端上来的菜,李夷简非常吃惊,川中竟然有女子能做出这样的菜来。以前他也吃过春萍做的菜,但是与今天大不相同,他猜测春萍绝不是蜀中人。菜一道道上来,色、味、香俱全。葱醋鸡、交加鸭脂、加料盐花鱼、藏蟹含春侯……这些菜可都是京城的名菜啊。李夷简只听说过春萍是韦皋镇蜀时的乐伎,武元衡时脱乐籍,只知道她的音乐和舞蹈极好,当时韦皋呈上朝廷的《南诏奉圣乐》有她参与编排。今天见识了她做的菜,确实令李夷简震惊,看来蜀中的人才真是不可估量,一个女子竟然能做出宫廷菜。

众人皆夸菜好,酒香。宴席间,挥毫泼墨,写诗作画,很多人赠诗给薛涛。

其中,一直对薛涛颇有好感的李书记献诗给薛涛,薛涛当即和了一首《和李书记席上见赠》:

翩翩射策东堂秀，岂复相逢豁寸心。

借问风光为谁丽，万条丝柳翠烟深。

"薛校书用翩翩指代李书记的风流文采，射策是考试的对策，东堂本是东晋择贤良受试之宫殿，第一句用词真是巧妙，我喜欢。"辛员外端着酒一边品诗一边敬薛涛。

萧祜看到此景，忙说："辛员外也要作诗赠薛校书。"

"你们作诗，我不作诗，我献花。"说完，辛员外放下酒杯，走进院子，环顾四周，找不见花，他看见一棵梅树，突发奇想，他折了梅枝，进屋，大家一看没有花的梅枝，哄地笑开了。没想到，辛员外毫不在意，他将薛涛给大家写诗的纸笺挑了几幅红色的，叠成梅花状，用丝线缠在枝条上，扎好后，双手捧给薛涛，神情庄重。薛涛接过花，众人喝彩，要薛涛以诗相酬。

薛涛微微一笑，看了辛员外一眼，在十色笺上写了《酬辛员外折花见遗》

青鸟东飞正落梅，衔花满口下瑶台。

一枝为授殷勤意，把向风前旋旋开。

众人传看，辛员外非常开心，高声吟诵起来。

酒宴的高潮一浪高过一浪，只见春萍抱着琵琶在一旁弹了起来，大家品着酒，凝神细听，很多人没有听过春萍的弹奏。只见春萍一手按弦，轻拢慢捻，一手弹拨，刚劲有力。一曲音色优美的曲调汨汨流出。曲终，掌声响起，李夷简问春萍是什么曲调，春萍说是自己创作的，接着她又弹奏两曲，宛若天籁之音。

落日的余晖铺满竹林，大家尽兴而归。

薛涛接受李夷简的建议，决定在濯锦江边建一座吟诗楼。

薛涛卖掉了她和母亲生活多年的那个庭院，虽然有些不舍，但还是忍痛割爱。她决定自己设计，丛生帮忙营建。

历时几个月，吟诗楼终于建起来了。薛涛书上"吟诗楼"三个字，远远看去，流光溢彩，刚劲有力中隐含着飘逸。楼不大，分上下两层，楠木穿榫结构，下层四边形，上层八角形，雕梁画栋，处处透出优雅、古朴和庄重。上到第二层，四面有着不同的景色，水浪滔滔的濯锦江，翠绿茫茫的竹海园……

吟诗楼建起后，许多文人墨客前来与薛涛一起赏景吟诗，一时热闹非凡。

蜀中一片太平，而北方却是战争不断。

元和五年，宪宗曾派遣河东、义武、卢龙、横海、魏博、昭义六镇的兵力对王承宗进行讨伐，没有结果。接着宦官左神策中尉吐突承璀带领的二十万军队讨伐还是无法平定。元和十一年，王承宗又勾结吴元济反叛朝廷，宪宗发六道兵，以十万兵力进行讨伐，依然无功，宪宗被迫罢兵。

蔡州虽然地居中原，但民间的风尚剽悍超过了异族。所以，吴元济凭着蔡、光、申三州人众作乱，背叛朝廷。尽管宪宗发动全国的兵力四面攻打，历时四年，却还是没有攻克。裴度请求亲自前去督战，宪宗很高兴，任命裴度为门下侍郎、同平章事，兼彰义节度使，还充任淮西宣慰招讨处置使。裴度奏请刑部侍郎马总担任宣慰副使，右庶子韩愈担任彰义行军司马。将要启程时，裴度对宪宗说："倘若叛军覆没了，我不久就会前来朝见陛下；倘若叛军尚在，我就不会回到朝廷中来。"

元和十二年十一月，裴度平定了淮西的叛乱，王承宗迫于形势，献地谢罪。宪宗驾临兴安门，接受战俘，将吴元济在独柳下斩杀，以吴元济之首献祭宗庙社稷。宪宗赐给裴度晋国公的爵位，让他再入朝执掌朝廷政务，任命马总为淮西节度使。

吴元济败死，王承宗归顺朝廷，在这样的情形下，李师道感到了惧怕。元和十三年七月，宪宗调宣武、魏博、义成、武宁、横海诸镇兵马前去讨伐李师道。在大兵压境之际，李师道军内部矛盾激化，其都知兵马使刘悟斩杀了李师道，淄、青、江州等地收复。

这一场持续多年的讨伐战争，终于落下帷幕。朝廷借助这个契机，决定对藩镇节度做一次调整，于是许多藩镇的人事有了新的变动。

蜀中，李夷简被任命为门下侍郎、同平章事，调任亲城。王播任剑南西川节度使，接替李夷简。

王播，字明敏，祖籍太原，出生扬州。贞元十年考中进士，同年又应制举贤良方正科，补任盩至蔚职。薛涛早就听说王播在关内道任职时剖断狱讼，明察秋毫，后任监察御史时，依然刚正不阿，不畏权贵。顺宗即位后，为驾部员外郎。他执法严明，严厉打击不逞之徒，政绩突出。后升任工部郎中、知御史杂事。当年出任长安县令时，正逢关中饥荒，他奏明朝廷，下诏令各地赈援畿辅，帮助百姓度过饥荒，因此屡迁刑部侍郎、礼部尚书等职。从元和六年起，他一直兼任诸道盐铁转运使，负责运送朝廷征收的财赋收入，受到同僚和朝廷的赞赏。元和九年，宪宗下令讨伐淮西，各路军需供应异常紧张。王播推荐程异为副使，奔赴江淮督促财赋，朝廷对淮西用兵三四年而粮草充足。所以淮西的平定王播也做出了巨大贡献。

元和十三年，时年五十九岁的王播受到朝中宰相皇甫铸的排挤，调任剑南西川节度使，他原兼任的盐铁转运使一职由程异继任。这次贬谪，对王播是一个沉重的打击。

薛涛知道王播善书法，王播的弟弟王起现为礼部侍郎，掌贡举事，做过多次主考官。与王播一样，声誉也很好，兄弟俩都得到朝中众人的好评。来西川之前，王播就听说过薛涛的诗名，因为朝中众多官员以得到薛涛的诗文和诗笺为幸事，他心中亦是羡慕薛涛的才学。

到任之后的王播宴请益州城内文人名流，薛涛亦在请之列。第一眼看到王播，薛涛感觉这个年近花甲的节度使和蔼可亲，精神矍铄，两眼炯炯有神。薛涛行礼后，他微笑着给薛涛回了礼。

"早就慕薛校书之名，今日一见，果然是超凡脱俗，今后治理蜀中还望薛校书不吝赐教。"王播的谦逊让薛涛对他倍生好感。

薛涛说："徒有虚名，小女子很惭愧。早闻节度大人掌案，剖析如流；详决，急如神速。淮西平定，大人也有不可估量的功劳。"

王播说："过奖，过奖，今后治理西川还得仰仗你和各位。"

众人纷纷入席，王播致开场白，大小官员纷纷欢迎他的到来。美言美酒，一时酒宴热闹起来。饮酒赋诗，相互酬和，让原本心情沮丧的王播，瞬间感叹："不愧是天府之国，人才济济，民风淳朴，少了朝廷的你争我斗，尔虞我诈。"他的心情好了起来。

薛涛在席间吟了一首《上王尚书》：

> 碧玉双幢白玉郎，初辞天帝下扶桑。
>
> 手持云篆题新榜，十万人家春日长。

诗中，薛涛将扶桑比喻天子所居之地，碧玉双幢比喻王播兄弟俩，她不卑不亢地赞美王播，全无奉承之意。

王播依然邀请薛涛在幕府做僚客，这次薛涛没有拒绝。

一晃，已是秋天。忙于公务的王播一直没有去游览浣花溪。王播挑了一个风和日丽的日子，邀请薛涛等人一起赏游浣花溪。一路上，王播和薛涛闲聊起来。

"唉，岁月不饶人，一晃我就花甲了，看到浣花溪的美景，就想起扬州了。"王播感叹。

薛涛听过有关王播儿时的事，接过话题："扬州是个好地方，王大人在那里度过少年时光，听说你小时读书特别勤奋。"

"是啊，家贫万事衰，儿时的事让我难忘。"王播似乎看透了人间的冷暖，"祖籍原本太原，父亲为官扬州，只是一个小小的仓曹参军，遂以扬州为家。我和弟弟很小的时候，父母就先后去世了。家里很穷，只有一个同族的军将常常接济我们。还记得那年端午节，扬州举行盛大的赛龙舟表演，我家中没有观看的棚子，也是那位军将让我进他家的棚子观看，后来他还送来一樽酒，这事真的让我终生难忘。"

薛涛说："或许他看到你小时候那么勤奋，知道你以后必中高榜，成为国家的栋梁之材。"

"那倒不是，或许他是怜惜我吧，很多时候回想起来总是让人感激不尽。"王播继续回忆，"不过，也有不愉快的回忆。"

"大人指的是……"薛涛猜测是王播在寺院借读的那件事，但是不敢肯定。

"薛校书应该知道我指的是哪件事。"王播顿了顿，接着说，"那年我在扬州惠昭寺木兰院僧寮里借读，开始方丈和一些僧众还以礼相待，供给我食宿。时间久了，大约以为我是蹭吃蹭喝的。原本是敲钟吃饭，后来他们却吃了饭再敲钟。当我去吃饭时，不但没有吃到饭，而且还看到他们嘲弄的眼神。愤然之下，我就离开了惠昭寺。"

薛涛说："是啊，听说你还题了一首诗。"

王播抬起头来，看着蓝天，仿佛陷入深远的回忆："是的，愤然之下我在墙上题了句诗'上堂已了各西东，惭愧阇梨饭后钟'。谁想到，二十年后，我为官扬州，想去看看惠昭寺木兰院，可笑的是他们把我当年居住过的地方修葺一新，还把我题的诗掸去浮尘，用上好的碧纱把它覆盖起来，免得它再次受到灰尘的侵蚀。所以我续了句'三十年来尘扑面，如今始得碧纱笼'，你说真是可笑吧。"

薛涛念叨："'上堂已了各西东，惭愧阇梨饭后钟。三十年来尘扑面，如今始得碧纱笼。'这是对他们绝妙的讽刺。"

"想想人情世故的冷暖，回去后，我又写了一首。"王播叹了一口气说。

薛涛轻声吟诵："'三十年前此院游，木兰花发院新修。而今再到经行处，树老无花僧白头。'是这首吧？"

王播非常感动，自己的诗薛涛都记在心间，一时间他对薛涛的好感又增加了几分。

不知不觉他们已经来到了浣花亭，在梵安寺前，放眼望去，浣花亭四周开满五颜六色的菊花。有的是野生的，有的是梵安寺里种的。菊花一簇簇、一丛丛的，红的像一团火，黄的像一堆金，白的像条条银丝。还有一些含苞待放的花蕾，花瓣一层赶着一层，向外涌去。有瓣儿上短下长如同无数小手伸出的"千手观音"，有像螃蟹那样张牙舞爪的"蟹菊"，还有小球似的"紫绣球"，更有一种惹人喜爱的"羞答答"，片片细长的花瓣一齐低垂，像一个做错了事的小姑娘那样低着头……各种各样的菊花像用象牙雕刻成的球，在阳光下，展现着千姿百态。

王播和众幕僚端着酒杯，边喝酒，边赏菊，开始时行一字令，后来以菊为题，各自作诗。薛涛的诗为《浣花亭陪川主王播相公暨寮同赋早菊》：

> 西陆行终令，东篱始再阳。
> 绿英初濯露，金蕊半含霜。
> 自有兼材用，那同众草芳。
> 献酬樽俎外，宁有惧豺狼。

在这首诗中，西陆指代秋天，薛涛在诗中明里赞美菊花"那同众草芳"，实际赞美王播，这诗中的深层含义，王播是懂的。早闻薛涛用典恰当，喻理深刻，赞美不卑不亢，激励不露痕迹。在这首诗中，王播体会到了，特别是诗的后四句，薛涛借菊发挥，咏物言志，音在弦外。

这次同游浣花溪，薛涛对王播也有一些了解。皇上明说西川是朝廷重镇，非得有王播这样的相国之才来镇守，但实际上王播是被排挤出朝廷的。西川在刘辟之乱后已经恢复富庶，但是王播似乎不想久留，他更期望能尽快入朝为相，薛涛一方面理解王播的心情，同时又有一分担忧，王播会像前几任那样为蜀中百姓着想吗？

四　道与佛

低头久立向蔷薇，爱似零陵香惹衣。何事碧鸡孙处士，伯劳东去燕西飞。
今朝纵目玩芳菲，夹缬笼裙绣地衣。满袖满头兼手把，教人识是看花归。
　　　　　　　　　　　　　　　　　——薛涛《春郊游眺寄孙处士》

春萍病重之际，坚持回到她和养父曾经住过的屋子。尽管薛涛天天去照料她，春萍终究还是没有熬过这个冬天。那天下着大雪，薛涛正在给春萍熬药，见她咳嗽不已，薛涛忙过去扶着她半躺着，春萍大口地喘着气，用微弱的声音断断续续地对薛涛说："涛儿，我……我……恐怕不行了……你要……要……"一句话没说完，她在薛涛怀中去了。薛涛无声的泪水滴在春萍冰凉的脸上，又一个与她相依为命的人离开人世。

那一夜，薛涛悲痛万分，回想起春萍和她一起度过的日日夜夜，对她的关爱和照顾，似姐姐，又似母亲……薛涛提起笔来似有千斤重，她忍住悲痛为春萍写上墓志铭："李易萍，长安人氏，父御厨……"

安葬了春萍，玄中观的惠觉师父派人请薛涛去道观中住几天。

很早以前，玄中观的惠觉师父曾劝薛涛出为女冠，只是薛涛心中一直惦念着元稹，有些不情愿，惠觉也就不勉强薛涛。春萍的去世，让薛涛悲伤不已，惠觉让薛涛去观中散散心，还有远方的道士慕薛涛的诗名和精湛的书法而来，因此惠觉想让薛涛和这位道士做一些交流。这次在道观中，惠觉师父对薛涛倾心而谈，她讲解道家的教义，循循善诱。从前朝贵妃杨玉环曾经度为太真观女道士的事，到前朝宰相李林甫舍弃家宅为道观，再到睿宗皇帝的三个公主、代宗皇帝的华阳公主、德宗的文安公主等皆为女冠。她告诉薛涛，若出为女冠，官家给田二十亩，免除赋税、课役等。薛涛仍然不为所动，只是推辞说时机未成熟。

在玄中观薛涛会见了来自山阴的扶炼师，扶炼师是道士中德高思精的人。扶炼师擅书法绘画，他一直仰慕薛涛的书法，这次他委托惠觉师父请薛涛前来，一是交流书法，二是慕名薛涛，请她抄写《道德经》。在观中，薛涛与他谈诗论画，颇为投机。在他离去之际，薛涛赠画数幅，书写《道德经》一帧，诗一首：

> 锦浦归舟巫峡云，绿波迢递雨纷纷。
> 山阴妙术人传久，也说将鹅与右军。

在这首《送扶炼师》中，"右军"指书法大家王羲之，王羲之官至右军将军，特别喜爱鹅，几乎到了痴迷的程度。山阴有一位道士，喜欢养鹅，王羲之前去观看，看得高兴时，坚决要求买了这些鹅。

道士说："只要你能替我抄写《道德经》，我这群鹅就全部送给你。"

王羲之一听，认为再简单不过了，当即写完《道德经》。山阴道士将鹅群赠送给王羲之，于是王羲之高兴地用笼子装了鹅带回家。薛涛借典比喻扶炼师精湛的书画"妙术"，也借"右军笼鹅"之典表达扶炼师对她所赠予书法作品的喜悦心情。

与扶炼师和惠觉师父告辞后，薛涛下山了。

回到家中，薛涛倍感冷清。惠觉师父的话又在耳边响起。在崇道成为一种时尚的年月，出为女冠又有什么不好呢？薛涛也有些动摇了。可是她现在身为幕府僚客，总觉得有些不妥，况且，心中还有一些牵挂。此事以后再考虑吧，薛涛心想。

王播虽然邀薛涛做幕府的僚客，但几乎没请薛涛去议事。

不知不觉又到了春暖花开的季节，薛涛约了几位文友去郊外踏青，可惜邻居孙处士外出访友未归。

薛涛一身白衣，在几位诗友青衣的衬托下，更显得飘逸。

一天的时间，大家饮酒吟诗，穿行在花丛中。晚上归来，身上沾满了花瓣，别有一番情趣。夜晚，薛涛站在吟诗楼上，回想起白天玩得那么开心，因为少了孙处士，不免有些遗憾，心中此念一动，便挥笔写下了《春郊游眺寄孙处士》：

一

低头久立向蔷薇，爱似零陵香惹衣。

何事碧溪孙处士，伯劳东去燕西飞。

二

今朝纵目玩芳菲，夹缬笼裙绣地衣。

满袖满头兼手把，教人识是看花归。

写完诗，薛涛放好，准备等孙处士回来后赠予他。

薛涛生病了。那天她去浣花溪的纸坊拿笺纸，在水边看鸥鸟嬉戏，不期受了凉，回家后到晚上发高烧，咳嗽不止。

王播听说薛涛生病了，带着幕僚前来探望。薛涛挣扎着起来给他们倒茶。

王播劝阻道："我们自己来，又不是外人。"

薛涛说："唉，上了年纪，受不得凉。"

王播赞同："是啊，到了这把年纪就要学会养生，洪度，你可要好好照顾自己。你看，我来这里一两年，或许因为这里气候好，我身体一直还行，从未生病。"

薛涛微微一笑说："那是相国会养生，也是你治蜀政绩突出，爱民如子，苍天对你的眷顾。"

王播非常开心："洪度真会说话。"

薛涛带着众人一起去吟诗楼喝茶，隔壁孙处士也过来帮着烧水倒茶。

王播接着刚才养生的话题讲下去："谈到养生，这可是大学问。好便延年益寿，反之将危害身体。听说皇上服了柳刺史的药后，性情大变，宫中皇上身边的人都在自危。"

王播所说的柳刺史是柳泌，原名杨仁昼。原本一山间道士，与朝臣李道古相识。李道古在鄂岳观察使任内政德政绩差，以贪婪残暴闻名，担心终究要被治罪，为掩盖自己的罪行，便想着怎么讨皇上的欢心。他听说宪宗搜求天下方士，访求长生不老的丹药，忽然计上心来，一天，他去找宰相皇甫镈，告诉宰相："从前，我担任鄂岳观察使时，听说有一位山人柳泌能炼制长生不老药，请您禀报圣上！"

听到皇甫镈的禀报，宪宗大喜，立即命柳泌进京，住在兴唐观，为他炼制仙药。柳泌炼了一段时间，什么也炼不出来，心虚之后思忖着赶快离开皇宫，于是向皇帝呈报："听说台州天台山是一座仙山，山里面有很多奇花异草，仙石妙土。如果皇上让我去那里任职，我一定能为陛下求得仙药。"宪宗求"药"心切，便命他暂时任台州刺史。宪宗这一做法招致很多大臣的劝谏，但是求"仙丹"入魔的宪宗还是坚持让柳泌上任。

薛涛问："不是说柳泌出为台州刺史后，驱吏民采药，还是一无所获，全家逃进深山里去了吗？"

"柳泌全家是逃进深山老林，不过那是去年的事了。浙东观察使得知柳泌全家逃走后，急忙派兵把他抓了回来，解往长安。可是，皇甫镈、李道古怕责任追究到自己头上，又出面为柳泌开脱罪责，百般说情。最后，还是宪宗'宽大为怀'，不仅没有治柳泌的罪，又任命他为翰林待诏，继续服用他炼制的丹药。"刚从京城来节度府做幕僚的张判官说。

"若是这样，皇上听信这些奸佞小人之言，朝中恐有……"薛涛不说了，后面的话大家心中明白，"不过我还是很欣赏柳泌的七绝《琼台》。'崖壁盘空天路回，白云行尽见琼台。洞门黯黯阴云闭，金阙瞳瞳日殿开。'这景致写得不错。"

王播说："薛校书博闻强记，佩服。现在皇宫都在传言皇上服了这些'仙丹'，一是口渴难耐，二是脾气暴躁。有时候服药后神志不清，狂怒不已，身边的宦官、宫女常常无辜被喝令推出去杖责，更为严重的是莫名被斩首。听说宫中皇上身边的人都在自危，心中害怕。"

薛涛知道王播密切关注朝中的情况，所知甚多。王播并不想在西川久待，他想尽快回到京城，若有可能还想做宰相，那是他的最大心愿。薛涛这两年看到王播将蜀中的奇珍异宝进贡不少，就是为了讨宪宗的欢心，好早日回到京城。王播已经不是原来的王播了，在蜀中他只注重自己养生，只想着怎么搜刮百姓，自己如何回京城，唉！薛涛在心中叹息，这些话她是不能说出来的。面对众人谈到炼丹，也只好顺着话题说下去："我曾研读过一些记载炼丹的书，炼丹之物取自于山，山又有阴阳之分，土石为阳，植物为阴。若所采之石为阳，所炼之药阳气更盛，若男体服药，则是火上浇油，因此服药后会燥渴烦懑，性格大变。倘若是采用植物炼丹，以阴补阳，则可延年益寿，所以武则天也吃丹药，以阳补阴，寿至八十三，这是我的个人之见。"

"有道理，有道理。"久未开口的李校书说。

"总之，要想长生不死，就得神形并养，要有'内修'和'外养'的功夫。"王播似乎在做总结。

薛涛若有所思："是啊，听说皇上一面信道，也一面事佛。"

王播说："淮西叛乱已平，皇上觉得天下太平，该颐养天年，所以又在京城迎佛骨。此事遭到韩愈的劝谏，唉，最终韩愈招致被贬，没被杀是万幸。"

韩愈反对迎接佛骨的事就发生在今年正月。

凤翔的法门寺里有护国真身塔。塔里供奉着一根骨头，据说是释迦牟尼佛留下来的一节指骨，每三十年开放一次，让人瞻仰礼拜，以求得风调雨顺，人人平安。

宪宗听说后特地派了中使率领三十僧众的队伍，到法门寺把佛骨隆重地迎接到长安。他先把佛骨放在皇宫里供奉三天，再遍送各寺，让大家瞻仰。于是，上自王公，下至士子与庶民，人人瞻仰供奉，施舍钱财，唯恐不能赶上。有人将全部家产充当布施，也有人在胳膊与头顶上点燃香火供养佛骨。

刑部侍郎韩愈上表直言极谏，说如此行为劳民伤财。宪宗大怒，原本要以极刑处置韩愈，后来宰相裴度与众多官员求情，才免一死，韩愈被贬为潮州刺史。

薛涛早听说此事，她和王播等极为欣赏韩愈的表奏，那奏章写得有理有据，情真意切。

薛涛说："韩愈的那表章将来会是一篇流传千古的好文。唉，自从战国以来，老子、庄子与儒家较量胜负，交相议论我是你非。及至东汉末年，又增加了佛家。韩愈偏偏在皇上信奉佛教的关键时刻上奏，说佛家损耗资财，迷惑百姓。尽管他的话过于偏激，但是他不畏权势的铮铮傲骨很让人钦佩。"

"识时务者为俊杰。"王播有点不同意薛涛的观点。

"可是，朝中的这种状况也着实让人担忧，皇上如此性情，朝中恐生变异。"薛涛心想，但是她不敢说出来，她的猜测果然不久就应验了。

天色已晚，薛涛请众人到锦江楼吃饭，席间又是一番热闹。

……

元稹与裴度元和初年一同受恩于裴垍，又一同被贬洛阳，两人相同的遭遇使他们很自然地变得亲密起来。元和十三年春，四十岁的元稹致书裴度《上门下裴相公书》，要求任用。此前，元稹被贬为江陵府士曹参军后，历任通州司马、虢州长史。身为宰相的裴度将元稹调入京城。于是，元和十四年冬，元稹入朝为膳部员外郎。（膳部）郎中、员外郎之职，主要是掌邦之祭器、牲豆、酒膳，辨其品数，及藏冰食料之事。虽然说没有什么权力，但回到京城提拔的机遇会多一些。

想到元稹的仕途命运，薛涛为他扼腕叹息。十年的贬谪生活或许早把他的锐气磨灭，贬江陵五年后，元和十年正月，三十七岁的元稹奉诏回朝，以为起用有望，却不料与刘禹锡、柳宗元又一同被放逐更远。元稹出任通州司马，在荒凉的通州，他患上疟疾，幸亏去山南西道兴元府求医，否则差点病死。潦倒困苦中，八岁的女儿也不幸夭折。在通州艰苦的环境里，元稹将精力放在了乐府诗的探索上，写出了《连昌宫词》，与白居易酬唱诗作一百八十多首。

平淮西后，崔群、李夷简、裴度相继为相，他们是元稹的知己旧识，这样元稹在仕途上长期受压抑的处境渐渐改变。元和十三年，元稹代理通州刺史，年末，又任虢州长史。现在又回京任膳部员外郎。多少年来，薛涛总能从京城的朋友们那里得到元稹的消息。现在她和元稹之间，也只是诗友和旧友的关系了，昔日的情爱早已随风而去。回想起自己大半生的情感经历，薛涛感叹万分，这一辈子她恐怕只能形单影只地过下去了。

那天紫鹃过来看薛涛，看到满头白发的紫鹃，薛涛感叹岁月催人老，可是紫鹃却很满足，满足于儿孙满堂的快乐，不再念叨回长安了，就像薛涛不再梦想回到长安一样。紫鹃劝薛涛找个合适的人过日子，她说："涛儿，你看看，一晃我们都老了，我呢，倒不着急，我真是担心你，本来是想让你和我们一起住，又怕你喜欢清静，不习惯我们家的吵闹，我只好让丛生常来看看你。不过我觉得，若是有合适的人，你还是找个伴相互照顾。"

薛涛摇了摇头说："姐姐，你的心意我理解。我都这把年纪了，已经习惯一个人过日子，我觉得这样很好。有什么事丛生也会过来帮忙，再说隔壁的孙处士也很照顾我，你真的别担心。"

见薛涛还是这样说，紫鹃也只能长叹一声。

邻居孙鹤确实给了薛涛很大的帮助，他和儿子常常帮薛涛做一些力气活，有什么好吃的也送一份给薛涛。他看到薛涛提水不方便，请人来帮薛涛打了一口水井，当清清的井水汩汩沁出时，薛涛开心得像个孩子，拍着手说嚷道："哎呀，好清亮的井水啊！"

孙处士看着薛涛那么开心，也被感染了，当即吟诗一首，薛涛步韵和了一首。

舒适的环境，清静的空间，友好的邻居，还有文友的来访，让薛涛并不觉得生活有多么孤单。

薛涛时刻关注着朝中的政局，并有独到的见解，这也是孙处士敬慕薛涛的一个原因。晚饭后，常常有文友到薛涛的吟诗楼喝茶聊天，谈论着朝廷的时局，市井中的新闻，或者带新诗作互相交流，孙处士也常常参与其中。

元和十五年正月的一天，幕府的张判官、李校书陪着京城来的王进士前来拜访薛涛。王进士是张判官的同乡，在京城就职，早就慕薛涛之名，这次借来东川的机会，前来西川拜访薛涛。

薛涛在吟诗楼招待来自京城的客人，暖暖的火炉、醇香的茶、浓浓的酒，他们的交谈投机而又热烈。王进士带来了京城最新的消息，那就是宪宗的病情更厉害了。听后宫传出的消息说郭贵妃在朝野内外，广结党羽，其中包括神策军中尉梁守谦以及王守澄等人，他们暗中和另外一派宦官吐突承璀在做较量。

听到这个消息，薛涛心想，又一场宫廷大战开始了。谁胜谁负，不可得知，国家又不得安宁了。才平息淮西的叛乱，现在又有消息说党项族在为叛乱做准备，若消息准确，百姓又遭殃了。

内忧外患，何时才能国泰民安？薛涛陷入深深的忧虑中。

宪宗取得了削藩的胜利，并树立了朝廷的威望，提高了宰相的权力，全国暂时出现了中兴，但这不过是表象。宪宗看不到潜在的危险，他痴迷于养生，陷入"求仙丹"的迷局，而身体因服用"仙丹"后状况极差，性格也变得喜怒无常了，他没有意识到皇位已岌岌可危。虽然立了太子，但是争夺皇位的较量从来没有停止，朝中那些宦官都在为自己拥立的人为太子而要采取行动了。

元和十五年正月，宪宗因病突然驾崩。

坊间流传的消息是，迷信神仙的宪宗被宦官陈弘志等人谋杀，但是没有人敢追查这件事。薛涛回想起当年宪宗即位的过程，一定也有隐秘而又不能明言的内容。薛涛还记得那年六月韦皋最早动议皇太子监国，与韦皋上表差不多的同时，荆南的裴均、河东的严绶也不约而同地给朝廷上表章，内容与韦皋几乎同出一辙。剑南、荆南和河东，三地节度使相距万里，如果没有密谋和幕后指使，不可能那么"巧合"一同上奏。从宪宗即位后重用宦官来看，当时密谋的恐怕就是那些在宫中掌握禁军、拥立宪宗的宦官了。

还有另一件难以理解的事情，去年七月，群臣讨论给宪宗上尊号时，宰相皇甫镈认为应当增加"孝德"两个字。中书侍郎、同平章事崔群认为"睿圣"的尊号本身就包括"孝德"了，不必再加，宪宗听了大为生气，又听信皇甫镈的谗言，十二月，将崔群贬为湖南观察使。倘若心中没有惭愧之意，宪宗大可不必这样怒不可遏，只能说明当年他的即位，也可能对顺宗有所行动。在顺宗以太上皇身份迁居兴庆宫以后，宪宗以病为由，不允许群臣和顺宗相见。刘禹锡在《刘子自传》中曾直接用东汉末年顺帝、桓帝被立的故事比附宪宗的即位。如今宪宗有可能同样是被宦官所毒死，薛涛想。

历朝历代，皇位争夺的斗争从未停止过。而让薛涛感到痛心的是，流水般的皇位如何能让百姓休养生息？

皇太子李恒出生前，宪宗已经有了与宫人所生的长子李宁，和另一宫人所生的次子李恽。李宥作为第三子，原本不可能立为太子，只因为其母亲身后有着强大的政治背景，这就让储立太子充满了险恶和阴谋。贞元九年，当时为广陵王的宪宗娶了尚书郭子仪的孙女为妻。郭氏的父亲是驸马都尉郭暧，母亲是代宗长女升平公主。宪宗立长子李宁为皇太子，两年后不到二十岁的李宁不幸病死，皇太子李宁的死让宪宗极其伤心。最受皇帝恩宠的宦官吐突承璀建议应当按照次序立次子李恽。三个儿子中，宪宗认为次子最有才能，便同意立次子。不料郭太后在宫中四处活动，罗织势力，要求立三子李宥为皇太子，并且众多大臣纷纷赞成，立李宥为皇太子的呼声最高。宪宗被逼无奈，只好请翰林学士崔群代次子李恽起草了表示谦让的奏表，让没有地位的李恽放弃。元和七年七月宪宗下诏立李宥为太子，改名为李恒。十月，举行了册立大典。其实宪宗对骄奢淫逸的第三子并不满意，吐突承璀深知宪宗之意，他密谋拥立李恽为皇太子，宪宗没有同意。即使到宪宗卧病时，吐突承璀依然在谋划。李恒听到吐突承璀密谋拥立李恽为皇太子这个消息后，急忙派人向任司农卿的舅舅郭钊询问计策，郭钊告诉他只管对父皇竭尽孝顺，不要忧虑其他的事情，这说明郭太后政治集团已经将一切策划好了。

宪宗因发病突然驾崩，神策军护军中尉梁守谦和宦官马进潭、刘承偕、韦元素、王守澄等人，共同拥立皇太子继皇帝位，这就是穆宗，穆宗在太极殿东厢即皇帝位。即位当天，在思政殿召见翰林学士段文昌等人，以及兵部郎中薛放、驾部员外郎丁公著。以御史中丞萧俛、中书舍人段文昌并为中书侍郎、同平章事。

一朝天子一朝臣，穆宗对拥立他的人大加赏赐，对父皇的亲信和宠臣则分别处以杀罚贬斥。穆宗杀吐突承璀和澧王李恽，下令杖杀柳泌和僧人大通，其余方士一律流放到五岭以外的荒远之地，同时下令贬左金吾将李道古为循州司马。原本要将皇甫镈杀掉，令狐楚和萧俛与皇甫镈是同年进士，他们和宦官一同劝阻穆宗，皇甫镈被贬为崖州司户。

段文昌任宰相后，召已故女学士宋若华的妹妹若昭掌管文奏。得知段文昌任宰相，薛涛心中多了一份欣慰，朝中总算有了忠义之臣。她又想，若当年她接受段文昌的感情，现在的情形会是怎样？或许没有武元衡的这层关系，段文昌也没有今天的身份与地位，不，他应该有的，他的才干、他的能力足以让他有今天这样的地位。

王播频繁派人去长安，薛涛知道他可能想离开西川。

薛涛的预感是对的，只是她没想到接任王播的会是他。

五　前缘不尽情难断

消瘦翻堪见令公，落花无那恨东风。侬心犹道青春在，羞看飞蓬石镜中。

——薛涛《段相国游武担寺，病不能从题寄》

薛涛翻看元稹的诗作，被贬谪十年，元稹有失也有得，在官场失意，却在诗文上获得了丰收。但是，近年来百官对元稹的微词很多，他的口碑远远不及武元衡、段文昌、裴度等。

薛涛想起了王播白天告诉她的事，听完那一刻，她心中百味杂陈。

在节度府，薛涛和李校书正在整理文案，王播进来了，与大家一一问好，他来到薛涛的身边，说他京城的一个朋友来信，说了点有关元稹的事。薛涛抬头看了一眼王播，"哦"了一声，算是回答。

王播说："今年五月，穆宗任命元稹为祠部郎中、知制诰。众官知道元稹是因为宦官的推荐才被提拔，所以都鄙视他的为人。更何况他和严绶来往密切，而严绶曾对宦官下跪行礼，遭到众人的鄙夷。那天，正好中书省的官员们在一起吃瓜，元稹也在场，一群苍蝇落在瓜上，中书舍人武儒衡用扇子一边扇一边说：'这些苍蝇是从哪里来的，都聚集在这里！'同僚们听他用苍蝇来讥讽元稹，都大惊失色，武儒衡却面不改色，神态自若。"

李校书过来插嘴："那元稹受到这样的羞辱回话了没？"

王播说："估计是没有，或许事情并不是众人想象的那样。"

"是的，情形确实不是他们想象的那样。据说当今皇上还在东宫做太子时，听到有人吟诵元稹的诗作，十分喜爱。现在他做了皇帝，监军崔潭峻回到京城，向穆宗献上元稹的诗文一百多首。皇上便打听元稹在哪里，崔监军告诉他元稹任职为散郎。皇上听说后，五月便提拔元稹了。当初元稹在江陵时，崔监军就因为喜欢元稹的诗文，他和严绶对元稹礼遇有加。"薛涛淡淡地说，"武儒衡虽说也像其哥哥武相国一样正直，敢于直言，但是肚量上不如他哥哥，我觉得这件事应该是他错怪了元微之。"

王播说："我也觉得是这样。"

其实王播与元稹走的是同一条路线，在京城结交宦官，以图升迁。

薛涛觉得这样的话题很无趣，就借故回家。泡上一杯茶后，薛涛仔细想了想，众位官员对元稹的非议也是有一定的道理，虽然她白天替元稹辩解一番，但现在自己和元稹已经没有了太多的交流，或许他已不是当初她认识的元稹了。

穆宗即位后，沉溺于游乐和外出打猎。尽管大臣们极力劝谏，穆宗依然我行我素。他喜好歌舞和女色，对臣下赏赐毫无节制。本性奢侈的穆宗，对皇太后的孝顺尤其讲排场，每月逢初一和十五，穆宗率领百官到兴庆宫，为太后敬酒祝寿。

得知穆宗荒淫无度，吐蕃国虎视眈眈，伺机侵犯。

元和十五年二月，吐蕃国出兵侵犯灵武，接着又出兵侵犯盐州。

十月党项再次勾引吐蕃侵犯泾州，军营首尾相连，达五十里。吐蕃军营离州城仅三十里时，泾州军书告急，请求朝廷出兵救援。穆宗任命右神策军护军中尉梁守谦率兵救援，并且赏赐给将士们行装钱，但是神策军没有取得什么效果。渭州刺史多次出兵袭击吐蕃军营，杀伤很多敌军。宁节度使李光颜征发部兵马救援泾州，他身先士卒，吐蕃畏惧李光颜率领的宁军，于是领兵退去。

穆宗罢梁守谦所率领的神策行营。

吐蕃发兵侵犯西川雅州，又在盐州的乌池、白池附近驻扎军队。撤后不久，在十二月出动一千多人围攻乌池、白池。南诏率二万人入界进入境内，请求讨伐吐蕃。

王播一方面召集幕僚商讨对策，另一方面加紧进京的活动。

薛涛看在眼中，心中不免叹息，虽然情急之中王播看重她的建议，也曾采纳她的很多建议，但是她对王播过于考虑自己的仕途，而不以社稷为重的为官之道很不赞同。西川历来是国家的西大门，战略重镇，防守不好，国家恐怕要遭祸患。

这一年，国家经历太多的变故，国泰民安已是空话。

皇上登基一年，改年号为长庆元年。可是皇上改不了奢侈的习性，改不了不理朝政的恶习。身边的小人多了，谁给他进贡多，他就认为谁就忠心于他，比如王播这样的官员。

近一两年来，王播将搜刮的财物向朝廷大量进贡，同时贿赂交结宦官，让他们为自己请求宰相的职位，和他交好的段文昌也极力为他活动。王播的行为遭到萧俛的极力反对，萧俛性情耿直，疾恶如仇，他任宰相以后，珍惜官职，很少向朝廷引荐拔擢官吏。面对王播的处心积虑，在延英殿萧俛多次极力论争，他认为王播卑鄙邪恶，通过贿赂宦官谋求职位，皇上看不到这点却让他进京，他不能让这种人来玷污朝廷的官职。

可是穆宗不听他的意见，萧俛以辞官相谏，依然无效。王播进京求官后，萧俛被罢为右仆射，他又坚决请辞仆射，二月，改为吏部尚书。

面对萧俛和众位官员的抵制，穆宗无奈，当面告诉王播，命他返回西川。王播多次上表，乞请留居京城。恰逢中书侍郎、同平章事段文昌请求辞职，穆宗任命段文昌带同平章事的官衔，充任西川节度使；任命翰林学士杜元颖为户部侍郎、同平章事；任命王播为刑部尚书，充任盐铁转运使。

王播的离去，远远没有像其他几任节度使那样，与属下酒宴告别。他走得既急也很匆忙，节度使府的事务留给府中的幕僚。当传来段文昌镇蜀的消息时，薛涛既期待又有些惆怅，不知道为什么，她竟然有害怕见到段文昌的感觉，这种复杂的感情在她独自一人时，是那么强烈。每当夜深人静，她常常回忆起与段文昌的过往，一丝遗憾和惆怅涌上心头。

低落的情绪中，薛涛病了，一天比一天严重，气若游丝。孙处士去了浣花溪，告诉了丛生，紫鹃让丛生的妻子来照顾薛涛。

段文昌上任后得知薛涛生病，因为忙于公务一时无法来探视她。他让李校书代他看望薛涛，并附信一封，说忙完公务后，即来拜访。

接到段文昌的信，薛涛心中感到阵阵温暖。段文昌还是以前的段文昌，字里行间透出殷勤的关切，这里面蕴含的感情，薛涛懂。

几天后，在李校书的陪同下，段文昌前去探望薛涛。进入碧鸡坊，走入枇杷巷，映入段文昌眼帘的是刚劲飘逸的"吟诗楼"三个大字，两层的红楼雕梁画栋，精巧别致。在二楼，一位身着白衣的女子背对着巷口，斜倚栏杆，从背影看得出苗条婀娜的身材。吟诗楼旁，竹林翠绿，将红楼映衬得更加秀美。

李校书刚要开口喊薛校书，段文昌摆摆手，示意他别出声。

段文昌轻手轻脚走上吟诗楼，李校书紧跟其后，他们害怕脚步声惊扰了薛涛的沉思。

薛涛还是感觉到了有人上楼，她回过身来，段文昌刚好走到楼上，两人目光对接的刹那，千言万语汇聚其中，薛涛的眼光依然是秋水般明亮，段文昌的目光依然是深情执着，但彼此又多了深沉。

"墨卿，来了？"薛涛轻声问道。

"是，洪度，我来了，本该早来看你。"看到薛涛虚弱的身体，段文昌喉咙有一丝哽咽。

"我去给你倒茶。"薛涛说完要下楼。

李校书看到两人如此情景，心中似有所悟，忙说："薛校书，我去吧！"匆忙下楼去了。

段文昌问："还好吧？"

薛涛凄然一笑，算是回答。

相对无语，沉默中谁都不愿意打破这种寂静。一只鸟从竹枝上扑棱棱飞过，惊起其他的鸟一齐飞向天空。

段文昌打破沉默："洪度，这么多年你还是单身，我看你还是成个家吧，倘若有合适的。"

薛涛回答："谢谢你，墨卿，我已经习惯了一个人的生活，何况已经这般年纪了。"

"我……"段文昌想说什么。

薛涛打断他的话："墨卿，还是什么也不要说。你位极人臣，多以国家大事为重，现在藩镇割据，外族侵略，国家要富强，百姓需安定。"

段文昌说："是，我一直谨记当年的誓言，要做一个正直为民的好官。可是，这么多年，我没有照顾好你。"

段文昌的话让薛涛心生感激，有那么一刻，她的眼泪快要滴落下来，她别过脸去，看着苍翠的竹林："墨卿，你有这份心我就终生感激。"

吟诗楼上，分别多年后的他们，就像昨日才见过面一样，没有一丝陌生感，他们畅快地叙谈，从朝廷要事谈到新近各自写的诗文。

不知不觉夕阳下沉，段文昌告辞。

繁重琐碎的文牍事务，让身心疲惫的段文昌喜欢在郊外放松休闲地郊游。

武担山寺是一个很好的去处之一。

武担寺即为武担山寺，在益州城北，武担山寺有石镜一方，传为蜀王为宠妃送葬之物。杜甫曾在诗文《石镜》中写有"蜀王将此镜，送死置空山"的句子。

一入秋，段文昌便决定去游武担寺，他让李校书代他邀约薛涛同游。

面对李校书的邀请，薛涛深深叹了口气，自春天来，她的身体状况一直不好，最近秋凉，病情加重。于是，她写了一首《段相国游武担寺，病不能从题寄》，让李校书带给段文昌：

> 消瘦翻堪见令公，落花无那恨东风。
>
> 侬心犹道青春在，羞看飞蓬石镜中。

在诗中，薛涛将自己的病态、酸愁的心境以及病中的憔悴、害怕去武担寺看那石镜的心境告诉了段文昌。她的这首推辞诗写得真实，她写出那种恨时光之飞逝，悲红颜之将歇的凄切，她相信段文昌会懂得她，也能理解她。斗转星移，一晃她和段文昌分别经年，当年的翩翩公子如今是领衔宰相，入川为帅。昔日的情谊还在，这让薛涛感到欣慰。所以在诗后她又附言，感谢段文昌的美意。

带着遗憾，段文昌与众幕僚前往武担寺游赏。

武担山并不是山，而是一个高约六丈、宽十二丈、长三十丈的小土丘，且土质与益州平原有所不同。武担山略呈马蹄形，西高东低，占地一亩余。小土丘上建有一塔。传说周朝时期，武都有一丈夫，化为女子，美丽而妖艳，原来是一个山精。古蜀国君王将她纳为妃子，她不服此地水土，想离开这里，蜀王留她，作《东平之歌》来取悦她。不久，她因为思念故土而亡。蜀王怀念已故的爱妃，便派五名大力士去爱妃的故乡武都担土至益州，为其营建规模宏大的坟墓，并且在坟前放置一面石镜，直径五尺，厚五寸，莹澈可鉴，于是这山便叫石镜山。

段文昌登临塔上，放眼望去，天空洁净如镜，越发显得这塔的小巧玲珑，一群鸟在天空掠过，耳边传来了同僚们的笑声，段文昌心情特别好，却又有一丝遗憾，薛涛没有一同前来。想起从前两人的朝夕相处，薛涛的笑声、琴声，她的一举一动都深深地烙在他的脑海里，他无法忘记她。

结束秋游后，过了两天，段文昌抽空独自去看薛涛。

"游武担寺后，我写了一首诗，带给你。"段文昌将诗笺递给薛涛。

薛涛接过来，轻声吟诵：

> 秋天如镜空，楼阁尽玲珑。
>
> 水暗余霞外，山明落照中。
>
> 鸟行看渐远，松韵听难穷。
>
> 今日登临意，多欢语笑同。

"墨卿，你的这首《题武担寺西台》写得真不错。"薛涛赞叹。

"这是姚康的一首，我觉得不错，也带来了，你看看。"段文昌接着介绍，"姚康，字汝谐，又名康复，下邽人。元和十五年进士及第，现在在府中任观察推官。"

薛涛接过来，姚康的诗是：

> 松径引清风，登台古寺中。
>
> 江平沙岸白，日下锦川红。
>
> 疏树山根净，深云鸟迹穷。
>
> 自惭陪末席，便与九霄通。

此外，与段文昌和诗者众多，有李敬伯、杨汝士、温会、姚向等。

薛涛一一研读，与段文昌一起赏评。

病稍好之后，薛涛接受段文昌的邀请，继续在幕府做僚客。

那天，薛涛走进段文昌的公署，她看到墙上挂着她送的那柄剑。

薛涛惊奇地问："你还带着这柄剑？"

段文昌回答："是的，我一直带在身边。"

薛涛心中一阵震颤，她感念段文昌那份执着的感情。

病来如山倒，病去如抽丝。

薛涛的心情渐渐好起来，但是这场病让她依然虚弱，段文昌让她在家中好好养病。

病好之后，薛涛答谢段文昌。那天薛涛带着礼物前去拜访段文昌和武青云，恰逢段文昌不在家中，薛涛见到了段文昌的第二个儿子段成式。十八岁的段成式英俊潇洒，彬彬有礼，喜爱狩猎。自幼活泼好动，力学苦读，博学强记。与武青云寒暄之后，薛涛和段成式聊了一会儿，得知他小小年纪就知识渊博，非常高兴。武青云和薛涛是旧识，再次见面她对薛涛非常亲热，武青云不愧为出身于宰相世家，举止言行得体，薛涛与她相谈甚欢。

冬去春来，薛涛的身体渐渐康复。段文昌因听说薛涛总是一连几天不出门，在家弹琴、读书、写字、作画，怕薛涛在家里闷得慌，便邀约薛涛四处走走，散散心。薛涛欣然接受段文昌的邀请，与张判官、李校书、郭员外还有段成式等一同出游。

阳光暖暖地照着大地，城内人群熙熙攘攘，一片太平盛世的景象，不一会儿他们行进到万里桥处。万里桥为歌舞胜游之地，一同随游的郭员外触动了思乡之情，他当即吟诵一首《题万里桥》。大家齐赞，有几位当即相和，薛涛也和了一首《和郭员外题万里桥》：

> 万里桥头独越吟，知凭文字写愁心。
>
> 细侯风韵兼前事，不止为身也作霖。

诗中"越吟"是一个诗词典故，最早出自《史记·张仪列传》。说的是庄舄在楚国做了大官，虽富贵不忘故国，病中吟越歌以寄乡思。接下来，她又用了"细侯"的典故。东汉郭伋，字细侯，东汉扶风茂陵人。曾任尚书令、渔阳太守、并州牧等官。为人十分讲究信用，颇有政声。薛涛称赞郭员外有郭伋的风韵。"为舟作霖"出自《书商书·说命上》："若济巨川，用汝作舟楫；若岁大旱，用汝作霖雨。"后多以"济川"比喻辅佐帝王的济世良才，薛涛勉励郭员外做免除人民疾苦的好官。郭员外对众位和诗一并感谢。

接着，他们一起去了斛石山。历经数年的斛石苑现在已经有些破败了，段文昌感慨万千："洪度，我们像这斛石苑，也老了。"

薛涛说："墨卿，你正当壮年，是为国出力的时候，怎么言老？"

段文昌看了一眼段成式："唉，也年近半百。我还记得那年你在斛石山写给吕侍御的诗。"

段成式等父亲一说完，便吟诵起来：

曦轮初转照仙扄，旋攀烟岚上窅冥。
不得玄晖同指点，天涯苍翠漫青青。

吕侍御吕温当年是韦皋节度府一官员，吕温出使吐蕃时，薛涛写《斛石山晓望寄吕侍御》给他。

薛涛赞道："段公子真是博闻强记。"

"呵呵，他很喜欢你的诗，凡是我这里有的，他全背了下来。"段文昌显然很喜欢他儿子的好学。

李校书说："他日必是栋梁之材。"

薛涛说："你也一样，年轻有为。"

酒宴中，李校书献诗薛涛，薛涛酬答一首《酬李校书》：

才游象外身虽远，学茂区中事易闻。

自顾漳滨多病后，空瞻逸翮舞青云。

漳滨为疾病，薛涛对李校书言"自顾"多病，已经力不从心，但是仰望高空，祝愿年轻人平步直云。她的嘱托与期望让李校书感动，一直以来薛涛对年轻人总是热情地鼓励。作为名播四方的薛涛，不仅仅是在诗作上给予后辈以指导，对他们的为官为人更是谆谆教诲。

又一个多事的秋天来到了。

七月，幽州军乱，河朔军士杀死节度使张弘靖，军士迎幽州老将朱洄为留后，朱洄以年老多病推辞，让他儿子朱克融为留后。鉴于朱克融势力正强，朝廷默许。

接着成德都知兵马使王庭凑作乱，杀死田弘正及其僚佐、随从将吏和他们的家属三百多人。王庭凑自称留后，逼迫监军宋惟澄为他向朝廷上奏，请求授予节度使符节。王庭凑，原回鹘阿布思族后裔，性情狡诈凶残。随后，他又派人杀死冀州刺史王进岌，分兵占领冀州。

不过两日，瀛洲发生军乱，士卒逮捕观察使卢士玫以及监军和僚佐，押送幽州，拘禁在客馆。王庭凑勾引幽州兵围攻深州。

九月，相州发生军乱，刺史被杀。朱克融乘机出兵焚烧掠夺易州、涞水、遂城、满城。他又在冬季，派兵侵犯蔚州。

即位后享受帝王生活而不励精图治的穆宗不免急了，他让裴度亲自率兵经由承天军驻地娘子关到达河北讨伐王庭凑。

此时，吐蕃国派遣礼部尚书论纳罗来会盟，穆宗命宰相和大臣共十七人在京城西会盟。随后，派遣刘元鼎和论纳罗赴吐蕃国，与吐蕃国宰相及其大臣会盟。朝廷派遣的使者还没回，吐蕃国又在边境骚乱。

内忧外患，朝廷朋党之间争权夺势，让忠臣心忧如焚，也让奸佞有了爬升的机会。

经过几年的苦心经营，王播终于如愿。十月，穆宗任命盐铁转运使、刑部尚书王播为中书侍郎、同平章事，仍兼盐铁转运使。王播担任宰相后，并不以社稷为重，不关心朝廷安危，而是专门阿谀奉迎皇上。

已经是翰林学士的元稹与知枢密魏弘简交往密切，以求做宰相。穆宗对元稹很宠信，凡朝中大事向他咨询。元稹害怕威望极高的裴度讨伐幽州成德立功，妨碍自己的升迁，所以凡是裴度上奏的军事谋划和作战建议的奏折，他经常和魏弘简二人从中阻挠，使裴度不能实施，甚至百般阻挠裴度进京当面给穆宗陈述用兵方略。裴度大为生气，一而再，再而三地上表指责元稹和宦官朋比为党、奸邪害国的罪状。迫于裴度的威望，穆宗贬魏弘简为弓箭库使，元稹为工部侍郎。

自宪宗征讨四方叛乱以来，国库本已空虚，穆宗即位后，毫无节制地自己挥霍以及赏赐左右和禁卫诸军，等到讨伐王庭凑和朱克融，发现难以为继。穆宗听从一些大臣的建议，根据王庭凑和朱克融两人罪行的轻重，决定集中精力讨伐王庭凑，以卢龙节度使的官职安抚朱克融。

朝中这些信息源源不断传入蜀中，段文昌将朝中的这些消息传达给幕僚，共同商讨安抚南蛮党项等各部落，同时告诫下属官吏善待百姓，不可以激化矛盾，军队中军官要爱护士兵。北方已经动乱不安，西川切不可再有半点不安的因素，段文昌一再强调。

当薛涛得知元稹在朝中的所为，为他的变化感到不安，她借送纸笺为名，给元稹写了一封信，婉转地表达希望他以社稷为重，为国家担当，为百姓着想，不可为了一己私利而做违背他当初志向的事。薛涛也回忆了元稹初入仕途的风范，还有当年他离开东川时，百姓爱戴他依依不舍全城相送的场面。

元稹接到薛涛托人带的十色笺特别高兴，看了薛涛的信心中感动，他想起了在东川的那些日子，也想起了被贬江陵的落寞，在通州的穷困，若不是崔群帮助他和白居易，他们俩或许现在依然在蛮荒的地区。现在他虽然是工部侍郎，但是穆宗对他的宠信依然不减，他不能失去这次机会。当然元稹的这些想法是不能写信告诉薛涛的，他知道薛涛有宽阔的胸襟，但是她没有涉及仕途，她是一个理想主义者，倘若她涉足官场，这险象环生相互间的倾轧也会让她改变想法。

元稹整理好近一年来的诗作，也誊写了白居易的一些新诗，他将这些诗一并装好寄给薛涛。他特地给薛涛写了一首，表达与她分别后对她的思念。任何时候，元稹对薛涛都是多情的，这种深情或许源于他十五岁时的那一个梦，这个梦终身根植在他心的深处。

年底，薛涛接到了元稹寄来的诗文，翻看元稹与众位诗人唱和的诗作，薛涛深深为他们的才情折服，同时她羡慕元稹和他们之间的情谊。最后，薛涛展开了元稹写给她的诗《寄赠薛涛》：

> 锦江滑腻峨嵋秀， 幻出文君与薛涛。
> 言语巧偷鹦鹉舌， 文章分得凤凰毛。
> 纷纷词客多停笔， 个个公侯欲梦刀。
> 别后相思隔烟水， 菖蒲花发五云高。

"别后相思隔烟水， 菖蒲花发五云高。"薛涛喃喃地念出，顷刻泪水积满眼眶。

多少年了，她将对元稹的感情始终隐忍在心头，任思念日夜折磨着。元稹还记得她门前的菖蒲，还恋着那一份相思……她做不了元稹的妻子，更不愿意降低自己的自尊去做他的妾，或许她只能是孤鸾一世。如今已经是年过半百，还能希图什么呢？

第八章　生命的回望

一　莫叫烟月两乡悲

万条江柳早秋枝,裛地翻风色未衰。欲折尔来将赠别,莫教烟月两乡悲。

——薛涛《送姚员外》

长庆二年二月,穆宗任命工部侍郎元稹为同平章事,白居易为元稹草谢官表。

薛涛听到这个消息,心中既高兴,又担忧。她高兴的是元稹终于实现自己的理想,升为宰相,但同时替他担忧。薛涛知道,元稹是一个重情重义之人,他惜才荐才,从力荐刘禹锡为夔州刺史可以看出。他是一个好的文学家,但未必是一个好宰相,朝中百官对他的升迁多有异议,认为他是交结宦官得到提升重用,其实是元稹的才学让皇上欣赏。薛涛知道元稹过于耿直,朝中关系错综复杂,他未必能处理好这其中的关系。

一直以来国家战争不断,而战争又是一把双刃剑,它既能重树国家的权威,也必然导致社会经济在一定程度上的凋敝,给人民带来灾难和痛苦。所以,对战争,不同的人有不同的认识。元稹一直是不主张用战争解决问题,但是他并不反对战争,若能以不战而屈人之兵,则为上策。元稹在《才识兼茂明于体用策》《观兵部马射赋》《连昌宫词》等诗文中多次表达了希望整修朝政以消弭战争的思想,就是从发展生产、减轻人民负担的立场出发的。裴度与元稹的观点恰恰相反,裴度从维护朝廷至高无上的地位出发,力主征伐。元稹与裴度观点的参差,表明二人政见的不同,两人因观点不同矛盾也因此而产生。

五月,有人密报裴度说元稹结交刺客,阴谋刺杀裴度。裴度得知这消息后，把话放在心中，并没有声张。后来那人上报给左神策军，穆宗知道后，下诏令左仆射韩皋等人审问这个案件。韩皋主持刑部、大理寺和御史台会审元稹结交刺客暗杀裴度之案，发现此事毫无证据。

事情原来是这样的，当初叛将成德节度使王庭凑围攻深州牛元翼的时候，和王李绮的师父于方想出奇计以求升迁。他向宰相元稹建议，派遣说客王昭、于友明二人去游说王庭凑的部下，以便放牛元翼出城。同时给尚书省所辖兵部、吏部赠送钱财，请求给予文官和武官的假任命书二十张，让王、于二人游说时随时见机授予，元稹表示同意。有一位名叫李赏的人，听说于方的计谋后，便告诉了裴度，说于方为元稹交结刺客，阴谋暗杀裴度。

李赏是李逢吉的人，李逢吉又是一个善于利用他人矛盾而制造矛盾从中渔人得利的小人。李赏受李逢吉指使，诬告元稹欲遣人刺杀裴度，元稹与于方合谋"反间而出"，牛元翼事因之公开，元稹与裴度的间隙因此而加深。这件事查清楚之后，两人争相中暗藏汹涌的情形皇上也明了。裴度是很有威望的老臣，元稹却是新宠，两人背后的支持者都较着劲。穆宗见此情景，于六月免去裴度和元稹两人的宰相职务，元稹为同州刺史兼长春宫使。穆宗任命兵部尚书李逢吉为门下侍郎、同平章事。果然善于阴谋的李逢吉，挑起他人之间的冲突，坐山观虎斗，使之两败俱伤，而后坐收渔人之利。

元稹被罢相后，接着又被免去长春宫使的职务。白居易为他鸣不平，上表皇上，却不起作用。从二月任相到六月被罢相，元稹只做了短短几个月的宰相。他知道，自己是朋党之争的受害者。元稹和裴度两人都是薛涛熟悉的人，本都是国家的栋梁之材，却为争权势而都遭罢免，薛涛不禁为他们感到可惜。当薛涛与同僚谈起元稹和裴度罢相之事，都叹息不已。

不管朝廷官场怎样瞬息万变，段文昌始终在西川励精图治，百姓得以安居乐业。

这天，段文昌应广宣上人之约，带众僚客出游广宣上人所住的龙华山。僧人广宣，俗姓廖，住在益州双流龙华寺，享受元和、长庆两朝内供奉，赐居安国寺红楼院。上人是佛界德智善行者的雅称。广宣擅长写诗，与韦皋、刘禹锡、白居易、元稹、韩愈、段文昌非常友好，常与段文昌、薛涛等西川文人雅士诗文唱和。元和末年广宣自长安返回益州龙华山，住在龙华寺。去年二月段文昌来蜀中就任后，抽出时间去龙华山拜访了广宣上人。龙华山是段文昌当年读书的去处，如今这里依然翠绿一片，山风阵阵吹着松涛，泉水汩汩安静地流淌，林中鸟儿清脆的鸣叫给山林增添了生命的活力。龙华寺建在龙华山的山腰，一踏进龙华山，段文昌便感慨万千，世事如浮云，当年的书生如今威震一方，他终于实现了自己的抱负，成为国家的栋梁之材。在龙华山，感慨之余，段文昌写了《还别业寻龙华寺广宣上人》：

> 十里惟闻松桂风，江山忽转见龙宫。
> 正与休师方话旧，风烟几度入楼中。

段文昌的这首广宣上人诗后来被众人相互传阅，和者众多。

今天应邀来的各位都是写诗的高手，自然也少不了以诗唱和。广宣上人赠诗一首给薛涛，赞颂薛涛的才学和为人，薛涛提笔写了一首《宣上人见示与诸公唱和》：

> 许厕高斋唱，涓泉定不如。
> 可怜谯记室，流水满禅居。

有人读薛涛这首诗时，觉得颇为费解。的确，读薛涛的诗，若不是博学之士，还真的难懂其中的含义。在这首诗中，"许"通"浒"，"厕"是两岸夹水，"谯"为谯周，记室为掌书记之官。谯周字允南，巴西充国人，三国时期蜀汉学者、官员，著名的儒学大师和史学家。谯周被称为"蜀中孔子"，他曾受知于诸葛亮，忧国忧民，学识渊博，侠肝义胆，通晓天文地理，钻研并精通六经，著书立说教书育人。薛涛在这首诗中以谯周喻广宣上人，赞他才如江海，而自己不过是细流，定不能及广宣上人。

薛涛这种谦逊的态度让广宣甚为好感，这也是薛涛能广交诗友的缘故，她低调友善，从不自恃自己的才情过人而狂傲。

山中的美景，让诗文高手们诗兴大发，这次唱和，大家都很尽兴。

姚康对山中的景色更是依依不舍，因为过不了几天他就要离开蜀中，进京任职。

节度使判官姚向看到姚康饱览景色时眼中的不舍，笑着说："姚兄，好好看吧，到了京城可就没有这样的景色了。"

"是啊，这里山清水秀，真乃是神仙住的地方。"姚康说，"要是能在此山中品茗读书，了此残生该有多好。"

薛涛说："那可不行，目前国家正需要你这样的人才，朝廷正在重用你呢！"

姚康谦虚道："惭愧，惭愧。"

薄暮时分，薛涛与众人一起回益州城。

几天后，姚康离开蜀中，段文昌和薛涛等一起于合江亭送别。

在合江亭，薛涛不知道送走多少来蜀又离蜀的官员，今天又送走姚康，薛涛心中诸多感慨凝于笔端，她写下了《送姚员外》：

> 万条江柳早秋枝，袅地翻风色未衰。
>
> 欲折尔来将赠别，莫教烟月两乡悲。

姚康接过薛涛的赠诗，深深作了一揖。

薛涛说："一路保重！还烦请姚员外到小雁塔下我家的祖居替我看看，若方便的话，捎一封信来，唉，很久没有他们的消息了，年纪大了，思乡之情也浓了。"

姚康答应："我一定代你去看看！薛校书放心，也带给你家乡亲人你一切安好的消息。"

"谢谢！"薛涛眼睛里已经蓄满了泪水。

不久，姚康给薛涛写了来信，向她描述了小雁塔下的街市的情景，并且告诉薛涛，她家族的亲人一切都好，他们都很想念她。同时也叙说了朝中的一些情况，暗示皇上终日沉溺于游玩，不怎么理朝事，姚康对国家的安危表现出深深的忧虑。

朝中宰相崔植和杜元颖政绩平平，也都是没有远见卓识的平庸人物，且迎合穆宗的爱好，对皇上的昏庸从不劝谏。自史宪诚逼田布自杀后，朝廷无力征讨，于是将史宪诚和朱克融、王庭凑均任命为节度使，由此朝廷再度丢失河朔地区的控制权力。如今朝中宦官弄权，藩镇割据称雄，皇上荒废朝政……得知这些情况，薛涛心中时刻为国家担忧，可是她却无能为力。她认识的元稹和裴度又都被罢相，不在京城，能有所作为的大臣被贬外地，庸臣与奸佞当道，这就是昏君的朝政。

更为糟糕的是穆宗的健康出现了变故。十一月，穆宗和宦官在宫中踢球，有一宦官不慎从马上掉下，穆宗受了惊吓，患上风疾，手足麻木，不能下地走路。一段时间，众位官员都不知道穆宗的日常活动和行踪。几位宰相多次请求入宫面见，都没有答复。见此情景，裴度为防圣上不愈，多次上奏，请求立皇太子，并请入宫面见穆宗。过了一个月，穆宗的病情稍微好转，就在紫宸殿接见群臣百官。他坐在大绳床上，让左右禁卫兵暂且退下，仅留十多个宦官在身边侍候。百官看到穆宗，人心逐渐安定。考虑到皇上的健康，李逢吉上奏说："景王已长大成人，请立为皇太子。"裴度也请求穆宗尽快下诏立皇太子，以便符合天下百姓的心意。接着，中书、门下两省的官员也相继上奏，请求立皇太子。穆宗考虑到自己的健康状况，接受众位官员的建议，于是下诏，立景王李湛为皇太子。

随后，穆宗的病渐渐痊愈，但是，如他父亲宪宗一样，他对方士的那些丹药很感兴趣，亦吃起金石之药。伺候他的宦官力劝他不要吃，更有朝官劝阻他服用丹药，以免他走上他父亲的路。穆宗表面上应承下来，私下里照吃不误，所有的人只好为他叹息。

自从元稹任职同州刺史，薛涛很久没有他的消息，没有收到他的信笺，也没有他的诗作传来。薛涛心中不免挂念，这种剪不断理还乱的情绪一直困扰着薛涛，在孤独的内心深处，她始终惦念着元稹，因为他曾是她的至爱。

或许是有一种心灵感应，元稹于长庆三年春将他去同州任上与白居易、李德裕等唱和的《杏花》诗寄给薛涛，诗中这样写道：

常年出入右银台，每怪春光例早回。

惭愧杏园行在景，同州园里也先开。

接到元稹寄来的诗，见元稹一切平安，薛涛心中欣慰，随后细细研读，体会元稹的心境，她不知道元稹是否还会有东山再起的机会。

在益州城，喜爱放迹山林，以吟咏为乐的段文昌，常常在闲暇之日邀请薛涛和其他官员选胜登临，同游者有如节度判官姚向、安抚判官温会、观察巡官李敬伯等人，薛涛与他们有许多诗文唱和。

学射日这天，薛涛跟随段文昌等去斛石山，在与百姓游山同乐后，他们在斛石苑饮茶，其间话题谈到近来被穆宗器重的户部侍郎牛僧孺。牛僧孺，字思黯，安定鹑觚人，贞元二十一年，二十五岁的牛僧孺高中进士，步入仕林的他看到了腐败政治的一些内幕。元和三年，宪宗制举贤良方正科特试，牛僧孺正血气方刚，胸怀治国韬略，在策对中毫无顾忌地指陈时政。他的胆略见识深为考官赏识，成绩被列为上等。但是，对朝政的指责却得罪了当时宰相李吉甫，因此遭了"斥退"的打击，很久都没有得到起用。直到元和七年，李吉甫死后，牛僧孺才被提拔做监察御史、礼部员外郎。穆宗即位后，牛僧孺改任御史中丞，专管弹劾之事。这时，他精神大振，按治冤狱，执法不阿。长庆元年，宿州刺史李直臣贪赃枉法，其罪该杀。李直臣贿赂宦官为他说情，穆宗觉得也不必太认真。牛僧孺据理雄辩，说一个国家应该坚持法制，皇上被他的耿直打动。

后来李吉甫的政敌李逢吉为相，李逢吉便排挤李吉甫的儿子李德裕，使他出任浙西观察使，李逢吉推荐牛僧孺为同平章事。牛僧孺又因拒绝贿赂，获得穆宗赏识，提为同平章事。

谈到朋党之争，段文昌叹了口气说："国家经过连年讨伐藩镇，已显羸弱，朋党之争何时了结？"

薛涛接过话题："是啊，真正的清官不知道有多少。但是牛僧孺确实是不错的清官，因为这点也深得皇上的喜欢。"

"牛僧孺深得皇上喜欢事出有因。当初宣武节度使韩弘的儿子韩公武为了巩固父亲的地位，向朝廷内外许多当权的官员行贿，很多人接受贿赂，唯独牛僧孺拒贿。韩公武和韩弘相继去世后，韩弘的小孙子韩绍宗继承家业。这时，韩绍宗家里主管储藏的家奴、宣武的官吏和御史台起诉韩公武行贿的事。抄家后，穆宗把韩弘家里的财产登记本全部调来，亲自审阅。穆宗发现朝廷内外凡当权的官员，大多接受过韩弘的贿赂。登记本上只有一处用红笔小字记载着'某年某月某日，送户部牛侍郎钱一千万，拒而不收'。穆宗看后高兴异常，将登记本拿来给左右侍从看，说不出他所料，他没有看错人，牛僧孺果真是个清官。因此今年三月，皇上任命牛僧孺为中书侍郎、同平章事。"刚从长安来任职的文使君见大家谈到牛僧孺，便提到这事。

"文使君对这些内幕了如指掌啊。"薛涛说，"去年李逢吉排挤李德裕出任浙西观察使，今年牛僧孺又为相，李德裕想回京城恐怕不是一年两年的事了。"

段文昌对朝中的是非曲直不想过多评论，他缄默不语。

观察巡官李敬伯来了兴趣，他滔滔不绝发表他的见解："这两派势力的竞争其实是避免不了。你们想想，历朝历代不都是争权夺势吗？宦官弄权，于是，朝臣与宦官斗争。朝臣中也不得安宁，朝臣世家出身的与科举出身的党派斗争，也是非常尖锐激烈。各派政治集团你上台，他下台，像走马灯似的。朝廷对宰相的更换极为频繁，而一个宰相的更替、贬斥就相应地引起了一大批京官、外任的调换。"

薛涛表示赞同："是的，官宦巨族的争斗后，皇帝便成了掌权的党派用来打击对方的棍子。如今朝中宦官争权，藩镇势力乘机发展，给社会带来许多动乱不安，所以你们这些济世之才，肩负重任啊。"

姚向对薛涛表示赞许："倘若薛校书是个七尺男儿，也定当会位居宰相，瞧您现在也是巾帼不让须眉。"

薛涛谦逊一笑："过奖了，姚判官。"

十月，出镇不到三年的段文昌被召回长安任职。

薛涛没料到段文昌这么快就回京城，她隐隐约约地感觉到，这次一别有可能再也没有机会见面，自己和段文昌都是已过知天命的年龄。

薛涛和段文昌都不愿提及段文昌回京城任职一事。离回京的日子越来越近，那天日落时分，段文昌独自一人骑着马来枇杷巷，来给薛涛道别。

段文昌说他要亲自下厨给薛涛做一桌酒菜，薛涛心中一热，不露声色地说："相国若如此，我真不敢当，还是我来吧。"

"洪度，不可叫我相国，我还是当年的我。"段文昌说。

"墨卿……"薛涛哽咽着有些说不下去。

"洪度，给我一次机会吧，今天就为你做这顿饭，这一别又不知何时见面了。"段文昌拿出带来的菜，他让薛涛帮忙洗净。

薛涛边洗菜边说："唉，可惜春萍不在了，当初她在世时说你喜欢吃她做的菜。"

段文昌听了，也叹息了一声："是啊，我有几样菜还没来得及向她讨教她就离世了。当年韦令公听信刘辟谗言，让我去灵池任县尉，在那里我潜心研究食谱。春萍给我的几本书里，记载着她父亲做菜的绝门手艺。"

"所以，你就把自己的厨房称为'炼珍堂'，还有你写的《食经》如今写到多少卷了？"薛涛问。

"五十卷，已经基本完成。犬子成式大约受我的影响，也喜欢研究美食，他跟着我跑了不少的地方，现在我正在鼓励他把所见的奇闻逸事记录下来，给他定名为《酉阳杂俎》。"段文昌边切菜边说。

"我知道，他曾问过我，让我提建议。他主要是记述南北朝及近代的饮食掌故，还载有一百多种食品原料、调料及酒类、菜肴的名称，还有听到见到的一些奇异的故事传说，我想应该是志怪吧。这孩子真不错，像你一样，聪明好学，为人正直，有才气，将来必定前途无量。"薛涛赞道。

两人说话间，段文昌将菜做好。

吟诗楼上，薛涛与段文昌把盏畅谈。

秋风习习，拂动段文昌头上的白发。

夕霞淡淡，映照薛涛额头上的皱纹。

"我们都老了，时间真快啊！"段文昌举杯叹息。

"是的。你的孩子们都成人了。"薛涛举起杯，"墨卿，再祝你一切顺利。"

"谢谢洪度，想到你还是孤身一人，我心里总放不下对你的牵挂。"段文昌直视薛涛的眼睛说。

薛涛感激道："谢谢你，墨卿。我已经习惯一个人的生活，很自在闲散。"

段文昌迟疑了一下问："你在等他吗？"

薛涛知道段文昌问的是谁，她凄然一笑："墨卿，难道你不了解我吗？我只是欣赏他的才气。虽然你才气不及他，但是你为人为官比他好。"

段文昌对薛涛这样的评价很满意，多年来他心里放不下薛涛，那是一种刻骨铭心的感情，他无法忘记。而且他也明白了薛涛当年拒绝他的感情是为他的处境着想。

月亮出来了，他们依然谈兴正浓。年过半百的他们从第一次相识回忆起，太多的回忆，太多的叙谈。时间悄然从身边流过，已有醉意的段文昌还要喝，薛涛阻止他继续倒酒，像那年月下送他走一样，薛涛扶着步履蹒跚的段文昌走向拴着的马，解下马的缰绳递给他。段文昌接过缰绳顺势将薛涛揽入怀中，贴着她的脸，对着她的耳朵说："洪度，我错怪了你，我知道当年你拒绝我是怕韦皋为难我，对吧？任何时候你总是替他人着想。"

"都过去了，墨卿，不提当年的事了。"薛涛颇有些伤感，"这一别，可能我们就永远见不着了。"

段文昌说："不会的，只要你好好地活着，我会来看你。"

"你走的那天我就不送你了，年岁大了，见不得离别的场面。"薛涛说，"墨卿，就此别过。"

月光下薛涛目送段文昌离去，走出枇杷巷的段文昌回过头来，他看见薛涛一动不动地站在那里，段文昌眼眶湿润了，他一抖缰绳，马儿轻跑起来。

段文昌一行离开益州的那日，薛涛没有去送行，她让丛生前去代她送别，她送给段文昌几十叠十色笺。

丛生回来兴奋地对薛涛说："薛姨，送行的人真多啊，老百姓自发前来夹道欢送，从节度府一直到北门，听说龙华寺那里的百姓也连夜赶来送行。"

薛涛缓缓地说："相国宽严适度，体察民情，与百姓结下了深厚的情谊。去年他得知龙华寺那里的百姓缺水灌溉，他立即倡议并带头集资修堰。经多方勘察，在'两参窝'发现泉眼，便一鼓作气挖了条渠道直通龙华山，这条堰就叫龙华堰。做人、做官若都能做到相国这样就好了。"

接任段文昌的是杜元颖。

杜元颖是太宗时的宰相杜如晦的裔孙，杜元颖的父亲杜佐是个小官。德宗贞元末年，年轻的杜元颖进士及第。元和年间，任左拾遗、右补阙，后召为翰林学士。他文笔敏速佳颖，因而颇受宪宗称赏，元和十五年冬，拜户部侍郎承旨。最欣赏杜元颖的是穆宗，穆宗即位后，召杜元颖奏对思政殿，赐为中书舍人。长庆元年三月，以本官同平章事，居辅相的显赫地位。

杜元颖出镇蜀川，穆宗亲临安福门为他饯别。

在此之前，薛涛对在长安做宰相的杜元颖也有耳闻，知道他为相时虽然清廉，但政绩平平。他的到来，益州的百姓不如对前几任那样热情，而杜元颖在接风的酒宴上，多了些文人的清高，少了与下属的亲和力，所以酒宴的气氛不是很热烈。对前任留下的官员他客气而尊重，不一会儿就借故旅途疲惫早早退席，让随他而来的判官崔璜、纥干臬、卢并等热情地给各位敬酒。

薛涛虽然也在邀请之列，但是她没有去参加这场酒宴。

二　人生如云烟

冷色初澄一带烟，幽深遥泻十丝弦。长来枕上牵情思，不使愁人半夜眠。

——薛涛《秋泉》

杜元颖没有想到重用他的穆宗这么快就驾崩了。

当初，柳泌等人被杀后，方士又逐渐通过穆宗的左右侍从进入宫中。穆宗服用方士所炼制的金石药物，这些药物对身体的伤害非常大。长庆四年正月二十，穆宗疾病再次复发，两天后病重，他当即命皇太子代理朝政。宦官想请郭太后临朝代行皇权，太后严词拒绝。郭太后的兄弟、太常卿郭钊得知宦官的建议后，秘密上书给郭太后，若是她听信宦官临朝，他就带着儿子们辞掉官爵，回家种田。太后当然不会听信宦官的谗言，她赞赏自己兄弟的耿直。

当晚，穆宗在寝殿驾崩。

正月二十六，敬宗李湛在太极殿东厢即位。

杜元颖与敬宗不熟，要想讨得皇上的欢心，得到重用，在他看来只有多进贡一些奇珍异宝。因此，杜元颖没有把精力投入到如何治理西川上，而是想着如何搜刮民脂民膏。薛涛委婉地提醒过几次，杜元颖装聋作哑，不予理会。

远在浙东任观察使的元稹听到穆宗驾崩的消息，亦是感到震惊和伤心。穆宗一朝，元稹仕途到了顶峰，位及丞相，蒙宠之深前无能比。长庆二年，虽然他被贬同州，但未完全灰心，仍然期望有一日穆宗召他重新回朝，以实现自己致君尧舜的政治理想。他把政治理想的实现系于穆宗对他的私恩，他认为只要穆宗在，就有他实现理想之日。在同州任上，元稹省事节用，急吏缓民。他惠政于民，祈雨、均田，同年八月他任职为越州刺史兼御史大夫、浙东观察使。离开同州时，百姓不忍让他离去，很多人一直送到城外。

在诗坛齐名的元稹和白居易两人，一个在越州，一个在同州，彼此诗文唱和频繁，常以竹筒递送。元稹与周边任职的李德裕等也有诗文唱和，元稹将这些诗文都寄给薛涛。这次元稹调任越州，他的妻子裴淑不是很乐意随同前往，所以她带着家眷回了长安。元稹孤身一人前去上任，此时，他又想到了薛涛，在寄来诗文的同时，也表明了想接薛涛去越州。接到元稹的诗文和信笺后，薛涛感慨颇多。如果说当年她期望与元稹共同生活在一起的话，那么随着时间的流逝、年龄的增长，薛涛对世间人情冷暖也有了深刻的认识。她感谢元稹对她的这份情，已年过五旬的她不愿意再受万里旅途劳顿，迁徙他乡，何况她已心如止水，而且不久之后她还想出为女冠。

薛涛整理了一些旧诗回赠元稹，她在十色笺上誊抄旧诗，其中，有一首《秋泉》她又仔细读了两遍：

> 泠色初澄一带烟，幽深遥泻十丝弦。
> 长来枕上牵情思，不使愁人半夜眠。

这是那年深秋她游赏山景所作。山中的清凉之气、潺潺流水的叮咚秋泉让她夜半卧枕难眠，她想了很多很多，于是记下了当时的感受。

誊写完旧诗，薛涛又写了一首《寄旧诗与元微之》给元稹：

> 诗篇调态人皆有，细腻风光我独知。
> 月下咏花怜暗淡，雨朝题柳为敧垂。
> 长教碧玉藏深处，总向红笺写自随。
> 老大不能收拾得，与君开似好男儿。

"诗篇调态人皆有，细腻风光我独知。"作诗之人，各种笔墨心态是少不了的，而薛涛认为她诗文中那些细腻的情感和寓意只有她自己最清楚明白。"细腻风光"指精妙细微，风光万千。"月下咏花"与"雨朝题柳"这两种意象都是薛涛喜欢的，而"怜"和"为"两个字薛涛也斟酌过许久。"碧玉"是薛涛小家碧玉的谦称，现在她将这些收藏的诗，整理出来寄给元稹，以做交流。

自江陵一别已逾十载，薛涛知道元稹依然牵挂着她，思念着她。不管外面传言元稹是如何风流多情，薛涛知道元稹对她是真诚的。元稹用一种不羁掩盖他的孤独，他的理想，他的怀才不遇，薛涛懂他。在薛涛看来，她此生拥有元稹对她的这份情，也就心满意足了。生活在"士人重官婚"的时代，她无力改变这个流行的趋势，所以对于元稹选择与裴淑结婚，她虽然失望，但并不责怪。看看元稹的一些朋友，亦是如此：白居易年轻时在徐州符离与邻女湘灵恋情达十年之久，二人情意甚笃私订终身，最终白居易进士及第后，与官家女杨虞卿的从妹结为伉俪；柳宗元娶詹事杨凭之女为妻；刘禹锡成为福州刺史薛謇的女婿；韩愈与河南参军卢贻之女结婚等，那么她又有什么理由去责怪元稹呢？

誊写完这些诗文，薛涛又写了一份行书《陈思王美女篇》，其笔势跌宕秀逸，一并寄给元稹。

元稹接到薛涛的诗文和书法，看后爱不释手。

不久，在越州的元稹很快又被伶人刘采春吸引。

刘采春，淮甸人，伶工周季崇的妻子。她的丈夫周季崇和夫兄周季南都是有名的伶人，擅长参军戏。参军戏是当地盛行的一种滑稽戏，最开始由两人搭档，一人揶揄戏耍另一人，如一个逗哏，一个捧哏，后来演变成多人合演。刘采春年轻貌美，歌喉清丽，也擅长参军戏。他们一家人来到越州，深被元稹赏识。为她，元稹写了一首《赠刘采春》。

> 新妆巧样画双蛾，谩里常州透额罗。
> 正面偷匀光滑笏，缓行轻踏破纹波。
> 言辞雅措风流足，举止低回秀媚多。
> 更有恼人肠断处，选诗能唱望夫歌。

元稹在诗中大赞刘采春的外貌和文采，《望夫歌》即《啰唝曲》，为刘采春作词作曲，此曲以盼远行人回家之意为题，如"不喜秦淮水，生憎江上船。载儿夫婿去，经岁又经年""莫作商人妇，金钗当卜钱。朝朝江口望，错认几人船"等愁怨的曲子。白居易目睹元稹移情于刘采春，他唯恐薛涛还在痴痴等待着元稹，又不能说出刘采春阻止元稹派人去益州接薛涛的实情，于是，寄给薛涛一首《与薛涛》，诗中白居易隐晦地劝诫薛涛：

> 峨眉山势接云霓，欲逐刘郎此路迷。
> 若是剡中容易到，春风犹隔武陵溪。

薛涛接到白居易的诗笺后，她带上一壶茶，在吟诗楼上细细体味，终于明白了白居易对自己的劝谕。白居易以峨眉山势之险，比喻入天台仙境之难，这是告诉她不要对元稹心存幻想。诗中引用东汉刘晨、阮肇入天台遇仙女的故事，白居易不说刘郎追仙女，而是说仙女追刘郎，隐喻薛涛进入迷局，只有旁人才能看清楚这里面的利害关系。天台山在浙东，刘晨和阮肇都是剡县人，"武陵溪"是指桃花源。白居易在诗中说桃花源都难得寻见，更何况天台仙境。薛涛心中对白居易非常感激，但她认为白居易对她的内心世界并不是很了解，仅仅从相互赠诗中白居易无法对她有更深的了解。作为元稹的好友，白居易对元稹的一举一动一言一行是了解透彻的，何况白居易将元稹写给刘采春的诗一并寄来，意图很明显。即使没有刘采春的出现，薛涛也明白，她与元稹此生的情缘只剩下回忆。

邻居孙处士给薛涛送来荔枝，他见薛涛一人在吟诗楼。

"薛校书又在吟诗啊？"看见薛涛手中拿着纸笺，孙处士问道。

薛涛回答："是白居易寄来的诗。"

以往薛涛收到文友们寄来的诗，碰到孙处士来，总是会拿出来与他一起赏读。今天薛涛一反常态没有拿出来的意思，孙处士便没有提赏读白居易的诗。

从囊里拿出荔枝，孙处士说："这是我刚从嘉州带回的荔枝，尝尝鲜吧。"

"谢谢。"薛涛摘了一颗，剥去皮，放入嘴中，真是鲜美异常，"这嘉州荔枝丝毫不比象郡的荔枝差。"

孙处士说："是啊，嘉州的龙游县、夹江县、峨眉县、犍为县都产荔枝。青衣江边夹江县甘露乡陶渡一带的荔枝还进贡给朝廷呢。"

科举未及第之后，孙处士寄情于山水，每次外出既带回自己的诗作，也带回各地的特产。回来后总是与薛涛一边切磋新诗，一边品尝异地特产。

两人边吃荔枝边聊天。

薛涛说："小时候，常听母亲说象郡的荔枝如何皮红肉厚，类似琼浆，但是路远难得，而嘉州的荔枝常被称为素浆，我以为丝毫不比南国的差。这荔枝也叫离枝，离开树干一日则色变，二日则香变，三日则味变，四五日后色、香、味都已没有存。可是你带回的荔枝好像没什么变化啊？"

孙处士说："我是一路上用陶罐里的水养着。"

薛涛陷入了一种回忆："还记得那年春天我游荔枝滩，青衣江水在流向九盘山时经过的那个滩，被叫作荔枝滩。"

孙处士点了点头："是的，滩边陆地也叫荔枝滩，就是陶渡村一带。我这荔枝就是那里产的。"吃完荔枝，薛涛将手洗了，她拿出笔墨，孙处士知道薛涛要写诗了。

薛涛思忖片刻，下笔写了一首《忆荔枝》：

> 传闻象郡隔南荒，绛实丰肌不可忘。
> 近有青衣连楚水，素浆还得类琼浆。

"近有青衣连楚水，素浆还得类琼浆。" 孙处士吟诵后赞叹，"薛校书这两句出彩，日后嘉州荔枝会因为你的这诗更加出名了。"

薛涛谦虚道："孙处士过奖了，嘉州荔枝本就是贡品，我只是如实写来。"

薛涛读了白居易寄来的诗，原本心中略有悲凉，孙处士一来，两人闲谈荔枝，那小小的不快便随着谈兴远去了。

十六岁的敬宗李湛从小没有受到好的教育。穆宗整天沉溺于游猎和金石之药，驾崩时才三十岁，对太子没有严格地约束和管教。比起其父来敬宗更加荒淫奢侈，加上身边亲信小人掌权，对他阿谀奉承。他玩心大，三天两头游乐，角抵、龙舟、捕鱼、捕夜狐、骑驴打球等。亲近左右小人的他，每月听朝不过几次，大臣也很难进见。穆宗去世一年后的正月，敬宗大赦天下，改元宝历。

牛僧孺见敬宗如此不理朝政，因怕被敬宗怪罪，不敢直言相谏，便多次上奏请求辞职，出任外地官职。于是敬宗下令牛僧孺为鄂岳观察使，加封他为同平章事的职务，充任武昌节度使。浙西道观察使李德裕与牛僧孺不同，针对敬宗不理朝政，他奉献《丹六箴》，从衣食住行上对皇上一一予以规劝。虽然敬宗贪玩，但还是听取一些大臣的意见，对裴度予以信任，并决定重用，所以对被罢相远在山南西道的裴度加为同平章事。

杜元颖对敬宗投其所好，他将搜集的珍奇玩物派人送到长安，敬宗见到这些宝物果然开心，认为杜元颖对自己忠诚，对他颇加关注，而杜元颖这种行为却被许多正直大臣不齿。

在京城任职的文宇调任蜀中任州刺史，上任之后他拜访了薛涛并带来朝廷的一些消息。

朝中状况如此，蜀中情况也不乐观。薛涛告诉文宇，杜元颖对边防治理不严，也不体恤军士的疾苦，克扣军士粮食和衣物的费用，用来到处搜集奇珍异宝通过宦官讨好皇上。而士兵们生活艰难，常到南诏抢夺粮食和衣物。薛涛认为若这样下去，边防恐怕生变。

两人在吟诗楼上谈论朝廷和地方之事，文宇还告诉薛涛，朝中人事有一些变动。三月，白居易由太子左庶子分司东都授苏州刺史。五月，李绅由端州司马移江州长史。七月，刑部尚书段文昌现为兵部尚书，依前判左丞事。

薛涛听说后，对白居易和段文昌深为赞叹。

临别时，文使君写了一首诗送给薛涛，薛涛也回赠一首《酬文使君》：

延英晓拜汉恩新，五马腾骧九陌尘。

今日谢庭飞白雪，巴歌不复旧阳春。

文宇读后惊叹道："薛校书，这是我读过您的诗中，用典最多的一首，您真是博学，在下更加敬仰您。"

薛涛微微一笑："文使君过奖了。"

的确，薛涛的这首诗是用典最多的。

自汉代后尊称州郡长官为"使君"，"延英"是大臣奏事之殿名，位于紫宸殿西。殿院外设有中书省、殿中内省等中枢机构。自代宗起，皇帝若有咨询，或宰臣欲有奏对，都在此殿召对。因旁边无侍卫，礼仪从简，人人都可以畅所欲言。后来渐渐定期开延英殿成为皇帝日常接见宰臣百官、听政议事之处。"五马"为太守美称，《司空仪》中记载："四马载车，此常礼也，唯太守出，则增一马，故成五马。""九陌"，古时都城大道为纵横九条，所以成为"九陌"。"谢庭"，指从小天资聪颖的谢道韫，她的咏雪句"未若柳絮因风起"，被人誉为"咏絮才"。"巴哥""阳春"出自宋玉《对楚王问》："客有歌于郢中者，其始曰《下里》《巴人》，国中属而和者数千人，其为《阳阿》《薤露》，国中属而和者数百人；其为《阳春》《白雪》，国中属而和者数十人，引商刻羽，杂以流征，国中属而和者不过数人而已。盖其曲弥高其和弥寡。"

一首诗中用了六个典故，而且极为精当。如"延英""汉恩"，是朝廷"晓拜"一种庄重的礼仪，用典突出其庄严，"五马"和"腾骧"的搭配，"九陌"对"尘"的修饰，将一个繁华、气势宏大的都城表达得淋漓尽致，而后两句赞颂文使君的才气。

文字将这首诗寄给长安的朋友，一时，此诗在京城传开了。

居住在碧鸡坊枇杷巷的薛涛，偶尔去浣花溪造纸坊看看，她现在将作坊交给了丛生。大部分时间在家读书、作画、写字，也去惠觉师父那里走动。名义上薛涛还挂着幕府的校书，实际上杜元颖基本不找薛涛议事，他只信任他带来的几位，府中有什么事只和他们商议。薛涛自从给杜元颖一些建议，被他应付不予以重视后，也不涉足幕府事务了。

惠觉师父常来看薛涛，也常请薛涛前去论道。

深秋，天刚蒙蒙亮，薛涛出城，将做好的道服带给惠觉。马车送薛涛到山下，她沿着幽静的山路行走，两边是茂密的树林，鸟儿一大早站在枝头叽叽喳喳地喧闹，山路上也有早起的人在三三两两结伴而行。独自行走的薛涛观赏着清晨的山林，心中感叹若是隐林而居，清静无为，离境坐忘，安静地与自然为本，也是一种很不错的生活。快要到山顶了，薛涛隐隐约约看见道观的飞檐，道观依山垒石而建，掩映在翠绿之中。

惠觉在道观门口迎接来客，看见薛涛来了，惠觉忙吩咐一道姑将薛涛引入她的厢房，让薛涛稍等片刻。

薛涛和惠觉在房间喝茶论道，忽见门外一女道闪过，侧面看着好熟悉，很像一个人，薛涛便问惠觉："惠觉师父，刚才从窗口过去的是哪位道姑？以前好像没见过。"

"是的，她是从东川清真观过来的清心道人，不过你们应该是旧识，一会儿做完法事你们可以见见，叙谈一下。对了，这次来我观的还有峨眉山的杨炼师。"惠觉告诉薛涛。

未必真是多年未见的她？薛涛心想，人生还真是一个"缘"字。

上午做的是阳事科仪，即一员外家的延生法事，薛涛也参与其中。

做完法事，有一女子径直走向薛涛，深深行了一个礼，低眉说道："道人清心拜见薛校书。"

薛涛忙还了一个礼，细看真的是她："真的是你，玉箫？"

那道姑说："我是清心道人。"

薛涛改口："今日见到清心道人深感荣幸。"

清心道人说："有缘之人处处可相逢。"

惠觉忙请她们两人进了她的房间，倒茶，说去请杨炼师来与她们叙谈。

看到薛涛询问的眼神，清心道人说："一晃几十年过去了，你还是那么光彩照人。"

"你也一样，还是那么年轻美丽。"薛涛说，"玉箫，不，清心道人，那年你突然失去联系，去了哪里？"

清心道人说："自令公葬礼后，我女扮男装，逃出刘辟的监视。我没处可去，对人世心灰意冷，一个人在山中走着，忽然看见一道观，心中一亮，这是我此生最好的去处，师父收留了我，从此跟着师父修道。"

看到昔日的玉箫今日的清心道人成为舍弃世俗之欲、隐居山林的修真女冠，薛涛感叹世事如云烟，变化莫测。

"清心道人修炼多年，今日成为德高思精的法师，可喜可贺。"薛涛由衷地祝贺。

两人正叙旧，惠觉带着杨炼师进来了，薛涛和清心道人忙站起来行礼。

杨炼师还礼："免礼，免礼，今日见到两位女真人，真是幸事。"

　　四人边喝茶边谈论《道德经·六章》，谈到君王对道士的偏爱和垂青，便对朝廷感恩不已。薛涛羡慕他们三人的退隐生活，而他们又赞赏薛涛退而不隐，关心国家和百姓安危的行为。

　　不觉已到太阳落山之时，薛涛要下山。杨炼师作诗一首敬赠给薛涛，薛涛也当即回赠一首《酬杨供奉法师见招》：

> 远水长流洁复清，雪窗高卧与云平。
>
> 不嫌袁室无烟火，惟笑商山有姓名。

　　"雪窗""袁室"典出于东汉袁安。袁安未做官时，有一年，洛阳下大雪，很多人外出乞食，袁安独卧雪窗而未出，恰逢洛阳令行到袁安门前，见他如此操行，举为孝廉，并委以官职。薛涛以此典赞杨炼师高士生活清贫但有操守。"商山"在商县境内，秦时，东园公唐秉、夏黄公崔广、绮里季吴实、甪里先生周术，他们是秦始皇时七十名博士官中的四位，见秦政暴虐，共入商山隐居，他们时年八旬，须眉皓齿，修道洁身，被人称为商山四皓。后人又用"商山四皓"来泛指有名望的隐士。

　　杨炼师见薛涛对他如此高的评价，连连称谢。

　　清心道人赞道："薛校书依然像从前一样才思敏捷，用典精巧。"

　　"惭愧，如今年过半百，不如从前了。"薛涛谦虚。

　　辞过众人，薛涛下山。

　　一路上，薛涛回想着与玉箫的相遇，往事又在脑海闪现。一团雾霭飘来，将薛涛隐入其中。

三　益州劫难

绿沼红泥物象幽，范汪兼倅李并州。离亭急管四更后，不见车公心独愁。

——薛涛《江亭饯别》

薛涛坐在吟诗楼上，低头看去，濯锦江水昼夜不停缓缓流淌，就如同这流逝的岁月。

她这一生，见识了形形色色的高官与平民，也经历了几场没有结果的恋爱，如今依然是孤身一人。她知道在这个世界上依然还有牵挂着她的人——元稹和段文昌。元稹对她只是多情，他对谁都是用情不专；而段文昌对她是痴情，用情太专，让她无法接受。她害怕她与段文昌之间的感情影响到他的家庭和仕途，所以一直以来她压抑着对段文昌的感情，她不能因为自己的自私而毁掉一个人的前途和一个家庭的幸福。她也知道在元稹的生命里，她只是众多女人中的一位，而在段文昌心目中，她是他的唯一。

现在薛涛已经习惯了孤身一人的生活，清静与孤寂，这种孤独的生活给她带来心灵上的安宁，她潜心写诗、作画、练字。因为诗名在外，一年四季依然有很多诗友慕名来访，剡溪天台山人吴商浩就是其中之一。

吴商浩由浙东调任东川任职，与元稹有诗文唱和。这次为了观赏三峡的美景，他沿长江逆水而上，专程来益州城拜访薛涛。

薛涛在吟诗楼上等着客人的到来，丛生已经去官道的驿站迎接吴商浩。远远地，薛涛看见丛生挑着担子，后面跟着一位高大的中年男人进了枇杷巷口。

薛涛忙下楼前去以礼相迎："吴使君远道而来，一路上辛苦了！"

"久闻薛校书大名，今日才得拜见。"吴商浩拱手还礼。

与年轻时喜欢热闹的场合相比，薛涛现在更喜欢安静，所以这次吴商浩来拜见她，薛涛没有请他人作陪。

丛生已经去置办酒菜，薛涛和客人在吟诗楼喝茶。

薛涛问："吴使君，此次逆水而来，一路上观赏不少美景了吧？"

吴商浩愉快地回答："是的，久闻巫峡猿声，亲耳谛听，果然如前人诗中描述，让人颇有感慨。"

薛涛问："一定有不少大作吧？"

"哪里谈得上大作，我才学简陋，还望薛校书斧正。"吴商浩拿出了《巫峡听猿》这首诗，递给薛涛。

薛涛接过诗笺，轻声吟诵起来：

> 巴江猿啸苦，响入客舟中。
> 孤枕破残梦，三声随晓风。
> 连云波澹澹，和雾雨蒙蒙。
> 巫峡去家远，不堪魂断空。

薛涛连声称赞："好诗！好诗！吴使君将巫山的猿声与景色相结合，将巴峡写活了。我还记得你那首《塞上即事》诗中的句子'寒沙万里平铺月，晓角一声高卷风'，读后让人难以忘怀。"

吴商浩谦虚道："薛校书过奖了。"

随即，他拿出沿途写的一些诗文如《宿山驿》《水楼感事》《泊舟》等，薛涛一一赏析。

很快，丛生将酒菜送到吟诗楼，薛涛与吴商浩边吃边聊，短短六年时间，换了三位皇帝，酒至酣处，两人心生许多感慨。

薛涛说："宦官当权，实在祸害不浅。宪宗被宦官所杀，穆宗沉溺金石之药，亦是被宦官引入的方士所祸害，敬宗也是被宦官刘克明等所杀，这几位皇帝都是英年早逝，唉！"

吴商浩有同感："是啊，这三位治理朝政越来越差，特别是敬宗，年纪轻轻，不思虑如何治理国家。整天游乐毫无节制，与小人一同游玩，踢球、摔跤，这些人与他昼夜相处，岂不知将有大祸降临。"

"正是如此，宝历二年十二月初八，那天夜里敬宗外出打猎后回到宫中，与宦官刘克明、田务澄、许文端以及踢球军将苏佐明、王嘉宪、石从宽、阎惟直等二十八人一起饮酒。酒兴正浓时，敬宗到房中换衣，大殿里的火烛忽然被吹灭，苏佐明等人乘机在房中杀死敬宗。刘克明伪造遗旨，迎宪宗的儿子绛王李悟入宫为帝，由李悟暂时代理朝政。第二天，宣布敬宗的遗制，然后，绛王在紫宸殿的外廊接见宰相和百官。宦官王守澄、梁守谦又指挥神策军入宫杀死刘克明和绛王李悟，立李昂为帝，改年号为'大和'。

看看，皇帝的废立，大臣的调任全都是宦官说了算。宦官当权，朝廷必乱啊，历史上这样的事情比比皆是。"薛涛继续说，"可惜敬宗只做两年皇帝，十六岁登基，十八岁便早逝。"

吴商浩说："今年登基的文宗吸取前两位的教训，励精图治，很是勤勉。"

薛涛对朝廷依然忧虑："可是沉疴痼疾，要治愈难上加难。"

吴商浩说："听说文宗生性孝顺谨慎，侍奉三位太后如同一人，每次得到珍贵奇异的食品，首先用来祭天以及奉献祖庙，其次献给三位太后，最后才自己吃。"

"皇上品德不错，可是治国还需要魄力。皇上深知穆宗、敬宗两朝的弊政，因此，即位以后，励精求治，除去奢侈，厉行节俭。比如，放三千多宫女出宫，以前五坊使所养的鹰和猎狗，除保留少数用于游猎外，其余一律放出。宫中的日常用品的供应，现在一律按贞元年间德宗规定的数额供给，不得增加。教坊、翰林院和宫苑总监都将多余人员裁剪，听说总计有一千二百多人。敬宗时对内诸司所辖宦官增加的衣粮待遇也一律停止。被皇家养马坊场占用的水田，现一律归还当地州县收管。此前，敬宗在各地按规定所贡奉朝廷的数额之外，另外下诏勒索的绣缎、镂等物，一律不准再上贡。文宗的这些举措得到大臣和百姓的支持。"薛涛说。

"国富民安有希望了。"吴商浩面露喜色，可他看到薛涛依然是满脸凝重，有些不解。

薛涛看到吴商浩眼中带有疑问，她继续说："从这一年的情况看，文宗确实做了大量的改革。早上朝，晚罢朝，他体恤百官和百姓，可是不从根本上根治宦官当权和解决朋党之争，朝廷永无宁日。还有内忧外患，藩镇割据，势力越来越大，外族觊觎富饶的中原。唉，我真希望那些宰相们能抛开个人的利益，多考虑国家的安危。"

吴商浩对前途充满希望："会的，薛校书。今年九月浙东观察使元稹不是加为礼部尚书了吗？他在浙东政绩斐然，深得百姓拥护，还有裴度也入朝了，有这些正直的大臣，何愁国家不富强起来？"

薛涛没有接话，她心想，朝臣现在分为牛、李两派，各有朋党，互相攻击。

这对治理国家非常不利，但是她不想再深入谈及这个话题。

两人又谈及其他一些熟识的人，谈到元稹在浙东的建树，特别是对白行简的逝世深表惋惜。

薛涛应邀为吴商浩抄写他的诗文，薛涛飘逸的行书，让吴商浩感叹不已，他作了一首诗赠予薛涛，薛涛也回赠一首《酬吴使君》：

> 支公别墅接花扃，买得前山总未经。
> 入户剡溪云水满，高斋咫尺蹑青冥。

"支公"是晋朝高僧支遁，字道林，佛学家，曾修支研山而隐居，被世人称为"支郎"；他与谢安、王羲之等皆为好友，善谈玄理，一生归隐支山。"扃"为宅门，尽管薛涛没见过吴使君的住宅，她丰富的想象让吴使君钦佩不已。

暮色中，吴使君告别薛涛，他回过头来，看到薛涛依然朝他挥手。

真是气质非凡，可见她年轻时是多么迷人，难怪元微之对她念念不忘，吴商浩再次回望。

并州刺史李云海回蜀探亲，随后拜访了薛涛。

李云海曾是薛涛旧友，当初未出仕之时，与薛涛常有诗文唱和。他博学多才，说话幽默风趣，哪里有他哪里就会笑声不断。这次是回益州探望病中的父亲。几日后，他回并州，薛涛与一些文朋旧友在合江亭送别。

暮秋时节，也是伤感的季节，诗友们把盏话别。李云海情之所至，写诗酬谢，众人以诗回赠，当然薛涛的诗更是李云海所期待的。薛涛给李云海的诗为《江亭饯别》：

> 绿沼红泥物象幽，范汪兼倅李并州。
> 离亭急管四更后，不见车公心独愁。

诗中"物象"指自然景观，薛涛的诗常常以景开头。

"范汪" 东晋人，字玄平，又称范东阳，南阳顺阳人。博学多通，为庾亮参军，曾任东阳太守，徐、兖二州刺史。"车公"是东晋车胤，字武子，南平人，机悟敏速，博学知名，被桓温引为长史，每有盛座，皆云无车公不乐。薛涛用这两个典故赞扬李云海的博学与为人，并将自己对他的情感也融入诗中，李云海甚是感动。

一晃又进入冬天，这个冬天异常寒冷。

薛涛接到边地一位士兵的来信，那是当年薛涛同武元衡巡查屯所时认识的旧友。在信中，他告诉薛涛将士们没有御寒的衣服，请她给节度使反映情况，能否解决将士们的饥寒。他还提到近来南诏常来骚扰边地，他们可能伺机有所企图，至于是什么行动，他不能确定。

薛涛带着信去了节度府。

杜元颖看信后不以为然，他说早收到屯所的文书。他认为边地这么多年都平安无事，士兵的担忧是多余的，何况与南诏已经会盟。

长叹一声后，薛涛走出节度府，她知道杜元颖并不信任她，也不会采纳她的建议。

自上任以来，杜元颖将百姓身上搜刮来的钱陆续敬献给穆宗皇帝和敬宗皇帝，以期得到重用。百姓对杜元颖早就怨声载道，边防将士更是不满，军饷不但不能及时发放，还从中克扣，将士们穿着往年的旧衣服，因为供粮不足，他们只能是半饥半饱，很多士兵逃往南诏。杜元颖还在益州城内大兴土木，扩建节度府，调动边地士兵做工，且征用大量民工，让他们自带吃食。不久边防长吏多次上报南诏国进犯边地，杜元颖均不信，也不予理睬。

杜元颖不知道一场劫难正在逼近。

韦皋镇蜀时，朝廷派崔佐时到南诏与南诏国王异牟寻于点苍山会盟，此后双方相互尊重，互不侵犯，友好相处达几十年之久。异牟寻于宪宗元和三年去世，之后，几易国王。长庆三年杜元颖镇蜀第一年，南诏国王勤利去世，其弟劝丰佑继位。劝丰佑胸怀大志，善于治国，并且足智多谋。南诏摄政王蒙嵯颠和劝丰佑密谋出兵进犯西川，他们计划兵分三路，第一路攻打嶲州，第二路攻打戎州，第三路攻打东川的梓州，以切断救西川的援军。大和三年十一月，蒙嵯颠以西川降卒为向导，率大军入侵，边城完全没有防备，蒙嵯颠轻取戎、嶲二州。

十一月二十八日，杜元颖与南诏在邛州之南展开激战，西川兵大败，南诏军乘胜攻陷邛州。嵯颠从邛州出兵，径直抵达益州城下，于十二月初四攻陷益州外城。杜元颖率领将士退守牙城，抵抗南诏军队。有几次杜元颖想离城逃亡，均被薛涛等幕僚阻止。杜元颖知道仅仅靠自己是难以守住益州城的，于是接二连三急报朝廷，请求发兵支援。朝廷发东川等各道兵马入川救援，十三日，文宗任命右领军大将军董重质为神策军及诸道西川行营节度使。同时，征发太原、凤翔两道兵增援西川。这时，南诏军队又侵犯东川，进入东川节度使驻地梓州的西城。郭钊兵力寡弱，无力坚守，于是写信责备嵯颠入侵，嵯颠回信说是因为杜元颖先侵扰他，西川兵常入南诏夺其粮食和衣物，他这才兴兵报复的。

郭钊写信诚恳要求嵯颠退兵，严斥南诏毁约，说若是大唐调兵前来，南诏必败无疑。思虑再三，嵯颠和郭钊休兵和好，率兵退去。

南诏军队驻留益州西城十天。开始时，还安抚西川百姓，因而集市安然。临走时，方才大肆掠夺妇女和僧道工巧人几万人，以及各种珍宝奇货，然后退去。

薛涛担心在浣花溪造纸坊的丛生，南诏兵临走之时专门掳掠能工巧匠。丛生不仅仅是精通造纸，而且也擅长建筑，在益州小有名气。

傍晚，纸坊的雇工来到碧鸡坊，告诉薛涛，丛生和两位工人被掳走，制成的笺纸也全被掠走，造纸坊全被砸了。

安慰了报信的工人后，薛涛颓然坐下。她现在关心的是被掳去的那些百姓的命运，还有丛生的生死。

过了一天，被掳掠的两个工人回来了，薛涛知道后，马上赶去浣花溪。

工人告诉薛涛，是丛生找南诏兵说他愿意和他们去南诏国，而且他会制薛涛笺。他提出放他们两人回来，否则他以死相拼。

于是南诏兵放了两个工人回来。

"是丛生救了我们。"两人泣不成声。

薛涛默默无语，此刻能用什么语言表达她的伤痛呢？她的心像被刀划过一样。

丛生虽然是紫鹃的儿子，一直以来，薛涛把他当作自己的儿子般疼爱，而丛生对她百般孝顺。可如今他被掳走，生死未卜。她想起多年前与南诏国结盟时，使者回来说在南诏国有很多西川的工匠艺人在南诏终老一生。丛生的命运会是怎样的呢？如有可能，薛涛甚至想用自己去换回丛生。

度日如年，一连几天，薛涛出门四处打探被掳掠走百姓的消息。

薛涛夜不能寐，瞪着眼睛看着黑夜，丛生自小到大的情景一一浮现在她脑海。

二十多天后，一个凌晨，薛涛忽然被惊醒。

她听见急促的拍门声。

"嘭！嘭！嘭！"

"谁？"薛涛问。

"是我，丛生。"是丛生的声音，疲惫至极的声音。

薛涛怀疑自己听错了。

"谁？"她声音提高许多。

"是我，丛生！"声音更加微弱。

薛涛肯定这次没听错，是丛生。她忙点上灯，连鞋子也顾不上穿，快步冲向大门。

打开门，薛涛见丛生软软地靠在门框上。

"真的是你！丛生！"一刹那，薛涛抱住丛生泪流满面。

她扶着丛生进屋，倒了一碗热水给他。

丛生接过水，一口气喝干，说："我好饿，姨。"

薛涛看见丛生脸上手上到处都是划痕，顾不得多问，忙去做饭。

丛生吃完饭，又洗了一个热水澡，坐下来给薛涛说了他的经历。

"南诏兵押着我们一直往南走，嵯颠亲自率军断后。走到一条河时，嵯颠对我们说：'从这里往南，就进入我南诏国的境内了。现在，允许你们哭别故乡。'众多乡亲放声大哭，突然有人跳入河中，接着很多乡亲纷纷跟着跳入河水中，南诏兵没有料到乡亲们会这样，挡也挡不住。很多人说宁死也不去南蛮，更多的人跳入河中。我看见很多妇女跳入水中沉没了，男人跳入水中有的扑腾几下，也在湍急的水流中没了。我一直在找机会，当看见上游漂来一块木板时，我跳入水中抓住了木板，死死地抱在怀里，才不至于沉没。好在自己从小在浣花溪边长大，识水性，就着水流和怀中的木板漂到一个浅滩，我爬上岸来。"丛生喝了一口热水，继续说，"白天我躲在河边的丛林里不敢出来，怕被南诏兵抓走，只好晚上赶路。唉，我看见很多跳河的乡亲被淹死了，尸体连续不断地漂来，真惨！"

丛生依然心有余悸。

薛涛沉默许久才站起来拍了拍丛生的肩膀，说："丛生，好好睡一觉，天亮后我就去浣花溪给你妻子说一声你已回来，这些天她吃不好睡不好，终日以泪洗面。"

这场劫难给益州城的许多家庭带来灾难和痛苦。

朝廷任命东川节度使郭钊兼领西川节度使，将杜元颖贬为邵州刺史。

嵯颠退去后，派使者上奏朝廷："我国近年来一直向朝廷称臣纳贡，岂敢擅自侵犯边境。只是由于杜元颖不体恤士卒，是蜀中士卒请求南诏发兵征讨他的。不料此行未能把他诛杀，我已无法安抚西川士卒，实现自己的诺言，希望陛下把他杀掉。"

接到嵯颠派遣使者来朝的上表，文宗下诏命董重质和诸道增援西川的兵马都退回，再贬杜元颖为循州司马。新任西川节度使郭钊抵达益州城后，与南诏立约，商定以后互不侵扰。文宗又下诏，命宦官携带朝廷文书前往南诏国，递交嵯颠。

四　李德裕镇蜀

李德裕仔细倾听："那历届的节度使是如何治理西川的呢？"

薛涛说："我历经十届节度使治理西川。韦皋镇蜀，对外，他与番邦和睦相处，当然若他们发动挑衅，他从不手软；对内，他宽待百姓，减税加赋，根据收成而定……"

宰相杜佑之孙，杜从郁之子杜牧，向来敬慕薛涛的才学，大和二年，二十六岁的他高中进士，授弘文馆。久闻薛涛诗名，杜牧遴选一些诗作寄给薛涛以求斧正。薛涛接到杜牧的诗作，读后十分开心，特别是那首《白蘋洲》让薛涛惊叹不已，她反复吟诵："山鸟飞红带，亭微拆紫花。溪光初透彻，秋色正清华。静处知生乐，喧中见死夸。无多珪组累，终不负烟霞。"薛涛极为欣赏天才少年杜牧的朝气与清新。掩卷沉思，不禁感叹才子辈出。

薛涛提笔回赠一首《酬杜舍人》给杜牧：

> 双鱼底事到侬家，扑手新诗片片霞。
>
> 唱到白蘋洲畔曲，芙蓉空老蜀江花。

诗中既写出了一个长辈读晚辈诗文的惊喜与赞美，也有对自己垂垂老矣的感叹。

薛涛将信送去驿站，让信使捎去长安。

走在清冷的街市上，薛涛心中叹息：若没有去年年底南诏国的那场掳掠，此刻，益州城应该是最热闹的时候。往年的学射日，几乎是全城出动，而在前不久的学射日，薛涛和丛生一起登斛石山，路上行人寥寥无几。

不知道要多久才能恢复以往的繁华，西川曾经是多么富庶的地方。薛涛想起当年韦皋镇蜀时的繁华和热闹，可如今是一片萧条。郭钊自去年十二月兼领西川节度使后，满目疮痍的益州城竟没有一点恢复的迹象。西川向来是通向内地的重要门户，边防必须列入重点，若是西南门户被打开，后果将不堪设想。

寄完信，薛涛去了节度府。如前面很多节度使一样，郭钊非常看重薛涛的文牍之才，足堪咨政的政治洞见，以及对治理蜀中的建议。他请薛涛加入幕府，虚心听取薛涛的见解。郭钊加强边防力量，安抚戍边将士，提高他们的生活待遇，善待他们的家眷，这些举措让将士们安心戍边。接着郭钊又致力于经济的恢复，减轻赋税，这些举措得到百姓的拥护。

可是，朝廷中许多官吏不关心国家的安危，而是个人私利。特别是党朋之争一直没有停歇过。

元稹和裴度曾经争相，但时过境迁，两人已经前嫌尽释。

最为激烈的是牛李党争不可调和，在薛涛看来这两党派的争斗，其实也是他们身后宦官之间的斗争。

牛李党争最初是由进士考试而起。宪宗时期，长安举行考试，举人牛僧孺、李宗闵在考卷里批评了朝政。考官认为两人的才学皆可录取，便推荐给宪宗。当时李德裕的父亲李吉甫任宰相，见牛僧孺、李宗闵批评朝政，揭露了他为政的不足，心中不悦，说他们俩与考官有关系，于是宪宗没有起用牛僧孺和李宗闵，还把考官降职。此事引起朝野哗然，众官员纷纷为牛僧孺等人鸣冤叫屈，谴责李吉甫嫉贤妒能。迫于压力，唐宪宗只好将李吉甫贬为淮南节度使，另任命宰相。

穆宗长庆元年，礼部侍郎钱徽主持进士科考试，右补阙杨汝士为考官。中书舍人李宗闵之婿苏巢、杨汝士之弟殷士及宰相裴度之子裴撰等登第。时任宰相的段文昌向穆宗奏称礼部贡举不公，录取都是通过关系。穆宗询问翰林学士李德裕、元稹、李绅等，他们也都说段文昌所揭发的是实情。穆宗派人复试，结果原榜十四人中，仅三人勉强及第，钱徽、李宗闵、杨汝士都因此被贬官。于是，李宗闵、杨汝士等对段文昌和李德裕怀恨在心，自此李德裕、李宗闵各分朋党，更相倾轧，双方各从派系私利出发，互相排斥。

薛涛历经这几届皇帝，了解牛李党争的缘由，深知党朋之争给国家带来的危害，很多官员不是从维护国家的稳定出发，而是根据自己的利益任人唯亲。

大和四年正月初六，武昌节度使牛僧孺来京城朝拜，宰相李宗闵向文宗推荐牛僧孺。正月十六，文宗任命牛僧孺为兵部尚书、同平章事。接着，二人一起排挤李德裕的党羽，逐渐把他们从朝廷中贬逐出去。正月，他们将亲近李德裕的元稹排挤出京，于是元稹除检校户部尚书兼鄂州刺史、御史大夫、武昌军节度使。当初，裴度率军征讨淮西吴元济叛乱时，奏请李宗闵为幕府的观察判官，由此李宗闵逐渐被提拔任用。当裴度向朝廷推荐李德裕时，李宗闵怨恨裴度，于是，趁裴度因病提出辞职的机会，建议文宗将裴度外放到藩镇任职。九月，文宗任命裴度兼任侍中，充任山南东道节度使。文宗又加封淮南节度使段文昌同平章事的职务，任荆南节度使。而在前一年李德裕出镇义成，也是受李宗闵排斥的结果。裴度极力推荐李德裕入朝为相，这一举动使李宗闵和牛僧孺害怕，他们怕受文宗重用的李德裕入朝取代他们的地位。所以当剑南西川节度使郭钊因病请求辞职时，他们俩力荐李德裕出使西川节度使。十月初七，文宗任命义成节度使李德裕为剑南西川节度使。

薛涛将这十年牛李党朋之争列在纸上：

穆宗长庆元年，钱徽贡举事件。李宗闵时任中书舍人。李德裕时任翰林学士。

穆宗长庆三年，牛僧孺入相。李德裕出为浙西观察使。

敬宗宝历元年，牛僧孺多次辞相，出为武昌节度使。

文宗大和三年，李德裕改任兵部侍郎。宰相裴度推荐李德裕担任宰相，未成功。李宗闵通过宦官的关系当上宰相，将刚刚入朝的李德裕调出，任义成节度使。

文宗大和四年，李宗闵引荐牛僧孺入相。曾经推荐过李德裕的裴度辞相，出为山南东道节度使。

看着这张表，薛涛对朝廷深感忧虑，从内心来说她更亲近李德裕之辈。比起牛党来说他们均以国家为重，更注重国家的前途和命运。而牛党大多是科举出身，属于庶族地主，门第卑微，靠寒窗苦读考取进士，获得官职，他们更看重自己官职的升迁。李党大多出身于世家大族，门第显赫。他们往往依靠父祖的高官地位而进入官场，这些"门荫"出身的官宦子弟心胸要宽阔一些，虽然处事上也有时带有个人恩怨，总的来说还是以国家大局为重。

这次李德裕调任西川节度使，薛涛心中十分欢欣。元稹在浙东时，与李德裕有许多诗词唱和，薛涛读过李德裕的诗作，文品即人品，薛涛了解到李德裕不仅仅是有文采，而且胸怀韬略，颇知武备，有他镇蜀，百姓的日子一定会好起来，蜀中也会富裕繁荣。

李德裕来到蜀中，沿途他看到崇山峻岭，自然风光惹人喜爱，可是越近益州，他的心情越沉重，他看到战乱之后的满目疮痍。进了益州城的外城，他看到的是萧条和破败，匆匆行走在路上的百姓脸上挂满凄苦，李德裕感到肩上的责任重大。

节度府的官员们在城门迎接李德裕一行。进入城内，李德裕看见百姓早在路边默默迎候他，骑在马上的李德裕挥手与百姓打招呼，可是他看到的是百姓麻木的脸上让人揪心的眼神。忽然一位白发苍苍的老人双膝跪在李德裕的马前，磕着头，哭泣着说："节帅大人，你一定要救出我被南诏抢去的儿子啊，我儿媳已经跳入河中淹死，家中只剩下我和两岁的孙子，我们可怎么活啊……"

这位老人还未说完，他身后的百姓齐刷刷地跪成一片，李德裕的眼中，道路两旁都是黑压压跪下的百姓，抽泣声伴着哀求，让李德裕眼中的泪水涌出。他忙下马扶起老人，说道："父老乡亲们，我知道那场劫难给你们带来的痛苦，我将和你们一起恢复家园，你们被掳掠去的亲人，我一定尽力与南诏国交涉，使你们能和亲人团聚，都起来吧！"李德裕边走边扶起沿途跪着的百姓。

李德裕到节度府的第二天，他派人去请薛涛。

薛涛没有料到李德裕一上任就派人来请她。

换上湖蓝色绸服，将发髻高高绾起，薛涛这身打扮干净利索中又透着高雅。还不等薛涛走进节度府，熟识她的侍从就报进去，很快李德裕出来迎接，四十出头的李德裕相貌儒雅。薛涛暗自赞叹：被时人称为三俊的李德裕，真是名不虚传。三俊指具备刚、柔、正直三德的人。有一年岁末，穆宗召李绅为翰林学士，与李德裕、元稹同在禁署，时称"三俊"，他们三人情意相善。

薛涛依例行礼，李德裕忙扶住："薛校书动步了，下官有失远迎。"

薛涛说："民女何德何能让节度使大人亲自迎接。"

李德裕诚恳地说："薛校书乃前辈，在蜀中幕府多年，深谙西川治理之道，下官正要讨教。"两人边说边走向议事厅，李德裕亲自给薛涛倒上茶，双手奉上。这些细节薛涛看在眼里，暖在心里：不愧别人对他的赞美，为人为官谦逊，有这样的人治理蜀中，百姓一定能过上好日子。

薛涛由衷地说："久闻大人威名，又知德才兼备，朝廷委任大人镇蜀西川乃是英明之举。"

李德裕说："薛校书过奖。下官不才，还得仰仗薛校书亲自教诲，以利西川之治，上不负朝廷，下不愧百姓。"

薛涛见李德裕诚心想了解西川的情况，她便将她所经历的十届节度使治理西川的利弊一一道来："西川乃宰相回翔之地，朝廷历年来非常重视西川的治理，因为是朝廷的西南门户，也是边防重镇，它的安危关系到朝廷的安危。许多年来，南诏和吐蕃对西川虎视眈眈，时刻觊觎，蜀中的富庶让他们垂涎，也因此时常在边地掠夺，只要边境的武备一松懈，他们就吞我边疆，夺我财产。"

李德裕仔细倾听："那历届的节度使是如何治理西川的呢？"

薛涛说："我历经十届节度使治理西川。韦皋镇蜀，对外，他与番邦和睦相处，当然若他们发动挑衅，他从不手软；对内，他宽待百姓，减税加赋，根据收成而定，所以在他治理期间，蜀中富裕，百姓生活安宁，一直到现在百姓都在感念他。武元衡和段文昌翁婿也是国家的栋梁之材，他们为国家和百姓着想，重边防。记得我当年随武相国视察边境，他与士兵同吃一锅饭，同宿一军营，体恤边防将士，善待他们的家属，所以边境的将士们能安心守边。段文昌也是治理之才，他派一介使者便能退去犯黔南兵，因为南邦也感激段文昌对他们的尊重。高崇文镇蜀期间，他也励精图治，重视边防，他精于戎事，有勇有谋，只是不习惯文牍之事务。其他几位你也有知晓，当年韦皋开始与南诏和好，酋长异牟寻进贡珍宝给朝廷，并请求派大使去。朝廷下令前往抚慰晓谕，挑选可以胜任大使的郎官，结果很多人都认为西南边陲太遥远害怕去，唯独袁滋不辞荒远，德宗赞许他，让他以本官兼御史中丞之职，持节充任前往南诏的使臣。还没出发，迁任祠部郎中，依旧为使臣，第二年夏天出使归来，圆满完成任务。宪宗时，袁滋任宰相，刘辟叛乱，聚集军队擅发号令而不受节制，袁滋持节前往安抚。走到半路，授官检校吏部尚书、平章事、剑南西川节度使。因为叛将刘辟把袁滋在蜀的哥哥刘峰劫为人质，袁滋不敢前进，还没到任便贬为吉州刺史。郭钊兼任西川节度使时间较短，他收拾残局，恢复家园，亦是尽职尽责。李夷简励精图治，口碑很好。王播到任之后，不是想着如何治理西川，而是如何搜集奇珍异宝供奉朝中，杜元颖更是重私欲而少公心，边防松懈，贪图享乐，以致给百姓带来灾难。"薛涛说。

李德裕听到这些，心中对如何治理蜀中有了自己的想法。

他继续问："我还想问薛校书，南诏国这次来掳掠的工匠艺人，他们是如何辨别这些工匠艺人的身份呢？"

"西川一直以来和南诏国互市，很多南诏国人对益州城熟悉得如同自己的国都一样。杜元颖克扣军饷，导致边疆的士兵没有粮食和衣服，他们确实有一些是去南诏国抢夺，南诏国觊觎我蜀中的富庶，所以他们将粮食和衣物送给那些士兵，收买他们，让他们做向导，自然南诏军前来益州城就能有目的地劫掠。"薛涛说起这些，心中愤怒。

李德裕又从薛涛这里了解了一些下面州县的官员为官情况，也了解了城内一些富贾绅士以及民俗风情。

李德裕非常感谢薛涛，他觉得与薛涛的交谈给他如何治理西川指了一条明路。

李德裕虽为高官，却读书不辍，军政之余，吟咏终日，所以一直以来，无论他在哪里，与元稹、白居易、刘禹锡、杨嗣复、裴度等常有诗文唱和。这次来西川，善于诗文的李德裕也带来很多诗文让薛涛指点。李德裕告诉薛涛，他与刘禹锡两人二十多年间唱和的诗已有不少，其中刘禹锡吟咏益州的诗文也有很多，特别是被贬期间，深深了解百姓疾苦，写了许多脍炙人口的好诗。

刘禹锡，字梦得，洛阳人。贞元九年登进士第，与柳宗元相知。又登宏辞科，认识李绛。与韦执谊、王叔文、韩愈、牛僧孺、李程等交游，与令狐楚通信唱和。曾代御史中丞武元衡撰表、状多篇。因参与王叔文朝政改革，失败后被贬到荒僻的夜郎边城，开始时任连州刺史，再贬朗州司马。元和十年二月，时年四十四岁的他，与柳宗元等奉诏回长安。这一贬便是十年，眼看即将被重用，不料游玄都观时，作《游玄都观咏看花君子诗》，被人认为"语涉讥讽"，参了一本，又被贬出京城达十四年。开始被贬为播州刺史，因为裴度为他求情，改为连州刺史。四十八岁时，他母亲去世，在家服丧。穆宗长庆元年冬，除夔州刺史，由洛阳赴任。后改和州刺史。离夔州时，游巫山神女庙，在那里读到薛涛的《谒巫山庙》后，便也写了一首《巫山神女庙》：

> 巫山十二郁苍苍，片石亭亭号女郎。
> 晓雾乍开疑卷幔，山花欲谢似残妆。
> 星河好处闻清佩，云雨归时带异香。
> 何事神仙九天上，人间来就楚襄王。

很明显，刘禹锡的诗作稍逊于薛涛。

大和元年春，文宗即位，被贬多年的刘禹锡终于在五十六岁时返回洛阳，高兴之中作《罢郡归洛阳寄友人》等诗。当年秋为主客郎中、分司东都。今年李德裕镇蜀，刘禹锡在礼部郎中、集贤殿学士任上。两人依然是酬唱诗文，薛涛也因李德裕之故和刘禹锡有诗文往来唱和。刘禹锡听说薛涛门前种了很多朝开暮落的木槿花，便赋诗一首，寄给薛涛，薛涛和诗一首《和刘宾客玉蕊》：

> 琼枝玙璨露珊珊，欲折如披云彩寒。
> 闲拂朱房何所似，缘山偏映日轮残。

木槿花俗名喇叭花、牵牛花，刘禹锡以此花感叹人生短暂和无常，薛涛在诗中又将刘禹锡悲观的情绪提升到积极的境地。李德裕读薛涛的诗后对薛涛把握诗的情绪很赞赏，倘若不是人生的阅历达到一定的程度，是无法达到这种境界的。

李德裕没有忘记进益州城时许诺百姓的话。他来西川已经月余，除了整饬边务外，他改善边地将士的生活，给士兵们添置新衣。他召集属下以及幕僚，商议建筹边楼之事。此举得到众官员的赞同，于是，李德裕带着薛涛等四处查看地形选址，薛涛建议建在西南方向的山坡上，这里可以清楚地看到南边和西边周边的地形。听说要建筹边楼，抵御外族的侵犯，百姓们纷纷支持，有钱的出钱，有力的出力，百姓不要任何报酬，搬石头扛木料……看着这场景，李德裕感动万分。

还有一件事像一块沉重的石头每日压在李德裕的心中。他进城那日曾答应百姓，要回被南诏掳去的百姓。现在多少家庭在期盼着他有所行动啊，可是如何才能让南诏国放回那些能工巧匠呢？离年关还有一个多月，他如何给百姓一个交代，李德裕又求助于薛涛。

薛涛建议李德裕恩威并施，派使者携带书信前去南诏陈述利害关系，南诏应该有所顾忌，会放了那些能工巧匠。

李德裕采纳了薛涛的建议。

五　香消玉殒

> 万里桥边女校书，枇杷花里闭门居。扫眉才子知多少，管领春风总不如。
> ——王建《寄蜀中薛涛校书》

李德裕计划建筹边楼，召各路老兵了解边境的地形和隘口，整饬边防，提高将士的待遇，加强操练……这些举措的消息陆续传入南诏国。李德裕又派使者前往南诏，索要被掳掠去的僧道工巧。南诏王劝丰佑和大臣蒙嵯颠商议，知道李德裕非杜元颖之辈，若全部放回这些僧道工巧吧，他们有些不舍；不放吧，又惧怕李德裕兴兵，最后决定放一部分。他们挑了一些已有家室的共四千人左右送归，大部分的人依然留在南诏，被留下的人自叹命运不济。

听说有四千多人被放回益州，许多百姓扶老携幼出城去接自己的亲人。接到亲人的欣喜若狂，没有接到亲人的又以泪洗面，急着打听亲属在南诏的情况。得知亲人在那边安全地活着，心里又有了些许安慰。

李德裕也和众位百姓一起在城外等待被归还的百姓，面对那些失望的眼神，李德裕心如刀绞："父老乡亲们，本使无德无能，无法将南诏掳去我西川的百姓全部要回，真是愧对蜀中父老啊。"

有人说："大人已经尽力了，可恨的是那些南蛮，千刀杀万刀剐的！"

薛涛安慰李德裕："大人不必自责，你已经尽力了。"

接下来的几天，节度府热闹非凡，被放归的百姓前来感谢李德裕，面对各种感激，李德裕还是心存愧疚。

筹边楼依然在有序地营建，李德裕经常去工地查看进度。

大和五年正月十五一过，筹边楼建造的速度在加快。

一日，李德裕派属下将薛涛接到节度府，商议边防事务。

薛涛离开使府前，李德裕留住薛涛："薛校书请留步，我有一样礼物送给您。"

"哦？"薛涛停住脚步。

李德裕命随从抬出两株花树："薛校书，听说您喜欢栽种花木，这是我特地派人从洛阳我的园内挖的两株棠梨花，送给你这位喜花、识花之人。"

薛涛非常高兴："早闻大人洛阳的平泉山庄多嘉树芳草，今日得此花木，我一定好好栽培。益州城内一直没有棠梨花，这真是稀品。"

"是啊，正是因为益州城没有此花木，所以杜工部没有吟咏棠棣花的诗，留下了遗憾。"李德裕又问，"不知薛校书打算何处栽种，我好让属下给您送去。"

薛涛回答:"就在浣花溪边我的旧居造纸坊,那里水质好,移栽容易成活。"

李德裕吩咐随从将树木送到浣花溪边栽种,同时交代栽种时应该注意的一些事项。

夏天,坐镇武昌的元稹派陈从事来蜀中找李德裕求购蜀琴。

李德裕对琴不内行,他知道薛涛精于琴艺,便求助于薛涛:"薛校书,元武昌派陈从事来求购蜀中琴,他怎么有闲情弹琴呢?"

薛涛一笑,说:"元微之早年学过琴,他曾有诗赠乐天:'等闲相见销长日,也有闲时更学琴。'大约现在有闲了吧!"

李德裕央求薛涛:"我对琴可是外行,薛校书精通琴艺,若有空请帮我挑一把琴送给元武昌。"

薛涛欣然应允:"行,蜀中琴行我还算是比较熟悉的。"

李德裕感激地说:"那就代劳了。"

薛涛很快挑好了琴,试弹了一曲,感觉不错,便让丛生送去节度府给李德裕。不料琴还未交给陈从事,元稹的讣闻已至,陈从事急忙离蜀回武昌会葬。李德裕睹物思人,作五绝两首悼念,并寄给白居易。白居易有和诗"如何赠琴日,已是绝弦时""宝匣从此闭,朱弦谁复调?"……

这个噩耗也让薛涛伤心不已。

薛涛听到丛生告诉她这个消息时,她不相信,急忙去节度府。李德裕见她到来,忙迎上前去,低声说道:"薛校书,告诉您一个不幸的消息,元武昌已经于七月二十二日,突遇暴疾仙逝,春秋五十三,唉,正当为国效力的时候,却……"

薛涛身子晃了晃,心口一阵刺痛,然后深深叹口气,此刻,她什么都说不出来,唯有两行清泪淌下。

"都是我不好,突然告诉你这个消息。"李德裕看到薛涛如此伤心,深深自责。

"没事,听到这个消息,心中确实很难受,早听说他的身体状况一直不好，没想到……"薛涛声音哽咽说不下去。

李德裕扶着薛涛坐下："这几年一些朝中大臣操心过度，都先后仙逝，唉！"

"生老病死谁都逃脱不了，只是元微之正当为国效力，却英年早逝，让人惋惜。"薛涛不无伤感地叹息。

李德裕派人用马车将薛涛送回住所，看到薛涛迟缓地上了马车，李德裕心中感叹："薛校书是真的伤心了。"

对元稹和薛涛的往事，李德裕略有耳闻，从他们两人诗词唱和中，也读出他们之间的那份情。

晚上，薛涛坐在桌前，看着窗外的月光铺满大地，她的心空空的，思绪游弋在天空。

时间是一根无形的鞭子，催赶着人迅速地老去，薛涛看着铜镜中渐生的白发，想到元稹的离去，心中一阵阵悲凉，这种痛楚是无法用文字来形容的。她和元稹的过去又一幕幕浮现在脑海。自江陵一别，再没见面，可是一直以来他们都有诗文往来唱和。如今阴阳两隔，而自己也是过花甲之人，垂垂老矣，说不定哪一天也突然离开这个人世。

一连几天薛涛精神不佳。

节度府饲养孔雀的老李匆匆来到薛涛的住所，看到面色不好的薛涛，欲言又止。薛涛给老李倒了茶，忙问："你来找我有什么事吧？"

老李回答："嗯，是，也没什么事，就是来看看你。"

薛涛说："谢谢你的关心，是不是孔雀出了什么事？"

见薛涛一语点破，老李就直接说了："孔雀好像已经不行了，我看薛校书平时对孔雀喜爱有加，特来给你说一声。"

"我去看看吧。"薛涛和老李去了节度府。

孔雀池前，奄奄一息的孔雀蜷缩在沙地上，它身上的羽毛稀稀拉拉，失去了光泽。薛涛蹲下身子，轻轻抚摸着还尚有气息的孔雀，仿佛是有一种感应，孔雀慢慢睁开浑浊的双眼，看了看薛涛，想挣扎着站起来，可是它只是翅膀动了动。薛涛继续抚摸着孔雀的头顶，在一种平静中，孔雀最后看了看薛涛，慢慢闭上了它的眼睛。

泪水一滴滴洒落在孔雀的身上，这孔雀多像自己啊，远离故土，栖息他乡，又终老他乡。

"薛校书，别伤感了。"不知道什么时候李德裕来到薛涛的身边，"它已经活了四十多年，超过了它的同类。"

"是的，它超过了同类。这只孔雀不仅仅属于节度府，它是益州百姓的，是大唐百姓的，是友好和平的使者。四十多年了，它寄托了太多人的感情。"薛涛站起来，叹了一口气，"天下万事万物都有其自然规律，谁都无法抗拒。"

李德裕见薛涛对这只孔雀是如此重情，对孔雀的离去又如此伤感，他写了一首诗哀悼孔雀，一时间和者众多。李德裕将这些和诗送给薛涛，薛涛也写了一首诗答谢李德裕。

整个夏天对薛涛来说是伤感的，元稹的突然离世、孔雀的逝去让薛涛感到生命也渐渐地离她远去。秋天悄悄地来了，她感觉身体大不如前，丛生在忙着营建筹边楼，他的妻子带着孩子在忙着造纸坊的事，好在邻居孙处士常常过来照顾她，薛涛虽然感到精神有些怠倦，但是并无大碍。

九月，筹边楼已经建好。

远远看去，"筹边楼"三个字笔力遒劲，这是薛涛所写。

李德裕与薛涛以及众位官员一同登上筹边楼。

薛涛是第一次登楼，此楼是益州城最高的楼。从窗口看去，锦绣山川，历历在目，城中百姓，来来往往，溪流纵横，如练飘舞……楼上四壁，清晰地绘满边地的山川险要，通衢和小道，关隘和边城。

李德裕对薛涛解释："我筹建此楼的目的就是要和边疆的官军们一起，研习军事，加强边防的巩固，保我大唐百姓的安危。"

薛涛赞许地点点头："节帅自镇蜀以来，加强军事，爱民如子，治绩卓然，使百姓安居乐业，我代表蜀中父老乡亲感谢你。"

李德裕说："薛校书过奖，今日筹边楼落成大典，还请您即兴赋诗，为筹边楼增添光彩。"

早有侍从将文房四宝备上，薛涛拿起笔来，抬头看了看筹边楼上的地形图，笔走龙蛇，顷刻写出《筹边楼》。

李德裕以激越昂扬的声音吟诵：

> 平临云鸟八窗秋，壮压西川四十州。
>
> 诸将莫贪羌族马，最高层处见边头。

众僚属纷纷传诵。这首诗明的是赞颂筹边楼之壮丽，暗喻李德裕治理有方，同时告诫边地士兵不可"贪羌族马"。吐蕃常常侵扰我边疆，掳掠人畜财物，他们依靠的工具就是马。而马是大唐官兵所缺少的，所以西川的一些士兵去抢夺羌人的马匹，并因此招致战争。

忽然有一从事上楼来，报告李德裕，说维州守将悉怛谋有事相商。

李德裕下楼，回到节度府，接待吐蕃守将派来的使者，原来是维州守将悉怛谋派使者来降城。

维州南临江阳，高耸入云的岷山连岭在其西边；积雪如玉的陇山在其北面；东边的益州仿佛井底。维州三面临江，一面靠着孤峰，是西蜀控制吐蕃的重要州城。德宗时，河、陇被吐蕃占领，只有维州尚存。吐蕃深知维州的险要，心生一计，他们派一女子嫁给维州守门的人。二十年后，那女子生的两个儿子长大成人。到吐蕃兵攻城时，两个儿子作为内应，打开城门，于是维州攻破。吐蕃占领维州后，改称为"无忧城"。

韦皋镇蜀时，攻打了几次也没有攻下。

现在，吐蕃的守将悉怛谋前来降城，李德裕不辨真伪，忙与众幕僚商议。

薛涛说："这是收复维州的最好机会，悉怛谋前来降城，可让他率部下来益州，我们再派兵镇守维州，这样万无一失。"

其他幕僚纷纷赞成薛涛的建议，于是李德裕派人送锦袍金带给悉怛谋，让悉怛谋率领部下来益州城，李德裕发兵镇守。之后，李德裕上奏朝廷，称述此事的利害。当文宗召集众大臣商议时，牛僧孺极力劝阻，说朝廷刚和吐蕃结盟，若接下维州，岂不是违约在先？文宗耳软，一听是有道理，于是下诏让李德裕送悉怛谋一部之人回到维州，撤回自己军士。吐蕃赞普得知悉怛谋等降城，将他们全都杀害。

这个消息传到朝廷，众大臣纷纷谴责牛僧孺。薛涛和李德裕也认为牛僧孺是带着个人的恩怨阻止此事，自此，李德裕对牛僧孺更加厌恶。薛涛对悉怛谋等被杀，深感痛心，她知道李德裕比她更加难过，可是君命难违，才酿成这个悲剧。

这年冬天，雪下得特别大，受了风寒的薛涛久咳不愈，她现在很少出门了。

在长安京城的段文昌从李德裕的信中知道薛涛生病，正好段成式去东川公干，他让儿子来探望薛涛。

那天一大早，薛涛听见敲门声，忙问："谁？"

"薛姨，是我，段成式，我来看您来了。"

薛涛惊喜地忙起床打开门，看见一个人浑身裹着雪站在门外。

"快进来，这么大雪，怎么一大早就来了。"说不了两句话，薛涛咳嗽起来，"唉，年纪大了，受不得风寒。那天到浣花溪边去了一趟，回来就生病了。"

段成式说："薛姨要注意身体，我父亲听说您身体不太好，特地让我带几支人参和一件毛坎肩。"

薛涛接过礼物："替我谢谢你父亲，他身体还好吧？"

"很好，他就是记挂着你。"段成式又拿出一个包裹，"这是父亲带给你喜欢的小吃。"

此刻，薛涛很感动，段文昌还记得她喜欢长安城的那些小吃："多谢你父亲还如此牵挂，你呢，最近在写什么？"

薛涛给段成式续上热茶。

段成式回答："我在写《酉阳杂俎》，前几卷已经完成，后面还在写。"

薛涛告诫段成式："嗯，写志怪要避免为猎奇而猎奇，所写文字要有所教益。"

两人长谈许久，段成式告辞。

目送着段成式离去的背影，薛涛恍若看见段文昌年轻时的模样。

邻居孙处士没有熬过这个寒冷的冬天，在腊月的一个晚上无疾而终。

薛涛在整理自己的诗集，这五百首诗，她要亲自誊写，然后装订成册。说不定哪一天也如孙处士一样，悄无声息地离去，薛涛心想。

冬去春来，薛涛的身体状况在温暖的春天变得好起来，她的气色比去年冬天也好多了。

一个暖暖的丽日，薛涛邀请李德裕及其幕僚去浣花溪踏春，她已经吩咐丛生备好酒菜。

阳光铺呈在水面上，微风吹过，粼粼波光闪着金黄，浣花溪两岸已经是郁郁葱葱。众人边走边聊，对诗、猜谜语等，兴趣盎然。也谈起大家熟知的儿时趣事，比如薛涛和父亲的对句、元稹和母亲的对句。

薛涛说："要说真正聪颖的应该是我们的节度使李大人，当年宪宗皇帝因为喜爱李大人的聪明，又长得好看，时常抱坐在膝上逗着玩呢。"

李德裕有点不好意思："薛校书过奖了，我小时候也顽皮得很。"

薛涛说："我可说的是事实，当年你父亲为相，很多人在你父亲面前夸奖你的聪明，小小年纪很有辩论的口才。一天，武相国看见你在玩耍，问你在家喜欢读什么书，其意是探询你的志向。可是你就是不开口说话，询问再三，还是像个哑巴般不开口说话。武相国第二天告诉你父亲，开玩笑说你是个痴呆。你父亲回家责问你为什么不回答人家的话，你说武相国身为皇上弼臣，不问如何理国，却问一小孩子所读何书。你说那是礼部的职责，其言不当，所以不应。你父亲把你的话说给武相国听。于是，武相国对你另眼相看，这事也在朝臣中传开。"

李德裕说："呵呵，小时候我有些不懂事。"

午饭是丛生和他妻子操办的，菜异常丰盛也有特色。吃完饭后，大家又去欣赏李德裕送给薛涛的棠梨花。棠梨树移来整整一年了，在浣花溪水的滋润下，棠梨树长得高大茂盛。树上，密密麻麻白色的小花簇拥在一起，像一群嘻嘻哈哈看热闹的小孩子，在阳光下挤眉弄眼。李德裕看着棠梨花，开心地笑了："说真的，这两株棠梨我养了十来年，年年在我平泉别墅里开花，可是我却极少仔细欣赏，今日看着这花冠，一个连着一个，真是美妙无比。"

众人也附和着赞叹。李德裕情之所至，诗情涌动，赋诗一首《咏棠梨花》。随从官员多人相和，薛涛也和了一首《棠梨花和李太尉》：

> 吴均蕙圃移嘉木，正及东溪春雨时。
> 日晚莺啼何所为，浅深红腻压繁枝。

吴均是南朝梁代文学家，浙西人，文辞清拔，诗风清新，时人效仿者众多，被称为"吴均体"。李德裕在浙西任观察使达八年之久，离开浙西也不过一年多，薛涛将善于文辞的吴均比喻李德裕，甚为贴切，她避开了直接用其名字赞美，这种手法薛涛运用得极其娴熟。

大家纷纷夸奖薛涛不愧是前辈，用词遣句无可挑剔。

春天很快过去了，夏天也来了，薛涛常常去浣花溪，一坐就是一天，她看着眼前的菖蒲迎风摇摆，眼睛越过浣花溪畔的竹林，看向远方的天空，有时候丛生喊她吃饭，似乎也没有听见。

回到碧鸡坊的夜晚，很多逝去的人和事常常在她脑海浮现，她常常回忆曾经的痛苦或幸福。

一个月明风轻的夏夜，薛涛悄悄地离开人世。

她安静地躺在床上，身边放着整理好的数册《锦江集》，里面有她整理出来的五百首诗。

李德裕接到丛生的报信，心中悲痛异常，他带着属下官员赶到碧鸡坊。

像睡着一样，薛涛安详地闭着双眼，她再也听不见世人对她的叹惋与赞美。

李德裕厚葬薛涛于益州城东郊的锦江南岸，那里也葬着薛涛喜爱的孔雀。

回到节度府的李德裕伤感万分，回想与薛涛这一年多的交往。心中的悲痛难以平复，他提笔写了一首《伤孔雀及薛涛》。此诗不久传到刘禹锡那里，刘禹锡得知薛涛去世，惋惜不已，他和了一首诗《和西川李尚书伤孔雀及薛涛之什》：

> 玉儿已逐金环藏，翠羽先随秋草萎。
> 唯见芙蓉含晓露，数行红泪滴清池。

几个月后，薛涛坟前，一个男人低声诉说："洪度，我来迟了，你不会怪我吧？"旋即，叹了一口气，哽咽着吟诵王建曾写给薛涛的《寄蜀中薛涛校书》：

> 万里桥边女校书，枇杷花里闭门居。
> 扫眉才子知多少，管领春风总不如。

几天后，薛涛坟前立了一块碑，碑上写着：
"大唐故女校书薛涛，字洪度，长安人氏，幼随父宦游入蜀……"
落款是段文昌。
几年后，薛涛坟前墓后生长出一片小桃林，桃花开正月。